中国古代文论选读学习指导

韩传达　谢虹光　编著
张志强　关龙艳

北京大学出版社
北京

图书在版编目(CIP)数据

中国古代文论选读学习指导／韩传达,谢虹光,张志强,关龙艳编著.—北京:北京大学出版社,2005.2
ISBN 978-7-301-08655-1

Ⅰ.中⋯ Ⅱ.①韩⋯②谢⋯③张⋯④关⋯ Ⅲ.古典文学-文学理论-中国-电视大学-自学参考资料 Ⅳ.I206.2

中国版本图书馆 CIP 数据核字(2005)第 008257 号

书　　　名:	中国古代文论选读学习指导
著作责任者:	韩传达　谢虹光　张志强　关龙艳　编著
责 任 编 辑:	谭　艳
标 准 书 号:	ISBN 978-7-301-08655-1/I·0716
出 版 发 行:	北京大学出版社
地　　　址:	北京市海淀区成府路 205 号　100871
网　　　址:	http://www.pup.cn
电　　　话:	邮购部 62752015　发行部 62750672　编辑部 62752025
	出版部 62754962
电 子 邮 箱:	zpup@pup.pku.edu.cn
印 刷 者:	河北滦县鑫华书刊印刷厂
经 销 者:	新华书店
	850 毫米×1168 毫米　32 开本　12.125 印张　330 千字
	2005 年 2 月第 1 版　2007 年 1 月第 9 次印刷
定　　价:	22.00 元

未经许可,不得以任何方式复制或抄袭本书之部分或全部内容。
版权所有,侵权必究　举报电话:010—62752024
　　　　　　　　　电子邮箱:fd@pup.pku.edu.cn

目　录

编写说明 …………………………………………………… (1)

导读与简析 ………………………………………………… (1)

文论选读译文 ……………………………………………… (98)

分编综合练习题 …………………………………………… (252)

期末自测题 ………………………………………………… (297)

附录

　附录一：元好问《论诗三十首》简析 …………………… (309)

　附录二：中国古代文论研究论文索引选录 ……………… (321)

　附录三：《中国古代文论选读》教学大纲 ……………… (372)

卷后语 ……………………………………………………… (380)

编写说明

一、根据《教学大纲》、《教学一体化设计方案》和学习的实际需要,我们编写了《中国古代文论选读学习指导》。全书共分五个部分:导读与简析;文论选读译文;分编综合练习题;期末自测题;附录。

二、《中国古代文论选读学习指导》编写的原因是,在教学实践中,学生反映文论的原文比较难读,其理论内涵也比较难理解,需要像其他课程一样,有一本指导学习的参考书;编写的目的也是希望借此帮助同学们更好地掌握学习内容和学习重点,以便于学习和复习;编写的依据主要是《中国古代文论选读教学大纲》和教材《中国历代文论精选》,以及主讲教师的讲授;为了使学生更好地理解,编写者也有自己的理解和发挥。

三、"导读与简析"是以比较通晓的语言对教材的重点难点进行解析,虽然主要参考了教材,但不株守教材的观点,目的只为使学生更容易理解,因此,不作学术的深究和考证。

四、"文论选读译文"也是应学生要求编译的,由于许多学生古文阅读能力较弱,希望能提供译文,以帮助他们读懂原文。译文尽量忠实原文,努力做到信、达、雅。阅读古文,特别是古代文论,主要应该研读原文,译文只能,而且仅仅只能作为参考。其中的"提示",只是编译者的理解,也仅供学生参考。"提示"形式,有加在原文篇末的,有加在段落之后的。只依译者自己的处理,不作统一要求。

五、"分编综合练习题"按照时代顺序编写,只提供题目,没有答案,可供学生平时学习练习所用。

六、"期末自测题"也按时代顺序编写,有题目,有计分,供学生期末复习时自测。学生可以自我检测自己的成绩。"期末自测题"和"分编综合练习题"的题目没有刻意避免重复。

七、"附录"附上一些资料和文件。

八、编写者有中央电大韩传达老师、山西电大谢虹光老师、哈尔滨电大关龙艳老师和汕头电大张志强老师。统一原则,统一要求,分工合作,文责自负。

九、编写时主要参考教材《中国历代文论精选》,在此,对主编张少康教授,主讲卢永璘教授和该书的作者表示感谢;同时也吸纳一些学者的文学理论和文学批评方面的著作和论文的理论观点,由于行文所限,不能一一列出书名和作者,在此一并致谢。

十、由于编写时间仓促,难免有缺点、错误之处,希望得到各地广播电视大学的老师和同学们的批评指正。

导读与简析

先　秦

1. 《论语》的"思无邪"说

《论语·为政》篇说:"《诗》三百,一言以蔽之,曰:思无邪。"提出了"思无邪"的文艺批评标准。"思无邪"是指《诗》的思想内容具有雅正的特点。从审美方面看,"思无邪"就是提倡一种"中和"之美。《诗经》中的作品起初不仅关涉内容(歌词),而且与音乐有紧密的关系。因此,从音乐上讲,"思无邪"就是提倡音乐的乐曲要中正平和,要"乐而不淫,哀而不伤",符合儒家传统雅乐的主要审美特征;从文学作品上讲,则要求作品从思想内容到文学语言,都不要过于激烈,应当做到委婉曲折,而不要过于直露。"思无邪"说对后世影响很大,千百年来成为封建社会中传统的文学批评标准。

2. 《论语》的"兴观群怨"说

"兴观群怨"说是孔子在《论语·阳货》里论述文学作品的作用时提出的:"子曰:小子何莫学夫诗?诗可以兴,可以观,可以群,可以怨。"简言之,"兴",就是说诗歌的艺术形象可以引起人的联想,使之思想受到感发,激发人并使之精神兴奋,情感波动,从而获得审美享受;"观",是指诗歌可以起到观察社会政治得失、道德风尚状况和诗人的主观意图的作用;"群",则是说诗歌可以使人们交流感情,和谐人际关系,能起到团结人的作用;"怨",强调了诗歌可以干预现实,批判不良的社会政治现象。孔子的"兴观群怨"说对文学的社会作用作了比较全面的分析,成为后世文学批评的一个标准,对我国现实主义文学创作和文学批评传统的形成有非常积极的影响。

3. 孔子"诗可以怨"在诗歌创作与诗学理论中的意义与影响

孔子在《论语·阳货》中提出了"诗可以怨"的观点。"诗可以怨"的主要内容是认为诗能"怨刺上政"(《论语集解》引孔安国语),实际上是说诗歌可以对现实中不良的政治和社会现象进行讽刺和批判。像《诗经》中就有许多民歌和一些文人作品对当时的社会现实进行了讽刺、批判和揭露,如《魏风》中的《硕鼠》、《伐檀》,《小雅》中的《正月》、《十月之交》,《大雅》中《桑柔》、《民劳》等作品。

孔子"诗可以怨"的理论,肯定了文艺应该干预政治、批判现实、关心民生的作用,对我国后世的文学创作,特别是诗歌创作产生了巨大的影响,成为我国古典诗歌的批判现实的优良传统。

从诗歌创作看,后世的许多诗人常常在主观或客观上把"诗可以怨"作为自己创作的主要内容或主要追求目标,用它作为批评和揭露黑暗现实的武器。例如屈原、杜甫、白居易的干预政治现实的作品,唐李白"哀怨起骚人",宋陆游"悲愤积于中而无言始发为诗",清龚自珍"泄天下之拗怒"等等。现代的许多进步诗人,如郭沫若、闻一多、艾青等人的批判黑暗政治的诗歌都可以说是受到了"诗可以怨"的影响。

从诗学理论看,"诗可以怨"是文学批评史上批评诗歌作品的一个重要标准和论题,后世的文学理论家常常用它作为反对文学脱离社会现实或缺乏积极的社会内容的理论依据。例如,刘勰针对缺乏怨刺内容的汉赋提出:"炎汉虽盛,而辞人夸毗,诗刺道丧,故兴义销亡。"(《文心雕龙·比兴》)在唐代兴起的反对齐、梁遗风的斗争中,诗人强调诗歌的"兴寄"以及唐代新乐府作者所强调的"讽谕美刺"和"补察时政"的作用,都继承了"诗可以怨"重视文学社会功能的传统。直到封建社会末期,在黄宗羲的《汪扶晨诗序》及其他许多作家的文学主张中,还可以看到这一理论的巨大影响。

4. 孔子的"不学《诗》,无以言"

"不学《诗》,无以言"是孔子的文艺主张,语出《论语·季氏》,是孔子教育儿子孔鲤时所说。这句话的意思并不是说不学《诗》就不会说话,而是说通过学习《诗》,可以加强言词应对和表达能力。

孔子所言之"诗",不是泛指一般的诗歌,而是专指《诗经》。《诗经》作为我国历史上第一部诗歌总集,较广泛地反映了商周很长一个历史时期的社会生活和政治思想状况,其中有很多做官、做人、治国、齐家的经验教训,以及其他各方面的常识可供后人参考。所以,春秋时代《诗经》不仅被看作政治教科书,而且其中的篇章辞句,在当时上层社会的交往中也被经常引用。尤其是在诸侯国之间的一些外交场合中,各国外交人员为了较含蓄、文雅地表达自己的意见,更是经常吟诵《诗经》中的诗句来进行对答。当时甚至有因吟诗不当而导致战争的情况。由此可见,孔子所说"不学《诗》,无以言",在当时并不夸张。作为语言表达,"言"有两方面的意思:一是口头语言,这当然不是一般的说话,而是指上层社会中的交际应付,同时也有把话说得好一些、文雅一些的意思;再就是书面语言,学习了《诗经》对写文章也有帮助,如《孟子》、《荀子》等都经常引用《诗经》中的某些章句来作为他们论证问题的论据。

"不学《诗》,无以言"的主张,强调了文学的教育功能,反映了文艺为政治服务的关系。这种文学艺术上的功利主义,在阶级社会中有着普遍的规律。它不仅对当时,而且对后来文学及文艺理论的发展都产生了一定的影响。

5. 孔子的"辞达"说与"文质彬彬"说

孔子在论述文学的内容与形式(尤其是语言)及其关系时,主张文学作品内容和形式的完美统一,他的"辞达"说和"文质彬彬"说曾对后世的文学批评产生了良好而深远的影响。

孔子很重视言辞表达及其技巧,认为"情欲信,辞欲巧"(《礼记》引孔子语),"言之无文,行而不远"(《左传·襄公二十五年》引孔子语),但总体上,孔子并不主张过分的文饰,如他在《论语·卫灵公》中说:"辞达而已矣。""辞达"说主要是指文学作品能用准确的语言表达作品的内容就可以了,不必徒事与内容无关的文饰。与"辞达"说相联系的是孔子的文质说,他说:"质胜文则野,文胜质则史,文质彬彬,然后君子。"(《论语·雍也》)他认为人的外在仪表(文)与人的内在品格(质)要兼美。孔子关于文质的论述,后来被运用到文学创作中,成为要求文学作品内容与形式完美统一的基本理论,并在中国文学理论批评史的发展中始终起着主导作用。

6. 孔子论雅乐与郑声

孔子提倡雅乐,反对郑声。《论语·阳货》:"子曰:'恶紫之夺朱也,恶郑声之乱雅乐也,恶利口之覆邦家者。'"从音乐的角度来看,雅乐就是古乐,其曲调平和中正,节奏缓慢,常用以表现古代先王功业,如《韶》、《武》与《诗经》中《雅》、《颂》的配乐。郑声则实际上是指当时的新乐,其节奏明快强烈,曲调高低变化较大,容易激动人心。孔子认为雅乐可以陶冶人的正而不邪的思想感情,而新乐任其感情之自然发展而无所节制,容易诱发人们的私欲,不利于培养以仁、礼为内容的道德品质,所以要禁绝之。孔子把雅乐比作正人君子,把郑声比作谄佞小人。这种反对郑声,提倡雅乐,崇尚雅正的思想是儒家文论的基本观点,也是孔子文艺思想上比较保守方面的集中表现,是不合乎时代潮流的。孔子贬斥郑声新乐的思想,是中国封建社会中长期看不起民间新文艺,把戏曲、小说视为不登大雅之堂的低贱之作的重要根源。

7. 孔子文艺思想的审美特征

要求文学作品"尽善尽美"、雅正中和,是孔子文艺思想的主要审美特征。孔子在《论语·八佾》中提出了"尽善尽美"说:"子谓《韶》,'尽美矣,又尽善也';谓《武》,'尽美矣,未尽善也'。""善"的具体内容,是他的仁政德治及以仁义礼乐为中心的伦理道德观念。如何才能"尽善尽美"呢?孔子在《论语·为政》中又说:"子曰:《诗》三百,一言以蔽之,曰:思无邪。""思无邪"从艺术方面看,就是提倡一种雅正中和之美。《论语集解》引孔安国注:"乐而不淫,哀而不伤,言其和也。"从音乐上讲,"和"是指乐曲中正平和,也即儒家传统雅乐的主要美学特征。从文学作品来说,它要求从思想内容到文学语言,都不要过于激烈,应当尽量做到委婉曲折,而不要过于直露。孔子追求"尽善尽美"、雅正中和的文艺思想,体现了他以"诗教"为核心的文艺观。

8. 孔子文艺思想对中国文学现实主义传统的积极影响

孔子文艺思想的核心是被儒家后学们概括发挥成的"诗教"说。所谓"诗教"即强调诗歌与政治教化之间的联系,其基本观点是肯定文艺的社会作用,强调文艺应该为人的道德修养,为国家的政治教化服务,并且能很好地服务。

孔子的文艺思想表现了其关注现实的热情、强烈的政治和道德意识、真诚积极的入世品格。这种经世致用的文艺观对后世文学理论批评的最重要的影响是为现实主义文学理论批评奠定了基础,对文学干预现实、干预社会提供了理论根据。后世现实主义文学创作实践和文学理论批评可以说无不受到孔子功利性的诗学观、文艺理论观的积极影响。

9. 孟子的"知言养气"说

《孟子·公孙丑上》中说:"我知言,我善养吾浩然之气",提出了"知言养气"说。孟子的"浩然之气"是指人的仁义道德修养达到极高水平时所具有的一种正气凛然的精神状态。作为文学理论批评的用语,"知言养气"是指,作者必须首先具有内在的精神品格之美,从培养自己的道德品格入手,具有了高尚的人格即养成"浩然之气"后,才能有美而正的言辞,写出好作品。这里的"养气"当是指培养自己的高尚思想情操和道德品格。"养气"了,才能"知言",即知道如何写出好作品。这种思想影响到文学创作,就特别强调一个作家要从人格修养入手,培养自己崇高的道德品格。

"知言养气"说是孟子哲学思想的重要组成部分,虽然不属于文学理论批评,但这个"气"抓住了人的内在最本质的蕴涵,因而被后人广泛地引入文学理论和文学批评,形成了中国古代文论史上以气论文的悠久传统,并引导作家注重气与言、身心修养与文学创作的关系,其影响都是积极的。

10. 孟子"以意逆志"说

孟子在《孟子·万章上》中说:"故说诗者,不以文害辞,不以辞害志,以意逆志,是为得之",提出了"以意逆志"说。这里的"意"当是指读者之意,而"志"则是作者的思想意志。所谓"以意逆志",是指说诗者(即读者)要根据自己的历练、思想意志去体验、理解作者的作品,不要死抠字眼,也不要受拘束于词句,曲解甚至歪曲全篇的主旨。从现代文学批评观念来看,"以意逆志"涉及了文学批评的基本方面:文本("文"、"辞")、作者("志")、批评者("说诗者"、"意"),并对三者之间的基本矛盾作了相对辩证的处理,是比较科学的文学批评方法。孟子以这种方法解说《诗》中的一些作品,为中国文学提供了比较客观实在的批评原则。后世大量的诗话词话大抵是在此原则下展开文学批评和记录读后感想的。

11. 孟子的"知人论世"说

"知人论世"说是孟子在《孟子·万章下》中提出的:"颂其诗,读其书,不知其人,可乎?是以论其世也。是尚友也。"知人,是要对作者的生平经历和思想有所了解;论世,是说对作家作品所处的时代背景有一定的认识,这样才能站在作者的立场上,与作者为友,体验作者的思想感情,准确把握作者的写作意图和正确理解作品的思想内涵。"知人论世"说把文学作品看作是一定时代的产物,结合作者的生平来进行考察,是比较科学的文学批评方法。孟子以这种方法解说《诗》中的一些作品,比较接近和还原了它们作为文学作品的本来面目,为中国文学提供了比较客观实在的批评原则。后世大量的诗话词话大抵是在此原则下展开文学批评和记录读后感想的。

12. "以意逆志"、"知人论世"作为文学批评方法,与先秦时期"赋《诗》言志"对于《诗》的阅读、理解的不同

据《左传》等典籍记载,先秦时期,人们在诸侯朝聘、社会生活中流行"赋《诗》言志"现象,即以诵读诗的形式表达自己的观点。这种诵诗方法或割裂全诗,断章取义;或曲解诗意,穿凿附会;或对诗句作表面的机械的理解,以附和自己的主观意志。"赋《诗》言志"的说诗方法常常对诗的解读造成很大的误导。

孟子切中时弊,提出了"以意逆志"与"知人论世"说。"以意逆志"是说读者要用自己的切身体会去推测作者的本意,解释诗的人不能以个别文字影响对词句的理解,也不能以个别词句影响对诗本意的认识,应当以自己对诗意的准确理解,去推求作者的本意。"知人论世"则是指要正确理解作品的内容就应当深入地了解诗人的生平、思想、作品的时代背景。孟子的"以意逆志"与"知人论世"

说是比较科学的文学批评方法和作品解读方法,对后世影响极大,后世的大量诗话、词话等大抵都是运用这一原则进行文学评论和批评的。

13. 孟子民本思想在其文艺观中的体现

孟子在孔子"仁者爱人"的思想上进一步提出了"仁政"和"民为贵,社稷次之,君为轻"的民本思想。孟子"与民同乐"的文艺美学思想正是在他"仁政"与民本思想的影响下形成的,是以他的人性善理论为哲学基础。《孟子·梁惠王》:"乐民之乐者,民亦乐其乐;忧民之忧者,民亦忧其忧。乐以天下,忧以天下,然而不王者,未之有也。"这里,孟子将以百姓之乐为乐,以百姓之忧为忧,作为衡量一切文艺作品的标准,看它能否"与民同乐"。从"与民同乐"思想出发,孟子重视古乐,不轻视今乐,只要能"与民同乐",则今乐也是古乐(《孟子·梁惠王》:"今之乐由古之乐也。"),所以古乐、今乐都要重视。孟子发展和革新了孔子的音乐思想,与孔子偏重古乐的观点有所区别。

14. 孟子文论对中国文学创作和批评的影响

孟子文论对中国文学产生了重要的影响:1. 孟子提出了"与民同乐"的文艺美学思想,是对儒家文学思想的发展;2. 其"以意逆志"与"知人论世"说为中国文学提供了比较客观实在的批评原则,后世大量的词话诗话大抵都是在此原则下进行文学评论和批评的;3. 其"知言养气"说的"气"抓住了人内在最本质的蕴涵,被后人在文论中广泛引用和运用,形成了中国文论史上以气论文的悠久传统。

15. 庄子的"虚静"说

"虚静",原是中国古代哲学思想中的一个重要范畴,最早见于老子《道德经》中"致虚极,守静笃"的说法,指的是人在认识外界事物时的一种静观的精神状态。庄子继承发展了老子"虚静"的学说,认为它是进入"道"的境界时所必须具备的一种精神状态。《庄子·大宗师》说:"堕肢体,黜聪明,离形去知,同于大通,此谓坐忘。"庄子的"坐忘"就是"虚静",是要使人忘掉一切存在,也忘掉自己的存在,抛弃一切知识经验,达到与道合一的境界。庄子认为"虚静"必须在"绝学弃智"的基础上方可达到,然而也只有达到"虚静",不为外物所乱,不为心知所蔽,才能自由地进行审美观照,艺术创造力也最为旺盛,才能创作出和造化天工完全一致的作品。庄子的"虚静"说体现了中国古代思维方式上的重要特点,即重在内心的体察领悟,而不重在思辨的理论探索。这种思维方式的特点对中国古代文艺思想和文学理论发展有重大影响。

16. 庄子的"物化"说

庄子的"物化"说是与他的"虚静"说相联系的。庄子认为"虚静"是认识"道"的途径和方法,是进入"道"的境界时所必须具备的一种精神状态。从创作主体来说,必须具备"虚静"的精神状态,这是能否创作合乎天然的艺术之关键。而从创作主体和客体的关系来说,必须要达到"物化"的状态。什么是"物化"呢?在庄子看来,进入"虚静"状态之后,人抛弃了一切干扰和心理负担,就会忘掉一切,甚至忘了自己,不再受自己感觉器官的束缚和局限,从而达到认识上的"大明"。作为创作者来说,主体的人也似乎不存在了,主体的"自然"(天)和客体的"自然"(天)合而为一、物我两忘,这就是进入了"物化"的境界,这就叫做"以天合天"。处在这样状态下的创作自然是和造化天工完全一致的了。

17. 庄子的"言不尽意"、"得意忘言"说

《庄子·天道》说:"语之所贵者,意也。意之所随者,不可以言

传也。"在庄子看来,"意"是"不可以言传"的,《庄子》中一些出神入化的技艺的故事,如"轮扁斫轮"、"庖丁解牛"等都在说明言不能尽传意的道理。《庄子》认为文字语言都是有局限的,不可能把人的复杂的思维内容完全传达出来,这就是所谓"言不尽意"。既然"言不尽意",那么,相比于意来,言就不是最重要的了,所以《庄子·外物》篇说:"筌者所以在鱼,得鱼而忘筌;蹄者所以在兔,得兔而忘蹄;言者所以在意,得意而忘言",提出了"得意忘言"说。"得意忘言"是庄子解决言不尽意然而又要运用语言文字的矛盾之基本方法。

"言不尽意"、"得意忘言"虽然有明显的局限性,但这种说法在一定程度上符合人认识实践的实际情况。并且,以"言不尽意"为根据的"得意忘言"说对文艺创作影响深远。文学作品要求含蓄,有回味,往往要求以少总多,追求"味外之旨"、"言外之意",而庄子的"得意忘言"说,恰恰道出了文学创作中言意关系的奥秘。因此,它对文学理论和文学批评产生了巨大影响,在魏晋以后被直接引入文学理论,形成了中国古代文学注重"意在言外"的传统,并且为意境说的产生和发展奠定了理论基础。

18. 庄子言意关系论对于诗歌意境论的启迪

在庄子看来,语言是不能完全表达意的,即"言不尽意",他说:"语之所贵者,意也。意之所随者,不可以言传也。"(《庄子·天道》)庄子对"言不尽意"这种客观存在认识得十分深刻,他认为语言作为一种表达人的思维内容的物质手段,是带有概括性和抽象性的,难以表达人的全部思维内容。因此,在《庄子·外物》篇中提出了"得意忘言"说来试图解决"言不尽意"问题。他把语言作为"得意"的工具,通过利用有限的语言可以表达的方面,又不拘泥于语言文字,借助比喻、想像、象征、暗示等方法,发挥接受者的主观能动性去联想、想像、领悟无限的"言外之意",以获得比语言文字已经表达出来的内容更加广阔的内容。

庄子的"言不尽意"、"得意忘言"说对文艺创作有深远的影响。文学作品特别是诗歌,不要求"言尽意",而是需要语言含有不尽之意,让读者用自己的经验、体会去思考、回味,进行艺术的再创造,追求"味外之旨"、"言外之意"。庄子的"得意忘言"说,恰恰道出了诗歌创作中言、意关系的奥秘,对文学理论和文学批评产生了巨大影响,它在魏晋以后被直接引入文学理论,形成了中国古代文学注重"意在言外"的传统,为意境说的产生和发展奠定了理论基础。

19. 庄子崇尚自然的文艺美学思想在文学史上的积极影响

庄子哲学本身崇尚自然,主张清净无为。因此,在文艺美学思想上,庄子派把崇尚自然、反对人为作为其文艺美学思想的核心,作为其审美标准和艺术创作的原则。《庄子》明确提出要"无以人灭天,无以故灭命",否定和取消了人的智慧和创造,将尊重自然绝对化,这无疑存在着片面性,但《庄子》中的一些出神入化的高超技艺故事,如"庖丁解牛"、"轮扁斫轮"等,无不阐发其艺术创造的精辟思想,即艺术虽也是人工创造,但因其主体精神与自然同化,因而也绝无人工斧凿痕迹,从而达到天生化成的境界。后世受《庄子》影响的文学家、艺术家、批评家也都把这种境界作为对文学评论的一个标准,不是否定艺术创造,而是重视那种无人为造作之迹的合乎天然的艺术创造,即反对雕琢堆砌,主张淳朴无华,反对矫揉造作,主张天然化成。这是《庄子》崇尚自然的文艺美学思想对后代文学艺术家艺术创造影响的主要方面。

20. 庄子对于中国古代文学创作论的重要贡献

(1) 从创作主体角度,提出了主体必须具备"虚静"的精神状态。

庄子继承发展了老子的"虚静"学说,认为它是进入"道"的境界时所必须具备的一种精神状态。"虚静",是要使人忘掉一切存在,也忘掉自己的存在,抛弃一切知识,达到与道合一的境界。庄子认为"虚静"必须在"绝学弃智"的基础上方可达到,然而也只有达到"虚静",才能对客观世界有最全面最深刻的认识,才能自由地进行审美观照,艺术创造力才最为旺盛,才能创作出和造化天工完全一致的作品。

"虚静"的认识论体现了中国古代思维方式上的重要特点,即注重内心的体察领悟,不注重思辨型的理论探索。它揭示了审美和文艺创作中主体心灵的超功利特点。庄子的"虚静"说对后世影响极大,后世的文学家和文学理论家都或多或少地受到庄子的"虚静"说的影响。

(2) 从创作主体和客体的关系,提出了"物化"说。

庄子的"物化"说是与他的"虚静"说联系的。在庄子看来,创作主体进入"虚静"状态之后,就会抛弃了一切干扰和心理负担,不再受自己感觉器官的束缚和局限,从而达到认识上的"大明"。作为创作者来说,主体的人也似乎不存在了,主体的"自然"(天)和客体的"自然"(天)合而为一,这就是进入了"物化"的境界,这就叫做"以天合天"。处在这样状态下的创作自然就和造化天工完全一致的了。

"物化"思想在审美领域和文艺创作领域,无疑是一个相当精辟的理论,因为在真正的高层次的审美和文艺创作过程中,主、客体之间必须做到异质同构,泯灭彼此之界限,这也就是后世许多文论家常说的神与物游、情景交汇、意境融彻。

(3) 从创作方法角度,提出了"得意忘言"说。

"得意忘言"是庄子对言意关系的看法。在庄子看来,语言是不能完全表达意思的,即"言不尽意"。庄子强调语言文字的局限性,指出它不可能把人复杂的思维内容充分地表达出来。因此,庄子提出用"得意忘言"来解决"言不尽意"的问题,把语言作为"得意"的工具又不拘泥于语言文字,利用语言可以表达的方面,借助比喻、象征、暗示等方法,来启发人们的想像和联想,引起人们更为丰富复杂的思维内容,以获得"言外之意"。

庄子的以"言不尽意"为根据的"得意忘言"说道出了文学创作中言意关系的奥秘,对文学理论和文学批评产生了巨大影响,它在魏晋以后被直接引入文学理论,形成了中国古代文学注重"意在言外"的传统,并且为意境说的产生和发展奠定了理论基础。

两 汉

1. 司马迁对屈原和《离骚》"怨"的特点和直谏精神的认识

司马迁在《史记·屈原贾生列传》中说:"屈平疾王听之不聪也,谗谄之蔽明也,邪曲之害公也,方正之不容也,故忧愁幽思而作《离骚》。"认为"屈平之作《离骚》,盖自怨生也"。司马迁指出了屈原代表作《离骚》的创作动因和基本精神——"怨",这个"怨"不是个人主义的愁闷,而是屈原对国家的忠诚、忧国忧民的思想受到邪恶势力打击压抑后的怨愤,是坚持真理正义,不惜牺牲自我而反抗黑暗现实的激情。这种对黑暗现实的怨愤情绪和直谏精神,也正是屈原与宋玉等人最大的不同,是中国古代文学思想史上进步的传统。司马迁高度赞扬了屈原的思想和人格,对屈原表示了极大的同情。他通过分析屈原和《离骚》的高贵品质与政治意义,揭示了一个真理:在中国古代文学史上,真正伟大的作品,大都是作家坚持自己的进步理想或正确的政治主张,在遭到反动势力迫害后,为了抗争迫害而坚持斗争的产物。

2. 司马迁"发愤著书"说的内涵和影响

司马迁在《史记·太史公自序》、《报任安书》中历述文王、屈原、韩非等人的事迹后,总结他们的创作为"大抵贤圣发愤之所作也",

提出了"发愤著书"说。司马迁通过分析历史上许多伟大人物的事迹和作品,并结合自身创作的真实体会,揭示了一个真理:在中国古代文学史上,真正伟大的作品,大都是作家坚持自己的进步理想或正确的政治主张,在遭到反动势力迫害后,为了抗争迫害而坚持斗争、发愤"立言"的产物。"愤"固然包含了个人怨愤的情绪,但不能仅仅理解是为了泄一己之愁怨悲愤而著书,更主要的是这里包含了一种穷而弥坚的意志力,面对逆境的奋起和战斗精神,是动力、才力和意志力的激发。

"发愤著书"说对后世的进步的文学创作和文学理论有很大的影响,它鼓舞和激励后世作家在精神上引先贤为精神同道,越发有足够的勇气和信心承受生活的磨难,以写作作为抗争的手段。具体到文论思想上,唐李白有"哀怨起骚人"的诗句,韩愈"凡物不得其平则鸣"、"欢愉之辞难工,而穷苦之言易好",柳宗元"以发其郁积而学者得其励",宋欧阳修"诗穷而后工",陆游"悲愤积于中而无言始发为诗",清龚自珍"泄天下之拗怒",等等,都有司马迁的血液。它和西方"愤怒出诗人"一样,表明了共同的写作方向,成为黑暗社会进步文人从事写作的共同特点。就是现在的一部分人所说的"文学是苦闷的象征",究其精神实质与"发愤著书"说也是小异而大同。

3. 司马迁的"实录精神"及其影响

"实录"是司马迁写作《史记》的创作原则。东汉史学家班固在《汉书·司马迁传赞》中说,《史记》"其文直,其事核,不虚美,不隐恶,故谓之实录",肯定了司马迁的"实录"精神。

《史记》的许多篇章都体现了司马迁的"实录"精神。司马迁曾受到汉武帝的残酷迫害,但在《史记》中,他并不发泄私愤,而是客观地记述武帝的事迹,既记述他的功绩也不避讳其残忍和好大喜功、求仙访道、追求长生不老等可笑事实。对汉高祖,司马迁既写了他推翻暴秦、统一天下的伟大历史作用和他知人善任、深谋远虑的政治家风采,也揭露了他的虚伪、狡诈、残忍和无赖的流氓嘴脸,真正做到了"不虚美,不隐恶"的"实录"。

司马迁的这种"实录"精神对后世史学、文学创作及文学批评理论产生了深远影响。后世的许多史学著作,特别是所谓的正史,不仅在体例上受《史记》影响,而且在写作态度上也受到司马迁"实录"精神的影响;后来的一些重要文艺家如"诗史"杜甫、白居易、韩愈、欧阳修、王世贞、李贽、金圣叹等都曾从他那里汲取思想营养,并作了进一步发展。

4. 司马迁的"实录"与文学的真实性的异同

司马迁的"实录"精神和文学的真实性的相同之处,是它们都真实地反映了社会现实。但司马迁的"实录"必须以写真人真事为原则,只能在真人真事的基础上,选择事件、组织材料、裁减史实、安排情节,不能虚构人物和事件;文学的真实性则是通过艺术形象从本质上真实反映社会现实生活,它不同于生活中的真人真事,可以在不违背本质真实的基础上,通过夸张、想像等艺术手法虚构人物和事件情节,构思文学作品。

5. 司马迁文学理论批评观对现实主义文学的积极意义

司马迁文艺理论批评观对后世现实主义文学创作和文学理论批评具有积极的意义和影响,主要包括三个方面:(1)司马迁评价屈原时概括的"怨刺"和直谏精神是中国古代现实主义文学思想的优良传统;(2)司马迁的"发愤著书"说是对历史上许多进步作家真实情况的总结,也是对自身创作的真实体会,对在受迫害的情况下下进行文学创作的后代作家是有力的鼓舞和激励;(3)在司马迁的创作中也体现了"实录"的创作原则,他的"实录"精神不仅影响了我国古代史学著作的创作,也影响了我国古代文学思想的发展,是我国古代现实主义文学思想的精髓。

6.《毛诗大序》的"情志统一"说

"情志统一"说是《毛诗大序》关于诗歌本质的一个诗论观点："诗者，志之所之也，在心为志，发言为诗。情动于中而形于言。"从这里可以看出《毛诗大序》承认诗歌是抒情言志的，情与志是统一的。情，是感情；志，是志意怀抱，根据《毛诗大序》的论述，具体多指对人伦教化、政教礼义得失的观点和看法。当诗人的感情受到激发，就会发言成诗，来抒发这种感情，表达心中的志意。《毛诗大序》强调诗歌是"吟咏情性"的，但在情志关系上，它更重在志，而且对志的内涵的理解基本上是继承先秦"诗言志"的观点。不过，《毛诗大序》正确地阐明了诗歌抒情言志的特点，指出了"情"在"言志"上有不可或缺的作用，这说明对文学本质的认识已较先秦时代进一步深化了。"情志统一"说对后来文学批评的影响很大，后世对诗歌思想内容的评价多集中在情和志上。

7.《毛诗大序》的"讽谏"说

"讽谏"有讽刺的意思，但仔细体会词义，"讽谏"是讽而谏，就是在讽刺之中包含着"谏"（劝说）的意思，因此在讽刺的程度上要稍微弱一点。《毛诗大序》提出了"讽谏"说："上以风化下，下以风刺上"，"言之者无罪，闻之者足以戒"。这充分肯定了文艺批判现实的功能和作用。一方面，统治者可以用诗来教化人民，维护统治者所需要的道德风尚、社会风气，以巩固统治秩序；另一方面，老百姓、臣下可以用文艺的形式对上层统治者进行讽刺劝谏，而且言者无罪，闻者足戒，这包含着一定的民主因素。"讽谏"说为后来进步的文学家用文学创作干预现实，批判社会黑暗政治提供了理论依据，对文艺与现实的关系作了比较明确的论述。

8. 《毛诗大序》的诗"六义"说

《毛诗大序》说:"诗有六义焉:一曰风,二曰赋,三曰比,四曰兴,五曰雅,六曰颂",提出了"六义"说。"六义"说是《毛诗大序》对《诗经》艺术经验的总结。其中,风、雅、颂是对《诗经》三百余篇的分类,赋、比、兴是对《诗经》艺术表现手法的归纳,将它们合称成"六义"并无多大意义。《毛诗大序》中并没有具体分析赋、比、兴的涵义,但按照《诗经》作品的内容、地域等特点来区别了风、雅、颂。其中,在解释风、雅的意义时,接触到了文艺创作的概括性与典型性的特征,所谓"以一国之事,系一人之本","言天下之事,形四方之风"者,是说诗歌创作以具体的个别来表现一般的特点。

(后来的经学家关于"诗六义"有诸多烦琐的阐释和发挥,但都与我们的文学课和文论课没有什么关系,这里不必赘述,同学们也不必深究。)

9. 《毛诗大序》的"变风"、"变雅"说

"变风"、"变雅"说是《毛诗大序》里提出来的说法,文中说:"至于王道衰,政教失,国异政,家殊俗,而变风、变雅作矣。"《毛诗大序》将《风》、《小雅》、《大雅》各分为正、变,认为"正风"、"正雅"是西周王朝兴盛时期的作品,"变风"、"变雅"是西周王朝衰落时期的作品。郑玄《诗谱》将十五国风中的《周南》、《召南》列为"正风",其余十三国风均为"变风"(但认为《豳风》是西周初年周公旦避流言时的作品,其余"变风"是西周衰落时期的作品);将《小雅》中的《鹿鸣》至《菁菁者莪》十六篇、《大雅》中的《文王》至《卷阿》十八篇列为《正雅》,认为它们是武王、周公、成王政治清明时期的作品,其余则都是"变雅",是西周中衰后厉王、宣王、幽王时期的作品。"正变"说应该说没有什么事实根据,但是反映了汉代儒家学者将《诗经》作品与社会政治、历史联系起来加以考察、阐释的批评方法。仅就

这一点来说,有其在文论史上的意义。另外,"变风"、"变雅"的说法,也认识到了文学作品对社会现实的反映,有其积极意义。

10. 《毛诗大序》对于诗歌抒情的认识与规范以及在后代文学史上所产生的积极与消极影响

《毛诗大序》对诗歌抒情的认识和规范主要体现在两个方面:(1)明确指出了诗歌通过抒情来言志的特点,即"情志统一"说,强调诗歌是"吟咏性情"的,虽然它在情志关系上更重视志,但它正确地阐明了抒情言志的特点,肯定了情在言志上有不可或缺的作用,因此,对文学本质的认识已较先秦"诗言志"说更进一步深化了。(2)提出了诗歌创作要合乎"发乎情,止乎礼义"的原则,即认为诗歌创作要从感情抒发出发,但不能超越礼义的规范。由此,在揭露和批判统治者和社会黑暗方面,就必须"主文而谲谏",即要用委婉的文辞来表达谏劝的意思。

《毛诗大序》关于诗歌抒情的认识与规范对后代文学产生了积极和消极两个方面的影响。积极方面,它肯定诗歌"发乎情"的本质特点,承认诗歌创作的感情因素,这无疑是正确的,但"止乎礼义"又限制了诗歌感情的抒发和言志的内容,明显反映了正统儒家诗教的保守性,影响了诗歌创作的健康发展,使之容易流为经学的附庸、封建说教的工具。这一观点对后世影响很大,几乎成了儒家传统诗教规范诗歌创作的一个教条。另外,在客观上,它也促进了中国诗歌含蓄、蕴藉的风格和重视抒情性与"情志统一"的传统的形成。

11. 《毛诗大序》论文学与现实社会的关系以及文学所能起到的作用

《毛诗大序》认为,诗歌(文学)是现实政治、社会状况的反映。如:"治世之音安以乐,其政和。乱世之音怨以怒,其政乖。亡国之音哀以思,其民困。"它认为,社会政治状况不同,所产生的诗歌便有不同的内容情感和风格特点,那么从这不同就可以了解当时的政治。它还提出"变风"、"变雅",认为这是"王道衰,礼义废,政教失,国异政,家殊俗"的衰败的政治社会环境在文艺上的反映。

《毛诗大序》很重视文学对于社会、政治的功用,并阐述了其两个方面:"上以风化下"和"下以风刺上"。"上以风化下"就是"先王以是经夫妇,成孝敬,厚人伦,美教化,移风俗",是指统治者按照自己的政治要求和道德规范,利用诗歌对臣民实行教化。"下以风刺上"则发挥了孔子"诗可以怨"的内容,是说臣民可以利用诗歌作为讽刺的工具,劝谏、敦促统治者改良政治、改正过失。一方面,臣民的"刺"要"主文而谲谏",必须文辞委婉含蓄,不能触犯统治者的尊严,要"发乎情,止乎礼义";另一方面,统治者要能容纳"刺",即"言之者无罪,闻之者足以戒",这包含了一定的民主因素。《毛诗大序》认为文学特别是诗歌创作应该有批评现实的功能和作用,肯定了诗歌的讽刺作用,为后来进步文学家用文学创作干预现实、批判现实、揭露黑暗提供了理论依据。

12. 《毛诗大序》的民本思想倾向

《毛诗大序》发展了先秦儒家关注现实、关注民生的带有民本倾向的文艺观,成为两千多年来封建正统的文艺纲领,体现了一定的民本思想倾向。如《毛诗大序》在论述诗歌的基本特征时,肯定了诗歌是以人的情志为出发点的,是"情动于中而形于言"的结果,认为诗歌是人们抒情言志的体现。此外,《毛诗大序》注重诗歌反映、批判现实,关注民生的政治社会功用,认为统治者可以"以风化下",可以"经夫妇,成孝敬,厚人伦,美教化,移风俗",下层人民可以"以风刺上"。这里,无论是教化人民还是臣民讽谏,都是与民有关,带有民本倾向。

13. 王充的"疾虚妄"精神及对其文学观念的影响

王充提倡真实,反对"虚妄",他自述写作《论衡》的主旨是"疾虚妄"(《论衡·佚文》)。他认为一切文章和著作必须是真实的,坚决反对"奇怪之语"、"虚妄之文"等荒诞不经的虚妄之作,批判"好谈论者增益事实,为美盛之语;用笔墨者,造生空文,为虚妄之传"(《论衡·对作》)。王充着重探讨了书籍文章中的"增益之辞"。一方面,王充在解释《尚书》、《诗经》等先秦儒家经典和其他个别著作的"增益之辞"时,看到了文学创作中夸张、修饰的用心,涉及了如何看待生活真实与艺术真实的辩证关系;但另一方面,王充又没有把这种正确的理解贯穿于对所有书籍和文章的夸张描写之中,对浪漫主义创作、神话、传说等也予以否定和批判,忽略了艺术真实的特殊性,体现了他唯物主义的直观性、机械性的弱点。

总之,"疾虚妄"的精神构成了王充现实主义文学理论的基本核心,对现实主义文艺思想的发展起到了积极作用,但王充对文学作品(如神话、浪漫主义创作)的特征认识不足,也产生了一定的消极不良影响。

14. 王充《论衡》的"文为世用"说及其影响

王充"文为世用"说语出《论衡·自纪》:"为世用者,百篇无害;不为用者,一章无补。"王充认为文章应当有为而作,应当有益于世,对社会发展有积极的作用。他指出了历史上许多著作都是针对现实问题的有为之作。王充强调文章并非"徒调弄笔墨为美丽之观"(《论衡·佚文》),而是应达到劝善惩恶之目的。从实用的角度出发,王充既反对当时脱离现实的皓首穷经的章句之学,也反对汉赋创作中徒事雕饰文辞而内容空虚的形式主义文风,他认为文章的内容和形式必须统一,做到表里一致,内外相符。

王充主张文章应当"为世用",在当时有着积极的针砭意义,也对后世文艺理论产生了深远的影响。刘勰在《文心雕龙·原道》篇提出,文学作品要写"天地之辉光,晓生民之耳目",然后才能为世所用;白居易主张"文章合为时而著,歌诗合为事而作"(《与元九书》);王安石声称"且所谓文者,务为有补于世而已矣"(《上人书》);顾炎武提出"文须有益天下",以及现代文学史上文学研究会"为人生"的文艺主张,莫不是王充"为世用"主张的发扬光大。

15. 王充《论衡》的"言文合一"主张

针对汉代复古保守的文必艰深论,王充提倡文章的语言应当清楚明白。当时有人认为,"口辩者其言深,笔敏者其文沉"(《论衡·自纪》)。似乎文字越艰深古奥,文章水平就越高。针对这种以艰深为文的不良文风,王充指出:"夫文由语也……口言以明志,言恐灭遗,故著之文字。文字与语言同趋,何为犹当隐闭指意?"(《论衡·自纪》)因此,"口则务在明言,笔则务在露文"(《论衡·自纪》)。至于古人之书之所以深奥难懂,并不是因为古人才气大,而是因为时代相隔太久,古今语言不同,或是各地的方言不一样,"此名曰语异,不名曰材鸿"(《论衡·自纪》)。因此,王充提出自己的评议标准:真正好的作品,并不在于语言艰深,而是能深入浅出、喻深以浅的作品,"何以为辩?喻深以浅。何以为智?喻难以易"(《论衡·自纪》)。

16. 王充的文学发展史观

汉代是个经学昌盛的时代,经学章句往往下笔千言,以艰深古奥,严重脱离现实的语言,解说经书的微言大义,模拟和仿古成了时尚和准则。王充不满这种状况,他本着疾虚求实的精神,着重当代,着重实际,大胆突破儒家传统,鲜明地提出了反对复古、主张独创、主张言文合一的进步思想。在评价作者问题上,他指出,历史是不断发展、不断进步的,不能崇古贱今,向声背实,认为"古"一定比"今"好。后世超过前代,今人胜过古人是理所当然的事。这些观点已经在一定程度上涉及了文学的发展和演变,体现了王充强调发展进步的文学史观,对后来六朝的葛洪、萧统等都有很大的影响。

魏晋南北朝

1. 曹丕的"文章不朽"说

这是曹丕在评价文章作品的意义和价值时的观点。他在《典论·论文》中说:"盖文章,经国之大业,不朽之盛事。"这里,曹丕给予了文章一个从未有过的崇高评价,他认为,文章对治国有着重要作用,是治国中的重大事业,文学创作是千载之功,不仅对作家当时的现实生活发生作用,而且能够超越其自身时代,在历史发展中长期发生作用。曹丕把文章提到了比立德、立功更重要的地位,这种文章价值观是对传统思想的突破,是文学自觉的一种表现,激励着人们自觉地从事创作,把创作不朽作品当作崇高的理想,对后世的文学创作和文学批评理论的发展的意义是十分巨大的。

2. 曹丕《典论·论文》"四科八体"的文体论

曹丕研究了不同文体的特点,他指出"夫文本同而末异,盖奏议宜雅,书论宜理,铭诔尚实,诗赋欲丽"。"本同而末异"是指文章的本质是一样的,即用语言文字来表现一定的思想或感情内容,但文章的具体表现形态(包括内容特点和形式特点)则有所不同。由此,曹丕将文章分为四科八种(即奏、议,书、论,铭、诔,诗、赋),而这四科的"末异",以"雅"、"理"、"实"、"丽"来区别。文体不同,风格也随之不同,这是最早提出的对文体不同而风格亦异的文体风格论,虽然简略,但是具有较高的理论概括性。它归纳出了几种主要文体类型及其特征,标志着文体分类及特征的研究发展到了一个新阶段。特别是"诗赋欲丽"的说法,说明他已经看到诗赋作为文学艺术的美学特征,对后来抒情文学的发展,有着特别深远的影响。

3. 曹丕的"诗赋欲丽"作为文体论观点与前代文论的区别

在曹丕以前,文学基本上还没有独立出来,如《诗经》是"经",并未被看作文学作品。因而也就没有完全独立的、严格意义上的"文论"。曹丕在《典论·论文》中提出了"诗赋欲丽"的文体论观点,指出诗歌、赋体应该辞藻华丽,讲究文采。这说明,与以前的文论思想相比,曹丕看到了文学作为艺术区别于其他体裁文章的美学特征(即"丽"),认识到文学应该摆脱经学附庸的地位,这对于诗歌等抒情文学的发展,有着特别深远的影响。曹丕的《典论·论文》表明,魏晋时代文学已经逐步走向自觉的时代。

4. 曹丕《典论·论文》对当时文坛上不良现象的批评

曹丕在《典论·论文》里主要批评了当时文坛上两个方面的不良现象:首先,曹丕批评了"文人相轻,自古而然"的恶习。曹丕认为,不同的作家其才能各有所偏,不同的文体各有特点,一个作家往往只擅长一种,很难做到各种体裁都写得很好,即"文非一体,鲜能备善"。造成文人相轻的原因,是"暗于自见","各以所长,相轻所短",因而不能正确评价别人的作品。曹丕认为,正确的态度应该是"审己以度人",进行公正实事求是地评论。其次,曹丕发挥了王充反对好古贱今的思想,批评了当时文学批评中"贵远贱近、向声背实"的现象。贵远贱今,就是贵古贱今;向声背实,就是轻信耳闻虚誉而不重探究实际虚伪。曹丕的这个批评实际上肯定了文学的进步和进化,是两汉文学批评中进步思想的继续。

5. 曹丕《典论·论文》的"文气"说及其在文论史上的重要意义

曹丕从研究作家的才能与文体特征关系出发，特别强调了作家个性对文学创作的重要意义，提出了"文以气为主"的著名论断，他说："文以气为主，气之清浊有体，不可力强而致……虽在父兄，不能以移子弟。"可以看出，这里的"气"，是由作家的不同个性所形成的，指的是作家在禀性、气度、感情等方面的特点所构成的一种特殊精神风貌在文章中的体现。"文以气为主"就是强调作品应当体现作家的特殊个性，要求文章必须有鲜明的创作个性，而这种个性只能为作家个人所独有，"虽在父兄，不能以移子弟"，这也说明了文章风格多样性的原因。

曹丕是最早将哲学领域中"气"的概念引入到文学创作和评论中的人，后世许多文论家、诗论家常以"气"论诗、论文，形成这个传统当或多或少是受到了曹丕"文以气为主"说的影响。

6. 曹丕所提倡的"气"和孟子所说的"气"的区别

曹丕所提倡的"气"和孟子所说的"气"具有完全不同的性质。孟子"知言养气"说中的"气"是指道德品质修养达到崇高境界时的一种精神状态，是通过长期学习"礼义"而具有的"配义与道"的"浩然之气"；曹丕"文气"说中的"气"则是先天赋予的，是没有伦理道德色彩的自然禀性，属于生理和心理方面的"气"。"文以气为主"，即要求文章必须有鲜明的创作个性。

7. 曹丕《典论·论文》的影响

《典论·论文》首先提出了作家个性与风格关系的理论和四科八体的文体风格论，为陆机《文赋》、刘勰《文心雕龙》的文体论、风格论提供了初步的理论基础。其"文以气为主"说，是中国古代文学和文学批评中"文气"说传统中的一个重要环节。他的"文章不朽"说是对文章价值观的突破,对后世文学创作和文学批评有重大影响,常常成为后世创作者和理论批评者所标榜的一个原则。总之,《典论·论文》确是一篇在文学理论和文学批评方面具有重大转折意义的纲领性文章。

8. 陆机《文赋》的写作目的和中心内容

陆机在《文赋》的小序中对《文赋》的写作目的及其所要解决的主要问题作了明确的叙述。陆机提出了创作中常常出现的"意不称物,文不逮意"问题。所谓"意不称物",是指作者的构思内容不能正确反映思维活动的对象;所谓"文不逮意",是指写成的文章不能充分表现思维过程中所构成的具体内容。陆机认为,这个问题存在于创作实践的始终,也只有在创作实践中才能解决它。因而,《文赋》的写作正是要通过总结前人的经验来解决这个问题,《文赋》的中心内容,就是要论述以构思为主的创作过程。

9. 陆机《文赋》的文章"十体"说

陆机在《文赋》里把文章体裁分成十类,并具体概括了其风格特征:"诗缘情而绮靡,赋体物而浏亮。碑披文以相质,诔缠绵而凄怆。铭博约而温润,箴顿挫而清壮。颂优游以彬蔚,论精微而朗畅。奏平彻以闲雅,说炜晔而谲诳。"陆机提出文章"十体"说,并同时指出了这十体文章各有不同的风格,这比起曹丕"四科八体"的文体论要细致一些。特别是他提出的"诗缘情而绮靡"说,只讲诗"缘情"而不讲言志,实际上起到了使诗歌不受"止乎礼义"束缚的巨大作用。它与"赋体物而浏亮"一道,强调了文学作品的两个重要特征:感情和形象。这反映了他对文学的艺术特征的理解已大大地深入了一步。

10. 陆机"诗缘情而绮靡"的内涵以及它对后世文学理论的影响

所谓"诗缘情"就是说诗歌是因情而发,是为了抒发作者的感情的,这比先秦和汉代的"情志"说又前进了一步,更加强调了情感的成分,是魏晋时代文学自觉的重要表现。"绮靡"与艳情、闲情无关,是以织物来比喻文章要细而精,给人以美好的感受。

陆机的"诗缘情而绮靡"说突出了诗歌的感情因素和美感要求,对后世文学创作有非常重要的影响,具有开一代风气的意义。与《毛诗大序》的"发乎情,止乎礼仪"要求诗歌为美刺、政教服务不同,陆机突出"诗缘情"而不讲"言志",更强调其审美特性,以追求诗的美好动人为目标,客观上使诗从"止乎礼义"的束缚中解脱出来,更加符合诗歌艺术的特点。这说明陆机对文学的艺术特征的理解又在前人基础上大大深入了一步,是对诗歌特点的新的理论概括。

11. 陆机《文赋》关于创作构思的论述

《文赋》论述了以想像为中心的创作构思论,形象地描述了艺术构思的全过程。

(1) 构思前的准备:《文赋》开篇就说:"伫中区以玄览,颐情志于典坟。"这里,陆机着重强调了艺术构思前作家应当具备的两方面条件——玄览、虚静的精神状态和积累丰富的知识学问。虚静的精神境界可以诱导作者排除纷扰,进入全神贯注的创作状态;加之作者有胸罗万卷的学养储备,构思活动就能够顺利展开。

(2) 构思活动的情状:《文赋》生动地描绘了构思活动的情状。首先要进行丰富的想像活动。想像活动超越时空,无限丰富和广阔,即所谓"精骛八极,心游万仞"。在想像中,情感的逐渐鲜明与艺术形象的逐渐清晰完形同步进行,即"情瞳昽而弥鲜,物昭晰而互进"。情与物在想像过程中的结合,是艺术构思的必然结果。其次,当艺术意象在作家的思维过程中形成以后,就要用语言文字作为物质手段,使它具体地呈现出来。为了寻找最精彩、最能充分表现在构思中形成的艺术意象的语言文字,要"倾群言之沥液,漱六艺之芳润"(群书中的精华像涓涓醇酒随笔倾吐,《诗》、《书》等经典像芳菲的雨露滋润笔端),就必须上天下地去寻找。并且,这语言文字还要具有独创性,即"谢朝华于已披,启夕秀于未振"。

(3)重视灵感在构思中的作用:陆机认识到灵感的作用,认为灵感不是人力所能左右的,而应顺乎自然。

12. 陆机《文赋》对创作中表现技巧的论述

《文赋》对创作过程中的表现技巧有比较细致的分析:(1)结构与布局:强调"选义按部,考辞就班",必须恰如其分地安排好意和辞,使之都充分发挥作用。结构应根据内容需要,采取不同形式。(2)意和辞的辩证关系:陆机把意(内容)比作树的主干,而文辞则是枝叶,意对文辞起着主导作用("理扶质以立干,文垂条而结繁")。但没有华丽丰满的枝叶,树干也没有生气,这里,陆机是主张内容与形式的统一。(3)艺术技巧方面的几个重要原则:"其会意(具体构思)也尚巧,其遣言(辞藻问题)也贵妍。暨音声之迭代(注意音节、节奏的音韵和谐美),若五色之相宜。"就是对诗赋等文学作品,要构思巧妙,词藻华美,有抑扬顿挫的音乐节奏美。(4)具体的写作方法:定去留(选材和剪裁)、立警策(立警句以振醒全篇)、戒雷同(立意、造语要新)、济庸音(对平庸之处要设法挽救)等。

13. 陆机《文赋》提出的文学作品艺术美的五个标准

对文学作品的艺术美,陆机提出了五个标准,这就是应、和、悲、雅、艳。陆机用音乐作比喻说明了其内涵:应,是指音乐上相同的曲调、声音间的相互呼应所构成的音乐美,借此比喻文学作品应如众弦成曲,众色成彩,做到枝叶繁茂,色彩交辉,有丰赡之美;和,指音乐上不同的曲调、声音间相互配合而构成和谐的音乐美,借此比喻文学创作的丰赡之美要和刚健的骨气相配合,不能"寄辞于瘁音,徒靡言而弗华";悲,是以音乐上的悲音来比喻文学作品要有鲜明强烈的爱憎情感,能真正感人,有强烈的艺术感染力;雅,是在广泛的意义上要求文学作品有纯正格调而不轻浮;艳,与"绮靡"一样,是要求作品文辞美丽,有很高的艺术美。陆机提倡的这五个标准,尤其是悲和艳,对文学的发展起了积极的作用,为促进六朝文学在艺术上的发展作了一定的贡献。

14.《文赋》对六朝文学理论批评的影响

从总体上说,《文赋》开始体现了以道家为主论创作,以儒家为主论功用的儒道结合的文艺批评观。《文赋》对六朝文学批评理论发展影响极大。《文心雕龙》是对它的全面继承和发展,而且挚虞、李充的文体论,沈约等人的声律论,萧统《文选》中的文学观念等,都是在陆机思想影响下,对某一方面的进一步发展。除了以上的积极影响外,也有人认为,《文赋》过分强调了文学作品的艺术美、形式美,影响了六朝文学的现实主义倾向。

15.《文心雕龙·原道》中关于"文"与"道"的论述(刘勰对文学本质的看法)

刘勰在《原道》用"文"和"道"表达了他对文学的本质的看法:道是其内容,文是其表现形式。他在《原道》篇说的"文"有广义和狭义两方面的含义。广义的文即指宇宙万物的表现形式。如日月山川动植品类,是万物之文。任何事物都有它一定的外在表现形式,这便是广义的文;而任何事物又都有它内在的本质和规律,这便是道。道对不同事物,有它不同的表现形式,故而文也就千差万别。文是道的一种外化。那么,作为万物之灵的人,也有内在的道和外在的文。人的"文"就是用语言文字表达的文章。天地万物的道和广义的文,表现在人身上即为心和文(人文)。心之文即是"人文",即用语言文字来表达的文章,是狭义的文。《原道》篇正是从广义的文和道关系来说明狭义的人文之本质。《原道》篇所说的"道"的内容,从广义的文所表现的道来说,是指宇宙万物内在的普遍自然规律,按近于老庄所说的哲理性的自然之道。但从狭义的人文所体现的道来说,则是指具体的儒家社会政治之道。刘勰所说的"道"常常兼有道家之道和佛家的"神理",有儒、佛、道三家合流的意思在内。

16. 《文心雕龙·神思》对艺术想像活动中言意关系的见解

《神思》篇重点论述了艺术思维中的想像问题,提出了"思想为妙,神与物游"的创作观。作者阐述了志气(情志、气质)和辞令在想像活动中的作用,前者"统其关键",后者"管其枢机"。这实际上是想像活动的始与终,或曰动因和后果。值得注意的是,刘勰认识到了艺术创作活动中思维与语言的非对应关系,即认为思维中想像容易奇特丰富,而写成语言却往往大打折扣。这不仅仅是作家才能所限,更是由语言的本性所决定的。刘勰认为言表达意存在着一定的困难,这是文学创作中的永恒矛盾。这里提出的言意问题,是全书创作论的纲目。

17. 《文心雕龙·神思》关于创作灵感的描述

《文心雕龙·神思》对文学创作过程中的神思现象和灵感活动进行了科学的理性的阐释。

首先,刘勰阐述了灵感活动和艺术想像特征和情状。当创作灵感来到时,神思活动"思接千载"、"视通万里",具有跨时空的特点。"文之思也,其神远矣",精神活动的范围无边无际,为文运思。其次,刘勰提出,灵感活动的过程始终离不开"物",即"思理为妙,神与物游"的特点。"神与物游"是指作为创作主体的心(即神)与作为创作客体的物的融合统一。它有两个层:一个层次是神驰于眼见的物象之中;另一个层次是神驰于内视中之物象(即心象)之间。灵感活动中的想像既有眼见物象也有心中物象,始终与物象相联正是艺术构思灵感活动的最重要的特点。再次,刘勰还强调了灵感中的感情成分。作家的思想感情非常饱满深入,沉浸在想像的世界里,"吟咏之间,吐纳珠玉之声;眉睫之前,卷舒风云之色","登山则情满于山,观海则意溢于海"。另外,刘勰还认为,创作的灵感活动需要有虚静的精神状态和一定的才、学。他说:"陶钧文思,贵在虚静,疏瀹五藏,澡雪精神。"虚静状态下,神思灵感活动才能不受干扰,顺利进行;同时,刘勰肯定了禀赋和学识的重要性,他认为"人之秉才,迟速异分",并把"积学以储宝,酌理以富才,研阅以穷照,驯致以绎辞"与虚静的精神状态,同时并列为"驭文之首术,谋篇之大端"。

18. 刘勰《文心雕龙·体性》对文学体裁风格和作家才性学养之间关系的论述(刘勰的"才、气、学、习"说)

《体性》篇论述了文学作品的体裁风格和作家才性学养之间的关系。"体"有两层意思:一是指体裁形式,如诗、赋、赞、颂等不同体裁;二是指文学作品的风格特点。"性"是指作家的才能和个性。刘勰认为文学作品的体与性之间有必然的内在联系。文学作品风格的多样化,正是因为作家个性各有不同。反之,"文如其人"正是作品风格与作家人格的统一。至于作家个性的形成,刘勰提出有四个方面的因素:才、气、学、习。才与气是先天的,才指作家才能,气指作家的气质个性;学和习是后天的,学指作家的学识,习指作家的学习。作家的才气虽有先天好坏的差别,但又受后天学和习状况的影响而有所发展并逐渐定型。对于先天禀赋和后天培养,刘勰能够兼顾而不偏废,并从实际上把后天的学和习放在比先天的才和气更重要的地位上,这种认识比曹丕的只强调先天禀性的认识大大前进了一步。

19. 刘勰《文心雕龙》"风骨"论的内涵

刘勰在《文心雕龙·风骨》中提出他著名的"风骨"论。"风骨"的内涵,说法纷纭。一般认为:风当是指抒发情志的作品有一种表现得鲜明爽朗的思想感情,并具有能感化人的艺术感染力;而骨则是指一种精要劲健、刚正有力的语言表达。风和骨是相辅相成的,无风则无骨,风和骨不可能单独存在。从某种意义上看,"风骨"可以看作是文学作品的某种艺术风格,但不同于体现作家个性的一般意义上的艺术风格,如典雅、远奥等,它具有普遍性,是文学创作中作家普遍追求的审美特征,也是文学作品在内容与形式上应具有的风貌。"风骨"说对后人产生了深远的影响。后代创作家和文论家无不标榜"风骨"以反对柔靡繁缛的文风。

20. 《文心雕龙·风骨》所表达的审美理想

要诠释刘勰在《文心雕龙·风骨》中提出的"风骨"这个十分重要的审美标准的涵义,有必要从广阔的中国历史文化背景上来考察。刘勰对"风骨"的重视和他提出的"风清骨峻"的审美理想,与中国文化传统中所表现的主要精神有十分密切的关系。中国古代知识分子在精神品格上有非常可贵的一面,这就是建立在"仁政"、"民本"思想上的,追求实现先进社会理想的奋斗精神和在受压抑而理想得不到实现时的抗争精神,它体现了中华民族坚毅不屈、顽强斗争的性格和先进分子的高风亮节、铮铮铁骨。"风骨"正是这种奋斗精神和抗争精神在文学审美理想上的体现。

中国古代文论特别讲究人品和文品的一致,刘勰提出的"风清骨峻"不只是一种艺术美,更主要是一种理想的人格美在文学作品中的体现,它和中国古代文人推崇高尚的精神情操、刚正不阿的骨气是分不开的。从这种意义上说,"风骨"不同于体现作家个性的一般意义上的艺术风格,如典雅、远奥等,它更具有普遍性,是文学创作中作家普遍追求的审美特征,也是文学作品在内容与形式上应具有的风貌。"风骨"说体现了刘勰对文学创作的审美本性的认识,对后人产生了深远的影响。

21. 钟嵘《诗品》的"性情"说(感情论)

钟嵘在《诗品序》中阐述了他对诗歌本质的认识,他说:"气之动物,物之感人,故摇荡性情,形诸舞咏。"他明确地指出了诗歌是人的性情"摇荡"的产物,而造成"摇荡性情"的原因,是由于外界事物对诗人的感发触动,即"物之感人"。这个"物"既包括了自然事物,更包括了社会生活内容。钟嵘的感情论是指社会生活所激发的人的感情,具有进步的积极的社会内容。他在《诗品》中特别强调诗要抒发"怨"情,其所强调的"怨",发扬了孔子、司马迁以来的进步传统。钟嵘对文艺和现实的关系作了正确的解释,他的感情论既摆脱了儒家经学框框的束缚,又没有泛情主义的弊病,是难能可贵的。

22. 钟嵘的"自然英旨"说("直寻"说)的内涵

钟嵘主张诗歌创作以自然为最高美学原则,提出了"自然英旨"说。"自然英旨"说主要包括下面的内涵:(1)强调感情真挚。诗歌既然主要是以抒情为主的,就应该感情真挚,不能有虚假的感情表现。(2)诗歌是抒发感情的,为了抒发真挚的感情,就应该反对掉书袋(用典故)派和声律派,只以抒情为主。他说:"观古今胜语,多非补假,皆由直寻。""直寻"就是不假借用典用事,而是直接写景抒情。"直寻"说与"自然英旨"说在钟嵘的理论范畴里内涵是一致的。以"直寻"为中心的"自然英旨"论,对后代诗论产生了深远的影响。

23. 钟嵘《诗品》以怨愤为主要内容的"风骨"("风力")论

钟嵘在《诗品序》里论五言诗时是以建安文学为最高典范的,他以"建安风力"为五言诗应该达到的美学标准,强调诗歌创作必须以"风力"为主干,又要"润之以丹彩","风力"与"丹彩"兼备,才是最好的作品。钟嵘所赞美的"风力"与刘勰提倡的"风骨"一样,是对一种高尚的人格理想的歌颂。他特别重视以"怨愤"作为体现"风力"、"骨气"的重要内容,从他对"建安风力"的论述及所举的曹植、陶潜等例子看,他为"风骨"("风力")树立了这样一个标准:它具有慷慨悲壮的怨愤之情,直寻自然、重神而不重形以及语言风格明朗简洁、精要强健的特征。"建安风力"集中表现了钟嵘关于诗歌创作的美学思想。

24. 钟嵘的"滋味"论的内涵

钟嵘是中国古代文学批评中最早提出以"滋味"论诗的文艺理论批评家。钟嵘《诗品》认为,诗歌必须有使人产生美感的滋味,只有"使味之者无极,闻之者动心"的作品,才是"诗之至也"。要做到作品有深厚的令人品味无穷的"滋味",钟嵘又提出了"诗有三义"说,认为要使诗有"滋味",关键在于综合运用好兴、比、赋的写作方法。钟嵘把"滋味"作为衡量作品的重要尺度,使之成为了古代文论中的基本审美范畴。

25. 钟嵘对兴、比、赋的解释("诗有三义"说)

钟嵘在《诗品序》里提出了"诗有三义"说:"故诗有三义焉:一曰兴,二曰比,三曰赋。""三义"具体所指是:"文已尽而意有余,兴也;因物喻志,比也;直书其事,寓言写物,赋也。"钟嵘的兴,就是诗的语言要有言外之意,韵外之旨。钟嵘把兴放在第一位,是为了突出地表现诗歌的艺术思维特征。比,就是通过写景叙事来寄托作者自己的情志;赋,就是对事物进行直接的陈述和描写,但其中也要用有寓意的语言。钟嵘对比、赋的解释,说明他注意到了诗歌抒情言志、假物取象、滋味无穷的审美特征。钟嵘还认为要综合运用这"三义",不能偏于一种。如果只用赋体,那就会使作品过于浅露直白,"患在意浮";如果只用比兴,作品又会过于深奥隐晦,"患在意深"。只有"宏斯三义,酌而用之,干之以风力,润之以丹彩",才能创作出"使味之者无极,闻之者动心"的最有"滋味"的作品。

26. 钟嵘《诗品》的诗歌创作源流论和品第观

钟嵘将历代五言诗人分为两大系统,以《诗经》和《离骚》分别为其源头,风、骚并举。而《诗经》系统又分为《小雅》和《国风》两个支系。《诗品》认为其列举的一百二十多位诗人无不分属于这些系统,并形成源与流的关系。钟嵘又把诗人分成上、中、下三品,加以品评。钟嵘这样把诗人分成源流和等级,使诗歌史有一个清晰的系统和评价,应该说是对诗歌史最早的清理,有首建之功。但他的源流关系有的并不一定正确,如说陶渊明"其源出于应璩",就大受后人诟病;其对诗人等级的评定,也有不尽恰当之处,如把曹操分在下品,陶渊明分在中品,也不为后世多数文学史家和文论家所接受。

27.《诗品》对后世的影响

《诗品》是我国古代文学批评史上与《文心雕龙》并驾齐驱的重要著作,影响巨大。《诗品》的影响主要有:(1)《诗品》强调诗要抒发"怨"情,是中国古代文艺思想发展史上的一个进步传统,其情感论摆脱了儒家经学的条条框框,又没有泛情主义的弊病。(2)钟嵘提倡诗要"直寻",即直接抒情叙事,使后人反对形式主义诗风有了理论根据。(3)其"风骨"论,特别是他强调"建安风力",更为后人反对无病呻吟的柔弱诗风所标举,成为陈子昂诗歌革新运动的理论武器之一。(4)其"滋味"论也影响到司空图、严羽、王士禛、王国维等人的诗歌意境理论(如司空图的韵味说,严羽的兴趣说王士禛的神韵说、王国维的境界说等)。

隋唐五代

1. 陈子昂对齐梁文风的批评

　　唐初文学思想面临的主要问题是如何正确对待齐梁文学。齐梁文学总结了自魏晋以来将近四百年文艺发展中的新成果和新经验,重视文学的"缘情"本质,讲究艺术形式的华丽,注意运用多样化的表现手法,初步形成了近体诗的格式和雏形,这些都对文学发展起到了积极的促进作用,但齐梁文学的不良倾向也是非常明显的:一是相当一部分创作片面追求形式美而不注重思想主题的开掘,内容贫乏,格调低下;二是艺术上偏重词藻、典故、声律等具体技巧,而在审美意象的整体塑造方面较为忽视,呈现出"浮艳绮靡"的特征。陈子昂在《与东方左史虬修竹篇序》一文里集中阐释了他的理论主张,针对齐梁文风提出了两点批评:一是"彩丽竞繁而兴寄都绝",二是"汉魏风骨,晋宋莫传"。前者是说齐梁文风只追求华丽的词藻,而缺少深微的情志寄托,缺少诗人真情实感的抒发;后者是说晋宋以来的诗歌没能继承汉魏时期的优良传统,作品缺少强烈的艺术感染力。这两点批评概括了六朝,特别是齐梁文风的弊端,即内容不够充实,不注重整体审美形象的塑造,风格纤巧绮靡,缺少清新刚健的风骨之美。这两点批评切中要害,对于当时的诗风革新起到了积极的推动作用。

2. 陈子昂的"兴寄"说

　　陈子昂的"兴寄"说是针对齐梁文风"彩丽竞繁而兴寄都绝"的弊端提出的。"兴"指感兴、意兴,是诗人浮想联翩,形象思维十分活跃的一种状态;"寄"指寄托,是诗人隐含于诗歌审美意象中的现实寓意。"兴寄"说既强调作品要有充实的社会内容,同时也重视诗歌整体审美形象的表现;要求诗歌言之有物,寄怀深远,因物喻志,托物寄情,并指出诗歌要"洗心饰视,发挥幽郁",也就是洗去心中的杂念,去除审美对象的虚形假象,透彻地把握对象的本质,心物交融地表现诗人的忧情幽思。

对"兴寄"的提倡与陈子昂的生平思想有着密切的关系。这位抱负远大,任侠使气的诗人受儒家"仁政"和"民本"思想的影响,非常关心民生疾苦,反对贪官污吏对百姓的盘剥,写了不少表现积极进取精神的诗作,在其中寄寓了许多有进步意义的现实内容。他的《感遇》三十八首就借咏物叙事抒发自己的激越情怀,以物喻人,托物喻志,既有"感时思报国,拔剑起篙莱"(《感遇》其三十五)的壮志豪情,又有"岁华尽摇落,芳意竟何成"(《感遇》其二)的忧伤悲叹,寄托了自己的人生理想和对社会政治的见解,这些诗作无疑是他对自己的"兴寄"主张的最好的实践和最明确的注解。

3. 陈子昂的"风骨"说

陈子昂的风骨说,继承了前人的风骨论。他的风骨内涵,根据他在《修竹篇序》中针对齐梁诗歌提出的"汉魏风骨,晋宋莫传"的批评,应该就是指建安风力,即鲜明爽朗的思想感情和精要劲健的语言表达所形成的艺术风格,具有风清骨峻的特点。陈子昂以"骨气端翔,音情顿挫,光英朗练,有金石声"来描述有"风骨"之诗的审美特征。从形象塑造的角度要求诗歌有生动传神的整体形象,同时吸收了六朝在诗歌格律上的成就,又很注重抑扬顿挫的声律之美,要求诗歌创作应具有强烈的艺术感染力和震撼力,这充分体现了唐代"风骨"论的特点。

他的《感遇》三十八首、《登幽州台歌》等创作则具体呈现了"风骨"的审美内涵。尤其是《登幽州台歌》这首诗,仅二十二个字却几乎将他在《感遇》三十八首里所表现的俯仰宇宙、出入历史、直面现实、壮志难酬的主旨全部包容在其中了,犹如穿越时空的一声呐喊,将天与地、古与今转瞬间定格在苍凉的意境和悲壮的心境之上,凸现了一个骨气铮铮、傲然独立的诗人形象,的确堪称"风骨"的典范之作。可以说"风骨"论虽然不是陈子昂的首创,但经由他登高一呼,拉开了整整一代诗风的序幕,为唐代文艺思想和诗歌创作的发展开辟了一条新路,继而迎来了汹涌澎湃的"盛唐气象"。

4. 陈子昂的文艺思想在诗学史上的意义

陈子昂以"兴寄"和"风骨"为核心的文艺思想及其创作实践对唐代文学发展的影响是巨大的。他一方面反对齐梁描写宫廷艳情的诗作,要求文学作品表现政治理想抱负,抒发豪情壮志,有济世安民的广阔社会内容;另一方面反对齐梁文学仅在词藻堆砌、典故排比、碎用声律这些"小技"上追求纤巧,要求创造鲜明、生动、自然、传神的艺术形象。这些理论主张对扭转齐梁不良诗风,确立健康的诗歌创作观念有重要的意义,使初唐的诗歌革新运动取得了重大的进展,在清扫齐梁余风、为盛唐诗歌开辟大道方面,做出了巨大的贡献。正如韩愈的评价"国朝盛文章,子昂始高蹈",亦如金人元好问《论诗三十首》中所评:"沈宋横驰翰墨场,风流初不废齐梁。论功若准平吴例,合着黄金铸子昂。"

5. 皎然关于诗歌意境的认识

皎然诗论的中心和最有价值的部分是在论诗歌的意境创造和已经透露出诗境与禅境合一的端倪的诗歌美学思想方面。皎然已经清醒地认识到诗歌的情与境是不可分离的,境中含情,情由境发。所以他在"辩体有一十九字"条中解释"情"字云:"缘境不尽曰情。"这个"情"是指诗中之情,而非一般之情。他强调诗中之情是蕴藏于境中的,是由诗人所创造的诗境来体现的。关于诗歌创作中的意与境的关系问题,皎然认为,诗歌创作是诗人的情意受外界触发而起,情意又要凭借境象描绘来抒发。所谓"诗情缘境发,法性寄筌空"(《五言秋日遥和卢使君游何峤宿扬上人房论涅槃经义》),佛法借筌蹄来寄托,诗情缘意境而发挥。他最理想的诗歌审美境界是创造一个清新秀丽、真思杳冥的诗歌艺术境界,来展现禅家寂静空灵的内心世界。

关于诗歌意境的美学特征,从皎然《诗式》、《诗议》的论述中可以归纳出以下几点:第一,他认为诗境要"采奇于象外",强调诗歌意境的创造要于具体生动的景物描写之外捕捉到更为丰富的奇妙感受,此即晚唐司空图所说的"象外之象,景外之景";第二,皎然要求诗歌意境具有一种飞动之势,《诗式》开宗明义第一条就是"明势",在这里皎然用变化无穷、气腾势飞的山川形态比喻诗歌意境应当具有的动态美、传神美;第三,皎然认为诗歌意境的创造不能忽视人工的作用,但同时崇尚自然之美,要求意境形成之后,无人工斧凿之痕,而有直率自然之妙。

6. 皎然的"取境"说

皎然针对诗歌意境的创造提出了"取境"说:"或云:诗不假修饰,任其丑朴,但风韵正,天真全,即名上等。予曰:不然。无盐阙容而有德,曷若文王太姒有容而有德乎?又云:不要苦思,苦思则丧自然之质,此亦不然。夫不入虎穴,焉得虎子?取境之时,须至难至险,始见奇句;成篇之后,观其气貌,有似等闲,不思而得。此高手也。有时意静神王,佳句纵横,若不可遏,宛如神助。不然,盖由先积精思,因神王而得乎?"在这里皎然将诗美置于很重要的位置,并且认为诗美的创造不能"无为",而是要"有所为",才能创造出极高的审美境界,力求把人工修饰与天工自然熔为一炉。他指出"苦思"、"精思"而入"至难"、"至险"的境地,而意境形成之后,又要销尽"有所为"的痕迹,看起来有如自然天成,"不思而得"。在

《诗议》中他又再次申说:"或曰:诗不要苦思,苦思则丧于天真。此甚不然。固须绎虑于险中,采奇于象外,状飞动之句,写冥奥之思。夫希世之珠,必出骊龙之颔,况幽通含变之文哉?但贵成章以后,有其易貌,若不思而得也。"由此可见,皎然对诗境的审美理想的追求,仍是在于天真自然,但强调这种境界的获得必须通过人工的努力,主张通过诗人的创造达到一种人工的化境,从有技巧进入到无技巧之境界。故"取境"说偏重于诗人的主观取向,诗思发动后,凭自己的气质、才力、情感对外界的物境进行审美的再创造。因此,"取境"就成了形成诗歌创作的品格高下、风格类别的关键。"夫诗人之思初发,取境偏高,则一首举体便高;取境偏逸,则一首举体便逸。"这样重视"取境"的诗论,皎然是第一人。

7. "取境"有易、难两种情况

皎然论诗歌创作的"取境"有易、难两种情况,这是符合诗歌创作实际情形的。进入创作构思阶段,有时灵感开通,就会"佳句纵横","宛如神助",创作顺畅,这就是"取境"之"易"的表现。有时则"取境"艰难:"取境之时,须至难至险,始见奇句",这是"取境"之"难"的情况。前者是说构思创造诗歌意境的过程中要依靠诗人的灵感,在神思畅达的时候,灵感激荡,妙手成章,对此陆机等人已有相关论述;后者却是少有人触及,这是说有时灵感不能畅开,构思当然艰苦,只有继之以苦思冥想,才能深入采掘,遴选意境。皎然还认为"取境"时"至难至险"的作品,写成之后,如果又能不露凿斧痕迹,"观其气貌,有似等闲,不思而得",也即作者在创作时须经过艰苦的历练,而当读者欣赏时却以之为自然天成之作,看不到作家的苦心孤诣,感受到的只是美妙的意境,这才是文章"高手"的佳作。由此可见,皎然的确对有意境的创作推崇备至,强调佳境形成的曲折性和其形成之后的丰厚性。看似淡然,却耐人寻味,这才是真正有意境的作品,而这样的作品往往需要作家在构思取境时下一番苦功,由人工之至极而达到天工之至妙,须经"苦思"而臻自然,充分发挥主观力量在意境创造中的作用,即所谓"取境"之"难"。

8. 皎然对"两重义以上"的阐释

皎然注意到高意境的作品完成之后,便有了超越表层文字和形象之外的多层的,乃至不尽的审美意味,提出了"两重意以上,皆文外之旨"的看法:"两重意以上,皆文外之旨,若遇高手如康乐公,览而察之,但见情性,不睹文字,盖诣道之极也。向使此道尊之于儒,则冠六经之首;贵之于道,则居众妙之门;精之于释,则彻空王之奥。"在这里皎然力图将儒、释、道三家打通来论诗的多重意。其中将"但见情性,不睹文字"遵为诗人"诣道之极",实际已触及诗歌境界说的本质,自觉地追求超越语言文字之上的意境之美。这种审美追求既受佛家的"实相无相,微妙法门,不立文字,教外别传"的影响,又与道家文艺美学思想中的"言不尽意"、"得意忘言"相通。

所谓"两重义以上",就是说好的诗歌作品具有文字表层意义之外的多重意义,无尽的情致,这样的作品自然"情在言外,旨冥句中",能激起读者多层次乃至无穷无尽的审美体验。皎然又从诗家的审美艺术角度,举曹植"高台多悲风,朝日照北林"等为二重意诗例,举《古诗十九首》"浮云蔽白日,游子不顾返"为三重意诗例,又举《古诗十九首》"行行重行行,与君生别离"为四重意诗例。

9. 皎然关于诗歌的风格问题

皎然提出"辩体有一十九字",亦即十九种"文章德体",分别以一个字来概括其风格特点:"高:风韵朗畅曰高;逸:体格闲放曰逸;贞:放词正直曰贞;忠:临危不变曰忠;节:持节不改曰节;志:立性不改曰志;气:风情耿介曰气;情:缘境不尽曰情;思:气多含蓄曰思;德:词温而正曰德;诫:检束防闲曰诫;闲:情性疏野曰闲;达:心迹旷诞曰达;悲:伤甚曰悲;怨:词调凄切曰怨;意:立言盘泊曰意;力:体裁劲健曰力;静:非如松风不动,林狄未鸣,乃谓意中之静;远:非谓淼淼望水,杳杳看山,乃谓意中之远。"

"这十九体中有的偏重于诗的品格状态,有的偏重于诗的情感状态,有的偏重于诗之意态,而如'忠'、'节'、'诚'、'德'似乎只重在思想内容"①,虽然标准不一,有的也不见得正确或准确,但在陆机、刘勰文体风格论基础上,又向前推进了一步。值得注意的是皎然是将十九体一律当作"境"看的,因为在这之前他还有这样几句:"夫诗人之思初发,取境偏高,则一首举体便高;取境偏逸,则一首举体便逸。"他注意到了从诗的意境特征上来研究风格特征,这是中国古代文学风格论的一个十分重要的发展。

10. 皎然诗论对后世的影响

皎然总结了前代以抒情写景见长的一部分诗歌创作所积累起来的艺术经验,探讨了意与境之间的关系,影响了后代的诗歌意境说,他在《诗式》中所阐释的观点大大促进了唐人对诗歌意境的探讨。他的"采奇于象外"直接引出了刘禹锡"境生于象外"之说,对晚唐文论家司空图以"四外说"为核心的诗歌意境理论的形成也产生了一定的影响。其"取境"易难论、言意关系论对后代的构思论,追求言外之意、文外之旨的创作论都产生了深远的影响。

11. 韩愈的"古文"理论主张

韩愈提倡"古文"。所谓"古文"是指与当时流行于文坛的骈文(萌芽于两汉,兴起于魏晋,盛行于南北朝及唐初,句式对偶,讲究用典,追求艺术形式美的一种文体)相对而言的散体文,因为他号召的是以先秦汉代的古时散文,故称"古文"。韩愈提倡古文革新运动,反对内容空洞无物、形式雕琢华丽的骈体文,主张写作不讲骈俪对偶的单行散体的古文,强调文章要言之有物,着重实用,文以载道,要求恢复先秦两汉时期的传统,要求文风和文章形式、语言的全面革新,从而根除六朝之弊端。韩愈的古文理论和古文创作受到历代文人的高度评价,苏轼说他是"文起八代之衰,道济天下之溺"(《潮州韩文公庙碑》)。其历史功绩在于为散文的发展开辟了广阔的发展道路。

12. 韩愈关于"文"与"道"的观念

韩愈是唐代倡导古文运动最有力、实践最积极、成就上也最突出的一位文学家,同时又是儒家道统的大力宣传者,他把古文运动与恢复儒学的"古道"结合在一起,这集中体现在他的文以载道和文道合一的主张里。"道"就是儒家的社会政治、伦理道德,融化在作家身上,就是要求作家加强有益于群体、社会的伦理道德修养,可见韩愈特别强调作家主观道德修养的重要性,把它视为写好文章的关键。韩愈曾多次说过:"愈之志在古道,又甚好其言辞。"(《答陈生书》)"愈之所志于古者,不惟其辞之好,好其道焉耳。"(《答李秀才书》)韩愈以儒家道统的继承者自居,他所尊崇的"古道"即尧、舜、禹、汤、文王、武王、周公、孔、孟之道,为了提倡"古道"而写作古文,以恢复自魏晋以后中断了的儒家道统。但韩愈又是一位文学家,他重"道"并不轻"文",重视文章的内容,但并没有因此而轻视文章写作的技巧。他提倡古文,并不是主张机械地模仿先秦两汉文章的语言,而是特别注重写作古文时做到在语言上的独创性,所谓"惟陈言之务去"。朱熹批评他"平生用力精处,终不离乎文字言语之工",也说明了这一点。

13. 韩愈的"气盛言宜"说

韩愈从强调作者的道德修养及表现辞采的重要性出发,进一步发挥了孟子的"养气说",在《答李翊书》中,提出了"气盛言宜"之论。他说:"气,水也;言,浮物也。水大而物之浮者大小毕浮。气之与言犹是也,气盛则言之短长与声之高下者皆宜也。"在这里,韩愈将"气"与"言"的关系,比作水与物的关系,认为文章之好坏与作家的主观道德风貌有着直接的联系。这里所说的"气",是指儒家的仁义道德修养造诣很高而体现出来的一种精神气质,一种人格境界,与孟子的"配义与道"而修养成的"浩然之气"含义基本相同。

韩愈认为"气盛"了,就能创造出"言宜"的文章,这与孟子的"养气"是为了"知言"(即考察他人的言论)不同,孟子的"知言养气"是讲道德修养与辨别言辞是非的问题,韩愈则把"养气"与作文统一起来,是对创作原理的阐发。特别要说明的是,韩愈在强调"气盛言宜"的同时,并不忽视文章的写作技巧,而是力主在语言上要创新,对古人要"师其意,不师其辞",要"惟陈言之务去"。

14. 韩愈的"不平则鸣"论

韩愈在《送孟东野序》中还提出了"不平则鸣"论,阐释了作家创作与作家生平遭际之间的关系。他说:"大凡物不得其平则鸣……人之于言也亦然,有不得已者而后言,其歌也有思,其哭也有怀。"所谓"不平则鸣"从文学理论批评上看,就是认为作家在不得志时就会用创作来抒发自己的思想感情,表达自己的内心情志。这与司马迁的"发愤著书"说是一脉相承的。他还认为:"王公贵人,气满志得"(《荆潭唱和诗序》卷二十),是写不出好的作品来的,只有那些胸有块垒的不得志的文人爱"鸣",也善"鸣",指出:"夫和平之音淡薄,而愁思之声要妙;欢愉之辞难工,而穷苦之言易好。是故文章之作,恒发于羁旅草野。"他强调好的作品不是名利场中志得意满之徒的"和平之音",而多是落魄才子所发的"愁思之声",是其遭遇坎坷而愤愤不平之"鸣",说明逆境可以磨炼人的意志,考验人的毅力,激起人的奋发精神,这是对司马迁"发愤著书"说的发展。这一思想又在后来北宋欧阳修的《梅圣俞诗集序》中得到了进一步的阐发。

15. 韩愈的诗歌理论主张及其创作

在诗论上,韩愈主要提倡追求雄健怪奇的审美风格,崇尚气势美、险怪美。他在《调张籍》诗里,先是对李白、杜甫的创作风格作了主观色彩颇为浓厚的评价,然后说自己追随李、杜的诗魂一起遨游,并与李、杜二公进行了神交,"精诚忽交通,百怪入我肠",头脑里充满了各种怪怪奇奇的意象。这更多地反映了韩愈自己的审美理想,可见其对"怪"之美的钟爱,其中包括敢于破格、敢于出奇的构思怪、想像怪以及用语怪。他评孟郊诗,认为孟郊"横空盘硬语,妥贴力排奡",其实这些都说明他自己提倡和追求的是雄奇怪伟的诗歌风格。韩愈的这些诗美追求,在他自己的创作实践中得到了实现:他的一些诗,的确怪怪奇奇,如《陆浑山火和皇甫湜用其韵诗》用同一偏旁的字(诗中有"水龙鼍龟鱼与鼋,鸦鸱雕鹰雉鹄鹇,燖炰煨燔孰飞奔,祝融告休酌卑尊"等句),读来要翻字典,但《山石》诗虽也追求矫健怪奇风格,却是一首风格雄健的好诗,受到元好问《论诗绝句》的称赞("有情芍药含春泪,无力蔷薇卧晚枝。拈出退之山石句,始知渠是女郎诗。")。总之,韩愈的诗歌创作是在实践他的诗歌理论主张,其风格也基本上是雄健怪奇一路。正如晚唐司空图在《题柳柳州集后》中对他的批评:"尝观韩吏部歌诗累百篇,其驱驾气势,若掀雷抉电,奔腾于天地之间,物状奇变,不得不鼓舞而徇其呼吸也。"此外,韩愈还大胆创新,或以散文的章法结构诗篇,或在诗中大量运用长短错落的散文句法,尽力消融诗与文的界限,呈现出"以文为诗"的特点,对宋诗影响深远。

16. 白居易"为时"、"为事"而作的创作原则

白居易诗歌理论的核心是强调创作要有为而作,不为艺术而艺术。他说过:"总而言之,为君为臣为民为物为事而作,不为文而

作也。"(《新乐府序》)他对诗歌的抒情本质是有深刻认识的,在《与元九书》中,他说:"感人心者,莫先乎情,莫始乎言,莫切乎声,莫深乎义。诗者,根情,苗言,华声,实义。"不过强调的重点是"义",有强烈的现实功利性,他将"惟歌生民病,愿得天子知"(《寄唐生》)作为自己最重要的创作动机,提出"文章合为时而著,歌诗合为事而作"(《与元九书》),所谓"为时""为事"具体说就是"救济人病,裨补时阙"《与元九书》,认为诗歌的功能是惩恶劝善,补察时政。主张用同情的笔触来抒写时之治乱,反映下层劳动者生活的苦难,触及事关国运兴衰的重大时事,揭示时政的弊端,特别是强调诗要大力表现人民的疾苦,这是对传统儒家诗论思想的继承,而且注入了更为积极的内容。

17. 白居易诗歌理论对传统儒家诗论中"美刺"观点的发展和突破

白居易将传统的讽谕、美刺提升到了一个崭新的高度,他在这方面的理论和实践,也在很大程度上突破了传统的解释。按照传统的儒家诗教,诗的讽谕、美刺不仅是应该"发乎情,止乎礼义",而且在表达上,还应该是"主文而谲谏","怨而不怒"的,要求"温柔敦厚",反对过于激烈和直露。而白居易的理论恰恰相反,他强调诗歌的"刺"(讽刺、讽谕)的一面,不主张"美"(歌功颂德),他说:"欲开壅塞达人情,先向歌诗求讽刺。"他主张讽刺诗要写得激切、直率,要大声疾呼揭露弊政,为民请命。这在古代文论家中是少有的。这种观点主张文学创作要干预现实,批判黑暗社会,加强了我国古典诗歌的现实主义传统,对后代有极大影响。

18. 白居易的"诗者,根情,苗言,华声,实义"的理论

白居易在《与元九书》中以植物来喻诗:"感人心者,莫先乎情,莫始乎言,莫切乎声,莫深乎义。诗者,根情,苗言,华声,实义。"强调的是感情的重要,看到了诗歌的抒情本质。这里的"情"既指作者本人的情志,更指国情、民情。在白居易看来,诗歌是有认识生活和鼓舞感染人的作用的,认为好的诗歌要能"补察时政,泄导人情"。为了使作品发挥更广泛的社会作用,在强调思想内容第一的前提下,白居易也比较重视艺术形式的作用,力求内容和形式的统一,并不一概地排斥"苦言"和"华声",而只是反对离开有补于世的内容,雕章镂句。他要求不拘泥于声律、词藻的束缚,做到通俗易懂,为更广大的读者所接受。

19. 白居易诗歌理论的意义和局限性

白居易诗歌理论的核心是重视诗歌的社会作用,要求诗歌创作为现实政治服务。他大力提倡讽谕诗,主张"文章合为时而著,歌诗合为事而作"(《与元九书》),要求文学创作和社会政治发生密切联系,强调诗歌应该"惟歌生民病"(《寄唐生》),反映广大人民的疾苦,语言形式应该"质而径"、"直而切"(《新乐府序》),便于读者接受。这些主张,不但发扬了古代儒家的诗论传统,而且对后世现实主义的诗歌创作和诗歌理论影响深远。

然而白居易诗论也有其弊病,主要表现在:(1)过分强调了诗歌针砭时弊的实用功能,而忽视了甚至有意排斥和否定诗歌的审美娱乐功能,对历史上一些优秀诗人的名篇名句,如谢朓的"余霞散成绮,澄江静如练"这样的千古名句,也斥之为"嘲风月、弄花草而已",实在太偏激了。(2)他要求诗歌要"救济人病,裨补时缺",因此,创作要用"实录"的方法,否定了诗歌要用想像、夸张的艺术手法,这样,诗歌岂能不枯涩干瘪,缺乏丰满的艺术形象,他自己的少数诗歌就不能不说有这种缺点。(3)在艺术表现上,忽视艺术要含蓄蕴藉,主张"其言直而切","首句标其目,卒章显其志",必然使诗歌直白浅露,他的一部分诗歌就存在这一问题,不能不说与他的诗歌理论有关。

20. 司空图的"思与境偕"说

"思与境偕"说是司空图在《与王驾评诗书》中提出的:"长于思与境偕,乃诗家之所尚者。""就是说诗歌艺术的最高境界在于作者的情思、感兴应该与客观的境遇和景物和谐一致,也就是'造意之妙与造物之妙相表里'(《诗人玉屑》卷十五引《后湖集》)"[②],这实际上是在讲创作时如何构思形成作品的意境,是对刘勰"神与物游"思想的进一步发展。"思",可理解为创作中的神思,即艺术思维活动,侧重于创作主体的情志意趣活动;"境",是激发诗情意趣并且表现之的创作客体境象。"思与境偕"说明艺术思维是与具体物象相结合的,"境"与"思"偕往,相互融会,这就构成了作品的意境世界。这种意境论表述很清楚,并用"思与境偕"概言之,应是司空图独特的体会。

21. 司空图的"韵味"说

探讨诗歌意境的特殊性质,司空图从鉴赏角度,把"味"作为诗歌审美的第一要义提了出来,阐释了他的"韵味"说。他在《与李生论诗书》一文中指出"辨于味而后可以言诗也",在钟嵘"滋味"论的基础上,进一步提出了"味外味"问题。他用譬喻来说明诗歌的"味",不能够酸只是酸,咸只是咸,强调诗歌要有"咸酸"之外的"醇美"之味。文学作品真正的醇美之处在于由具体的景象所构成的,又存在于这些具体景象之外的意境之上,读者要用自己的想像去丰富它。司空图的"韵味"说本于钟嵘"滋味"说,但有所发展变化。钟嵘之"味"建立在"味"有迹可寻的基础上,而司空图所强调的是味外之味,即超越酸咸等有形迹之味的另一种难以具说、难以言喻的"味",不是人的口舌所能感觉得到的,而是要通过人的内心感悟、精神体验来产生一种无形无迹的审美愉悦。

司空图又说:"近而不浮,远而不尽,然后可以言韵外之致耳。"

这里的"近而不浮,远而不尽",说的就是诗歌意境的特征。前者指对构成意境的具体景象的描写要真切自然,又不流于空泛;后者指由这些具体景象构成的意境含蓄深远,又有无穷之余味。这样才能实现"韵外之致"。他还指出了取得"味外之旨"的途径,即把握"象外之象"、"景外之景","以全美为工"才能创造出和感受到作品丰富的醇美韵味。

22. 司空图的"四外"说

"四外"说,包含司空图《与李生论诗书》和《与极浦书》中"韵外之致"、"味外之旨"、"象外之象"和"景外之景",是司空图"韵味"说的具体内容。所谓"味外之旨"、"韵外之致",所谓"象外之象"、"景外之景",意思基本上是差不多的,笼统地说,都是指丰富的醇美韵味,即强调诗歌所要表现的,不是从语言意义层面上就可以理解的情绪或形象,而是语言意义层面之外的某种可以感受却不可究诘的韵味。

细分析则可分为三组,内涵略有不同:"韵外之旨",应该是指有意境的作品有表层文字、声韵覆盖下的无尽情致;"味外之旨",则应是侧重有意境的作品所具有的启人深思的理趣;而"象外之象"和"景外之景"则是指有意境的作品在表层描写的形象之外,还能让鉴赏者联想到的朦胧模糊的多重境象。这种情致、理趣、境象,在作品中都是潜伏着的存在,要依靠鉴赏者以自己的审美经验去体会、召唤、再现出来。

23. 司空图诗论的意义及其对后世的影响

司空图有关诗歌意境创造及其审美特征的论述,对整个诗歌创作和诗歌理论批评的发展,都具有深远的意义和重大的影响。从重视诗歌语言的特殊性、强调诗的作用在于引发联想而不在于描述和说明这一点来说,司空图的诗论对后人有重要的启发,其中

"韵味"说、"四外"说等是司空图对诗歌意境理论深入而又精辟的阐述,对后世的影响最为深刻:如宋代严羽的"兴趣"说、清代王士禛的"神韵"说,王国维的"境界"说都受到这一美学思想的启迪。此外,在司空图的《与李生论诗书》、《与王驾评诗书》、《与极浦书》、《题柳柳州集后》这几篇诗文论作品中我们可以看到其对有唐一代诗歌创作历程的回顾和评价。从整体上来说,他对唐代诗风演变把握得还是比较准确的,尤其是对王孟一派山水田园诗艺术经验的总结,是很有见地的。他在对唐代诗人的评论中,最推崇的是王维和韦应物,肯定其"澄澹精致"的趣味,而反对功利主义色彩非常浓重的元稹和白居易,同时对唐人普遍忽视的大诗人陶渊明,司空图也是及其欣赏的。以上种种可见其诗歌理论明显受道家美学思想的熏染。

24. 关于《二十四诗品》

《二十四诗品》历来被视为以诗评诗的典范,是我国古典文学理论成果的一个重要组成部分。近几年来,学术界围绕《二十四诗品》的作者问题展开了一场论争,争论的焦点在于《二十四诗品》是否为司空图所作,由于缺乏可信的第一手资料,这个问题尚有待进一步深入研究,我们在这里暂存疑。

抛开作者问题来看一下《诗品》本身:二十四首四言诗构成了这部《二十四诗品》,由于最早见于《虞侍书诗法》、《诗家一指》等著作,所以被后世称为《二十四诗品》,简称《诗品》。我们先从这个名称说起,这里的"品"是值得玩味的:首先它不同于南北朝时期钟嵘所作《诗品》之"品",它不是品级的"品",即不是为古人标次第。这里的"品"可作两种解释:其一:"品"可视为名词,相当于品格,《二十四诗品》也就是对诗歌二十四种不同艺术风貌的概括;其二:这个"品"字亦可用作动词,意为"品味"之品,"《诗品》,品诗也"(杨振纲《琐言二则·一》),是对艺术人生的思索与感悟,既有对诗歌韵味的咀嚼,也有对诗人心境的解读,生动凝炼地道出了诗歌创作的"三昧"。

值得注意的是《诗品》善于运用形象的语言来形容本不易说的诗境,给人以具体而直观的感受,所描绘的二十四种不同的诗境在思想内容和艺术表现方面大都有共同的特征,它们多是老庄的精神境界和理想人格在具有"象外之象,景外之景"的诗歌意境中之体现,与司空图提出的"思与境偕"是一致的。

宋金元

1. 欧阳修在文道关系上的见解

欧阳修是北宋诗文革新运动的领袖,他论文也强调明道尊韩。在文道关系上,欧阳修承嗣韩愈的观点,重申道对文的重要性,认为"道胜者文不难而自至"(《答吴充秀才书》),反对片面追求文辞。他主张以道作为作家的基本修养,充道以为文。但他不重道轻文,在主张"道胜"的同时,又十分重视文的修饰。另一方面,欧阳修又受到了柳宗元的影响,更注重道的现实性和实践性。他认为道的内容应该是切于事实的,道并不远离人,而是人有所溺,以至于文人"弃百事不关于心",不能在实践中"充道"(使自己得以充实于道)。总之,欧阳修进一步发展了韩、柳两位古文大家的思想,对文道关系进行了深入地阐释,形成了自己以道充、事信、理达、辞易为中心的古文理论,对后世产生了深远的影响。

2. 欧阳修的"诗穷而后工"说

"诗穷而后工"说是欧阳修在《梅圣俞诗集序》一文中提出来的,他认为"诗人少达而多穷","世所传诗者,多出于古穷人之辞也","愈穷则愈工"。"诗穷而后工",这里的"穷",不是指经济生活的穷困,而是指诗人困厄的人生境遇,这一观点认为诗人在受到困厄环境的磨砺,幽愤郁积于心时,方能写出精美的诗歌作品,明确指出诗人有"忧思感愤之郁积"才有好诗产生,这种观点在司马迁、钟嵘、韩愈等人的诗文论中也有类似表述,大体都是讲创作主体的生活与创作潜能之关系。欧阳修则进一步将作家的生活境遇、情感状态直接地与诗歌创作自身的特点联系起来:"外见虫鱼草木风云鸟兽之状类,往往探其奇怪;内有忧思感愤之郁积,其兴于怨刺,以道羁臣寡妇之所叹,而写人情之难言。"这段话涉及文学创作中的两个问题:一是诗人因穷而"自放",能与外界建立较纯粹的审美关系,于是能探求自然界和社会生活中的"奇怪";二是郁积的情感有助于诗人"兴于怨刺",抒写出曲折入微而又带有普遍性的人情。这是对前人思想的深入发展。

3. 欧阳修关于诗歌意境的见解

欧阳修在《六一诗话》中引梅圣俞(梅尧臣,字圣俞)的话说:"必能状难写之景如在目前,含不尽之意见于言外,然后为至矣。"这其实代表了欧阳修自己的看法,这里欧阳修上继唐人提出的诗歌意境理论,进一步结合具体作品,深入分析了意境的两大相互关联的审美要素:所描写的境象一定要真切生动,抒写的情志则要深微高远。正如他赞美梅尧臣说:"圣俞覃思精微,以深远闲淡为意。"(《六一诗话》)所谓"状难写之景如在目前,含不尽之意见于言外"是从情景交融的角度对诗歌意境美学特征的阐述,并且对诗歌审美意象和艺术境界分别从物境和心境两方面提出了具体的创作要求,这也是对司空图"近而不浮,远而不尽"等诗歌意境理论的进一步发展。这一观点引发了宋代诗话中关于诗歌意境问题的深入讨论,并对明清一些诗论家的意境论有所影响。

4. 欧阳修诗文理论对后世的影响

欧阳修领导北宋的诗文革新运动,做出了巨大的贡献,其诗文理论对后人的影响也是极为深远的:(1)欧阳修在文道关系上注意创作主体的修养,在这一点上影响了宋代经术派(如王安石)、议论派(如三苏)等流派的古文理论;(2)他的"诗穷而后工"说成为后代诗歌评论的一个重要理论观点,为后人所乐道和运用;(3)其关于意境的观点引发了宋代诗话中关于诗歌意境问题的深入讨论,并对明清一些诗论家的意境论有所影响;(4)欧阳修的《六一诗话》是最早的一部诗话著作,开了这一诗论体裁的先河,影响了后代许多诗话的写作。

5. 苏轼注重自然天成的文艺思想

苏轼文艺思想的一个突出方面是注意文艺的自然本质,讲求创作的自然天成。首先创作应该是有感而发,出于"不能自已"(《南行前集序》),而不是为作文而"作文",生硬造作。要以自由自在的创作心态,无意之间造就一种自自然然的美态。就文而言,他追求行文自然,反对务奇求深和雕琢经营。他称赞朋友的作品"大略如行云流水,初无定质,但常行于所当行,常止于所不可不止,文理自然,姿态横生"(《答谢师民推官书》)。反映在具体的形象描写上便是"随物赋形",就是说根据事物本身自然地描绘出其形状,强调主体创作时与对象的一种顺应自然的关系,只有这样,才能做到无人为雕琢之迹而有"天工"偶成之趣。就诗而言,他推崇"苏李之天成,曹刘之自得,陶谢之超然"(《书黄子思诗集后》),也是讲诗歌要自然天成,冥于造化。

6. 苏轼对孔子"辞达"说的阐发

一些评论家通常引用孔子的"辞达而已矣"这句话,多认为表现了一种重质轻文的倾向,强调内容,忽视形式。而《左传》中所引孔子的"言之不文,行之不远",则是着重强调"辞",即表现形式的重要性。苏轼结合自己的创作实践,对这几句看似互相矛盾的话作了全新的解释:"夫言止于达意,疑若不文,是大不然。求物之妙,如系风捕影,能使是物了然于心者,盖千万人而不一遇也,而况能了然于口与手乎?是之为辞达。辞至于能达,而文不可胜用矣。"(《答谢师民推官书》)这就是说"辞达"不仅不能当作"不文"(不注重文辞)来看待,相反"辞达"是一种很高的艺术境界和要求。作家应具有善于"系风捕影"(捕捉转瞬即逝的形象)、"求物之妙"(感受物象的传神之处)的能力,既做到"了然于心",同时又能"了然于口与手",才能真正称之为"辞达","辞"能够达到这样的境界,文是"不可胜用"的(意谓文采的作用很大)。这是苏轼按照自己的体会对孔子"辞达"说的独特理解和阐发。

7. 苏轼关于创作中主客体关系的问题

苏轼采用佛教的"空静"观说诗:"欲令诗语妙,无厌空且静,静故了群动,空故纳万境"(《送参寥师》),阐释了创作中的主客体关系问题。作为佛教术语的"空静"是指佛徒在领悟佛法时排除一切干扰的空明心境,一种超脱俗尘、空无寂静的精神境界,它同老庄提倡的"虚静"虽属不同的思想体系,但就艺术创作的心理状态而言,二者是相通的。苏轼在《送参寥师》一诗中讲到这一思想,认为在文艺创作中,诸如诗歌创作和书法创作,艺术家的主体心态都需要"空且静","空"和"静"的精神状态可以包罗万象,囊括一切,能使主、客体构成一种最佳的状态,能"空"、"静",即胸无陈见杂念,便能将种种悦性怡情的美景佳境收纳眼底心中。另一方面,也只有主观世界处于"空静"的状态,艺术家的主体和创作对象的客体浑然融为一处,才能够更好更深入地去观察和感知客观世界,创作出精妙的作品。这里有着明显的佛家和老庄思想的影响。

8. 苏轼的"传神"论

苏轼从诗与画的共通关系入手,探讨形似与神似的关系。他不以"形似"求画,更不以"形似"言诗,"论画以形似,见与儿童邻;赋诗必此诗,定知非诗人"(《书鄢陵王主簿所画折枝二首》之一)。他指出任何特定环境下的特定事物,都有各自独具的神态,能写出其神态、生气,方是"传神"之作。如果只注意描摹形状,便只是"画工",而不是真正的艺术家。苏轼认为要善于抓住体现创作对象之"神"的特殊的"形",着力加以刻画和描写,使之起到"传神"之作用。他虽然追求"神似",但并不完全否定"形似",只是不唯求"形似",认为"传神"的关键在于找到使创作对象的特征得以呈现的特殊之"形",他强调要以典型化的"形"来集中表达出客体之物的生命内涵"神",追求"形"与"神"融合为一。任何事物都有外在的"形"和内在的"理",艺术家的天才在于通过"形"的描写表现出内在的"理",从而实现传神写照之妙。另外,他的形、神关系的见解和他对言意关系的见解是相通的。他追求"意在言外"、"言不尽意"的审美意趣。

9. 苏轼崇尚"枯淡"的艺术风格

在诗歌创作风格上,苏轼推崇枯淡,追求"外枯而中膏,似淡而实美"(《评韩柳诗》),意指在平淡中包含有丰富的意味和理趣。"所谓'枯',是外枯而内丰,形'枯'而神旺;所谓'淡',是含众美而淡,如庄子所说'天地有大美而不言'。"③由此可见,苏轼追求的是意境之外形式的朴素平淡和意境之内含义的丰富充实。他评柳宗元和韦应物的时候还提到"发纤秾于简古,寄至味于淡泊"(《书黄子思诗集后》)。所谓"简古"亦不是简陋古拙,而是删繁就简,反璞归真。他在《和陶诗序》中对陶渊明诗有"质而实绮,癯而实腴"的评价,可见"简古"、"淡泊"实有很丰富的审美内涵。宋人周紫芝在《竹坡诗话》中记载苏轼的话:"大凡为文,当使气象峥嵘,五色绚烂,渐老渐熟,乃造平淡。"这也是对"枯淡"说很好的注释。可见,要先经过丰富的感情储备,高超的技巧锻炼,并使浓郁的感情和高超的技巧完美地结合起来,才能实现绚烂之极的平淡,达到艺术的更高境界,也就是淡泊而又有至味。

10. 李清照的词"别是一家"说

李清照在《论词》中提出的一个著名观点是词"别是一家"说,力主严格区分词与诗的界线,这一观点的提出应该说还是很有见地的。词和诗作为两种不同的韵文形式,自然是各有各的特点,在表现内容和格调上都有差别,正所谓"诗庄词媚"。此外,二者在声律运用上,即与音乐的关系上有着很大的不同,李清照认为诗和词两者的区别主要在于此:"盖诗文分平侧(仄),而歌词分五音,又分五声,又分六律,又分清浊轻重……"这是说诗、词在声律方面要求不同:诗的声律要求简单粗疏,而词的音律、乐律规则较为严格细密;如果说,诗要求语言的节奏美,则词不仅要求语言的节奏美,而且要求歌唱时的音乐美。从这个意义上,李清照反对以诗的粗疏的格律来破坏词之音乐美,反对苏轼那种"句读不葺之诗,又往往不协音律"的词风。李清照强调词有别于诗的特点,在批评中也包含着对以诗为词的批评,有合理中肯的一面,但一味地坚守传统词风,也表现了她理论观念中保守的一面。

11. 李清照对词提出的审美要求

李清照在《论词》中对词创作提出了一些具体的审美要求:(1)勿"破碎"。这是李清照在《论词》中对张先、宋祁等人的词进行批评时提出来的,即要求词作品有完整的、浑然的意象结构,给人以整体完美的审美感受。(2)词要有"铺叙"。她主张词要展开些,要写得曲折、细腻,有渲染,讲层次,起伏跌宕,要前后呼应。(3)讲"故实"。她说秦观词专讲情致,而少有典故,主张词中要运用前代前人的文化掌故,须用得贴切自然。(4)词的格调要高雅、典重。是说词的风格不纤巧,不轻佻,要沉着、典雅。她批评柳永词"词语尘下"，贺铸词"苦少典重"，她追求词的典雅之美。（5）词要有情致。情致是指词的情韵风致，须含蓄深远。以上这些审美要求成为婉约词派在理论上的典型代表。

12. 李清照对柳永词的批评

李清照赞扬柳永的词反映本朝盛况，并能"变旧声，作新声"，"大得声称于世"，然而又说他是"虽协音律，而词语尘下"，批评他的词低俗不雅，格调不够典重。结合柳词的特点来分析，李清照的这一评价有较为精准之处，即赞扬其词在内容上的扩展，较多是描写都市风光，繁华盛景的佳作（如《望海潮》"东南形胜"等），而且柳永精通音律，常与乐工歌伎相交游，在词的体制上突破小令的局限，或将本为短小的令词改为长调，或干脆自创新腔，以赋体作长调，大量创制慢词，这是他之于词坛的一大贡献。李清照对此给予了充分的认可。但同时她指斥柳词用语俚俗，不够雅致，这一看法似乎有失偏颇。应该说柳永个性放荡不羁，加之仕途失意，一生沉沦下僚，其词在风格上亦体现出浪子情怀，但并非低俗不雅，"词语尘下"，而是能雅不避俗，蕴雅于俗，俗不伤雅，雅俗并陈，因此能够雅俗共赏，广泛流传，"凡有井水处，即能歌柳词"。这样看来，李清照以贵族女性的视角对柳词所做的评价并不完全准确。

13. 李清照《论词》的意义和影响

李清照的《论词》，对北宋词坛提出了总结性的意见。她认为词"别是一家"，要讲音律、铺叙、典重、故实，还要高雅。同时对前辈名家表示了不同程度的不满："晏元献、欧阳永叔、苏子瞻，学究天人，作为小歌词，直如酌蠡水于大海，然皆句读不葺之诗尔，又往往不协音律"，批评柳永词"虽协音律而词语尘下"。"晏（几道）苦无铺叙，贺（铸）苦少典重，秦（观）则专主情致而少故实"。这些观点有的比较偏激、保守，她对秦观等人的批评也不见得完全公允。

但她的《论词》毕竟是词学史现存第一篇词论专文,更由于李清照在文学上的成就,和她所批评的对象都是词坛上的名家,加之她的一些观点也毕竟是一家之言,《论词》几百年来还是很受人们注意的,对后世词学理论和词的创作的影响也是很大的。清代王士禛就曾说:"词派有二:一曰婉约,一曰豪放。所谓婉约以易安为宗。"(《花草蒙拾》)。

14. 严羽对宋诗学古的批评

宋人十分注重学古,严羽明确指出宋诗学古的演变:宋初尚承唐人,认为梅圣俞有"唐人平淡处",只是到"东坡山谷始自出己意以为诗,唐人之风变矣";永嘉四灵与江湖派又宗晚唐诗,落于下乘。由此可见,宋人学古对象和方式往往不尽相同。就学古对象而言,宋诗各家各派的创作风格由此而得以分目;而就学古方式而言,涉及如何从学习古人而转化为自己的创作的问题。江西派学杜而不得其法,江湖派、四灵派学习晚唐贾岛、姚合等则流于苦吟、纤巧或怪异杂驳。严羽也从学古对象和方式入手,批评了这些倾向,提倡学习盛唐,以盛唐诗作为至高的审美标准,从而辨析了诗歌创作的一些根本问题。

15. 严羽所谓的"识"

严羽在《诗辨》中开宗明义:"夫学诗以识为主,入门须正,立志须高……学其上,仅得其中,学其中,斯为下矣。"这里的"学"、"识"比普通意义上的理性认识要更深一步,要像参禅一样"熟参之",心领神会,要"酝酿胸中,久之自然悟入"。严羽强调学诗要以"识"为主,也是说诗人要有高度的审美识见,即审美判断力。有"识"方可言辨,方可分出前人诗歌的高下,说"作诗须要辨尽诸家体制,然后不为旁门所惑"(《答出继叔临安吴景仙书》)。他要求熟读汉魏古诗,次参李、杜等盛唐名家,可见严羽认为写好诗的一个条件是从遗产的精华入手,认真学习优秀诗人的作品,加上自己主观上的"酝酿",也即悟。但应该注意到,这不应成为学诗写诗惟一的条件。

16. 严羽以禅喻诗的"妙悟"说

严羽的诗论观点最重要的是以禅喻诗,提出"妙悟"说。他说:"大抵禅道,惟在妙悟,诗道亦在妙悟。""妙悟"是严羽以禅喻诗的核心。"妙悟"本是佛教禅宗词汇,本指主体对世间本体"空"的一种把握,《涅槃无名论》说:"玄道在于妙悟,妙悟在于即真。"就诗而言,"妙悟即真"当是指诗人对于诗美的本体、诗境的实相的一种直觉,一种感悟。严羽认为,对于诗家来说"妙悟"是高于一切的,是对艺术的特殊规律和美学特征的把握,他说:"惟悟乃为当行,乃为本色。""妙悟"体现的是诗人的艺术素质和诗的审美形态,由于"悟有浅深",各个诗人悟的深浅不同,因而形成各人各派诗歌的审美价值的不同,亦即形成诸家体制的高下之别。严羽还看到"妙悟"是创作才能的一种表现,与"学力"没有必然的关系,他以韩、孟二人的诗歌创作为例:孟浩然学力不如韩愈,"妙悟"却胜过韩愈,因而诗独出其上。可见诗人应深谙诗家三昧,把领会诗歌艺术的特殊性作为诗人创作的最重要的条件。

17. 严羽的"兴趣"说

"妙悟"是就诗歌创作主体而言,"兴趣"则是"妙悟"的对象和结果,即指诗人直觉到的那种诗美的本体、诗境的实相。严羽把"兴趣"作为"诗之法有五"之一提出;又说:"诗者,吟咏情性也。盛唐诗人惟在兴趣,羚羊挂角,无迹可求"。"兴"指诗兴,即作家在和外物接触中所引起的情思和创作冲动。"趣"则指诗歌的韵味,与钟嵘《诗品》所说的"滋味"、司空图所说的"味外之旨"(《与李生论诗书》)相通。"兴趣"则是指诗歌创作要有感而发,即事漫兴,兴会神到,诉诸艺术直觉,不假名理思考;表现上则要求自然天成,不事雕镂。这是针对宋诗中以抽象说理为诗、以堆垛典故为诗而发,无疑具有积极的补偏救失的意义。

"兴趣"是"兴"在古典诗论里的一种发展,是对钟嵘"滋味"说、司空图"韵味"说的一个承继。如钟嵘说"兴"是"文已尽而意有余",严羽说重在"兴趣"的诗歌"言有尽而意无穷",都概括出了诗歌艺术的感兴直观的特点及其所引起的丰富隽永的审美趣味。严羽推重"盛唐气象",指出"盛唐诸人,惟在兴趣,羚羊挂角,无迹可求",认为盛唐诗歌较普遍的特点就是有含蓄深远、韵味无穷的意境,这种意境精彩绝伦,又没有任何斧凿的痕迹,并具有朦胧之美,"如空中之音,相中之色,水中之月,镜中之象",这和司空图引戴叔伦的话("蓝田日暖,良玉生烟,可望而不可置于眉睫之前")的意境美是一致的。这是严羽对盛唐诗歌妙处的总结和概括,可以说基本上符合事实,宋诗与唐诗相比,所缺乏的也恰恰正是这种审美特征。然而直抒胸臆、叙事流畅、议论慷慨之作,在李白、杜甫以至唐诗中,都不乏这样的名篇,所以把盛唐诗的根本特点归结为"惟在兴趣",又显得较为片面。

18. 严羽的"诗有别材、别趣"说

宋人往往"以文字为诗,以议论为诗,以才学为诗,"导致宋诗缺少唐诗那种丰富隽永的审美趣味,严羽以"妙悟"和"兴趣"为其理论基础,提出了"诗有别材、别趣"之说,批评反对宋诗的这一倾向。

所谓"别材",是从创作主体方面讲的,这种诗人的特别才能主要地便体现在"妙悟"上,不是只靠书本学问就能写好诗的。他以韩愈、孟浩然相比较来说明"妙悟"这样的"别材"不同于"学力"。韩愈学问高出孟浩然,但严羽却认为其诗远逊于孟,这就是对"诗有别材,非关书也"的注释。所谓"别趣",是就诗歌的审美特征而

言的,这种特别的趣味便是"兴趣",便是"尚意兴而理在其中",便是"兴致",而不是宋诗里充斥着的道理、性理。诗歌必须具有生动的形象,真实的情感,不是发议论,讲道理就可以成为诗歌的。然而值得注意的是严羽的"别材"、"别趣"之说虽然强调诗歌不同于"书"、"理"的思维表现特点,即具有形象思维的特点,但并没有把"别材"、"别趣"和"书"、"理"完全对立或割裂开来,而是同时看到了二者之间的关系,指出:"然非多读书,多穷理,不能及其至",看到了"读书"、"穷理"的重要性,"别材"、"别趣"不能排斥"理",但必须是在"意兴"之中,正如他所称赞唐人"尚意兴而理在其中"。至于严羽所说"不涉理路,不落言筌",主要是反对宋人以议论为诗、以文字为诗,强调不能用抽象的思维来创作,不能拘泥于语言文字,而抹煞了诗歌的缘情本质。

19. 严羽诗论的意义和影响

严羽的《沧浪诗话》是南宋最重要的诗歌理论著作,具有比较完整的系统和纲领。他不满意苏黄以来"以文字为诗,以议论为诗,以才学为诗"的诗风,猛烈抨击江西诗派;力主"妙悟",创诗有"别材"、"别趣"之说,推崇汉魏盛唐诗,强调"咏吟性情","惟在兴趣";在探讨诗歌的艺术特征、辨别时代风貌和体制等方面都有精到的见解。以禅喻诗是《沧浪诗话》的一大特点,严羽认为盛唐诗人的高明在于"妙语",如"水中之月,镜中之象,言有尽而意无穷"。

严羽在《沧浪诗话》中所阐释的诗论观点对后世产生了巨大的影响:首先,他的以禅喻诗较之前代各家以禅说诗在理论上要深刻得多,系统得多,对后世许多诗论家都有重要的借鉴意义;其次,他的"兴趣"说继承钟嵘的"滋味"说、司空图的"韵味"说,影响了清代王士禛的"神韵"说、王国维的"境界"说;再次,严羽针对宋诗普遍存在的不够重视形象思维的现象,提出了尖锐的批评,明确反对"以文字为诗,以议论为诗,以才学为诗"的不良倾向,是切中时弊的,有着积极的意义;另外,他的关于"体制、格力、气象、兴趣、音节"的论述,是对古代诗歌艺术的总结,但又没有严格的内涵界定,给后人留下了自由发挥的余地。这一方面有益于对诗歌审美特征的探讨,另一方面也造成了后代诗论里复古思想的蔓延。

20. 元好问主张写诗必须要有真情实感

元好问在《论诗三十首》里主张写诗必须要有真情实感,反对无病呻吟。首先是真情,他认为好诗必定是真情诚意的抒发,第五首("纵横诗笔见高情")借评阮籍诗,肯定其中饱蕴着真情郁气,给阮诗以高度评价。从诗主真情论出发,第九首他批评陆机诗"斗靡夸多费览观",只要"心声"传达到,何必"斗靡夸多"写得太多太长呢?也是从主真情论出发,他反对诗说假话,言不由衷,第六首说:"心画心声总失真,文章宁复见为人。高情千古《闲居赋》,争信安仁拜路尘!"这里所说的"真",就是作者真实的思想感情,如果作品表现的总不是自己的真情实感,那么文章也是很难表现作者的为人的,以此来批评潘岳做人作诗的二重性格,针砭十分深刻。其次是实感,他认为真情必须来自切实的生活感受,没有实感,不能产生真情。第十一首说:"眼处心生句自神,暗中摸索总非真。画图临出秦川景,亲到长安有几人?"强调诗要抒写诗人的亲身体验,认为眼界接触的实际景象才会激起诗情,才能做到真正的情景交融,写出入神的诗句,只在心中暗自摸索,临摹前人作品,就想画出秦川长安的真实图景是不可能的。

21. 元好问崇尚诗歌自然清新之美

元好问论诗还崇尚清新自然之美,出于对当时诗坛雕琢粉饰、矫揉造作诗风的反感,他由衷赞扬陶诗的自然之美,第四首说:"一语天然万古新,豪华落尽见真淳。南窗白日羲皇上,未害渊明是晋人。"尽管晋代尚浮华雕饰,而陶渊明作为晋人,却独能做到"天然"、"真淳",更显得难能可贵。陶诗的自然纯朴、铅华落尽、坦露胸怀是元好问认为的诗的最高境界。主张自然天成而无人工痕迹,清新秀丽而无雕琢之弊,这主要是针对当时诗坛存在着的那种专意追求险怪,"斗靡夸多"的诗风而言的。同样因为崇尚自然的审美标准,自然天成之妙不仅仅指清新秀丽之作,也包括了豪迈慷慨之作,第七首他赞美北朝民歌《敕勒歌》的"天然"品性,体现了天生化成之美。第二十九首在推崇谢灵运的千古名句"池塘生春草"的同时,又对以陈师道为代表的闭门造车式的江西派诗人进行了善意的规讽:"池塘春草谢家春,万古千秋五字新。传语闭门陈正字,可怜无补费精神。"由此我们可以了解,元氏推许陶、谢以及民间作品的天然本色之美,也和他力主诗写真情实感一样,都是寄寓着深深的针砭时弊之用心的。

22. 元好问崇尚诗歌雄浑刚健的风骨之美

由于元好问"歌谣跌宕,挟幽、并之气,高视一世"(《瓯北诗话》引郝经评元诗语),他论诗也崇尚雄浑、刚健的风骨之美,对于豪放劲健的诗风特别推重。在组诗中,这一点表达得非常鲜明而又充分,例如第二首说:"曹刘坐啸虎生风,四海无人角两雄。可惜并州刘越石,不教横槊建安中!"第三首说:"邺下风流在晋多,壮怀犹见缺壶歌。风云若恨张华少,温李新声奈尔何!"这是组诗除去第一首"序言"外的开篇两首,可以说确立了全组诗的主旋律。后面如第七首:"慷慨歌谣绝不传,穹庐一曲本天然。中州万古英雄气,也到阴山敕勒川!"第八首:"沈宋横驰翰墨场,风流初不废齐梁。论功若准平吴例,合著黄金铸子昂。"第二十四首:"有情芍药含春泪,无力蔷薇卧晚枝。拈出退之山石句,始知渠是女郎诗。"这些都是环绕同一宗旨而展开的论述。而这组诗歌本身,就具有一种挟风带气的阳刚之美。从这几首诗中可见,他是推崇以曹氏父子、刘桢等为代表的建安诗人的风骨之美的,对陈子昂在唐初反对齐梁颓风的斗争也作了高度的评价;同时批评了张华诗"风云恨少"和温庭筠、李商隐诗"儿女情多"。他还肯定了《敕勒歌》的"慷慨"风格体现了北方少数民族骠悍的英雄气,赞美韩愈《山石》诗雄浑刚健,有阳刚之美,批评秦观诗情多而力少。当然,他的褒贬虽有他的标准,却不一定完全公允。因为作为生长在北方、仕于金王朝的诗人元好问来说,倾心于诗歌的雄浑苍劲之美,是十分自然的。

23. 元好问《论诗三十首》的意义和影响

元好问的《论诗三十首》上承杜甫《戏为六绝句》的论诗体裁,能够通过对不同作家、作品的评述,体现出一个鲜明的纲领,无论是从正面提倡创作注重真情实感、追求真淳自然之美、崇尚风骨刚健之风也好,还是从另一个方面反对伪饰失真、矫揉造作、"斗靡夸多"、浮艳纤弱的诗风也好,他都是针对文学创作中实际存在的问题来论诗,是有的放矢的。他对艺术的种种见解,对于肃清宋以后诗坛上的许多不良倾向,是有着积极的意义的。此外元氏《论诗三十首绝句》对后代有着深远的影响,清代王士禛、袁枚等人都有采用这种形式来论诗的作品。

24. 张炎的"雅正"说

张炎的《词源》首先确立了"雅正"的审美标准。《词源序》开宗明义说:"古之乐章、乐府、乐歌、乐曲,皆出于雅正。"这里所说的"雅正"指的是典雅和醇正。典雅,就是文辞要有蕴藉,有典据,而且雅驯不俗;醇正,当主要就内容而言,指内容正当而不淫邪。其中有传统儒家诗教的道德伦理规范,也有深厚的文化修养的要求。典雅的反面是粗豪外露,以这一标准衡量词人,他肯定周邦彦词"浑厚和雅,善于融化诗句",元好问词"深于用典,精于炼句,有风流蕴藉处不减周、秦",但不满辛弃疾、刘过的"豪气词,非雅词也,于文章余暇,戏弄笔墨,为长短句之诗耳",这当是"雅"的注脚。他又说:"词欲雅而正,志之所之,一为情所役,则失其雅正之音。耆卿、伯可(康与之)不必论,虽美成亦有所不免。"可见,"志为情所役",是内容上的不醇正。由此看来这一雅正的标准是很严苛的。

25. 张炎的"清空"说

张炎《词源》还提出了"清空"的审美要求,这是他论词的又一个重要的标准。《词源》中专设"清空"一节,可见其对"清空"的重视,其开篇即说:"词要清空,不要质实。清空则古雅峭拔,质实则凝涩晦昧。姜白石词,如野云孤飞,去留无迹;吴梦窗词,如七宝楼台,眩人眼目,碎拆下来,不成片断。此清空、质实之说。"什么是"清空"呢?他以吴文英(梦窗)和姜夔(白石)的一些具体词为例进行解说。从他对一些词人词作的评论看,"清空"的内涵主要有这样几个层面:在词的创作构思上,想像要丰富,神奇幻妙;所撷取或自造的词之意象,要空灵透脱,而忌凡俗;由这些意象所构成的意象结构整体,构架要疏散空灵,不能筑造得太密太实。这样的词作表现出来的风貌就会自然清新、玲珑透剔,使人读之,神观飞越,产生丰富的审美联想。张炎的"清空"之说是针对吴文英的"凝涩晦昧"的词风而发的,指出其词往往流于质实之弊;他推崇姜夔词,如《疏影》、《暗香》、《扬州慢》、《一萼红》等为清空、骚雅之作。值得注意的是张炎已经将词中的"清空"与"质实"作为一对矛盾的概念提出来,的确可以概括一部分词作的特点。词作为一种抒情性很强的艺术形式,一般说来不能写得太质实,这样会限制艺术想像的生动性和丰富性。"清空"、"质实"之说在客观上具有一定的意义,后来成为词论中很有影响的理论。

26. 张炎的"意趣"说

张炎在《词源》中还提出了"意趣"的审美要求:"词以意为主,不要蹈袭前人语意。"他列举出苏轼的《水调歌头》、《洞仙歌》,王安石的《桂枝香》、姜夔的《暗香》、《疏影》等词,总括说:"此数词皆清空中有意趣,无笔力者未易到。"《词源》中还就周邦彦的词评论说:"美成词只当他浑成处,于软媚中有气魄,采唐诗融化如自己者,乃其所长。惜乎意趣却不高远。"从这些论述考察,所谓"意趣",是和"清空"关系很密切的,指上乘词作中所蕴含的丰富的审美情趣。它是词作者所赋予作品的,同时也是鉴赏者参与之才能实现的。意趣有各种各样的,但张炎所谓"意趣"偏重指超凡脱俗的高远之意趣。这可以从他列举的"清空中有意趣"的一些作品中体察出来,也可以从他批评周词"意趣却不高远"中体会出来。这种由作者巧妙地创作出来、蕴含在作品之中、要由鉴赏者参与才能得以实现的"意趣",与从唐代开始的诗论中的意境有很多相同之处。

明　代

1. 谢榛的"情景"说

谢榛论诗的核心思想是"情景"说。他在《四溟诗话》中强调:"诗乃模写情景之具","作诗本乎情景";"诗有二要,莫切于斯者"。也就是说,诗歌是承载情景的一种媒体与形式,因此,作诗的根基与关键在于情景。若脱离了情景,诗歌创作就等于抽掉了基石和根须,其作品必然会苍白无力。

关于情,谢榛说:"情乃诗之胚";诗歌应能"直写性情","以发其真"。谢榛指出,情是诗歌的内在要素,是诗歌创作的胚胎,它应当深沉而厚重。谢榛对诗情的要求是:真实、浓厚和独特。

关于景,谢榛说:"景乃诗之媒。"离开了客观景物,诗歌无法艺术地孕育生发出来。诗歌是"触物而成"的,可见景是诗歌的外在要素。写景"妙在含糊","浑而无迹",所以"凡作诗,不宜逼真"。

谢榛的"情景"说还非常注重研究情与景之间的关系。他说:"作诗本乎情景,孤不自成,两不相背。"虽然对于诗歌而言,情主内而景主外,但是诗歌作者必须"自当用力,使内外如一,出入此心而无间也"。也就是说,在诗歌创作中,情离不开景,景离不开情。一方面,情感要凭借外在的景物来生发渲染,内在的心境只有依托在具象上才可能浓烈而感人。另一方面,外在的景物也只有在内心情感的催化和浸染下,才得以独具艺术的张力,才拥有沟通社会的力量。所以诗歌创作的关键在于做到"情景适会":内情与外景的高度集中统一。只有情与景"元气浑成",才能"合而为诗"。

总之,谢榛的诗论充分注意到了对诗歌美学特征的认识和把握,强调在诗歌中情与景的共生共存。情遇景而生,景遇情而活,情景相合,乃成诗歌,以此方能达到"自然妙者"的最佳境界。这就鲜明地指出了诗歌艺术的形象性、情感性与审美性的三大特征,为以后王国维"境界"说的系统化和科学化,提供了非常有益的借鉴。

2. 谢榛的"水月镜花"说

谢榛在其文学理论代表作《四溟诗话》中说:"诗有可解、不可解、不必解,若水月镜花,勿泥其迹可也。"这段论述个性鲜明,语言形象,富于启发性。

谢榛基于对诗歌形象性、情感性与审美性这三大特征的初步认识,非常强调"诗有天机,待时而发,触物而成",又特别倡导诗歌创作时应当"意随笔生,不假布置",如若有意"涉于理路",则会"殊无思致"。这就旨在说明:诗歌属于情感抒发的特定产物,它主情而不主理,需要形象思维,提倡情随景生,表现的是作者刹那间的感悟顿觉。因此,若非表现理性判断和生活实际场景的诗歌,就不能以常识来解读,也不必硬去解释,而只能依据诗人原本的思路与创作方法,细心地去体悟、去顿觉其中的奥妙。而心灵的体悟顿觉,往往是只可意会,无法言传的化境,绝不可拘泥在理性的判断和线性思考的层面上。由此可见,谢榛所描述的水中月与镜中花,正是对诗歌形象性与情感性的最佳体悟与解说。这与传统诗学中逢诗必解,凡诗必注,并且牵强附会以历史、政治与道德教化内容的做法大相径庭,因而在历代诗论中极富创新意味。

其实,任何好的诗歌都在示人以形象生动的画面。而形象往往大于主题,形象也往往大于思想。所以任何上品诗作的内涵,每每都是无法穷尽的,真可谓百代难穷,万世遗韵,取之无尽,用之不竭!因此谢榛揭示说:"诗乃模写情景之具,情融乎内而深长,景耀乎外而远且大。当知神龙变化之妙:小则入乎微罅,大则腾乎太宇。此惟李杜二老知之。"谢榛的上述评论,特别符合诗歌创作和鉴赏的一般规律,特别具有实事求是的态度,并在此基础上形成了反传统的思辨精神。

3. 李贽的"童心"说

李贽作为杰出的思想家,在明代程朱理学盛极一时的社会环境中,大胆地提出了著名的"童心"说:"童心者,真心也";"绝假纯真,最初一念之本心也。若失却童心,便失却真心;失却真心,便失却真人"。

对李贽"童心"说的具体内容,我们可以简要地概括为如下四种关系:首先是童心与读书学习的关系。李贽认为,读书是为了发现童心,维护童心和发扬童心。因此他说:"纵多读书,亦以护此童心而使之勿失焉耳。"其次是童心与政治行为的关系。李贽最反对政治生活中的虚假骗术,他激烈地批判假言、假事、假人。再其次是童心与经学的关系。他认为传经者大都不能出于真心,言不由衷,所以主张读经者应以童心自解,决不能轻信经传。因为"六经、《语》、《孟》,乃道学之口实,假人之渊薮也","孰知其大半非圣人之言乎?"最后是童心与文学创作的关系。李贽指出:"天下之至文,未有不出于童心焉者也。""苟童心常存",则"无时不文,无人不文,无一样创制体格文字而非文者"。因而李贽认为,文学创作代有新变,文学体式经常创新。他说:"诗何必古《选》,文何必先秦。降而为六朝,变而为近体,又变而为传奇,变而为院本,为杂剧,为《西厢曲》,为《水浒传》。"这就说明,无论时代怎样发展变化,只要保持童心,从童心的角度来观察世界、思考现实,那么,无论什么样的艺术形式都足以产生出优秀的文学作品。

显而易见,李贽的童心说,是以人的先天本真作为核心,以后天的读书治学作为保真修纯的基础,以在社会政治生活中不懈地修炼真诚作为评价指标,从而构建了其"童心"说的真纯思想体系。并在内容与形式两个方面回答了"童心"说对于诗歌创作的重要美学价值。因此,李贽的以"童心"说为标志的文学理论,同明代前、后七子中的形式主义文学倾向划清了界限,直接开启了汤显祖、"公安三袁"等作家"至情"说与"性灵"说的先河,影响极为深远。

4. 李贽的《水浒》创作动机论

李贽在《忠义水浒传序》中说:"《水浒传》者,发愤之所作也。""施、罗二公,身在元,心在宋","是故愤二帝之北狩,则称大破辽以泄其愤;愤南渡之苟安,则称灭方腊以泄其愤"。这就深刻地指出,《水浒传》作者创作长篇小说的原因之一,是为了国家和民族的耻辱而发愤著书。

由上述发愤著书的原因继续研究领悟,李贽还提出了《水浒传》更深层次的创作动机,即:现实社会往往"以小贤役人,而以大贤役于人,其肯甘心服役而不耻乎?是犹以小力缚人,而使大力缚于人,其肯束手就缚而不辞乎?其势必至驱天下大力大贤而尽纳之水浒矣"。这是《水浒传》作者著书立说的原因之二,为世道的不平和用人制度的不公而发愤著书。李贽以此发愤著书说来警告统治者:如若识才用贤,则"忠义不在水浒,而皆为干城心腹矣",而如若不识才、不会任用贤良,就势必导致"干城心腹"之良才,"不在朝廷,不在君侧",而全被逼迫"在水浒",站在统治者的对立面,与统治者抗争不已,成为朝廷最大的祸患。这正是李贽揭示的《水浒传》创作动机论的最深刻用意,也是其批评《水浒传》的重要背景之一。

5. 李贽的《水浒传》主题论

李贽是最早阐明《水浒传》主题的批评家之一。他提出了"忠义"主题说,并使之成为《水浒传》传统的几种主题说之一。李贽的"忠义"主题说见于《忠义水浒传序》,主要有以下内涵:首先,李贽认为《水浒传》的作者具有强烈的忠义思想,是忠义之士。他们"身在元,心在宋";"是故施、罗二公传《水浒》而复以忠义名其传焉"。其次,李贽认为:"水浒之众,皆大力大贤有忠有义之人","今观一百单八人者,同功同过,同死同生,其忠义之心,犹之宋公明也。"以此充分肯定了书中草莽英雄们的忠义性。再次,《水浒传》中忠义思想的最杰出代表是宋江。故此李贽指出:"独宋公明者,身居水浒之中,心在朝廷之上,一意招安,专图报国,卒至于犯大难,成大功";"真足以服一百单八人者之心","是以谓之忠义也"。最后一点,李贽还提出了《水浒传》"忠义"说的现实意义,提醒掌权者随时发现并用好现实管理中的忠义之士与贤良人才,使"忠义不在水浒,而皆在于君侧",以有利于政治统治的稳固长久。

李贽的《水浒传》忠义主题论,奠定了以《三国演义》和《忠义水浒传》为代表的长篇小说研究中忠义赴死的悲剧理论传统,在中国文论史上具有极为重要的地位。

6. 袁宏道的"性灵"说

袁宏道是明代文学公安派的主要代表,提出了著名的"性灵"说。袁宏道的"性灵"说主要见于他的《序小修诗》。在这篇序中,他阐明了如下观点。首先,袁宏道将诗文创作的经验总结为:"独抒性灵,不拘格套。非从自己胸臆流出,不肯下笔。有时情与境会,顷刻千言,如水东流,令人夺魄。"这就提出了性灵说的核心理论,即不假模仿,独抒性灵,不拘格套,情与境会,不事雕琢,如水东流。其理论基础无疑是"真心"与"真性情"。其次,非常明显,"性灵"说针对前、后七子"文必秦汉,诗必盛唐"的错误倾向而提出,强烈批判了当时形式主义的诗文创作时尚,极具现实指导意义。正如袁宏道所言:"盖诗文至近代卑极矣。文则必欲准予秦汉,诗则必欲准予盛唐。剿袭仿真,影响步趋。"几乎整个文坛都在亦步亦趋、如影随形、如响应声地模仿秦汉、盛唐。他理足气盛地反问道:"秦汉而学六经,岂复有秦汉之文?盛唐而学汉魏,岂复有盛唐之诗?"其结果必然是"今之诗文不传矣"。袁宏道的批评深刻而又切中时弊。第三,在批判文坛弊端的同时,袁宏道还指明了正确的文学创作观念。即"不效颦于汉魏,不学步于盛唐,任性而发";"唯夫代有升降,而法不相沿,各及其变,各穷其趣,所以可贵"。也就是说,在独抒性灵,不拘格套的基础上求变求新,才是诗歌发展的根本出路。

7. 袁宏道的诗歌发展观

在《与丘长孺》及《序小修诗》的论述中,袁宏道较为集中地表达了他的诗歌发展观。这一发展观可以概括为——物真则贵,本色独造;法不相沿,各及其变;厚古重今,代盛一代——这样三点。显然,袁宏道的诗歌发展观是与他的"性灵"说紧密联系、互为因果的。

"物真则贵","本色独造"是袁宏道诗歌批评的基本标准,也是对"性灵"说的基本规定,同时构成了其诗歌发展观的理论基础。他认为只要有真情,表达了自心性灵,无论高雅与浅俗,都值得肯定。即使是"妇人孺子"、"无闻无识"的民间作品,只要"尚能通于人之喜怒哀乐嗜好情欲",这就属于"真人所作"的"真声",这就符合"物真则贵"的标准。在"物真则贵"的基础上,就容易实现诗文独创的目标。正如袁宏道所论:"真则我面不能同君面,而况古人之面貌乎?"

有了"物真则贵","本色独造"的批评标准之后,袁宏道以此标准对历代诗歌进行了分析与梳理,进一步确立了他的诗歌发展观念。他认为:"唐自有诗也,不必《选》体也。初、盛、中、晚自有诗也,不必初、盛也。"诗歌发展的正确途径应当是"法不相沿,各及其变,各穷其趣,所以可贵"。而绝不能代代相因,个个模仿,篇篇雷同,因为这样会毫无"独造"性,因而也就绝无出路。

"法不相沿,各及其变"的发展观建立之后,仍需回答究竟怎样看待和评价古今诗人及其诗歌的问题。所以,袁宏道又指出:"夫诗之气,一代减一代,故古也厚,今也薄。诗之奇之妙之工之无所不及,一代盛一代,故古有不尽之情,今无不写之景。然则古何必高,今何必卑哉?"古今"原不可以优劣论也"。既然古有古的气度和激情,今有今的奇妙与翻新,因此就应当既要厚爱古人,又须重视今人,这样才能使文学大业代盛一代,获得持久的发展。

总之,袁宏道的文学发展观以贵真为基础,以贵变为核心,以厚古重今为实务,认真务实地为他那个时代的诗坛答疑解惑,有力地促进了明代诗歌及其理论的发展。

清 代

1. 金圣叹的人物性格塑造理论

金圣叹是中国古典小说批评史上独具特色的理论家。其独特贡献之一,是针对小说人物的塑造,进行了深入具体而系统化的研究与较为全面的揭示。

首先,金圣叹在其《水浒传》批评中,对小说描写的直接目标作了正确的揭示。他认为施耐庵创作《水浒传》的直接目标是"写一百八个人性格,真是一百八样",坚决反对小说"写一千个人,也只是一样;便只写两个人,也只是一样"的雷同化倾向。小说必须塑造性格,以性格描写为首要任务,并且追求性格的各不相同的创作境界。

其次,金圣叹揭示了性格描写的关键要素。他说,《水浒传》"三十六个人,便有三十六样出身,三十六样面孔,三十六样性格,中间便结撰得来"。可见他说的性格,必须要通过"出身"与"面孔"具体表现出来。所谓"出身",是指人物性格借以产生的具体环境,包括家庭和周边社会的环境;而所谓"面孔",则应当是指符合其出身环境与教养的绝不雷同的人物外在形象。有不同的环境描写并且有不同人物的外在形象描写,个性形象的塑造就有根有据,易于为读者认可。这样就准确地揭示了典型环境的描写对于人物性格刻画的重要支撑作用。金圣叹进一步提示说:"《水浒》所叙,叙一百八人,人有其性情,人有其气质,人有其形状,人有其声口。"④综合金圣叹以上两段表述,可以看到,外表的性情,内在的气质,不同的出身,不同的形状、面孔和声口,是小说描写中不同性格塑造的关键要素。气质性情受出身及其生活环境影响,表现为特定的行为方式(形状)和不同的语言习惯(声口),再加上不同面孔的肖像描写,一个个丰满、立体而性格独特的人物就可以成功地展现在小说人物之林。与此同时,金圣叹还注意到,在小说人物描写中,对具有同一类性格的人物,可以通过揭示其不同的精神境界与内在气质,借以塑造出不同个性的人物形象。他说:"《水浒传》只是写人粗卤处,便有许多写法:如鲁达粗卤是性急,史进粗卤是少年任气,李逵粗卤是蛮,武松粗卤是豪杰不受羁靮,阮小七粗卤是悲愤无说处,焦挺粗卤是气质不好",等等。人物塑造的同质细分和性格描写的进一步细化,说明了金圣叹人物性格塑造理论既博大精深,又细致入微。

再次,金圣叹特别注重人物塑造过程中,个性与共性的统一,虚构与写实的统一。他说《水浒传》中的"三十六人是实有。只是七十回中许多事迹,须知都是作书人凭空造谎出来"。然而可贵的是,建立在虚构基础上的艺术形象,"如今却因读此七十回,反而把三十六个人物都认得了,任凭提起一个,都似旧时熟识,文字有气力如此"。读者之所以都认得了《水浒传》中人物形象,原因在于其人物好似旧时熟识,也即描写出了人人眼中皆有的人物性格的普遍性与共性,同时又具备了人人笔下皆无的三十六个人物,就有三十六样性格的独特性,这就形成了"陌生的这一个",这就构筑起了小说描写的典型形象,基本符合了典型人物塑造的艺术要求。《水浒传》也即因此而成为现实主义与浪漫主义相结合的长篇小说的杰作。因此金圣叹赞道:"天下之文章,无有出《水浒传》右者;天下之格物君子,无有出施耐庵先生之右者。"⑤

第四,金圣叹深刻地指出,小说人物个性化描写的前提条件,是多年的观察思考和揣摩。他说:"施耐庵以一心所运,而一百八人各自人妙者,无它,十年格物而一朝物格,斯以一笔而写百千万人,故不以为难也。"⑥从一定角度长年观察各类人、各种事、各种关系,参照最切近的人事亲情加以解读,便能够实现"尽人之性","万面不同","因缘生法,裁世界之刀尺也"。⑦

第五,金圣叹重视对人物描写具体手法的全方位揭示。这些具体手法包括:核心人物出场法,人物列传法,人物定位论及其他十五种具体的文法,等等。例如,他在品读《林教头风雪山神庙》一回时说:"有节次,有间架,有方法,有波折,不慌不忙,不疏不密,不缺不漏,不一片,不繁琐,真鬼于文、圣于文也。"⑧他在评点第四十二回时说:"二十二回写武松打虎一篇,真所谓极盛难继之事也。忽然于李逵取娘文中,又写出一夜连杀四虎一篇,句句出奇,字字换色。若要李逵学武松一毫,李逵不能;若要武松学李逵一毫,武松亦不敢,各自兴奇作怪,出妙入神;笔墨之能,于斯竭矣。"⑨这些都是文学描写的深悟洞彻之论。

总之,金圣叹以性格描写为小说人物塑造的首要任务;以出身、性情、气质、形状、声口、面孔的各不相同以及同中有异,作为人物性格体现的基本要素;以个性与共性的统一,虚构与写实的统一作为人物塑造艺术的基本要求;以"十年格物而一朝物格"作为小说人物塑造的前提条件。金圣叹以其全方位的、较系统的人物塑造理论及其成就,确为古典文学领域内的第一人。

2. 金圣叹的《史记》与《水浒传》写作方法比较论

金圣叹在《读第五才子书法》一文中,对《史记》与《水浒传》作了较为全面的对比性研究,提出了"以文运事"与"因文生事"这两种不同的写作方法,深刻地揭示了同为叙事文学的史传文学和长篇小说间的巨大差异。

金圣叹首先认为,小说(尤其是长篇小说)是由史传文学发展而来,并且在写作技法上超越了史传文学。他声称:"《水浒传》方法,都从《史记》出来,却有许多胜似《史记》处。若《史记》妙处,《水浒》已是件件有。"

金圣叹接着看到了造成这种继承、发展而又不断演变的重要原因之一,是写作方法上的根本不同,即"以文运事"与"因文生事"的不同。他说:"《史记》是以文运事,《水浒》是因文生事。""以文运事"是按史实、内容有限制地写作,所以"是先有事生成如此如此,却要算计出一篇文字来,虽是史公高才,也毕竟是吃苦事"。而施耐庵却是"因文生事",即借用巧妙文字,独立构思故事,了无拘谨和限制,完全"顺着笔性去,削高补低都由"自己,可以虚构情节。

3. 李渔的"立主脑"说

清代最著名的戏剧理论家李渔,第一次自觉地提出了戏剧要"立主脑"的主张。他认为,主脑"即作者立言之本意也"。具体到戏剧作品来说,就是要求作者的所有构思,"止为一人而设","止为一事而设";"此一人一事,即作传奇之主脑也"。显而易见,这里的主脑,是指戏剧的主要人物和中心情节。

李渔非常强调"立主脑"的重要作用,规定了"立主脑"的许多具体要求。其主要内容有:(1)主脑要贯穿戏剧始终;戏剧的所有"离合悲欢","无限情由,无穷关目",全应由主要人物生发出来。情节事件一定要为人物形象的塑造服务,人比事大。(2)"一本戏中"的其他无数人物,"俱属陪宾"。也就是说,其他人物都是为突出主要人物而服务的,绝不可喧宾夺主。(3)着力于展开贯穿始终的中心情节,而"其余枝节,皆从此一事而生",即只能在保证中心情节顺利开展的前提下,才能生发其他事件。而生发的其他事件也必须利于中心情节的展开。(4)戏剧创作必须具有整体观念,切忌"零出"。单折戏构造得再好,若不能有益于核心的"一人一事",那从全局来看,也不过是"散金碎玉"、"断线之珠"和"无梁之屋",极易造成观众"望之而却走"的不良后果。

4. 李渔的戏剧结构说

李渔的戏剧结构说出自其《闲情偶寄》之《词曲部》的《结构》篇。他在中国戏剧研究史上,第一次自觉地阐明了戏剧构造的要素及其相互之间的关系,论辩过程严谨而构造宏大。其主要内容有如下几个方面:(1)戏剧构思要讲究先"立主脑",应能以一人一事为纲领,并且将其贯穿于戏剧全篇。对于这一点,我们在上面的"立主脑"说中已经作了较为详尽的阐释,在此姑且省略。(2)戏剧构思及其结构安排,重在先剪裁而后组合。李渔认为,作者"其初则以完全者剪碎。其后又以剪碎者凑成"。所谓"剪碎"、"凑成",就是说,作家先要依据主脑来选择提炼生活中各色人物与事件的碎片,待到判断出这些人物与事件确与主脑不相妨害之后,再根据主脑来巧妙地组织安排上述人物与事件,以构成一部戏曲整体。二者相比较而言,"剪碎易,凑成难"。因为"凑成之工,全在针线紧密;一节偶疏,全篇之破绽出矣"。(3)结构安排重在瞻前顾后,不可稍有疏忽。李渔说:"每编一折,必须前顾数折,后顾数折","照应埋伏",一人一事,"节节俱要想到。宁使想到而不用,勿使有用而忽之"。(4)结构安排上尚须格外关照人物具体的行为和语言表达,不能因相互矛盾而削弱人物基本性格的丰满与健全。李渔要求对于人物言行的设置,"大关"不能"背理妨伦","小节"不可"偶疏"一辞,应做到合情合理合法度,同时又符合世俗习惯。(5)在戏剧情节开展上,李渔提倡双线并行,互为照应。他在举例之后总结说:"一座两情,两情一事,此其针线之最密者。"(6)李渔指出了传奇戏剧的结构编写重点是以中心情节贯穿全剧,其中的义理揭示,要善于依靠戏剧表达的三要素来自然完成。这三要素是关目、曲词和宾白。李渔认为元代杂剧的主要成就在于曲词,而不太注意关目与宾白。因此,当代传奇应在关目与宾白的设计方面再加探索,以求在艺术上真正有所突破。

5. 李渔的古今题材观

李渔能够正确认识并充分肯定戏剧题材选取的多样性特点。他说:"传奇所用之事,或古或今,有虚有实,随人拈取。"所以,可以借古人书籍中记载的事作为题材,也可以用当代的传闻作为题材;既能够实事实写,"不假造作"地创作戏剧,也能够以"空中楼阁,随意构成"戏剧作品。

在充分肯定戏剧题材多样性特点的基础之上,李渔又深刻地指出,无论古今戏剧,大都是作者想像与联想的结果,虚构与创新的艺术结晶。他说:"传奇无实,大半皆寓言耳。"即大半是写当代的传闻和虚构现实的产物。其创作特点是:一方面可以"凡属孝亲所应有者,悉取而加之";另一方面则可以"一居下流,天下之恶皆归焉"。所以,戏剧创作大都离不开集中、概括与虚构、夸张。这就为塑造戏剧典型形象的理论,勾勒出基本的雏形。

此外,李渔还实事求是地阐述了现代剧与历史剧在取材方法上的根本不同。他认为,"纪目前之事,无所考究",则"可以幻生",可以虚构;"若用往事为题",则人物和事实皆原为实有,不能虚构。

李渔的题材处理观点,接触到了文学创作题材的多样性、虚构性和人物形象的典型性问题,有许多正确和合理之处,但他认为古代题材的事件和人物不能虚构,说明他对艺术可以打破历史的真实性问题认识还很不够。

6. 王夫之对孔子"兴观群怨"说的发展

王夫之在《姜斋诗话》中,全面继承了孔子的"兴观群怨"说。他不仅肯定了此说的较为完备,即他所说的"尽矣";同时,还大大发展了这个说法。

王夫之认为,"兴观群怨"说不单单是"读《三百篇》者必此也",而且还应当用此说来判别汉、魏、唐、宋诗歌的优劣。也就是说,"兴观群怨"说是一切诗歌创作的现实依据,是衡量诗歌创作成就的基本尺度。为什么要将孔子的"兴观群怨"说提到这样的高度呢?原因是好的诗歌,无论"兴观群怨",都是感情的产物,而反过来又能调度读者的情感。因此,王夫之认为"兴观群怨"是"四情"。他说《诗经》的创作是"出于四情之外,以生起四情",而《诗经》的读者则是"游于四情之中,情无所窒"。所以他概括说:"作者用一致之思,读者各以其情而自得。"这就肯定了"由情生诗"与"由情解诗"的诗歌创作与鉴赏的基本原则。

在肯定了"兴观群怨"是"四情"的基础上,王夫之进一步指出了兴与观、群与怨的关系。(这里要特别注意,他所说的"出于四情之外",其实就是指景物或场景。)他认为,兴要深,观要审;观中取兴,兴中可观。即感情要深浓,观景要明晰;在观景中起兴情感,情感兴起在景观的画面之中。同理,人际关系的场景可以引发怨情,而怨情反映的是人际的真实,这种真挚之情往往是诗歌的灵魂。他在评价杜甫诗歌《野望》时说:"如此作自是野望绝佳写景诗,只咏得现量分明,则以之怡神,以之寄怨,无所不可。方是摄兴、观、群、怨于一炉锤,为风雅之合调。"这样一来,王夫之就顺利地将孔子的"兴观群怨"说,引入到自己建立的情景说的理论框架之中,并大大发展了前者。正如他所阐明的那样:"于所兴而可观,其兴也深;于所观而可兴,其观也审。以其群者而怨,怨愈不忘;以其怨者而群,群乃益挚。"

7. 王夫之的情景论

王夫之情景论主要见于《姜斋诗话》,以及散见于《古诗评选》、《唐诗评选》和《明诗评选》中的有关论述。

王夫之的情景论又可视作他的意境论。在他的大部分论说中,意与情都是当作同一概念来使用的。在他的诗歌理论中,情与意是最为核心的概念,景围绕情这个核心来提示,由此而生发出系统的情景论。王夫之认为:"情不虚情,情皆可景;景非滞景,景总含情。"情是核心,而景是情的烘托物与支撑点。在情景关系上,王夫之认为"景生情,情生景",二者"互藏其宅",即诗歌中的情与景是对立的统一体。所以他又说:"关情者景,自于情相为珀芥也。""情景名为二,而实不可离。"这就进一步指出了情景既对立又统一的特点,强调了情与景之间的统一性与不可分割性。

在情景结合的层次上,王夫之认为情景交融、"情景双收"乃至"妙合无垠",结合得天衣无缝,是"神于诗者"的最高境界。第二种是"景中情",在写景中蕴含情。第三种是"情中景",即在抒情中让人见到形象。这一种"有极不易寻取者",是"尤难曲写"的。

在情景交融、"妙合无垠"诗歌境界的实现途径上,王夫之提出了著名的"现量"说。

8. 王夫之的"现量"说

为了实现诗歌"妙合无垠"的情景交融的诗歌境界,王夫之提出了著名的"现量"说。王夫之强调主体创作过程的当下性与自发性,他借用佛学的范畴提出了"现量"说。"现量"说的内涵有以下三点:(1)"现量"说的现在义,就是写"当时现量情景"(《明诗评选》卷四皇甫涍《谒伍子胥庙》评语),主体置身于当下的情景当中,景是眼前的当下的景,情是当下之景触发的情。这也就是传统诗论所说的"即兴"。(2)"现量"说的现成义,指的是创作过程的自发性,所谓"一触即觉,不假思量计较",是说创作过程有其自身的运动规律,是超思维的,"落笔之先,意匠之始,有不可知者存焉",这一过程是自发地完成的,"笔授心传之际,殆天巧之偶发,岂数觏哉"。创作者不应该人为地从外在强制这一自发过程。(3)"现量"说显现真实义乃是前两方面的必然结果。当下的情景按照其自身的规律自发地运动而构成意象,则情与景必然是真实不妄。"现量"说强调情景的当下独特性,强调创作过程的自发性,这就从审美对象和审美表现过程两方面保证了诗歌的独特性和创造性。

9. 叶燮的"才、胆、识、力"论

"才、胆、识、力"被叶燮看作是创作主体(即"在我者")的四个要素。

所谓"才",是才智、才能的意思,指作者的创作才能、审美表现才能。叶燮说:"才受于天",可见,才也包括有先天的成分。才更是现实社会中智慧的表现,因此叶燮说:"夫才者,诸法之蕴隆发现处也。"才智是特定心思的外在表现,心思主内而才智主外,是一个事物的两个方面。

所谓"识",是识见的意思,叶燮诗论中的"识"是指主体的判断力,包括知性的判断力和审美的判断力两个方面。在创作主体的四大要素中,识的概念最为重要,识居于四要素之首。识与才的关系是体、用关系,"识为体而才为用,若不足于才,当先研精推求乎其识"。人的天赋不足,可以通过后天的推求和增加来补偿。但是如果没有识,才再多也没有大用。因此叶燮又说:"胸中无识之人,即终日勤于学,而亦无益。俗谚谓为两脚书橱,记诵日多,多益为累。"

所谓"胆",是胆量的意思,在叶燮的诗论里,是指主体的自信力,主要作用于人的实践层面。叶燮说:"成事在胆。"足见胆在社会实践中的重要作用。叶燮又说:"识明则胆张";"因无识,故无胆"。这旨在说明识见是胆——自信力的基础。

所谓"力",是才所依赖的生理、心理力量,主要包含了创作的表现力(笔力)与独创力,体现在作品中是作品的生命力。力的大小影响到才的大小与力度的实现。叶燮说:"惟力大者才能坚,故至坚而不可摧也。历千百代不朽者以此。"才与力结合,方能创作出不朽。

10. 叶燮的"理、事、情"论

叶燮把创作客体称为"在物者",并将其划分为理、事、情三个方面。他所说的"理",是指道理或事物的本质;"事",是指事件或客观存在的事物;"情",是指人的情感或蕴藏在事体之中的人可感知的情韵。因此叶燮说:"此三言者,足以穷尽万有之变态。凡形形色色,音声状貌,举不能越乎此。此举在物者而为言,而无一物之或能去此者也。"其意思是世间的一切存在都离不开理、事、情。任何存在的形式,都是事物或事件;离开事物与事件,就没有客观存在。世间一切客观存在的事物,都有其道理与本质,根本不存在没有道理的事物。从创作主体的角度看,所有的客观存在及其现象,都蕴涵着感情,都是有情物,都可以或者可能感动人。

在这里要说明的是,叶燮特别强调文学艺术的理与事的特殊性、独创性与丰富性。他反问诘难者说:"然子但知可言可执之理之为理,而抑知名言所绝之理之为至理乎?"可见他所言之理,并非一般意义上的常理常事,而是非常人所能见出的非常之事,非常人所能悟出的非常之理。只有这样的"理",对于创作才往往是最为珍贵的。其理论的明确指向,正在于文艺创作,特别是诗歌创作。

11. 叶燮论"才、胆、识、力"与"理、事、情"的关系

叶燮认为,创作主体的才识胆力,是为了充分表现客观存在的理事情的。理事情是创作的对象,离开了理事情,才识胆力就没有发挥的市场和现实意义。而理事情又必须依靠才识胆力,才有可能准确无误地加以艺术地反映。

叶燮阐述道:"人惟中藏无识,则理事情错陈于前,而浑然茫然,是非可否,妍媸黑白,悉眩惑而不能辩,安望其敷而出之为才乎?"这说明,无论是核心的识,还是外在的才,都要以明辨是非为其实用功能的体现,都要以表现理事情为其主要目的。所以他说:"至理存焉,万事准焉,深情托焉,是之谓有才。"看来才的表现须臾离不开坚持真理、裁定事件和寄托情感。正如叶燮所论:"曰才,曰胆,曰识,曰力,此四言者,所以穷尽此心之神明。凡形形色色,音声状貌,无不待于此而为之发宣昭著。"

12. 叶燮"才、识、胆、力"论与"理、事、情"论对诗歌创作的意义

叶燮的"才、识、胆、力"论与"理、事、情"论,对于诗歌创作具有十分重要的指导意义。

首先,作为创作的主体,才识胆力是基本的条件和必要的修养,是创作者的内在要素,即叶燮所说的"在我者"。才智才学解决语言表达的问题;见识解决"是非明"、"取舍定"的问题;胆量解决才智发挥的层次问题;毅力(自信与独创力)解决创作及其作品是否能够影响持久的问题。为此,创作者必须加强后天的修养,通过"研精推求",满足创作所必须具备的才识胆力的基本条件。

其次,理事情作为创作客体,被叶燮称为"在物者",他们是创作主体才识胆力反映的对象,是主体发挥作用的外部条件和要素。叶燮说:"以在我之四,衡在物之三,合而为作者之文章,大之经纬天地,细而一动一植,咏叹讴吟,俱不能离是而为言者矣。"也就是

说,作家用自己的才识胆力来反映客观存在的事物、道理和情感,大到宇宙空间,小到微小的生命,只要是诗歌的构成,就全都离不开上述七要素。离开了才、识、胆、力与理、事、情这七个基本的概念,创作就无从谈起。因此叶燮说:"文章之能事,实始乎此。"应当说,叶燮对于上述七大概念的阐明及其相互间辩证统一关系的揭示,代表了清代文艺理论的最高成就,至今仍不失为创作反映论的至理名言。

第三,在承认并且具备上述七大要素的基础上,叶燮认为创作论的认识论中,最有指导意义的当数自然与自性体悟。他主张"直造化在手,无有一之不肖乎物也","盖天地有自然之文章,随我之所触而发宣之,必有克肖其自然者,为至文以立极。"他还格外阐明道:"文章一道,本摅写挥洒乐事。"所以他一再强调,对创作规律及其技能的认识和把握,"非可矫揉蹴至之者也,盖有自然之候焉"。创作中若依靠了自性体悟,描写与表现自会惟妙惟肖。自然是法,自然有法,不必事事遵从前人定法。这样一来,创作者"其胸中之愉快自足,宁独在诗文一道已也"。在凭借才、识、胆、力来反映理、事、情时,特别重要的嫁接媒体,恐怕非自然、自性的发挥而莫属。这不仅仅对文学艺术来说是箴言,而且对人类的所有认识论与反映论而言,都是极有意义的提示。

13. 王士禛的"神韵"说

王士禛诗歌理论的核心之一是"神韵"说。王士禛的"神韵"说源自魏晋时期的人物品鉴及后来的画论与诗论。

"神韵"一词最早是南北朝时期对人物的评价,指的是人的风神韵致,后被引入诗论,大体上指自然神到、风神飘逸的一种诗歌境界。王士禛继承前人的诗论和画论思想,总结了王维、孟浩然以来的山水诗的艺术传统,强调兴会神到,追求得意忘言,以清淡闲远的风神韵致作为诗歌的最高境界。

王士禛"神韵"说的内涵：(1)其中心就是诗歌的审美表现方式问题。主张诗歌创作在表现审美对象时应该做到"不着一字，尽得风流"，即诗人对主体的情感不要直接陈述出来，对景物也不要作全面精细描绘，应像画龙只画一鳞一爪，画山水只画"天外数峰，略有笔墨"，但透过这一鳞一爪、天外数峰，却能表现整体的面貌，如镜中之月，水中之花，可具体感知，而又不可捉摸。(2)在情感和物象之间，王士禛认为物象应为表现情感服务，物象可以超越特定的时空，可以不符合现实自然的真实，王维可以画雪中芭蕉，正是如此，王士禛称这是"兴会神到"，这是诗之所以为诗的原因。(3)清和远是具有神韵的诗歌境界的审美特征。他引孔天允论诗的话说："诗以达性，然以清远为尚。"清，指的是一种超脱尘俗的情怀。这种情怀最适宜于用山水诗来体现。远，有玄远之意，也是一种超越的精神，这种精神也适合于寄托在山水诗中。清偏向于景物之描绘；远偏重于感情之抒发。王士禛认为达到这种境界就可称之为"妙悟"，就是把握了诗歌艺术的真谛，达到了艺术的彼岸。

14. 王士禛的"妙悟"说

王士禛认为有神韵的作品应该具有清和远的审美特征。他引孔天允的论诗的话说："诗以达性，然须清远为尚。"清体现的是主体的一种审美情趣，与浊俗对立，指的是一种超脱尘俗的情怀，这种情怀最宜于用山水诗来体现。远有玄远之意，也是一种超越的精神，这种精神也宜于寄托在山水诗之中。清偏向于浸透着主体情趣的审美客体的审美表现，也就是说重在景物之描绘；而远则侧重于审美客体中所蕴含的主体思想情感的审美表现，重在情感之抒发。诗歌达到了清和远的境界，王士禛称之为"妙悟"。他在举例之后说，这些诗句"清远兼之矣"。

综上所述，我们可以总结以下几点：(1)妙悟的诗歌作品必须具有王士禛所说的清、远的审美特征；(2)清、远最宜于表现在山水诗之中;(3)能够达到"妙悟"的清远境界的诗歌就谓其有"神韵";(4)所谓"妙悟"也就是诗歌创作中的"舍筏登舟,禅家以为悟境,诗家以为化境"的创作境界,是诗歌创作从必然王国进入了自由王国的境界。

15. 沈德潜的"格调"说

明代前后七子推崇盛唐诗,认为盛唐有高古之格,宛亮之调,主张从格调上学习古人,提倡格调,到沈德潜则提出了"格调"说。什么是他所说的"格调"呢?从他的论述看,体裁和音节二者就是所谓"格调"。体裁指的是诗歌的艺术表现方式及技巧系统,包括意象的构成方式、篇章、字句的组合方式等,体现为一套具体法则;音节是字音经过选择和有规则地组合构成的语音模式所形成的诗歌的音乐美。他继承了明七子高古之格,宛亮之调的主张,认为诗应比兴互陈,反对质直敷陈,欣赏唐诗的"蕴蓄"、"韵流言外",而不欣赏宋诗的"发露"、"意尽言中"(《清诗别裁集·凡例》),要求诗歌有音调美。但沈德潜在体裁和音节外,又主张"蕴藉"和"温柔敦厚"的诗教,所以他的"格调"还应该包含有益于教化的内容因素。

16. 沈德潜的诗歌议论说与王夫之的诗歌议论说之比较

王夫之在《古诗评选》中认为:"议论入诗,自成背戾。""唐宋人诗惜浅短,反资标说,其下乃有如胡曾《咏史》一派,直堪为塾师放晚学之资,足知议论立而无诗,允矣。"他反对在诗歌中发表直接的、抽象的议论,或以抽象的议论替代形象的情境。但是他非常赞成诗歌具有生发议论的功能,并且绝不否认诗歌"兴、观、群、怨"的宏旨。他说:"盖诗立风旨,以生议论,故说诗者于兴、观、群、怨而皆可。若先为之说,则言未穷而意先以竭。在我已竭,而欲以生人之心,必不任矣。以鼓击鼓,鼓不鸣;以桴击桴,亦槁木之音而已。"这就是说,诗歌的讽谏功能,是通过形象的画面和充满情感的委婉的议论表现出来的,而绝不能由作者在诗歌中直接地大发议论,露骨地批评现实。若是后者,作者对于社会某一问题的议论已很详尽,当然就无法引起读者再行探讨的兴趣,只能让读者在读诗时产生味同嚼蜡的感觉。

沈德潜在《说诗晬语》中认为:"人谓诗主性情,不主议论,似也,而亦不尽然。试思二雅中何处无议论?杜老古诗中,《奉先咏怀》、《北征》、《八哀》诸作;近体中,《蜀相》、《咏怀》、《诸葛》诸作,纯乎议论。"他上面说的"何处无议论","纯乎议论",未尽是事实。但他接下来又补充说:"但议论须带情韵以行,勿近伧父面目耳。"其意思是,诗歌中的议论必须是情感化的、有韵味的,而不能够使用直白式的议论。非常明显,沈德潜在这里肯定了诗歌可以议论,甚至是通篇都可以发表议论。但与此同时,他又对诗歌的议论进行了限定,即必须是情韵化的议论方可使用。这就为诗歌风格的多样化发展提供了理论依据。

用今人眼光来看,诗歌的基本特征是形象性、情感性与审美性。诗言志、诗言情,是我国诗歌的光荣传统。真正的好诗往往都是以形象的画面、深厚的情感与丰富的审美趣味而彰显于文坛的。随着诗歌的发展,多样化的创作倾向日益明显。抒情、写景诗之外,叙事、咏史、议论与哲理诗等,名家纷起,并行不悖,殊途同归,这才构成为中国古典诗歌百花争艳的繁盛局面。在这个意义上说,王夫之的"议论入诗,自成背戾","盖诗立风旨,以生议论"是对的;沈德潜的"何处无议论","纯乎议论","但议论须带情韵以行,勿近伧父面目耳"也是对的,他们所阐释的是同一问题的两个不同方面。

17. 沈德潜的人品与诗品关系论

沈德潜诗歌理论的特色之一,是极为重视诗歌的政治教化作用。他说:"诗之为道,可以理性情,善伦物,感鬼神,设教邦国,应对诸侯,用如此其重也。"他又说:"诗道之尊,可以和性情,厚人伦,匡政治,感神明。"他批评六朝以来的诗风:"声律日工,托兴渐失,徒视为嘲风雪、弄花草、游历燕衎之具,而诗教远矣。"既然诗歌负有如此重大的社会责任与功用,因此,沈德潜认为在创作时,诗人必须"先审宗旨,继论体裁,继论音节,继论神韵,而一归于中正和平"。这就构成了沈德潜诗歌理论的基本框架:重功用、重教化、重内容、重道德;其次才是讲究和追求表现形式的方方面面。与此相适应,沈德潜的诗歌理论必然也会非常重视人品对于诗品的重要影响,更为明确地阐释出人品与诗品之间的关系。

沈德潜坚定地认为:"有第一等襟抱,第一等学识,斯有第一等真诗。"这就是说,襟抱决定学识,襟抱与学识构成人品,而人品是诗品的基石。有什么样的人品,必然有什么样的诗品。沈德潜还认为,人品好比源渊与厚土,人品如果丰厚,诗歌就会如同"万泉涌出"、"万物发生"一般,不断从人品的源渊与厚土中产生出来,并且容易达到高品位的境界。所以沈德潜说:"古来可语此者,屈大夫以下数人而已。"即他认为,古往今来,真正够得上是"第一等襟抱,第一等学识",并因此而创作出"第一等真诗"的诗人,千百年来,不过是屈原等有数的几个人罢了。可见他认为人品的修炼远比诗品的修炼要难得多了!这正如明末清初的傅山先生所说:"做字先作人,人奇字自古";也正如宋代陆游所云:"汝果欲学诗,功夫在诗外。"其实,这种观点早在孔子那里就已经初露端倪。孔子曾说:"人而不仁,如礼何?人而不仁,如乐何?""绘事后素","始可与言诗矣"。诗歌表现的是仁德、襟抱与学识,后者是源,前者是流。而相对于先秦文论来说,孔子的文质观是源,沈德潜的人品与诗品关系论则是流。沈德潜的人品与诗品关系论,是在继承前人传统文论基础上的更进一步的发展,是更为自觉、更为系统的阐释。

18. 袁枚的"性灵"说

袁枚深受南宋杨万里"诚斋体"诗歌和"活法"诗论的影响,讲天真、求自然、师法造化,欣赏诗歌的纯然一派风趣,提出了"性灵"说,并以此有意地与沈德潜的"格调"说形成某种对立。

袁枚"性灵"说的重要特征是真、雅、自然、性情和变通。他说:"诗难其真也,有性情而后真";"诗难其雅也,有学问而后雅"。而"至于性情遭遇,人人有我在焉";"天籁一日不断,则人籁一日不绝"。即认为:人本真纯,出于各自的自然心性;天道通达凭借的是自然运行,人道诗兴亦当出于自然。而后天的学问旨在增加诗歌的雅致,起到"舂揄扬簸"的作用。从诗主"性灵"出发,袁枚主张诗歌是发展变化的,他在《答沈大宗伯论诗书》中认为:"唐人学汉魏变汉魏,宋学唐变唐,其变也,非有心于变也,乃不得不变也","然变而美者有之,变而丑者有之,若必禁其不变,则虽造物有所不能",并且进一步认为:"诗有工拙,而无古今。自葛天氏之歌至今日,皆有工有拙,未必古人皆工,今人皆拙"。这就充分肯定了诗歌的变化发展。

19. 袁枚的"性灵"说与袁宏道的"性灵"说的关系

袁枚的"性灵"说不仅仅受到唐、宋诸多诗家潜移默化的熏陶和感染,而且深受明、清两代李贽、袁宏道、龚自珍等前辈明公的影响。其中,渊源最深者当数袁宏道。即袁枚的"性灵"说,直接继承了袁宏道性灵说的基本理论。前者在新的历史条件下,对后者又有所发展和提升。

袁枚的"性灵"说与袁宏道的"性灵"说相同之处很多,其中主要的在于:他们都以自然真纯和个性解放作为诗歌理论的基础;都主张独抒性灵,不拘格套的诗歌创作宗旨;都反对前、后七子"文必秦汉,诗必盛唐"的错误倾向;都提倡"法不相延,各及其变"的诗歌发展观;都赞成"各穷其趣"、"风趣专写"的诗歌意境;也都能够大胆地肯定诗歌表现人类情色欲望的正当性,等等。

袁枚的"性灵"说与袁宏道的"性灵"说不同之处在于:袁枚的"性灵"说所与商榷的对象,是理论家沈德潜的"格调"说与翁方纲的"肌理"说;而袁宏道的"性灵"说,则旨在纠正前、后七子引发的强大的复古拟古文学潮流。在新的社会环境中,袁枚更注重对于古代优秀诗歌传统的继承和学习,并且细化了向古人学习的内容。他在充分肯定"性情遭遇,人人有我在焉","有性情,便有格律。格律不在性情之外"的大前提下,也指出了必须向古人学习的具体内容,即"格律莫备于古,学者宗师,自有渊源",并且赞同"诗之必根于学,所谓'不从糟粕,安得精英'是也"。袁枚在强调诗歌"有性情而后真"的同时,又主张诗歌尚须做到"有学问而后雅";在提出"竟拟古人,何处著我"的同时,也主张"不学古人,法无一可"(《续诗品》),非常重视向古人学习。相比较来看,袁宏道的"性灵"说在向传统学习的论述方面,就显得薄弱了一些。他只是肯定了继承传统的必要性,说:"古也厚","夫复古是已",但未能说明学习古诗究竟应有哪些具体方面的内容。这主要是由于他那个时代的首要任务在于批判一味拟古仿古的形式主义诗歌狂潮,而不在于公允平和地探讨诗歌理论。在强大的形式主义诗文思潮之下,矫枉过正就成为必然。袁宏道很好地完成他那个时代赋予自己的任务,今人是没有必要怪怨其"性灵"说稍欠严密的。

近 代

1. 刘熙载的文艺辩证观

清代后期杰出的文艺理论家刘熙载,在其传世名作《艺概》中自觉地梳理、总结了古典艺术论,充满着近代的辩证思想观念。

刘熙载善于坚持两点论,善于剔除古代文论中常见的片面性和绝对化的不良倾向。他将整个古典文论视作一个理论研究的大系统,在这个系统中联系地、全面地考察各种文学现象,批评前人的相关论断,思辨地将若干个有限的、只适宜于局部的正确判断,连缀而成一个带有普遍意义的真理,非常令人信服。他说:"《诗纬·含神雾》曰:'诗者,天地之心。'文中子曰:'诗者,民之性情也。'此可见诗为天人之合。"一针见血地指出了中国诗歌的最高境界,是须表现出天道与人道的高度和谐统一。他还说:"太白《忆秦娥》,声情悲壮,晚唐、五代,惟趋婉丽,至东坡始能复古。后世论词者,或转以东坡为变调,不知晚唐、五代乃变调也。"这又站在历史发展的高度,独辟蹊径,论证了豪放派为词家正宗正风,而婉约派则为变风变体的文学史发展的真实面貌,影响深远,非常值得今人继承和进一步阐发。

刘熙载特别擅长坚持老庄哲学中对立统一的辩证思想,充分运用相反相成与相辅相成的朴素唯物论观点,来准确考察文学现象,推崇多种有效的表现技法。刘熙载说:"词之妙莫妙于以不言言之;非不言也,寄言也。如寄深与浅,寄厚与轻,寄劲与婉,寄直于曲,寄实于虚,寄正于余,皆是。"他以对立统一的观点,非常具体而生动地解释了传统的不言言之的实在妙处。刘熙载又说:"山之精神写不出,以烟霞写之;春之精神写不出,以草树写之。故诗无气象,则精神亦无所寓矣。"他从山情、春意与烟霞、草木的依存关系中,透视传统的情感精神与景物气象间的辩证法,不仅揭示了寓情于景的审美观与创作观,而且阐明了中国传统的烘云托月之法的产生根源和理论依据,足资今人借鉴。其他他如"诗可数年不作,不可一作不真"的强调,"兴不称象,虽纷披繁密,而生意索然"的提示,以及"皆是造化自然","重象尤宜重兴"的倡导等,都充满了思辨的意识和艺术的辩证观念。事实说明,刘熙载确能摆脱传统文论的束缚,在近代史上第一次以辩证的眼光探讨祖国文学艺术的发展演进及其繁杂的表现形式,真正开启了近代文论的自觉时期。

2. 梁启超对小说理论的创新

梁启超的小说理论是为其革新社会、国民和民族精神服务的，其"小说界革命"的思想具有鲜明的政治目的。在他以前的古典小说理论中，从未有过如此强烈的战斗性、大众意味和功利色彩。梁启超高瞻远瞩地意识到，要改革，必先新民，而要新民，则必须先新小说。因为通俗小说在下层社会中有着最为广泛而深入的影响，左右着世俗民众的道德趋向，所以小说完全可以为群治的改革进行宣传服务。因此，为了实现上述目标，小说界必须首先革命。这既是当时改革者最明智的选择，也是作为小说理论家的梁启超对于近代文论的独特贡献。这里应当注意，梁启超的"小说界革命"的主张并非传统意义上的"文以载道"说的翻版，而是适应于近代社会改革的，肯定通俗小说崇高地位的，适应大众审美需求的文学革命。可以毫不夸张地说，梁启超"小说界革命"的主张及其实践，最早奏响了近现代文化革命的号角，是五四新文学运动的滥觞。

作为政治改革家的梁启超，他在《论小说与群治之关系》一文中，开宗明义地指出："欲新一国之民，不可不先新一国之小说。"只有"先新一国之小说"，才能够革新一国的道德、宗教、政治、风俗、学艺、人心和人格。这不仅仅是他小说革新的宣言，也是作为其社会改革一部分的"小说界革命"的政治宣言。而作为文艺批评家和文学家的梁启超，他又充分揭示了小说"支配人道"的"不可思议之力"，阐明了小说艺术的基本特征、基本创作方法、艺术史地位、社会功用及其与现实生活的关系。

梁启超将小说艺术的基本特征概括为：浅易多趣，雅俗共赏；"导游境界"，"变换空气"；"摹写情状"，"彻底发露"，"感人之深，莫此为甚"。并以这些特征为依据，将小说的创作方法归纳为"理想派小说"与"写实派小说"两种。同时肯定了小说的崇高艺术地位为："诸文之中能及其妙而神其技者，莫小说若。故曰小说为文学之最上乘也。"

梁启超认为小说的主要社会功用有"四种力":"一曰熏","二曰浸","三曰刺","四曰提"。即分别为熏陶作用;浸染作用;惊警作用;启悟作用。正因为有上述种种基本特征和重要社会功用,所以小说文学能够深入人心,主导世俗。即他所说:"小说之为体其易入人也既如彼,其为用之易感人也又如此,故人类之普通性,嗜他文终不如其嗜小说,此殆心理学自然之作用,非人力之所得而易也。"这种认识是非常深刻的。更为精辟的是,梁启超看到了旧小说是与旧道德、旧风俗相一致的,大都是为统治者服务,为正统文化代言的。大量的帝王将相、才子佳人小说所传达的"慕科第若膻,趋爵禄若鹜,奴颜婢膝,寡廉鲜耻","轻弃信义,权谋诡诈,云翻雨覆,苛刻凉薄,驯至尽人皆机心,举国皆荆棘者",确于小说中普遍存在并影响巨大。对此,任何文化改良与社会改革者都会感到触目惊心,责任重大,直至当代仍是如此。那么,在当时中国满目疮痍、民族即将败亡的特定历史条件下,尤为梁启超及其同时代人所关注,并特别加以强调,这是完全可以理解的。正因如此,梁启超认为,当时社会涣散,民风日下的基本原因"唯小说之故"。"知此义,则吾中国群治(即政治)腐败之总根源,可以识矣。"话虽然说得有些绝对化,但改革者欲借助通俗小说这一当时最有效的媒介,来宣传新思想、新文化,并通过此举影响最为广泛的民众,使他们理解和协助改良的初衷是自有道理的。所以他总结全文说:"故今日欲改良群治,必自小说界革命始;欲新民,必自新小说始。"

3. 王国维的"境界"理论

王国维在划时代的杰作《人间词话》和《宋元戏曲史》以及其他相关著述中,提出了著名的"境界"理论。这一理论以中国传统的儒、道哲学思想为基石,融会西学艺术论精华,将传统的"情景"说演绎到极致,开创出现代诗词美学的崭新天地,独具里程碑意义,其理论衣披后人而非一代也。

王国维诗词研究的核心是"境界"(亦称为"意境")。他说:"词以境界为最上。有境界则自成高格,自有名句。五代、北宋之词所以独绝者在此。""沧浪所谓兴趣,阮亭所谓神韵,犹不过道其面目,不若鄙人拈出'境界'二字,为探其本也。"他又说:"言气质,言神韵,不如言境界。有境界,本也。气质、神韵,末也。有境界而二者随之矣。"为此,他构建了"境界"说的庞大理论体系,并且是在不同的时间段内,以不同的著述、不同的视角来反复构建和完善这一理论体系。

王国维首先阐明了"境界"的本质特征,即真实、自然、深刻和空灵。所谓真实,是指人们在天生的真心真性情的喜怒哀乐中,通过诗词表现出来的真实景物和真实的思想感情。因此他说:"境非独谓景物也。喜怒哀乐,亦人心中之一境界。故能写真景物、真感情者,谓之有境界;否则谓之无境界。"可见,是否真实,这是王国维判定是否有境界的基本标准。所谓自然,是指作者在真纯的基础之上,无欲无求、无世俗功利目的的描摹自然与抒情写意的状态,也即"其辞脱口而出,无一矫揉装束之态"。王国维始终坚持着惟其自然,才是真实,而惟其真实,才能做到自然表达的文艺批评观。所谓深刻,是指见识独到,非常人能悟得的理趣,等等。它是与真纯相互联系、互为表里的。因此王国维说,大家之作"以其所见者真,所知者深也。持此以衡古今之作者,百不失一"。诗词创作不仅仅要"其志清峻",更须"其旨遥深",方可见出境界。王国维所说的深刻又与空灵相互联系。其"境界"理论对于空灵的要求主要反映在:他特别主张诗词中作者深刻的思想与独特的情致应当通过"如空中之音,相中之色,水中之影,镜中之象"的艺术形式来加以自然显扬,必须表现为"羚羊挂角,无迹可求"的意境;从而实现"言外之味,弦外之响","言有尽而意无穷"的完美境界。

在规定了上述真实、自然、深刻和空灵的本质特征的基础上,王国维依据历代文论中关于情与景的大量论述,经过仔细地梳理和精心地概括,清晰地阐明了他"境界"说的主体内容。他说:"文学中有二原质焉:曰景,曰情。前者以描写自然及人生之事实为主;后者则吾人对此种事实之精神的态度也。故前者客观的,后者主观的也;前者知识的,后者感情的也。"(《文学小言》)[⑩]他又说:"文学之事,其内足以摅己而外足以感人者,意与境二者而已。上焉者意与境浑,其次或以境胜,或以意胜。苟缺其一,不足以言文学。"不仅充分肯定了文学意境和境界的必要性,而且强调了文艺的最高境界乃在情感与景物的高度交融统一。必须强调指出,只有在景与情的表达符合了真实、自然、深刻和空灵的本质特征时,才是王国维在传统"情景"说的基础上,所再造出的崭新的"境界"理论。

王国维将境界划分为两种基本的类型:一种是"有我之境";另一种是"无我之境"。其区别在于:"有我之境,以我观物,故物皆著我之色彩;无我之境,以物观物,故不知何者为我,何者为物。"这两种境界各自的美学特征为:前者"宏壮",而后者"优美"。

王国维以"隔与不隔"说补充说明了他的"境界"理论。他说诗词"妙处唯在不隔","语语都在目前,便是不隔",旨在强调惟真切自然、意蕴深刻而灵动,婉若面前而旨在言外者,是为真境界。

总之,王国维的"境界"理论博大精深,几乎涉及中国传统诗词学的全部论题,的确成为后人研习诗词乃至曲文的丰富宝藏。

4. 王国维的"有我之境"说

王国维认为"境界"的类型之一是"有我之境"。他说:"有我之境,以我观物,故物皆著我之色彩"。他以北宋欧阳修词《蝶恋花》(或云冯延巳《鹊踏枝》)和秦观词《踏莎行》为例说:"'泪眼问花花不语,乱红飞过秋千去';'可堪孤馆闭春寒,杜鹃声里斜阳暮'。有我之境也。"可见他说的"有我之境",在诗词中首先体现为我的形象鲜明,由我的、独立于大自然以外的人的角度,去观察评价天地万物,并且富含着作者强烈的主观色彩和对生存环境的对立、不满,与之充满着或矛盾冲突,或积极干预,或震惊惶惑的激越情绪等。王国维认为上述的"有我之境",便具有了"宏壮"或曰"壮美"的美学特征。

王国维进一步指出:"有我之境,于由动之静时得之。"什么是"于由动之静时"呢?即作者在与自然、人生的诸多矛盾冲突中无力加以解决,情感压抑之时只好静观默想,求索于自身自性。在这种状态下便创作出诗词的"有我之境"。由此看来,王国维所论述的"有我之境",是指"主观诗",即具有作者强烈的主观情绪,具有功利的、欲望的鲜明色彩,反映了政治的、历史的、自然的剧烈变动在人心中引发的矛盾冲突,是一种与客观存在的不和谐的产物。作为其鲜明特征的"宏壮",往往是与悲剧或悲愤的情绪相联系的。诸如李煜的《虞美人》(春花秋月何时了);范仲淹的《渔家傲》(塞下秋来风景异);苏轼的《念奴娇·赤壁怀古》;辛弃疾的《水龙吟·登建康赏心亭》等,均可视为"有我之境"。因而王国维肯定地说:"古人为词,写有我之境者多。"

5. 王国维的"无我之境"说

王国维认为境界的两大类型中,相对完美的一种是"无我之境"。他说:"无我之境,以物观物,故不知何者为我,何者为物。""无我之境,人惟于静中得之。"他引用东晋陶渊明诗《饮酒》(之五)和金代元好问诗《颖亭留别》为例说:"'采菊东篱下,悠然见南山';'寒烟淡淡起,白鸟悠悠下'。无我之境也。"看来,"无我之境"的条件大约有以下两点:首先是物我平等,物我合一,同化自然;其次是平心静气,无欲无求,真正进入纯然审美状态。此种状态下写出的诗句,就具有"优美"的基本特征。

王国维的"无我之境"是与"优美"相联系、相对应的审美概念。

凡具有"优美"特征的诗词,即属"无我之境"。所谓"优美"的艺术特征,按照王国维的话说:"苟一物焉,与吾人无利害之关系,而吾人之观之也,不观其关系,而但观其物;或吾人之心中,无丝毫生活之欲存,而其观物也,不视为与我有关系之物,而但视为外物,则今之所观者非昔之所观者也。此时吾心宁静之状态,名之曰优美之情,而谓此物曰优美。"(《红楼梦评论》)⑪他还说,优美是"由一对象之形式,不关于吾人之利害,遂使吾人忘利害之念,而以精神之全力沉浸于此对象之形式中,自然及艺术中普通之美皆此类也","优美之形式,使人心和平"(《古雅之在美学上之位置》)⑫。从这些不同时段、不同文章的反复论述中,我们可以进一步看出王国维对于"无我之境"的确切定义:一方面,创作者对于其所表现的客观事物,必须坚持平等的视角,与之和谐相处,不傲视也不俯就。极致是实现物我两忘。另一方面,创作者对于其自心,在主观上必须保持一种静穆平和的态度,无欲无求,不争不怨,善于纯客观地观察与表现外物,作一个纯粹的审美者和创造和谐的美感者。

非常明显,王国维的审美极致和诗词创作极致,是导源于老庄哲学中天人合一,物我和谐,法则于天,浑然一统,最终趋近于物我两忘,忘情抒写的理想艺术境界。王国维认为,只有在这种境界下创作的作品,才是真正"哲学的也,宇宙的也,文学的也"。因此而具有概观天地,笼罩万物而与其同化的永久魅力。诸如李白"相看两不厌,只有静亭山"(《独坐静亭山》);柳宗元"回看天际下中流,岩上无心云相逐"(《渔翁》);辛弃疾"七八个星天外,两三点雨山前。旧时茅店社林边,路转溪桥忽见"(《西江月·夜行黄沙道中》),"只疑松动要来扶,以手推松曰去"(《西江月·遣兴》)等诗词,大约可算作是"无我之境"了。

6. 王国维的"有我之境"说与"无我之境"说的辩证关系

王国维将艺术境界划分为"有我之境"与"无我之境",指出其区别在于:"有我之境,以我观物,故物皆著我之色彩;无我之境,以物观物,故不知何者为我,何者为物。"前者"优美",而后者"宏壮"。造成上述不同审美特征的原因在于:前者由于欲念难偿,痛苦愤懑难却,矛盾抗争不断,心意极度不平,所以作品中功利的"我"时时出现,主观情绪非常显扬。而后者得意于物我利害两忘,无争无欲,心平气和地审视我与外物的和谐之美,身心愉悦,因而写出的作品就会静谧恬淡,纯然天籁之音,是为纯粹的美、自然的美。我们可以看出王国维明显偏好后者,而又绝不否定前者。其原因就在于,它们二者都是有境界的作品。

与此同时,王国维强调说:"文学之所以有意境者,以其能观也。出于观我者,意余于境。而出于观物者,境多于意。然非物无以见我,而观我之时,又自有我在。故二者常互相错综,能有所偏重,而不能有所偏废也。文学之工不工,亦视其意境之有无与其深浅而已。"(《人间词话附录》)⑬这就阐明了"有我之境"与"无我之境"是同属于艺术境界(意境)的两个方面。其二者关系往往是你中有我,我中有你的;区别大致为侧重点的不同罢了。王国维又说,宏壮的风格,"而其快乐存于使人忘物我之关系,则故与优美无以异也",而"艺术之务在描写人生之苦痛与其摆脱之道,而使吾侪冯生之徒,与此桎梏之世界中,离此生活之欲之争斗,而得其暂时之平和,此一切美术之目的"。"美术之价值,存于使人离生活之欲而入于纯粹之知识"(《红楼梦评论》)。⑭可见,就美学本质而言,"有我之境"与"无我之境"这两种艺术形态,是既相互对立而又互为补充的统一体。

正是由于上述原因,王国维认为:"古人为词,写有我之境者多,然未始不能写无我之境,此在豪杰之士能自树立耳。"因此,在文学史上,有"刑天舞干戚,猛志固常在"的陶渊明,也有"采菊东篱下,悠然见南山"的陶渊明;有"大道如青天,我独不得去"的李白,也有"相看两不厌,只有静亭山"的李白;有"把吴钩看了,栏杆拍遍,无人会,登临意"的辛弃疾,亦有"一枝风露湿,花重入疏棂"的辛弃疾。他们的诗词都有境界,而境界与境界不同;他们的作品都气骨意趣非凡,但有我无我各异。文学史证明,大手笔们无论怎样作诗,都会使人观赏到或崇高,或雅致的宇宙人生万物,启迪人心去和谐于自然万物,净化灵魂而免除于无谓争斗,其中所蕴涵的艺术之所以为艺术的本质都是一致的。而这正是王国维"境界"论的真实主旨和最高价值。

注释

① 引自《中国诗学批评史》陈良运著,江西人民出版社,2001年,第226页。
② 引自《中国文学理论批评史(上)》,敏泽著,吉林教育出版社,1993年,第509页。
③ 引自《中国诗学批评史》陈良运著,江西人民出版社,2001年,第335页。
④ 引自《金圣叹文集》金圣叹著,巴蜀出版社,1997年,第228页。
⑤ 同上注。
⑥ 同上注。
⑦ 同上书,第225页。
⑧ 同上注。
⑨ 同上书,第298页。
⑩ 引自《静庵文集》;辽宁教育出版社,1997年,第67页。
⑪ 同上书,第67—68页。
⑫ 同上书,第163页。
⑬ 引自《人间词话新注》,滕咸惠校注,齐鲁书社,1981年,第107—108页。
⑭ 引自《静庵文集》,辽宁教育出版社,1997年,第67—78页。

文论选读译文

先 秦

《论语》选录译文

孔子说:"《诗》三百篇,用一句话概括它,可以说:'思想内容没有邪曲的东西。'"(《为政》)

提示:提出"思无邪"说。邪与正相对,"无邪"就是正。"思无邪"主要是讲思想内容要求纯正。但有人说,也应该包括文学语言在内,即从形式到内容都要纯正。因此,"思无邪"的批评标准,从艺术方面看,就是提倡一种"中和之美",即要求文学作品从思想内容到文学语言,都不能过于激烈,要委婉曲折,不要过于直露。

孔子说:"作为人,而没有仁爱之心,怎么样对待礼仪制度呢?作为人,而没有仁爱之心,怎么样对待音乐呢?"(《八佾》)

提示:孔子重视音乐(实则也包括文学艺术)的教育感染作用,可以提高人的素质,培养人的仁爱心。

孔子说:"《关雎》这首诗,抒发快乐的感情,但不过分,抒发哀怨的感情,但不悲伤。"(《八佾》)

提示:此则论《关雎》"乐而不淫,哀而不伤"。什么是"乐而不淫,哀而不伤"呢?《论语集解》引孔安国注说:"乐而不淫,哀而不伤,言其和也。""和"从音乐上说,指中和平正的乐曲,从文学上讲,就是要求文学作品的思想内容和艺术形式不偏于过分激烈直露,要有委婉曲折之致。

子夏问道:"'美妙的笑靥真是美呀,黑白分明眼珠直溜溜转呀!脸上的彩妆真好看啊',说的是什么呢?"孔子回答说:"先在脸上打上白底子,然后再上彩色粉妆。"子夏又问:"(您的说法使我想到)礼仪制度的产生是不是在(仁义)之后呢?"孔子说:"给我启发的是卜商啊!现在可以和你讨论《诗》了。"(《八佾》)

提示:此则通过这件事,实则论及文学作品的感染、启发和教育作用,是"诗可以兴"的一个极好的例子。

孔子谈到《韶》乐时说,"美到极点了,好到极点了";谈到《武》乐时说,"美到极点了,但还不够好"。(《八佾》)

提示:提出"尽善"、"尽美"说。"尽善尽美",就是要求文艺作品内容和形式都要做到"尽善尽美",这是孔子文艺思想的审美特征。但到底什么样才叫"尽善尽美"呢?《论语·为政》篇还说过:"子曰:'《诗》三百,一言以蔽之,曰:思无邪。'""思无邪"从艺术方面看,就是提倡一种"中和"之美。《论语集解》引孔安国注所谓"乐而不淫,哀而不伤,言其和也",从音乐上讲,中和是一种中正平和的乐曲,也即儒家传统雅乐的主要美学特征。从文学作品来说,它要求从思想内容到文学语言,都不要过于激烈,应当尽量做到委婉曲折,而不要过于直露。总之,什么是孔子文艺思想的审美特征呢?就是孔子所说的"尽善尽美"。怎样才能做到"尽善尽美"呢?是孔子所说的"思无邪",即要求文学艺术作品的"中和"之美!

孔子说:"内容胜过文采,就显得粗野,文采胜过内容,就显得虚浮。文采和内容兼备,然后才能成为君子。"(《雍也》)

提示:所谓"文"指文采,"质"指思想内容。"文质彬彬"就是文采与内容要相般配,文采要为内容服务,内容要依靠文采来表现。否则,"言之不文,则行之不远"。

孔子说:"诗可以感发人的意志,礼可以使人能够立足于社会人生,音乐可以成就人的道德品质的修养。"(《泰伯》)

  提示:此则涉及了文学艺术作品的感染和教育的作用。

孔子说:"熟读《诗》三百篇,叫他去从政做官治理百姓,却不能通达行政;叫他出使四方各国,却不能切当地赋诗应对;这样,就是诗读得再多,又有什么用呢?"(《子路》)

  提示:此则论诗歌的政治、外交作用。政治作用,体现在诗歌可以行教化;外交作用,表现在外交场合应对诸侯宾客时的"赋诗言志"。据史志所载,这在当时是蔚为风气的。

孔子说:"(说话、写文章)言语能够表达意思就罢了。"(《卫灵公》)

  提示:提出"辞达"说。"辞达"不是说语言不要修饰,而是说语言要能精确地表达意思。但要做到这一点,决不能敷衍成文,而是要寻求精确的语言、词句和表达方式,这就是要求诗有文采。有文采才能做到"辞达",才能做到"文质彬彬"。

陈亢问伯鱼(孔子之子)说:"您(侍奉在老师身边)听到什么(与我们)不同的教诲吗?"伯鱼回答说:"没有!有一次,(父亲)一个人站在庭院里,我恭敬地快步走过。(父亲)问道:'学过《诗》吗?'我回答说:'没有。'(父亲说)'不学《诗》,就不会讲话。'我退下就学习《诗》。"(《季氏》)

  提示:此则论诗的社会作用和教育作用。"不学《诗》,无以言",一是指诗歌(孔子在此特指《诗经》)的内容可以提高人的精神和道德品质,可以使人学会正直的交往和立足社会的能力;二是说,诗歌可以提高人讲话的艺术水平,先秦的"赋诗言志"就是外交场合讲话艺术水平的体现。

孔子说:"年青人为什么不学习《诗》呢?《诗》可以触发人们的感情志意,可以考察社会政治和人心的得失,可以团结人,可以抒发怨愤不平;近可以侍奉父母,远可以侍奉国君;还可以多认识鸟兽草木的名称。"(《阳货》)

  提示:此则提出"兴观群怨"说。诗可以兴、观、群、怨,就是肯定文学的社会作用。

孔子说:"(我)厌恶紫色夺去朱红的色泽,(我)厌恶郑国的音乐淆乱典雅乐曲的地位,厌恶巧言利舌覆灭国家的祸害。"(《阳货》)

  提示:此则说明孔子反对郑声,因为"郑声淫",反对"利口",以为利口可覆家邦。运用到文艺理论上,则是反对过度的修饰。

《孟子》选录译文

公孙丑问道:"请问,先生擅长哪一方面?"

孟子说:"我善于明悉别人的言辞,也善于培养我的浩然之气。"

公孙丑又问道:"请问什么是浩然之气?"

孟子说:"难以说清楚的呀。它作为一种气,最广大最刚强,用正义去培养它,而不去伤害它,它就会充满天地四方之间。这种气,必须与义与道相配合;没有义与道,它就会软弱无力了。这种气是正义的日积月累所产生的,不是一时的正义行为就能得到的。行为有一点愧欠之处,气就软弱无力了……"

公孙丑又问:"什么叫做善于知悉别人的言辞呢?"

孟子回答:"偏颇片面的话,我知道它的偏颇片面之处;言过其

实的话,我知道它缺失之处;邪曲的话,我知道它离开正义之处;躲躲闪闪的话,我知道它理屈词穷之处。"(《公孙丑上》)

> 提示:提出了"知言养气"说。所谓"知言",就是要善于通过言辞来分析说话者的心理与本质。"知言"要与"知人论世"联系起来理解,只有"知人论世"才能谈得上"知言"。而所谓"知言养气",就是说,必须首先使作者具有内在的精神品格之美,养成至刚至大的"浩然之气",然后才能写出美而正的言辞。这种思想影响到文学创作,就必然要强调一个作家首先要从人格修养入手,培养自己具有高尚的道德品质,然后才有可能写出好作品。

咸丘蒙说:"舜不以尧为臣子,我已经听到您的教诲了。《诗》说:'普天之下,没有一片土地不是天子的;环绕土地的四周,没有一个人不是天子的臣民。'('普天之下,莫非王土;率土之滨,莫非王臣。')而舜已经做了天子,请问瞽瞍却不是臣子,这是为什么呢?"

孟子说:"这首诗(按,指《诗经·小雅·北山》)不是你说的这个意思,是说诗人勤劳于国事不能奉养父母。诗人说,'这些事情没有一样不是国事,可是为什么只有我一人辛劳呢?'所以解说诗的人不要拘于文字而损害词句,也不要拘于词句而损害原意。要用自己的理解去推测诗人的本意,这就是得到诗的正确解释了。假如拘于词句,那《云汉》诗说,'周朝剩下的百姓,没有一个留余下来的了。'('周余黎民,靡有孑遗。')相信这句话,则周朝没有留余一个人了。孝子行孝的极点,没有超过尊奉双亲的;尊奉双亲的极点,没有超过用天下来奉养父母的。瞽瞍作了天子的父亲,可以说是尊贵到了极点了;舜以天下来奉养他,可以说是奉养的极点了。《诗经》又说过,'永远地讲求孝道,孝道就成了为人的准则了。'('永言孝思,孝思维则。')正是说的这种情况啊!《书经》说,'舜小

心谨慎地去见瞽瞍,战战兢兢的样子,瞽瞍也就顺允他了。'这难道说是父亲不能把他作为儿子吗?"(《万章上》)

  提示:此则提出了"以意逆志"说。"以意逆志"与"知人论世"是比较科学的文学批评方法。"以意逆志"就是不要仅凭文辞断章取义,而是要确切地理解文辞,以读者自己的意思来推源作者的写作本意,还文学作品的本来面目。这就为中国文学批评提供了比较客观的实在的批评原则。

孟子对万章说:"一个乡村的优秀人物,就会和那个乡村的优秀人物交朋友,国家级的优秀人物就会和国家级的优秀人物交朋友,天下性的优秀人物就会和天下性的优秀人物交朋友。和天下性的优秀人物交朋友还感到不够,就又向上去追论古代的优秀人物。吟诵他们的诗歌,研读他们的著作,不了解他的为人,可以吗?因而要追论他的时代。这就是向上追寻古人而去与他们交朋友啊。"(《万章下》)

  提示:提出了"知人论世"说。孟子说话的本意是说要真正读懂一首诗、一篇文章、一本著作,应了解这个人的为人、经历、品质,还要了解其时代的背景。"知人论世"与"以意逆志"是比较科学、客观实在的文学批评方法,"知人论世"与"以意逆志"被引入文学理论和文学批评后,对后代影响极大。只有"知人论世"和"以意逆志",才能真正理解文学作品,还文学作品的本来面目。后代的大量诗话、词话等,大抵都是在此原则下开展文学批评和评论的。

公孙丑问道:"高子说:'《小弁》,是小人所作的诗。'是吗?"
孟子说:"有什么根据呢?"
(公孙丑)回答说:"因为(诗里)有怨恨的情绪。"
(孟子)说:"高先生解诗真是太机械固执了!假设这里有个人,如果越国人张弓去射他,那他可以谈笑着讲述这件事,没有其他的原因,因为越国人与他关系疏远。如果是他哥哥张弓去射他,那他会涕泪满面地哭诉这件事,也没有其他的原因,因为哥哥是他的亲人啊。《小弁》里的怨恨,正是热爱亲人呀。热爱亲人,是仁的表现。高先生如此解诗,真是太机械固执了呀!"

(公孙丑)又问道:"《凯风》这首诗又为什么是没有怨恨情绪的呢?"

(孟子)回答说:"《凯风》这首诗,是由于母亲的过错很小;《小弁》这首诗,是由于父亲的过错大。父母的过错大而不怨恨,是疏远父母;父母的过错小而怨恨,是自己激怒自己。疏远父母,是不孝的表现;自己激怒自己,也是不孝的表现。孔子说:'舜是最孝顺父母的人,(因为他)五十岁还怨慕依恋父母。'"(《告子下》)

提示:这里关于《小弁》、《凯风》的解释,可以看作孟子"以意逆志"和"知人论世"论诗的具体例子。

《庄子》选录译文

厨师为文惠君宰牛,手接触到的,肩膀抵住的,脚踩者的,膝盖顶着的,都砉砉然有声,进刀时也发出騞騞的声响,没有不符合音乐的。它符合《桑林》舞乐的节奏,也符合《经首》乐章的节拍。文惠君说:"哎呀,好啊!技巧竟然能达到这样的地步了吗?"厨师放下刀回答说:"我所好的是道,比技巧更进一步了。开始我宰牛的时候,所看见的都是整条牛;三年之后,就不曾再看见过整条牛了;到了现在,我只用神理去接触而不是用眼睛去看牛,感官停止不用了,而神理还要(指挥刀继续)运行。我依照(牛)天然的生理结构,分解开(牛)筋肉间的间隙,引导(刀)进入骨节间的空穴,(这都是)循依它本来的结构。(刀口)从未遇到筋络相连骨肉相接的地方,更不用说(遇到)大块的的骨头了!好的厨师一年要更换一把刀,因为他们是在(用刀)割肉;一般的厨师一个月就要换一把刀,因为他们是在(用刀)砍骨头;我的刀到现在已经十九年了,宰的牛已有几千头了,但刀口还像是刚磨过似的。牛的骨节之间是有间隙的,而我的刀口是(几乎)没有厚度的,用没有厚度的(刀口)进入有间隙的(牛体),必然是游刃有余了。所以十九年刀口还像是刚磨过似的。即使如此,每当到了筋骨盘根错节的地方,我看到难下刀,就(不觉)戒惧谨慎(起来),目光专注凝聚,进刀轻微缓慢,謋然一声,牛已解体,像土一样委散于地。(此时)我提刀而立,环顾四周,为此志得意满,擦好刀,把刀收藏起来。"文惠君说:"好啊!我听了厨师的这番话,(从中)得到养生的道理了。"(《养生主》)

  提示:庖丁能游刃有余地解牛,是因为他掌握了牛的自然的生理结构,顺应自然地运刀。引入文学理论和文学批评领域,就是文章也要自然朴素,顺应为文之道,硬写是不行的。其中论及到庖丁解牛所进入的精神状态,可谓是一种"虚静"与"物化"、与道合一的境界。"庖丁解牛"的故事阐发了《庄子》有关艺术创作的精辟思想:艺术虽是人工创造,但因其主体精神与自然同化,因而也必须绝无人工痕迹,从而达到天工化成的境界。反映在文艺美学方面,就形成崇尚自然、反对人为的审美标准和艺术创作原则。这种观点,对后代文学理论和文学批评有极大的影响。

  世人所贵重的道,载见于书籍,书籍不过是语言,语言自有它可贵之处。语言所可贵的是(在于它表现出的)意义,意义自有它指向之处。意义的指向之处是不可以用言语传达的,而世人因为注重语言而(记载下来)传之于书。世人虽然贵重书籍,我还是觉得不足贵重,因为这是贵重(那)并不(值得)贵重的。本来,可以看得见的是形状和色彩;可以听得见的是名称和声音。可悲呀!世人以为从形状、色彩、名称、声音就足以获得那大道的实际情形。可是形状、色彩、名称、声音实在是不足以表达那大道的实际情形的。知道(大道)的不说,说的又不知道(大道),那世人又岂能认识它呢!

齐桓公在堂上读书,轮扁在堂下砍削(木材)制作车轮,(轮扁)放下椎凿的工具走上堂来,问桓公说:"请问,公所读的是什么书呀?"桓公说:"是(记载)圣人之言(的书)。"又问:"圣人还在吗?"桓公说:"已经死去了。"轮扁说:"那么您所读的书不过是圣人留下的糟粕罢了。"桓公说:"我读书,做轮子的匠人怎么能议论?说出道理就可以放过你,没有道理可说就要处死。"轮扁说:"我是从我做的事情看出来的。砍削(木材)制作轮子,(榫头)做得过于宽缓,就会松动而不牢固,做得太紧了,又会滞涩而难以进入。(我做得)不宽不紧,得心应手,口里说不出来,但其中自有度数分寸在。(其中的经验和方法)我不能明白地告诉我的儿子,我儿子也不能从我这里得到(其中的经验和方法),所以我已七十岁了,还在(独自)做车轮。古代人和他们所不能言传的东西都(一起)死去了,那么您读的书不过就是古人留下的糟粕罢了!"(《天道》)

  提示:轮扁斫轮而不能说出斫轮的道理,正是"言不尽意"。

竹笼是用来捕鱼的,捕到了鱼,就会忘了竹笼;兔网是用来捉兔子的,捉到了兔子,就会忘了兔网;语言是用来表达意义的,掌握了(语言所表达的)意义,就会忘了语言。

  提示:正面提出"言不尽意"的说法。所谓"言不尽意",作为文学理论和文学批评的概念,并不是说语言不能表达意思,而是说文学作品应该追求一种意在言外的艺术效果。

两 汉

司马迁文论选录译文
《史记·屈原列传》(节选)译文

屈原名平,是楚国王族的同姓。担任楚怀王时左徒的官职。屈原学问广博,记忆力强,对国家(如何)治理得好坏的道理很清楚,并且擅长辞令。在朝廷内就和楚王图谋策划国家大事,发布政令;对外就接待外国宾客,和各国诸侯应对酬酢。楚王很信任依重他。上官大夫与屈原同朝为官,地位相同,想同屈原争夺楚王的宠信,心里嫉妒屈原的才能。楚王让屈原制定国家的法令,屈原刚刚起草,还未定稿。上官大夫看见了,就想夺取这份草稿,屈原不给他,(上官大夫)因此(在楚王跟前)谗毁他说:"大王让屈原制定国家的法令,众人没有不知道的,每一个法令制定颁布出来,屈原总是夸耀自己的功劳,认为'除了我,没有人能拟订出来'。"楚王大怒,因此疏远了屈原……

屈原痛心于楚王耳不能听明辨别是非,眼睛被谗陷的人遮蔽看不清黑白,邪曲的人危害公道,端方正直的人不容于世,所以幽怨苦闷,幽思积郁,写成了《离骚》。

所谓"离骚",就是遭受了这样的境遇,所以忧愁的意思。天(开创万物)是人类的原始;父母(生育儿女)是人的根本。人遇到穷窘困厄的处境,就会追思本原,所以到了劳苦困顿的极点时,没有人不呼天喊地的;到了疾病惨痛的极点时,没有人不哭爹叫娘的。屈原处心端直,行为方正,竭尽忠诚和智慧,以侍奉他的君主,而谗邪的小人挑拨离间了他们君臣之间的关系,可以说是穷窘困厄了。诚信而遭到君王的怀疑,忠心耿耿而遭到小人的诽谤,屈原能没有怨愤吗?屈原写作《离骚》,本是从怨愤而生的。《国风》中的诗虽然有很多男女情爱的内容,但不过分荒唐,《小雅》中的诗虽然怨愤毁谤朝政,但也不至于造成混乱。像《离骚》,可以说是兼有《国风》和《小雅》的优点了。对于远古,就赞颂帝喾的事迹,对于近代,就称道齐桓公的霸业,中间还述说商汤、周武王的事功,用以讥刺当世的朝政。(《离骚》)阐明了道德的广大崇高,国家治乱的因果道理,没有哪一样不明白清晰地呈现出来的。他的文辞简约,寓意深微,志向高洁,行为廉正,他用的文词习见琐细,而其指归却都很正大,所列举的都是近前的事物,而表现的意义却很深远。他的志向高洁,所以他称举用来比兴的都是芳香的花草树木。他的行为廉正,所以至死也不容许自己疏远对国事的关心。在污泥之中自我洗濯(不同流合污),在尘埃之外高飞远引(自标高洁),不被俗世的黑暗污垢所感染,受淤泥浸渍而洁白无瑕。推想他的伟大的意志,是可以与日月争辉的啊!

屈原死了之后,楚国有宋玉、唐勒、景差这一些人,都喜爱辞令而以"赋"的创作为世人称赞,然而都不过是祖述屈原的舒缓委婉的文辞,终究不敢(像屈原那样)直言谏劝。

> 提示:在这篇著名的传记中,司马迁记载了屈原的生平及其写作《离骚》的情形,认为"屈平之作《离骚》,盖自怨生也",突出了《离骚》的"怨"的特点,肯定了屈原对黑暗现实的怨愤情绪和"直谏"精神,这实际上成为了中国古代文学思想史上的进步传统。屈原生活在如此黑暗的时代,身受如此的排挤打击,可以说是穷窘困厄到极点了,却写出了伟大的《离骚》,这正是司马迁"发愤著书"说的最好例证。而司马迁之如此倾情倾声地歌颂屈原,赞扬他的"发愤著书",正是引屈原为知己,为同调,说明自己写作《史记》也是同屈原写作《离骚》一样,是"发愤著书"。

《报任安书》(节录)译文

古时候富贵而声名磨灭不传的人,无法计算,只有卓异突出的人为后世所称颂。周文王被拘禁而后推演出《周易》;孔子遭困厄而后写了《春秋》;屈原被放逐,才创作了《离骚》;左丘明双眼失明,于是写出了《国语》;孙膑被砍断了双脚,《兵法》才编写出来;吕不韦被贬流放蜀地,世上才流传《吕览》;韩非被秦国囚禁,著述了《说难》、《孤愤》;《诗》三百篇,大抵都是贤人圣人为抒发他们的愤懑之情而创作出来的。这些人都是胸中有郁积的情绪,不能实现自己的理想,所以才追述往事,希望未来的人能了解自己。至于像左丘明没有眼,孙子断了脚,终于不被重用,于是退隐下来,著书立说,抒发自己的怨愤,希望文章能流传后世,自己的志向见解得以表达。我私下里不自谦虚,近来用拙劣无能的文辞,搜罗天下散失的传闻旧说,考订事实的实际过程,稽查历史成败兴亡的规律,(写成了《史记》)共一百三十篇,也就是想探究天象和人事的关系,弄懂古今社会发展变化的道理,而成为一家之言。草稿还未完成,就遭到那次灾难,我痛惜书还未写完,所以身就极残酷的刑法而没有怨怒的表现。如果我真的写成了这部书,把它藏在名山之中,传播给那些值得传播的人,那么我就是偿还了受屈辱的债,即使再受杀头之刑,那又有什么悔恨的呢!

> 提示:用历史上的一些伟大人物发愤的事迹,说明人常常是在恶劣的环境下,受激励而发愤完成伟大的事业,创作成伟大的著作的,因而总结出了"发愤著书"说。后来唐代韩愈的"不平则鸣"说、宋代欧阳修的"穷而后工"说等,都是受到司马迁的影响。而且"发愤著书"也成了中国古代许多知识阶层士大夫追求的生活目标,成为文学理论和文学批评的一个重要理论观点。

王充《论衡》选录译文

世上一般人所具有的毛病,在于说事情夸大了事实,写文章表达言辞超出了真实情况:赞扬美好的事物超过了其实际的好,记载恶行超过了其实际罪状。为什么这样呢?人们好奇,(如果)不奇特,说话就没有人听。所以称赞人不夸大他的美行,那么听的人就会觉得不痛快;诋毁人不夸大他的罪行,听的人就觉得不满足。(人们)听到一就会将其夸饰为十,看到一百就夸饰为千,致使纯朴简单的事情,被割裂为几十上百种(而面目俱非),本来明明白白的话,变成了千万种背离原话的话(而愈失其真)。墨子见到白丝而哭,扬子因歧路而泣,大概都是感伤事物失去了本性,悲悯它们背离了自己的本质呀。蜚语流言,千百人辗转传说的话,出自小人的嘴巴,流传于街巷之间,更是这样的。诸子的文章以及对经书作阐述的文字,是贤人所写,是才思高妙的结晶,应当说是实事求是的吧,然而有的地方还是夸大了。也许经书上的话符合实际吧?言辞谨慎没有谁比得上圣贤,经书万代(流传)而不变更,然而有的地方还是过了头,夸饰超过了事实。夸饰超过了事实,但都是有目的的,不会胡乱地把少说成多。但是(我还是)一定要论述它们的原因,是为了说明经书上的夸饰和那些流言传闻的夸饰是有区别的。(《论衡·艺增》)

> 提示:此节文字中,王充提倡真实,反对虚妄,认为一切文章都应该是真实的,坚决反对言过其实、荒诞不经的虚妄之作。王充认为文章要真实,这是合理的、正确的,但是,王充出于"疾虚妄"的主张,对于经史著作中的带有文学性的夸张虽然没有明言反对,却也没有作充分的肯定。

通读书文千篇以上,万篇以下,广博通达,熟习各种典籍,透彻了解文义,并能够用以教授别人,做别人的老师,这样的人就是通人。发挥古书的义旨,灵活运用它的文句,能够上书奏记或兴论立说,写出有体系的文章,这样的人是文人、鸿儒。勤奋努力好学,博闻强记的,世间有很多,而著书写文章,论说古今的,一万人里面难得一个。能著书写文章的,是那些知识渊博而又会运用的人。入山见木,对长短没有不知的;在原野见草,对大小没有不认识的。然而不能伐木来盖房屋,采草来配药方,这是认识草木而不能运用。通人见闻广博,但不能拿来论述问题,这是只收藏而不会使用的藏书家,是孔子所说的"熟读《诗》三百篇,交给他政务,却办不通达"的那种人,与那些虽然认识草木却不能采伐使用的人,实际上是一样的。孔子得到鲁国的史书据以作《春秋》,他的立义创意,有的褒扬,有的批评,有的赞赏,有的责备,并不因袭鲁国的史书,而是妙思出自胸中。大凡提倡通读的,是提倡能够运用它们。如果仅仅只是熟读,不论是读诗还是读经学,虽然读了千篇以上,不过像鹦鹉学舌一样罢了。(要)发挥经传的意义,写出文采丰富的文辞,没有卓异的才能,是不能担当的。阅读广博的人,世间到处都有,而著文的人,历代都很稀少。近代的刘向父子、扬雄、桓谭,他们好像文王、武王、周公并出于一时。其余的人,就是很平常的了。譬如珠玉不可多得,因而他们值得珍贵呀。能讲解一种经的是儒生;博览古今的是通人;采选传、书以上书和奏记的是文人;能够思想精湛著文自成体系的人是鸿儒。所以儒生超过俗人,通人胜过儒生,文人越过通人,鸿儒超过文人。因而鸿儒,可以说是超而又超的人了。以其超越的不平常,退而与诸生相衡量,(就好比)华美的车子相比于破旧的车子,锦绣之衣相比于旧袍子,他们间的差距可远了。如将之与俗人衡量,(鸿儒)就如泰山之绝顶、长狄之全身一样高大,(俗人)不足以喻。丘山是以土石为其形体,(如果)它有铜铁,是山的不平常。铜铁已经不平常,有的山还出金玉。那么鸿儒就是世上的金玉,是奇而又奇的了。奇而又奇,才能相超越,他们都有高低之分。

儒生托名于儒门,超过俗人很远。有的不能讲说一经,教诲学生;有的收徒聚众,论说很透彻,可称为精通经书;有的不能写公文,提出治理的主张;有的能陈述得失,进言适当,言论符合经传,文章如同星月。其中高等的如谷永、唐林。引述经书于公文奏章之上,不能写出自成系统的著作。有的选列记述以往的事迹,如司马迁、刘向等人。累积篇章,文以万计,超过谷永、唐林远多了。然而只是因袭已有资料来记述过去,没有出自心中的创作。至于陆贾、董仲书论说世事,由自己的心意而出,不借取他人的材料,然而道理浅露易见,阅读的人只能称为传记。阳城衡作《乐经》,扬雄作《太玄经》,是思想精微的创作,有极深远的道理,不是贤才,是不能写成的。孔子写《春秋》,(而)阳城衡、扬雄作二经,可以说像颜回一样踏着孔子的足迹,宏大精美,是仅次于圣人的大贤呀。

王公向桓谭了解扬雄是什么样的人。桓谭回答说:"汉朝兴国以来,还没有过这样的人。"桓谭评论人才的差别,可以说是符合人才高下的实际。采玉人的心超过玉,钻龟卜者的智慧比龟高超。能评断众儒的才能,序次他们的高下,自己则高出所序次的众儒之上。桓谭又著《新论》,评论世间之事,辨明是非,凡是虚妄之言伪饰之辞,没有不被考证论定的。在阳城衡、扬雄那些兴论立说之人中,桓谭算是第一了。从桓谭以来的,都具有博大精深的才智,所以才有美善的文章,笔能够写文章,心中则能谋划构思论述。文章是由心里出来的,心里的东西用文章为其外表。观看他们的文章,奇伟不凡而卓越超群,可以说是论述精辟了。从这一点来说,文章作品丰富的人,是人中的俊杰。

下面有根与茎,上面有花与叶,里面有果肉果核,外面有果皮果壳。文章著述,是士人的花叶和皮壳。真情实意在心中,文墨写在竹简丝帛上。外内表里,相互配合适当,心意激奋了文笔就流畅,因而文章写出来了,真情也就流露出来了。人有文辞,就好像是鸟儿有羽毛;羽毛有五颜六色,都生长在躯体上。如果有文而无实,那么飞禽五色的羽毛是凭空长出来的。用射箭来选拔武士,射箭的人要心平体正,持弓箭要瞄准目标拉弓,然后才能射中。发出论说,好像发出弓箭;论说合乎事理,就像箭射中目标。射箭以箭射中验证射箭技巧,论说以文墨来表现不一般。奇和巧都发自于内心,其内涵都是一样的。文章有深刻的主旨,治理天下的谋略,作者身不能行,口不能言,只能写出心意,以表明自己有条件一定能实行。孔子作《春秋》,以表明君王的意旨谋略。那么,孔子的《春秋》,就是有王者之道而无王者之位的功业;诸子的传和书,是没有相位而有相之功业的事情。阅读《春秋》可以见到王者的心意;读诸子可以看到丞相的意图。因此,陈平在乡里分割祭肉时,丞相才干的苗头就表现出来;孙叔敖疏通期思河水(灌溉农田),令尹才能的征兆就显露出来。阅读传、书文章,(能学习)治国原理和行政事务,不能只是从割肉、疏河来验证。脚不强壮就走不远,刀锋不锐利就割不深,写出系统的篇章,必定是具有非常才智的优秀的杰出人物。(《论衡·超奇》)

提示:在本文中,王充把文人分为儒生、通人、文人和鸿儒四种。王充把这四种人作了比较,肯定鸿儒是"超而又超","奇而又奇"的人。通过对这四种文人尤其是对鸿儒的论述,王充提出了品评作者的标准,论及了作家的修养,并批驳了当时人崇古非今的倾向。王充认为作者的高下,不能看其读书的多少,而是要看其能否博通而又能用,这体现了他崇尚实用的观点。对于作家的修养,王充认为不能只在"文"上下功夫,而是要更注重"实",即应该注重实诚的胸臆,培养真实的感情。这为文章如何做到文质彬彬指明了方向,对后代作者,如刘勰的"为情而造文",应该有所影响。另外,王充认为后代超过前代,今人必有胜过古人之处。

王充憎恨世俗(不正常的)人情,便写了《讥俗节义》;又忧虑国君的政事,(觉得国君)只想治理民众,却(常常)不合时宜,不通晓其事务,苦思冥想,却察觉不到其发展趋势,于是就写了《政务》之书;又痛心(社会流行的)伪书俗文很不真实,所以又写了《论衡》这部书。自从圣贤死后,他们所讲的道理就发生了分歧。各家迷失道路,朝着不同的方向发展,各立门户;(即便是)博古通今之人看了他们的书,(也)不能订正衡量(是非真假);(这些伪书俗文是)根据久远的传闻传授下来,用笔写而用耳朵听。几百年以前(的东西),经过的时日太长了,(有人)认为这些往古之事,所说的都是对的,对它信之入骨而不能自拔,所以(我)就写了这部崇实的《论衡》。这部书文章气势盛,说理说服力强,浮华虚伪的言论没有不被澄清订正;消除华而不实的文章,保存敦厚朴实的真质,扭转流荡失实的风气,恢复伏羲时代的淳朴风格。

  王充的著作语言浅显易懂。有的人说:"善辩的人语言就深奥,文笔敏锐的人文辞就深沉。考察一下六经文章、圣贤言论,博大精深古奥典雅,难以完全看懂其文意。世人读它,要依靠注释才能读下去。这大概是由于圣贤的才能高,所以他们写文章、说话就与一般人不一样。美玉隐蔽在石头中,珍珠蕴藏在鱼腹里,不靠玉工和珠师是不能取得的。凡宝贵的事物常常隐蔽而不外露,至理名言也应该深奥难懂。《讥俗节义》这本书是想使俗人觉悟,所以用语言浅显地表达它的主旨,是分析事理的文章。《论衡》这本书为什么也是这样呢?难道是你才能极浅,写不出深奥的东西。为什么写得如此浅显,跟那些经书很不相同呢?"回答说:"美玉隐藏在石头中,珍珠蕴藏在鱼腹里,所以深奥隐晦。但是一旦美玉从石头中剖出来,珍珠从鱼腹中取出来,它们还隐蔽吗?当我的文章还没有写在简札上,只是蕴藏在心中时,就好像玉石隐藏在石头里,珍珠蕴藏在鱼腹中一样。等到文章写出来,就像玉被剖出,珠被取出一样!它的光辉就像天上的日月一样灿烂,条理就像地上的山河一样清晰,凡容易混淆隐晦的细小的事情,都可以正名辨定。而且,事物的名目既已清楚明白,事实的真相自然就确定无疑了。《论衡》是对论述的估量和评判。开口说话就该力求把话说明白,动笔写文章就要力求把文章写清楚。会写文章的人的文章之所以好,(就是因为他的文章)语言没有人读不懂,(他的文章的)主旨没有人看不清。观读他文章的人,就像瞎子睁开了眼睛,聋子听见了声音。眼睛瞎了三年的儿子忽然看见了父母,如果不识别得清清楚楚,怎么会欢喜呢?路边的大树,河边的长沟,所处的位置明显,没有人不知道的。假使树不大而又隐蔽,沟不长而又藏匿着,指这个给别人看,就是尧、舜也会迷惑。人脸上颜色的部位有七十多个,如果面颊明洁,各种颜色分明,那么细微不明显的忧喜情绪,也可以观察得到,相面的人(给这种人相面),相十个也不会错一个。如果面部黝黑而丑,污垢层层聚集挡住了脸色,相面的人(给这种人相面),十个会错九个。写文章就像说话一样,有的人说得浅显易懂条理分明,有的人说得深奥曲折古奥典雅,这两种哪一种才是有口才的呢?口头的语言是为了表达人的志向。说过的话恐怕遗忘消失,所以用文字记录下来。文字和说话是同一个目的,为什么还要把文章的意旨隐蔽起来呢?狱官判决有疑问的案子,官吏处理有疑问的事情,模糊不清令人难以了解的,与一清二楚一看便知的,哪一种是好官呢?说话论事以明白为妙,写文章辩论以清晰为高,公文以清楚明确为好。深奥隐晦,用古事,不通俗,让人不懂其意旨的文章,只有赋、颂这类文章了。经传文章,圣贤话语,(不懂它们是因为)古今的语言不一样,各地方言不同呀。古人说事情时,并不是故意让人难懂,把意思弄得很深奥。后代人之所以不懂,是世代相隔太远了,这只能说是语言不同,并不是古人才能大。内容浮浅而又令人费解的文章,只能说是不美好,不能说成知道得明白透彻。秦始皇读了韩非子的书,赞叹地说:"我怎么偏偏不能和这个人生活在同个时代呢?"(这正是因为)韩非子的文章能让人看懂,所以才引人深思。如果韩非子的文章深奥难懂,需要有老师才能学懂,那么将之扔弃在地上,又有什么可叹惜的呢?执笔著作,应当力求读起来容易而写起来很难,不求写起来容易,让人读起来却晦涩难懂。口头论说要力求解剖分析明白而让人可听懂,不求深奥曲折让人费解。孟子看一个人是否贤良是看他的瞳孔是否明亮,(同样)考察一篇文章的好坏,要以它的文义可晓与否为前提。

王充的书并不是完美无缺。有人说:"口里不该有有毛病的话,笔下不该有有缺点的文章。文章一定要华丽美好,说话一定要雄辩巧妙。话说得明白,所说的事才能令人玩味于心;文章写得清晰,看的人才能爱不释手。所以雄辩的话,人们没有不爱听的;华丽的文章,人们没有不争相传抄的。现在你的新作《论衡》既然用比喻来说理,要取得众人的喜悦是不可能的,写得不是很好,看起来也不令人愉快。师旷所奏的乐曲,没有不动听的;狄牙做出的饭菜,没有不美好的。因而博古通今的人所著的书,文中应该没有什么瑕疵。《吕氏春秋》、《淮南子》当年被挂在城门上,看的人没有批评过一个字。今天你的书没有那两本书好,虽然文章多但也要遭到很多人的谴责和批评。"王充回答说:"培育果实的人不会专门去培育花朵,修养品行的人不需要专门去修饰言辞;草茂盛之处多凋谢之花,树林繁盛则多枯枝。写文章要阐明它写作的目的,怎么能够令它(完全)不受到谴责和诋毁呢?救火救溺水者,仪容姿态就难以很美好。辩论是非,言辞往往难以做到精巧。进入洼地追捕乌龟,没有空闲去调整脚步;潜入深渊抓捕蛟龙,就顾不上确定手的动作。(《论衡》的文章看上去)词语质实简约,但意旨却是高妙深远的;(有的文章看来好像)词语美妙,文笔峭拔,但它的意旨却用在浅薄细小方面。舂千钟稻谷,糠皮就有一半多,数钱数到亿,其中破缺的钱就要超过万数。不加佐料的汤一定是之至淡无味,最珍贵的宝石也必然有瑕疵,大手笔的文章一定有不好的地方,能工巧匠的作品也难免有缺点。因此,再雄辩的语言也会有说理不周密的地方,再通今博古的文章也有可指责的地方。一字千金的文章,那是因为它出自权贵之手;贱如粪土的作品,那是因为它出自贫贱之手。《淮南子》、《吕氏春秋》之所以没有毛病,那是因为它们出自有钱有势的人家。因为有势,所以才能把书悬挂在城门上;因为有钱,所以才能有一字千金的赏赐。观读这书的人,惶恐畏惧有所忌讳,即便见到有不合事理的地方,怎么敢指责一个字呢?"

王充的书写成以后,有人将之与古书对照,认为它不同于古人的书。于是有人便说:"说它是修饰文辞之书,(其文)或率直,或迂折,或拳曲不自然,或言尽句中;说它是论道之书,那么所论述的事实都是细小的。语言甜美,文辞俏丽,证之于五经不相合,以传注的规格相要求也不合,考之于司马迁的《史记》也不相当,纳之于扬雄的《法言》等著作里也显得格格不入。文章不与前人的著作相似,怎么能说得上好,称得上巧?"回答说,修饰面貌勉强像了别人,却失了自己的真相,矫饰语辞一味追求像古人,就失去了自己的真实情感。百家的儿子,父母各不相同。由不同父母所生,必然不相似;各凭自己的禀赋,形成自己的特长。(如果说)文章一定要与前人相合才称得上是好,那么(就等于说只有)那种代替手艺很高的木匠砍削而不伤手的人,才能称得上巧一样。文人写文章,各有自己的路子,有的是调遣辞令使文章工巧,有的是辨别虚妄论证事实。如果认为文章的构思一定要与前人相合,文章的辞句一定要沿袭前人,那么等于说五帝的事业没有不一样,三王的功业没有不同。貌美的人面孔长得并不一样,但看上去都漂亮;动听的音乐声音各不相同,但听起来都很快意。一般酒和甜酒的气味并不一样,但喝起来都能醉人;百谷的滋味并不相同,但吃了都能充饥。说文章应该与前人相合,那就无异于要使舜的眉像尧一样有八采,禹的眼睛像舜一样有重瞳。

王充的书文繁多。有的人说:"文章推崇简约而意旨明确,说话讲究简省而意趣明白;辩士的话应该简要而达意,文人的文章应该精要鲜明而不繁琐。现在你的新作洋洋万言,繁琐而不简省,读者难以会意;篇章不止一篇,传诵者难以领会。(你对虚妄末俗排斥不遗余力,所以被人加上)轻狂浮躁的恶名,觉得是不很好的。话语简约容易说,文章繁多却是难得。玉少而石头多,多的就不被珍视;龙少而鱼多,少的就被定为神灵。"回答说,有这样的说法。缺乏内容的作品往往不会写得很多,有充实内容的好文章不会枯窘(三言两语就说完了)。对社会有用的文章,即使百篇也不会有什么害处;对社会无用的文章,即便只写一篇也是没有什么好处。如果都能对社会有用,那么当然是多就好,少就不好。积攒一千金,与一百相比,谁更为富裕?文章多的胜过少的,钱多的胜于钱少的。别人没有一篇,而我有百篇;别人没写一个字,而我有洋洋万言,谁更贤德呢?现在人们不谈所说的对不对,而说所说的太多,不说世人不追求好而说不能领会,这大概就是我的书之所以不能简省的原因了。房屋很多,土地不能少;人口众多,户籍却不能少。现在失实的事情很多,华丽虚假的言辞也很多,(而我的书正是要)指明事实,判定适宜与否,这些分辨评论的话怎么能简单呢?韩非子的书,(所讲的都)是法家一家的学说而没有别的,篇数是以十记次,字数则以万计。如果人的体形大,那么衣服就不能太小,要写的事情多了,所以文章就不能太短。事情多了,文章自然就长,水势大了鱼也会多。是京都,因而粮食多;是王都的市集,所以人多得比肩相摩。我的书虽然文章繁多,但所论及的内容有百来种。考察古有《太公》二百三十七篇,近有《董仲舒》一百二十三篇,传作的文章都有上百篇。我的书也只刚过一百篇,(你们)却说太多,大概是说书的作者出身寒微,读书的读者不能不谴责呵斥吧。(《论衡·自纪》)

提示:本文《自纪》相当于今天的《自序》或《后记》之类,主要叙述文章的写作背景、原因、过程等,重申了自己在正文里的写作主张,力驳时人的种种非难,表达了作者的某种文学观。王充主张书面语言和口头语的统一；主张融伪存真，不求悦众；主张创新，反对模拟；主张有补世用的标准而不以数量多寡为高下；等等。

魏晋南北朝文论译文

曹丕《典论·论文》译文

文人互相轻视，自古以来就是如此。傅毅和班固两人文才相当，不分高下，然而班固轻视傅毅，他在写给弟弟班超的信中说："傅武仲因为能写文章当了兰台令史的官职，（但是却）下笔千言，不知所止。"大凡人总是善于看到自己的优点，然而文章不是只有一种体裁，很少有人各种体裁都擅长的，因此各人总是以自己所擅长的轻视别人所不擅长的，乡里俗话说："家中有一把破扫帚，也会看它价值千金。"这是看不清自己的毛病啊。

当今的文人，（也不过）只有鲁人孔融孔文举、广陵人陈琳陈孔璋、山阳人王粲王仲宣、北海人徐干徐伟长、陈留人阮瑀阮文瑜、汝南人应玚应德琏、东平人刘桢刘公干等七人。这"七子"，于学问（可以说）是（兼收并蓄）没有什么遗漏的，于文辞是（自铸伟辞）没有借用别人的，（在文坛上）都各自像骐骥千里奔驰，并驾齐驱，要叫他们互相钦服，也实在是困难了。我审察自己以衡量别人，所以能够免于（文人相轻）这种拖累，而写作这篇论文。王粲擅长于辞赋，徐干（文章）不时有齐人的（舒缓）习气，然而也是与王粲相匹敌的。如王粲的《初征赋》、《登楼赋》、《槐赋》、《征思赋》，徐干的《玄猿赋》、《漏卮赋》、《圆扇赋》、《橘赋》，虽是张衡、蔡邕也是超不过的。然而其他的文章，却不能与此相称。陈琳和阮瑀的章、表、书、记（几种体裁的文章）是当今特出的。应玚（文章）平和但（气势）不够雄壮，刘桢（文章气势）雄壮但（文理）不够细密。孔融风韵气度高雅超俗，有过人之处，然而不善立论，词采胜过说理，甚至于夹杂着玩笑戏弄之辞。至于说他所擅长的（体裁），是（可以归入）扬雄、班固一流的。一般人看重古人,轻视今人,崇尚名声,不重实际,又有看不清自己的弊病,总以为自己贤能。

大凡文章(用文辞表达内容)的本质是共同的,而具体(体裁和形式)的末节又是不同的,所以奏章、驳议适宜文雅,书信、论说适宜说理,铭文、诔文崇尚事实,诗歌、赋体应该华美。这四种科目文体不同,所以能文之士(常常)有所偏好;只有全才之人才能擅长各种体裁的文章。文章是以"气"为主导的,气又有清气和浊气两种,不是可以出力气就能获得的。用音乐来作比喻,音乐的曲调节奏有同一的衡量标准,但是运气行声不会一样整齐,平时的技巧也有优劣之差,虽是父亲和兄长,也不能传授给儿子和弟弟。

文章是关系到治理国家的伟大功业,是可以流传后世而不朽的盛大事业。人的年龄寿夭有时间的限制,荣誉欢乐也只能终于一身,二者都终止于一定的期限,不能像文章那样永久流传,没有穷期。因此,古代的作者,投身于写作,把自己的思想意见表现在文章书籍中,就不必借史家的言辞,也不必托高官的权势,而声名自然能流传后世。所以周文王被囚禁,而推演出了《周易》,周公旦显达而制作了《礼》,(文王)不因困厄而不做事业,(周公)不因显达而更改志向。所以古人看轻一尺的碧玉而看重一寸的光阴,这是惧怕时间已经流逝过去罢了。然而,多数人都不愿努力,贫穷的则害怕饥寒之迫,富贵的则沉湎于安逸之乐,于是只知经营眼前的事务,而放弃能流传千载的功业。太阳和月亮在天上流转移动,(时间在流逝)而人的身体状貌在地上日日衰老,忽然间就与万物一样变迁老死,这是有志之士痛心疾首的事啊!

孔融等人已经去世了,只有徐干著有《中论》,成为一家之言。

> 提示:鲁迅说:"曹丕的一个时代可以说是'文学的自觉时代'。"那么,《典论·论文》则可说是文学的自觉时代的自觉的文学理论和文学批评的第一篇专论。《典论·论文》主要理论观点如下:

首先,批评了当时"文人相轻"陋习和"贵远贱近"、"向声背实"的尊古卑今和贵闻贱见的思想倾向,提出了作家的才能与文学的性质之间的关系。至于"文人相轻"陋习产生的原因,文章认为一是作家本人对自己长处的"善于自见",又表现为对自己短处的"暗于自见",二是"文非一体,鲜能备善"。一个作家不可能擅长各种文体的写作技巧,往往各以自己所长相轻他人所短。

其次,关于文体论,则提出四科八体说,并提出了"四科"的不同风格特点。曹丕说:"夫文本同而末异,盖奏议宜雅,书论宜理,铭诔尚实,诗赋欲丽。"这是曹丕在文体风格特征的艺术把握上,所作的准确的理论概括。其中,"诗赋欲丽"一句,把文学作品从文史哲不分的传统中独立出来了。这已远远超越了其单纯划分文体的价值,而具有划时代的理论意义。标志着鲁迅所说的"文学的自觉时代"的到来。

再次,曹丕在《典论·论文》中提出了"文以气为主"说。文章中提到了各种不同的"气",如"齐气"、"体气"、"清气"、"浊气",等等。然后说:"文以气为主,气之清浊有体,不可力强而致。"为"主"就是说,文学创作,包括其他著作,都主要要依靠作者所禀赋的"气",而体现不同的风格,或表现为舒缓的"齐气",或奔放的"逸气"等。"气"的概念虽不是曹丕首先提出,却是曹丕把这一概念首先运用到文学创作和文学理论批评上。"文以气为主"说,对中国古代文学理论和文学批评中以气论文的传统的形成有重要影响。

另外,曹丕在《典论·论文》中还肯定了文学的社会价值论与社会作用。在此之前,文学被认为是"雕虫篆刻",是不登大雅之堂的"小道"。曹丕却提出:"盖文章,经国之大业,不朽之盛事",充分肯定了它的社会价值论与社会作用。

《典论·论文》是我国古代文学理论批评史上第一篇独立

的文学理论批评著作,是文学走上觉醒时代的标志。

陆机《文赋》译文

我每次看到有才之士的创作,私自以为懂得了他们写作的甘苦用心。他们造句遣词,确实是变化多端的了。(不过)文章的美丑好坏,还是可以用言辞表述的;我自己每次作文,更是体会到其中(甘苦)的情形。总是害怕所要表达的意思与所表现的事物不能相称,(写出的)文辞不能切合构思时的立意。这不是懂得道理的困难,而是付诸实践时能力上(达不到)的困难啊。所以我作这篇《文赋》,用以介绍古代作家的美丽的文章辞藻,因之论述作文成败的缘由。以后或者可以曲尽写作的奥妙,至于借鉴古代作家的作文经验,就像拿着斧头砍伐木头做斧柄一样,虽然(可供)学习取鉴的他们的写作经验就在跟前,但是下笔写作时的千变万化,真的很难用言语来表达。我所能够说出来的,就全在这篇文章里了。

(创作之前,作者)长久地站立在天地之间幽深寂静地观览(天地万物),以古代典籍陶冶滋养自己的情志。循着四季的变化而感叹时间的流逝,观看万物的变迁而思绪纷呈。深秋时节,悲伤树叶的飘零;芳春时节,喜悦枝条树叶的柔嫩。(有时候)肃然敬畏,如霜雪在胸;(有时候)志意高远,如上临云霄。(有的人)咏唱先世德行的伟大显赫,歌颂先祖道德的芳香芬馨。(作家应该)在(前人)文章的林海中遨游,赞美那美文的文质彬彬。于是慨然放下(前人)的文章,(自己)执笔进行写作,姑且(把心得感受)在文章中表现出来。

(写作)开始的时候,把视觉和听觉收拢起来,深沉地思考,广泛地搜求。精神驰骋于远方,思想飞腾于九霄,(文思酝酿)到了极致的时候,朦胧的情思反倒更加鲜明,外界的物象也愈加清晰地不断奔涌显现。群书中的精华像涓涓醇酒随笔倾吐,《诗》、《书》等经典像芳菲的雨露滋润笔端。想像的活动,有时上浮天渊,平静地流动,有时深入九泉洗濯,尽受浸润。艰涩的辞语像衔钩之鱼从深潭中艰难而出;联翩的辞藻像中箭的飞鸟不断地从云端坠落。(于是就会)收获历代古籍中从来没有过的文字,采摘到千百年来(作者)从未写出过的诗篇;抛弃那些前人用过的陈词滥调,像抛弃已陨落的朝花,采用前人还没用过的清辞秀句,像拾取还未开放的花朵。(灵感奔涌时)能在片刻间观察古今的历史,能在眨眼间接触天下的时事。

(动笔写作时)然后按部就班,依照立意内容,构思布局,考究语言词汇,安排布置。有影之物必(运用恰切的语言)寻其形象,有声之物必(运用切当的言辞)绘其声响(务使其状貌和声响穷形尽相)。有时候(描摹事物追寻形象)就像因树枝(摇动)而振动了树叶,有时候就像沿着水波(前进)而探到了水源。有时候,状写隐晦的事物,却很容易就使之明白显豁,而本以为容易显现的,却反而置词艰难。有时候(文思飞动)像猛虎变色而百兽受扰骚动,有时候(文思突出)像龙鳞显现而群鸟飞散。有时候造语妥帖顺利流畅,有时候置辞滞涩而达意艰难。(作者)竭尽努力去澄清思想,静心思考,超越各种(庞杂的)思虑,造语成文。把天地囊括在作者的胸中,让万物都镕铸在作者的笔端。开始时(往往)文思滞涩,出语枯燥,到末了(又常常会)文思通达,笔墨顺畅。(为文之)"理"在于把思想内容作为文章的主干,而文辞好比是主干枝条上纷繁的花果。真正做到(内心的)情感与(外在的)文辞一致,所以尽管(文章中情感)千变万化,外在的文辞都能有所反映(与内心的情感保持一致)。(作者的)文思涉及快乐之事,必然(在文辞上)表现为欢快,而文思正要说及哀伤之事,(在文辞上)已经表现出哀叹。有时候(文思敏捷)很顺利就能执笔写作,有时候(文思枯涩)执笔就感到茫然无措。

写作是(人生)一大乐事,所以被古来的圣人贤士所钦慕。赋予虚无的抽象以具体的形象,追寻无声的虚寂赋予它有音的声响,把藐远的事物涵写在尺幅的锦素之上,把丰沛的情思倾吐于寸心之间。语言越是恢弘扩大,构思就越是深沉隐微。(写作好比春风)传播草木的馥郁芬芳,(又好像春风)催动青青的枝条发育壮大。(文思奔涌)粲然像风起飚立,(落笔挥洒)郁然如云起文林。

文体有多种多样,各不相同,(各种文章的体裁)就像庞杂的万事万物没有同一的量度可以衡量,(它们)纷纭变幻,难以描绘成固定的形象。(作者的)语言的才能衡量着(作者的)写作技巧,辞意切合(描写的对象)才称得上是巧心独运。无论(描写的)是抽象或是具体(的事物),都努力追求,尽力为之,无论是面对浅深难易(的事物),都不要抛弃,当仁不让。虽然(可能会)偏离(某些)规矩尺度(也浑然不顾),希望能(使描写的事物)穷形尽相。所以,喜欢炫耀眼目的人崇尚浮艳(的辞藻),重视(文章内容)惬合心意的人看重(文辞)表达得当。主张(描写事物务使)穷尽物象的人,不会受拘束阻隘;追求(文章)通达的人,思想(必定)开朗旷远。诗因感情而生而(要求)文辞优美精致,赋只描写物象而(要求)语言清楚明朗。碑文透过文辞(的表面)而(可以)看到叙事切合事实,诔(文辞)缠绵萦回而感情凄凉哀伤。铭文事博辞简而(文辞)温厚浸润,箴文(语言)顿挫有致而(文风)清新刚健。颂(立意)从容远大而(文辞)华美盛大,论文(说理)精细深切而(语言)明朗流畅。奏章(陈意)平稳透辟而(文气)舒缓文雅,辩说(文辞)鲜明灿烂而(立意)诙谐虚诳。(文章体裁的)区分虽都如上所说,也必须禁止(立意)邪曲,抑制(文辞)过度放浪。重要的是文辞能够充分表达(文意),(说明的)道理能够成立,(文章)本不一定要写得冗长。

(世上的)事物千姿百态,文章的体裁(往往要根据描写的事物的形态需要)屡屡变化。(文章苦心经营)能穷究物情就要推崇技艺巧妙,(置辞造句尽力推敲)能曲达情思就要重视语言优美。及至有音律有声响的辞语交互使用,(这样的文章)就好像五色丝线错杂相间绣出的色泽相宜的锦绣。(意辞的取舍、音律声响的安排)虽然变化无穷,但难免有诘屈不顺之处。如果能懂得变化的道理,理解次序安排的规律,就能像开渠纳泉,顿然顺畅。如果机会丧失,(音律声响安排的)次序颠倒失常,就好像淆乱了五色丝线的次序(绣出的绣品)色彩自然不能光泽鲜明。

(写作过程中)有时候(后面的文章)与前段文章相矛盾,有时候(前面的文章)又妨碍了后面的章节。有时候文辞不当,文义倒还顺当;有时候语言流利,而文义却有害。(如果文辞与文义不能相一致,就应该去除不当的文辞另撰新辞或去除有害的文义另立新义,使文辞与文义不能一致的情况)彼此分开就能两全其美,合在一起就会两败俱伤。在细微之处考较辞、义的优劣,在毫芒之间决定辞、义的取舍。如果经过权衡,必须有所裁定,就应以至当作为准绳。

有时候文章的文辞繁华、义理丰富,文意却不能顺当表达。(义理虽丰富,但)文章不能有两个主意,(文辞虽繁华,但)不能说尽到不能再增益丝毫的地步。把一句话放在显要地方,这就是全文的警句。虽然(其他话语)都条理清晰,但要等有了这警句才显现(它们的)功效。(警句)确实利多弊少,但选择恰当并不容易。

有时候文藻情思汇合,(显得)文采鲜明,像锦绣那样光彩缤纷,像琴弦那样凄婉动人。(拟古时)所描摹的一定要(与古人)不差毫厘,才能暗合乎古人的诗篇。构思虽是出我心,却害怕别人占先成文。如果丧失廉耻苟取他人之文而使文章义理发生谬误,那就是喜欢,也要割爱。

文章的(精彩之处)有时候锋芒出众,风神超绝,就好像形不能逐影,音响难以留存;又像孤峰独立而突出,庸凡的词句难以配合相宜。精彩的佳句孤立而没有(其他字句的)匹配,反使我心情孤独,反复斟酌却又不能抛弃。(美词佳句在文章中)像石中包孕美玉使得山峦生辉,又像水中蕴含着明珠使得江河增丽;(就连那些凡庸之句也)好比榛楛之类的恶木勿须剪去,因为有美丽的翠鸟栖集也会增色添光。又好比把《下里巴人》的俚调连缀在《阳春白雪》雅曲之中,(反而)更增加了它的奇伟。

　　有时候写成短小的诗文,面对单薄的内容却少有兴趣。俯看下文孤独而没有响应,仰观上文空荡而无所应承。好比孤弦独奏,虽蕴涵清韵,但单调没有和声。

　　有时候文辞憔悴,虽徒事浮靡,语言却缺少光泽。把美和丑混为一体,好像美玉的质地也受连累而成了瑕疵,又好比那堂下管乐吹奏出偏急的调音,与堂上的雅乐虽欲相应,(由于曲调急促)却总不能协调。

　　有时候抛弃文章的内容义理,以保存文辞的奇瑰,(那只能是)徒然追循文字的虚浮和细微。(文章的)言辞缺少感情和鲜明爱憎,文辞轻飘飘而不真实,就好比在单弦上急促弹奏,曲调虽和谐,却不能感动人。

　　有时候文章写得奔放恣肆,务求声响轻佻鄙俗,仅为了好看以迎合世俗,纵然声音高亢,曲调品位也是低下。(这就使人)明白了那《防露》与《桑间》的乐曲,(由于是俚俗之音)虽然感人,却不是高雅的乐调。

　　有时候文章写得清新空灵而柔美简约,也每每摒弃了浮辞滥调,(但由于过分简约平淡)却像缺少五味的肉汁,没有余味;又像琴弦弹出质朴单调的曲调,虽是一人歌唱,三人和应,固然典雅却不艳美。

　　至于文辞繁简的剪裁,文辞位置的布局,随时都应适应情况的变化而变化,其中也自有曲折微妙之处。有时候语言粗拙而喻义巧妙;有时思想质朴而文辞飘逸。有时候因袭旧辞而推出新意,有时候沿袭浊音而更新出清音。(有时候)稍一观览,便能明察(文辞的)底细,有时候深入钻研,而后才能理解(其中的)精深。(这种情形就)好比是跳舞者合着节拍挥动衣袖,唱歌者和着琴弦唱出歌声,这里的奥妙不是轮扁能说得出来的,也不是华美文辞能够说得精微透彻的。

（作者）博通于为文的法式与规约，我很佩服并牢记于心。要知道世上一般人写作中常犯的过错，认识先贤们文章的长处。（先贤们）作文纵然发自内心，构思精巧，有时还要遭到目光笨拙者的讥笑。那琼花玉草一样美妙的文辞，（只要勤于学习）就像遍种于田野的大豆（易于采摘）。（琼花玉草一样美妙的文辞）像风箱鼓风一样没有穷尽，和天地同生同长。（它们）在世上虽然纷纭繁多，可感叹的是我所能采集到的不满一捧（还是很少）。（我）常怕自己才短智拙，学识空疏，难于学习先贤的美言，写成美文，所以在小诗短韵上踌躇徘徊，聊以用平庸的音调杂凑成曲。写成文章后总是充满遗憾，哪能踌躇满志而自感骄傲！我怕自己的文章被覆盖在瓦钵上落满尘土（无人叩击），只是被（音响清越的）鸣玉取笑。

至于文思灵感到来的时机，顺通和阻塞的机遇（难以言之），来时不可遏止，去时不可抑制；隐藏时像是影随光灭，出现时像响随声起。当灵感的时机到来的时候，什么样的纷丝乱絮理不出头绪？当文思像疾风在胸中涌起的时候，文辞就像清泉流淌似地从口中涌出。丰盛的文思纷纷涌现，络绎不绝，只须尽情落笔成文，（但见）满目是富丽的辞藻，充耳是清越的音韵。及至感情凝滞，神志停塞，像干枯的树木兀立不动，像干涸的河床流水断绝，（只能）聚拢精神，凝聚思绪，自己（再次）去探求（文思灵感）。（那灵感）隐隐绰绰，愈加掩蔽，（那文思）涩若抽丝，难以抽理。所以有时候竭心尽力构思成文反而多有懊悔，有时候随意挥洒反倒少有错误。虽然文章出自我手，（文思灵感的开阖去留）却不是我的力量所能把握，所以常扪心（思索）而自我叹惜，我不知道（文思灵感）开阖通塞的缘由。

这文章的功用，本在于各种思想道理因它而被说明。（文章）可以使恢弘万里的空间没有阻隔，可以使相隔亿载的时间得以沟通；向后看，（可以）留规则于后世，向前看，（可以）取方法于先贤；（可以）挽文武之道之将沉沦，（可以）宣美好教化使不泯灭；没有什么遥远的道路(文章)不能到达,没有什么精微的理义(文章)不能包容;(文章)就像雨露滋润人心,就像鬼神变幻般地出神入化。(美好的文章)就像刻在金石上可以永久流传,就像演奏于管弦上(的音乐)可以日久弥新。

提示:陆机《文赋》理论内涵极为丰富,我们从下面几方面作简要的提示:

1.《文赋》的创作源泉论。陆机《文赋》说:"伫中区以玄览,颐情志于典坟。遵四时以叹逝,瞻万物而思纷。悲落叶于劲秋,喜柔条于芳春。心懔懔以怀霜,志眇眇而临云。"这里提出了一个艺术和现实的关系问题。这一基本理论,应是全篇的纲领。陆机以其敏锐的洞察力,看到了客观世界是文艺创作最深的根源。他一方面静观现实世界,一方面搜求古典文献,从纵和横两方面去实践,去体察,去把握,即从实践和书典上蓄积创作材料,捕捉创作情思。这是进入创作以前的必要准备,也是进行创作的必要前提和条件。只有这样,才能"慨投篇而援笔",进入具体的创作过程。

2.《文赋》的情志观:诗主情志,这是儒家学派论诗传统的美学思想。《尚书·尧典》说:"诗言志。"《毛诗大序》说:"诗者,志之所之也,在心为志,发言为诗。情动于中而形于言,言之不足故嗟叹之,嗟叹之不足故永歌之,永歌之不足,不知手之舞之,足之蹈之也。"这里所说的"情"、"志",都绝对地属于作家主观心灵的自我流露。《文赋》的贡献则是在于把"诗言志"的美学思想推向前进。"颐情志于典坟",这里"情志"并举,应当是指主观的情志与客观内容的结合,即是把作家的主观心灵与客观的"典坟"相结合,这就它的革新意义。但是,陆机以"典坟"作为创作源泉,是片面的。但是他肯定了文艺创作应建立在客观世界的基础上,揭示了作家的主观情志对客观世界的依赖关系,这却是合理的因素,是一大进步。

3. 陆机《文赋》的文体论。《文赋》分文体为十体,是对《典论·论文》文体论的继承和发展。《典论·论文》仅论述了"四科八体",分类过于粗略,论述也很简略;《文赋》就细致得多了,着重论述了不同文体之间的"区分之在兹",各种文体的基本特征在理论概括方面就更趋于缜密。特别是"诗缘情而绮靡,赋体物而浏亮"肯定了诗、赋的文学作品的特性,即抒发情感和塑造形象的特征。

4. 陆机《文赋》的"诗缘情而绮靡"说。《文赋》特别提出"诗缘情而绮靡,赋体物而浏亮"的理论观点。他只讲"缘情",不讲"言志",实际上起到了使诗歌的抒情不受"止乎礼义"束缚的巨大作用。从陆机对诗赋创作"缘情"、"体物"的要求中,可以看出他对文学艺术的两个重要特点——感情和形象,有极为深刻的认识,说明他对文学的艺术特征的理解已经比曹丕大大深入一步,更体现了"文学自觉时代"已经到来。"绮靡"说诗,影响了六朝文学的文风,对后代文学和文艺思想的发展也产生了深远的影响。诗缘情绮靡之说,真正揭示了诗歌创作的某些基本艺术规律,不仅对于六朝文学,而且对后来唐诗宋词的繁荣,也有深远影响。但"绮靡"说无疑对后代文学的形式主义、颓废文风也产生过消极影响。

5. 陆机《文赋》的创作论和论艺术想像。《文赋》的另一杰出贡献,还在于它提出了自己的创作论。文章说:"遵四时以叹逝,瞻万物而思纷。悲落叶于劲秋,喜柔条于芳春。心懔懔以怀霜,志眇眇而临云。"这就提出了一个创作本乎自然的命题。从创作本乎自然出发,创造性地论述作家的艺术想像,这是《文赋》在文艺理论上的一大杰出贡献。它以诗的语言对艺术想像进行了生动而具体的描绘:"其始也,皆收视反听,耽思傍讯。精骛八极,心游万仞。其致也,情曈昽而弥鲜,物昭晰而互进;倾群言之沥液,漱六艺之芳润;浮天渊以安流,濯下泉而潜浸。于是沉辞怫悦,若游鱼衔钩而出重渊之深;浮藻联翩,若翰鸟缨缴而坠曾云之峻。收百世之阙文,采千载之遗韵;谢朝华于已披,启夕秀于未振;观古今于须臾,抚四海于一瞬。""若夫应感之会,通塞之纪,来不可遏,去不可止。藏若景灭,行犹响起。方天机之骏利,夫何纷而不理。思风发于胸臆,言泉流于唇齿。"这些优美的语句,论述了作家的思维纵情驰骋,想像自由飞翔的情景。在作家的胸中有一个浩瀚无垠的广阔世界。作家丰富的艺术想像,作用于创作,最终能够达到"笼天地于形内,挫万物于笔端",即在想像活动中,触发了灵感,捕捉了事物的形象,涌现了描写形象的语言。"其会意也尚巧,其遣言也贵妍。"

6. 陆机《文赋》论艺术语言。《文赋》还从正反两个方面论证了言、辞的运用及其重要性。例如:"夫放言遣辞,良多变矣。""或辞害而理比,或言顺而义妨。""立片言而居要,乃一篇之警策。虽众辞之有条,必待兹而效绩。""或寄辞于瘁音,言徒靡而弗华。""言寡情而鲜爱,辞浮漂而不归。""或言拙而喻巧,或理朴而辞轻。"这里论述的言和辞,实则都是指艺术的语言。《文赋》这里所论述的语言,不是一般的语言,而"暨音声之迭代,若五色之相宣"。这种语言绘声绘色,具有"绮靡"的特征。《文赋》特别强调了熔铸警句的重要性,"立片言而居要,乃一篇之警策"。诗中熔铸警句可以使全篇生辉。否则,就会语言乏味,黯淡无光。然而雕琢过甚,不可避免地就走到了它的反面。

《文赋》对六朝文学理论和文学批评的发展影响极大,《文心雕龙》可以说是全面具体化地继承和发展了《文赋》的理论,而且挚虞、李充的文体论,沈约等人的声律论,萧统《文选》的文学观都是在陆机的影响下,从某一具体方面对《文赋》的发扬壮大。

《文心雕龙》选录译文
《原道》译文

　　文章的(之能显现"道"的)具体属性是极广大的,是与天地并生共长的。(这话)怎么讲呢？(天地生成时)就有了深清色和黄色一同呈现,就有了天方地圆的形体之分。日头与月亮像重叠的璧玉,垂在天上,以显示其美化天空的形象；山岭与河流像灿烂的锦绣铺在地上,以展示其条理大地的形象。这大概是自然的文章吧？仰观天空日月散射着光辉,俯瞰大地山河现着文彩；高低有了一定的位置,天地两仪就(这样)产生了；只有人与天地合而为三,这就是所说的"三才"了。人是"五行"生成的灵秀,实在是天地的心灵,有了心灵,就有了语言,(有了语言)文章就随着明明白白地出现了,这是自然的道理啊！

　　推及万物,动物植物都有文彩：龙凤以彩色的花纹呈现出祥瑞,虎豹以鲜明斑斓的纹理凝结成雄姿；云霞变换设色,超过了画工的妙笔挥洒；草木开花,不必待匠人的奇思妙手。这些难道是外面加给的修饰？(其实)只是自然形成的啊！至于风吹树林的声响,音调谐畅,像是吹竽弹瑟；泉水激石的声音,清韵和谐,像是击磬敲钟。所以形成了形体就构成了文理,发出了声音,就产生了韵律。那些无知的物体都有丰盛的文彩,有心灵思想的人怎么能没有文章呢！

　　人类文章肇始于天地未分时的混沌的元气,深明这个奇妙的道理的,最先是《易经》的象辞。伏羲氏最早画八卦,孔子最后写了《十翼》。而对《乾》、《坤》两卦,(孔子)单独地以《文言》来解释。(可见)言语需要有文采,也是天地的本心啊！至于说《河图》包含着八卦的符号,《洛书》里包含着九类治国的方略,玉版上刻着金字,绿筒上雕着红字,是谁主持的呢？是神明在管理罢了！

　　自从文字代替了结绳记事,文字(的作用)才开始彰显。神农、伏羲的传闻遗事,记载在《三坟》里面,而年代太久远了,那些声音文采已无法追踪。唐尧、虞舜时的文章,就蓬勃兴盛起来了。(作为)天子的舜开始唱出了"元首"之歌,就已抒发了自己的情志;伯益、后稷呈献意见,也垂示了陈奏进言的风气。夏禹兴起,(取得的)事业功绩成就巨大,各种事情都循序渐进,受到了歌颂,功德成就更多了。到了商朝、周朝,文采(更加)丰富,胜过了(此前的)简单质朴,《雅》、《颂》之歌影响所及,美丽的辞采日日更新。周文王在患难的忧愁之中,制作的卦、爻辞,光耀鲜明,既有文采又含蓄隐喻,意义精深。再加周公旦多才多艺,发扬了(文王的)丰功伟业,创作了诗歌,辑录了《周颂》,修改润饰了各种文辞。到孔子继承(以前的)圣人,又独自超过了前贤,他整理编订了"六经"。一定要像(奏乐时)起头打钟结束击磬那样有始有终,集其大成;他(反复)琢磨"六经"(所表达)的思想情性,(认真)组织(美丽动人的)语言辞令(去表现),("六经"的)教化就像铃声起而四方应那样远及千里,就像珍馐美味那样千古流传,世代响应。它描写了天地间的精华,开启了人民的聪明智慧。

从封氏的伏羲,到孔氏的孔子,伏羲(画卦)创立了典则,孔子阐述其意义,没有不根据自然之道的精神来铺写文章,钻研神奇的道理来施行教化,从《河图》、《洛书》里取得准则,用蓍草、龟壳来占卜探问命运的术数,观察天地万物的纹理以穷尽探究(自然的)变化,考察前人的文章来成就人事的教化,然后才能够治理天下,通晓(自然界的)全部的不变的法则,使事业发展壮大,使(文章的)辞采焕发光明。所以知道自然之道因圣人的文章而流传,圣人用文章来说明自然之道,(使得自然之道)四处通达流布而没有阻碍,日日运用而不会缺乏。《易经·系辞上》说:"能鼓动天下的能力存在文辞之中。"文辞之所以能鼓动天下,乃是因为它是自然之道的文章啊!

总结说:自然之道是精深微妙的,可用这神妙的自然之道来开展教化。前代的圣人彰显了这自然之道,阐明了仁孝的人事伦理。(圣人之所以能够如此,就是因为)圣人观察了龙献的《河图》、龟呈的《洛书》所体现的(自然之道的)形态和面貌,又观察天文,写成文章,让人民来效法。

> 提示:《原道》篇论述了文章的本质,道与文的关系。道是文的内容,文是道的表现手段。天地万物都有文,作为万物之灵的人当然也有文,人之文就是用言辞写出来的文章。看来,刘勰主张文要表现自然之道,后来的"文以载道"的观点与此有一定的源流关系。

《神思》译文

古人说:"身在江湖之上,心却在朝廷中。"这就是被称为"神思"的精神活动了。文章在构思时,精神活动的范围非常广阔。所以静静地凝神思索,思绪可以上接千年;悄悄改变了表情,视线好像已通向了万里之外。吟咏之时,似乎发出了珠圆玉润般的声音,眉目之前,仿佛舒卷着风云变幻的景色:这些都是构思的结果吧。所以构思的妙处,在于使精神随外物而运行。精神存在于胸臆之中,情志意气统辖着它的活动关键;外物依靠耳目来感受,语言掌管着它的表达枢纽。枢纽畅通,外物的形貌便能刻画无遗;关键阻塞,精神的活跃便会消失。

因此酝酿文思,贵在内心虚静,摆脱杂念。疏通心中的阻碍,洗涤净化精神,像储藏珍宝一样积累学问,斟酌事理以丰富才情,研读群书以求透彻理解,从容玩味他人作品以寻绎文辞。然后使深得妙理的心灵,按照写作的规则审定绳墨;让见解独到的匠心,依据意象中的形象进行创作。这是写文章的首要方法,谋篇布局的重大端绪。

构思时精神活动一展开,各种念头纷至沓来。按写作规则对未成形的思绪加以整理。想到登山,情思里便充满着山的风光,想到观海,意念中又翻腾起海的波涛,不管作者的自我才情有多少,此时的思绪似与风云一起任意驰骋。当他开始动笔时,文气激荡觉得有很多东西可以写,等到文章写成,效果却仅及预想的一半,什么原因呢?这是因为,凭空运意,容易显得奇妙,而语言是实实在在的,就难以工巧了。因此,文意来自于构思,语言又受文意支配。三者紧密结合,就能天衣无缝,疏远了就会相去千里。有时道理就在心中,却反而去极远之处寻求;有时意思就在眼前,而思路却为山河所阻隔。所以要控制思维,掌握法则,无须苦苦思虑;依照一定的规则,表现美好的事物,不必徒劳情思。

就人的禀赋才情而言,写作有快有慢,因为天分不同;就文章的体制而言,篇幅有长有短,所用功夫不一样。司马相如构思时口含毛笔,写成时笔毛已烂,扬雄写作赋后便做噩梦,桓谭因写作苦心积虑而得病,王充潜心著书气衰力竭,张衡精心构思《二京赋》花了十年时间,左思精心雕琢《三都赋》用了十二年:虽说是创作长篇巨制,也因文思之缓慢。淮南王刘安一个早上就写成《离骚赋》,枚皋一接到诏书就写成了赋,曹植写作就像口诵旧作一样流畅,王粲一提笔就像事先早已构思好了一样,阮瑀能在马鞍上写成书札,祢衡可在宴席间草拟奏章:虽然写的都是短篇,也因文思之敏捷。

那些文思敏捷的人,心里掌握着创作要领,反应灵敏,无须反复考虑便能当机立断;而构思迟缓的人,情思繁富,而思路多歧,几经疑惑才看清楚,深思熟虑才能下决断。灵敏机断所以能在短时间内写成作品;疑虑不决所以要费更多的时间才能完成创作。写作的难易虽然不同,但都依靠博学精练。如果学问浅陋而只是写得慢,才识粗疏而光靠写得快,从没听说像这样而在写作上能有所成就的。因此,创作时文思的酝酿,必定有两种困苦:理不明者,苦于思想内容贫乏;沉溺于辞藻者,伤于文辞杂乱。如此,见识广博就是馈赠贫乏的粮食,思想一贯就是拯救杂乱的良药。见识广博,思想一贯,也是对文思酝酿有帮助的。

文章的情思是复杂多变的,文章的风格也是变化不定的。拙劣的辞句有时出于巧妙的构思,平庸的事例有时来自新颖的命意。就如麻布由麻织成,虽说质地未变,但经过加工制成了布,变得光彩鲜明而可珍贵,至于思虑以外的微妙意旨,文辞外的曲折情致,语言难以表述,笔墨自然应该到此为止。只有懂得了最精微的道理才能阐发其妙处,穷尽一切变化才能通晓其规律。就如伊挚无法说明调味的奥妙,轮扁不能讲清用斧的技巧一样,其中的道理实在精微极了。

总结说:精神因与外物沟通,才孕育了变化多端的情思。外物靠形貌求得表现,而内心则据情理作反应。然后运用声律,产生比兴的手法。用构思掌握规则,博学精练才能成功。

提示:《神思》是探讨创作时的构思问题,对创作构思广阔丰富的特点做出了具体生动的说明,并指出为了使构思富有效果,须注意平时要有良好的积累和学养,写作时要保持清醒的头脑和虚静的精神状态,做到"神与物游"。

《体性》译文

内心有情感活动就形成为语言,道理阐发出来就表现为文章,这是情理由隐而显、由内在到外现的过程。然而才能有平庸和杰出,气质有刚强和柔弱,学问有浅薄和深厚,习尚有雅正和淫靡之分,这些都是由先天的情性所铸造、后天的熏陶所形成的,因此,在作家笔下,在文学园里,作品千殊万别,如流云之变幻无穷,似波涛之翻滚不定。所以文辞情理或平庸或杰出,不可能与人的才能不相一致;风格趣味或刚强或柔弱,哪能与作者的气质判若两人?用事托义或肤浅或高深,从未听说过与其学识高下相背的;体势或雅正或淫靡,很少与其习染相反的。各人顺从自己的个性学养来写作,作品的风格就如人的面貌一般各不相同。如果总括所有的风格趋向,那么可归纳为八种类型:一是典雅,二是远奥,三是精约,四是显附,五是繁缛,六是壮丽,七是新奇,八是轻靡。典雅的,取法于经典,是依照儒家的;远奥的,文辞繁复曲隐,是研治玄学的;精约的,文字精当简约,剖析细致入微;显附的,用辞直接明快,意义畅达,切合于理,使人读后大快于心;繁缛的,比喻广博文采浓重,光彩鲜明,铺展绵密;壮丽的,议论高超,论断宏大,文采鲜明而突出;新奇的,舍古趋新,摈弃古制,竞为今体,旨趣险僻而怪异;轻靡的,文辞浮华,内容空虚,轻浮不实而迎合世俗。所以典雅和新奇相反,壮丽与轻靡有别,文章的不同风貌,都在这个范围里了。至于上述八种风格的常常变迁,要靠学问才能做到。作者内含的才干,来自先天的气质禀赋。气质充实情志,情志决定语言,文采的吸纳和表现,无不和作者的情性有关。贾谊才智过人、意气风发,所以文辞洁净而风格清新;司马相如狂傲夸诞,所以义理夸张而词采扬厉;扬雄性情沉静,所以内容含蓄而意味深长;刘向坦率平易,所以意趣明白而事例广博;班固典雅精深,所以叙述剪裁精密而思虑清晰细致;张衡博学通达,所以考虑周详而文藻绵密;王粲争强好胜,所以锋芒毕露而才气果断;刘桢性情狭隘,所以言辞壮烈而情思惊人;阮籍洒脱不拘,所以风格超逸而情调悠远;嵇康俊伟豪侠,所以情致高超而文辞激烈;潘岳轻浮敏捷,所以辞锋显露而音韵流畅;陆机矜持庄重,所以文情丰富而辞义含蓄。由此类推,外在文辞风格和内在的性情气质必然相符,这难道不是天生的一定资质和才气影响风格的大致情景吗!才能出于天赋的资质,但学习在开始时就要慎重,就如制木器或染丝绸,功效在初时就已显示,等到器物制成、颜色染好再要改变就困难了。所以儿童学习写作,一定要从雅正的体制开始。顺着根本寻究到枝叶,这样思想才能转变到圆融妥帖。八种风格虽然不同,而自有法则贯通其间,就像车轮之有轴心,辐条自能聚合起来。所以应该模仿某一体制风格以确定创作的方向,根据自己的性情来锻炼才干。文章写作的指南,指出的就是这条道路。

总结说：人的才能性情各不相同，文章的风格也变化多端，文辞是他的肌肤，情志是它的骨髓。雅正而又华丽的，犹如礼服上的绣饰；过度奇巧的则像间色搞乱了正色。后天的学习也能形成良好的文风，但要逐渐地受熏陶感染才能见功效。

提示：本篇是论述文章体貌和作家情性、个性的关系。总结了文章的八种风格类型。刘勰把文学家的风格从时代到个人的（先天的和后天的）因素都触及了，作了较为全面的阐释。

《风骨》译文

《诗经》包括"风雅颂"和"赋比兴"六义，风排在第一，它是感化的根本和源泉，是情志气势的具体表现。因此，惆怅而抒情，一定要从风开始；推敲文辞，无不以骨为先。所以文辞需要骨，就像形体需要骨架；抒情需要风，有如形体要包含生气。措辞端庄正直，那么文章的骨力就形成了；志气昂扬爽利，那么文风就清新了。如果（文章）只有丰富的辞藻而缺乏风骨，那么文采就黯淡不鲜明，声韵就软弱而无力。所以构思谋篇，一定要保持充实守住生气，既刚健又充实，才有新鲜的光彩，风、骨对于文章的作用就好像飞鸟使用两个翅膀一样。因而锻炼骨力的，辨析文辞一定精当；深求风力的，抒情一定明显。用字扎实而不浮泛，声韵凝练而不板滞，这是风骨的力量。如果文章意少辞多且繁杂而失去条理，那是无骨的凭证；如果思虑不周到，勉强创作而缺乏生气，是无风的证明。以前潘勖写《册魏公九锡书》，构思取法经典，众多人因而搁笔不敢再写，这是因为他骨力挺拔；司马相如作《大人赋》，号称有凌云之气势，文采华美成为辞赋宗师，这是因为他风力遒劲。能够明白这些要点，可以写出（好）文章；要是违背这一原则，不用致力于繁丽的辞采（因为那也是白费）。

因而魏文帝曹丕说："文章是以'气'为主导的，气又有清气和浊气两种，不是靠出力而勉强获得的。"所以他论孔融，便说"风韵气度高雅超俗";论徐干,则说"(文章)不时有齐人的(舒缓)习气";论刘桢,说他"有高逸之气"。刘桢也说:"孔融很卓越,确实有不平凡的气质,文字的妙处几乎无法表达其才气。"这些都是重气的意思。五彩野鸡和长尾野鸡具备各种色彩,却只能小飞百步,是肌肉丰满力气不济;鹰隼(的羽毛)没有纹彩,却可以高飞冲天,是骨力强劲而气势猛历。文章的才力也和这相仿。如果文章有风骨而缺少文采,就如同猛禽聚集于文艺之林;如果有文采而少风骨,就像野鸡乱窜于文苑。只有辞藻耀眼而又高高飞翔,才确是文章中的凤凰。

以经典为典范来提炼创作,广泛汲取诸子和史传的创作方法,深刻通晓世情的变化,详细明白文章的体制,然后才能萌生新意,刻画出不平常的文辞。明白了文体,因而意新而不乱;了解变化,故而文辞新奇而不泛滥。如果骨力文采不圆熟,风力辞藻不精练,却要超越旧的规范,追求新的创作,(那么)虽然获得巧妙的文意,但大多要遭到失败。哪里有只用新奇的字句,就能使谬误成为经典(的道理呢)?《周书·毕命》说:"文辞着重在体察要旨,不只是爱好奇异。"意思大概是防止文辞的滥用。然而写作方法多种多样,各人有各人的所好,会写作的人不能传授,习作的人找不到老师,于是跟着浮华侈靡的风气,流入歧途而不知回头。假若能确立正确的体式,使文辞鲜明而刚健,那么就可以风清骨峻,使整篇具有光彩。能研究各种问题,那么达到这种境界又有何遥远呢?

总结说:情思和气质相配合,文辞和文体相结合。文辞鲜明而刚健,像宝玉一般珍贵。加强文章的风力,增强文章骨力,具有卓越的才力,文采才能够显耀。

> 提示:本篇着重解释了什么是"风骨"。由《诗》的六义中"风冠其首"入手,分别解释了风和骨,并从正反两个方面阐述了风与骨的内涵和意义。第二段则说明了"气"对于"风骨"的形成的重要作用,暗示了"气"的外化就是"风"。刘勰强调作

品要有"风骨",但又不忽视作品的文采,并从正反两个方面指出了掌握"风骨"的要领。

钟嵘《诗品》选录译文
《诗品序》译文

气候变动着景物,景物感动着人心,所以使人的性情摇荡,并表现于舞蹈歌唱上。它照耀着天、地、人,使万物显现着光辉美丽,上天之神依待它接受祭祀,幽冥之灵依待它昭明祷告。(能够)感动天地鬼神的,没有什么是比诗歌更接近(达到这个目的)了。

从前《南风歌》的歌词,《卿云歌》的颂词,它们的意义是深远的。夏代的《五子之歌》说"忧郁啊我的心",楚国的歌谣《离骚》说"给我取名叫正则",虽然诗的体制还不全备,然而是五言诗的起头啊。到了汉朝的李陵,开始创作五言诗的(这种)体式了。古诗的时代渺茫遥远,诗人和时代难以详考,推究它的文体,本是西汉时的制作,不是周代衰弱时的首创啊。自王褒、扬雄、枚乘、司马相如一班人,(都只以)辞赋竞相取胜,而诗歌之作还没有听说过。从李陵到班婕妤,约百年之间,只有一位女作家(班婕妤),也只有一位诗人(李陵)罢了。诗人(创作诗歌)的风气,顿时缺少丧失了。东汉二百年中,只有班固《咏史》诗,(但)质朴而无文采。

接下来到了建安年代,曹操父子,非常爱好文辞;曹植、曹彪兄弟,成为文坛栋梁;刘桢、王粲,成为他们的羽翼。次第有攀龙附凤,自己来做附属的,大约将要以百来计算。文质兼备的兴盛,在当时是非常完备了。之后逐渐颓唐衰落,直到晋代。太康中间,有张载、张协、张亢这"三张",陆机、陆云这"二陆",潘岳、潘尼这"两潘",左思这"一左",都突然复兴(建安的兴盛局面),继承前代王者的足迹,(是建安文坛的)风流未尽,也是诗文的中兴啊。永嘉年间,看重黄帝、老子的学说,稍稍崇尚清谈,这时期的诗文,(述说)玄理超过它的文辞,平淡而缺少滋味。到了东晋渡江到江南后,清谈（玄理风气）的影响像微微的波浪还在流传，孙绰、许询、恒温、庾亮诸位的诗，都平淡得像《道德论》，建安文学的风力丧尽了。在此之前，郭璞运用（他）俊逸的才华，变革创新诗歌的体裁；刘琨依恃（他）清新刚健的气势，辅佐成就了诗歌的美感。然而，他们（按，指"孙绰、许询、恒温、庾亮诸公"）的人多，我们（按，指郭璞、刘琨）人少，没有能够改变世俗的文风。到了义熙中间，谢混文采熠熠地继续创作。刘宋元嘉中间，有一位谢灵运，文才高峻，辞藻丰赡，作品富丽艳逸，难以追踪，确实已经包含和超越了刘琨、郭璞，压倒潘岳、左思。因此知道陈思王曹植是建安文学的俊杰，刘桢、王粲是辅佐；陆机是太康文学的精英，潘岳，张协是辅佐；谢灵运是元嘉文学的雄才，颜延之是辅佐；这些都是五言诗首要的作者，文词闻名于世的诗人。

四言诗字数少而意思多，效法《国风》、《离骚》，就可以摹仿其大概，（但现在诗人们）往往苦于（作四言诗）文字（用得）多而意思（表达）少，所以世人很少学习它了。（五言诗）在诗体中居重要地位，是众多诗歌中最有滋味的，所以说合于世俗之人的口味。（这）难道不是因为（五言诗）指陈事理，塑造形象，尽情抒情，描写事物，最是详尽切当的吗？所以诗有三种表现方法：一叫"兴"，二叫"比"，三叫"赋"。文辞已经完了意思还有余，是"兴"；借物来比喻情志，是"比"；直接描写事实，写物而寓意于言，是"赋"。扩大这三种表现手法，斟酌地采用它们，用风骨来强化它（按，指诗），用文采来润饰它，使得体会它的人余味无穷，听到它的人动心不已，这是诗中的最高境界啊。如果专用比兴手法，弊病在用意太深，用意太深，文辞就艰涩。如果专用赋法，弊病在用意浮浅，用意浮浅，文辞就松散，（甚至于文字）嬉戏而造成（文意）流移不定，文辞就没有归宿，有芜乱散漫的拖累了。

至于那春风、春鸟，秋月、秋蝉，夏云、暑雨，冬月、酷寒，这是四季的节令气候给人的感触（而可以）表现在诗歌里。好的集会寄诗来寓托亲情,离开群体依托,用诗来表达怨恨。至于楚国臣子离开国都,汉朝的妾媵辞别宫廷(远嫁他方),有的尸骨横在北方的荒野,魂魄追逐着飞去的蓬蒿;有的扛着戈矛出外守卫,战斗的气氛起于边地;在边关的客子衣裳单薄,闺中寡居的妇女眼泪哭尽;有的士人解下配印辞官离朝,一离去就忘掉回来;女子有的扬起娥眉,入宫受宠,再次顾盼(姿色动人),倾国倾城:所有这种种(情景),感动心灵,不作诗用什么来抒发情义?不用长篇的歌咏用什么来畅抒情怀?所以(孔子)说:"诗可以(使人)合群,可以(抒发)怨恨。"使得穷贱的人容易安心,隐居避世的人没有苦闷,(要想如此)没有比诗更好的了。所以诗人作者,没有不爱好(作诗)的。现在的士子俗人,(作诗)这种风气是很炽烈了。刚刚才能穿大人的衣服,就开始学习文字,(并且)一定要心甘情愿地为写诗奔忙。因此平庸的声音、杂乱的体裁(的"诗"),(却)人人自认为容貌可人。以至于使富家子弟,以(作诗)文采不如人为耻辱,夜以继日地点缀文辞,吟哦词句,独自观赏,自认为精妙绝伦,众人观看,却终究沦落为驽钝平常。其次有轻薄的人,嘲笑曹植、刘桢的诗古旧笨拙,说鲍照是伏羲时代以上的人(其诗格调高古),谢朓今古无人可比(其诗雄视千古)。可是效法鲍照,终于比不上"日中市朝满";学习谢朓,(只能)低劣地学到"黄鸟度青枝"。徒然自己被高明抛弃,与文人一流毫无关涉了。

观察王公和士大夫之流,每每在广谈博论之余,何尝不借诗作谈话形式,随着他们的爱好,商讨不同意见。像淄水和渑水一起泛滥混合,像紫色和红色互相混杂改变,各种意见竞相喧哗争论,无法用正确的标准分清辨别。近来彭城人刘绘,是高明的(诗歌)鉴赏家,痛恨诗界的混乱,要作当代的《诗品》,口里说出了(对许多诗歌的)褒贬品评,(只是)他的著作没有完成,(虽然如此)也是有感而作的呀。从前班固论人,分为九等,刘歆评论士人作者,写了《七略》,依循名称以考究事实,确实有许多是不恰当的。至于写诗的技巧(的高下),明显是可以知晓的,按类来推求,大概同评论赌博下棋的胜负(那样可以明白知晓的)。当今皇上,禀赋有生而知之的上等才能,本身有丰富深沉的文思,文辞与日月同辉,学识能探究自然和人世之间的关系。从前在与贵族子弟交游时,已是称职的首领。何况(现今)已经占有宇内八方,天下响应者像从风而伏、云气腾涌,怀抱珠玉之才的,摩肩接踵而来。本来下视汉魏(之作)而不屑一顾,气吞晋宋(篇什)于胸中,确实不是农人的歌谣、赶车人的议论,敢于加以品评的。我现在记录的,近乎是在街间里巷中交流谈论的,等于是谈笑而已。

在一品之中,约略依照时代先后排列,不按照优劣次序来作评论解释。再者那人已经去逝,他的诗能够论定。现在的品评,不存录在世的人。连缀词句,排比事实,是只作通常的谈论。至于像那筹划国事的文书,应该凭借广博引用古事(以成其典雅庄重);叙述德行的驳议奏疏,应该尽量称引以往的功业。至于吟咏诗歌抒发性情,又何必看重运用典故?"思君如流水",就是就眼前所见而想;"高台多悲风",也只是即目所见的情景;"清晨登陇首",没有典故;"明月照积雪",岂出于经书史籍?观察古今的佳句,多不是拼凑假借古人词句,而都是由于直接抒写。颜延之、谢庄的诗,用典更是繁多细密,在那时(诗风)受他们的影响。所以(刘宋)大明、泰始中间,诗文大几同于抄书。近来任昉、王融等,不看重文辞(本身)的奇特,(只是)争着运用无人用过的典故。从那时以来的作者,逐渐形成了一种习俗,遂使句子里没有不用典故的话,话语中没有不用典故的字,拘束补缀,损害诗文已经很厉害了。可是诗歌写得天工自然没有雕琢的,很少能碰到这样的人了。文辞既然失去高明,就只会增加典故,虽然失去天才,姑且表现学问,也是一种理由吧!

陆机的《文赋》,通达而没有褒贬;李充的《翰林论》,疏略而不切实;王微的《鸿宝》,细密而没有裁断;颜延之的论文,精细而难以读懂；挚虞的《文章志》，详细而广博丰富，很可以说是知音之言了。观这几家（的论著），都是就诗歌体裁来谈，不显示优劣。至于谢灵运收诗成集，碰到诗总是收录；张隲《文士传》，碰到文章就书写下来。诸位英俊记录的书，用意都在收录作品，未曾品评高低分别等级。我现在所记录的，只限于五言诗，虽是这样，包括古今作者，共计一百二十人。（他们的）作品大都收集殆尽，轻率地辨明清浊，指出优劣好坏。列入这些流派（按，指列入《诗品》各品）中的人，就称为才子。至于这三品的升或降，大抵不是定论，将来要提出变置裁断，请寄托给懂诗的人吧。

　　从前曹植、刘桢当是文章中的圣人，陆机、谢灵运体会效法前二人的才华，研究考虑得精细深远，在千百年中，却没有听说（诗歌）声调的分辨，四声的议论。有的说前人（只是）偶然没有看见，难道是这样的吗？（我们）试着讲讲它：古时说的诗或颂，都配上音乐，所以不调节宫、商、角、徵、吕的五音就无从谐合。像"置酒高堂上"，"明月照高楼"，是最好的韵律。所以魏武帝曹操、魏文帝曹丕、魏明帝曹叡这"三祖"的歌词，文辞有的还不工致，但韵律可以歌唱，这是注重音韵的意思，与世人讲的声调不同。现在的诗既不配合音乐，又何必采用声调呢？齐代有王融，曾经对我说："声调跟天地一起产生，自古以来的诗人不懂得它，只有颜延之才说到韵律声调的谐和，而他的说法实际上是大错；只见范晔、谢庄很懂得它罢了。曾经要作《知音论》，没有写完。"王融最先开创，谢朓、沈约推波助澜，三位是贵族的子孙，年轻时就有作文辩论的才能。因此文士们仰慕（他们），务求（作诗运用韵律）精细严密，繁冗细微，专心一意，竞相超越，所以使得文辞多拘谨忌讳，伤害了它的真实和美丽。我说诗歌体制，本来应该吟诵，不可滞涩，只要音调清浊相间，贯通流畅，念起来谐调流利，这就够了。至于分平、上、去、入，那我苦于不会；（至于）蜂腰鹤膝的毛病，里巷（歌谣）就已经能够避免了。

陈思王曹植有赠弟的《赠白马王彪诗》,王粲有《七哀诗》,刘桢有"思友"的《赠徐干诗》,阮籍有《咏怀诗》,苏武有"双凫俱北飞"句的《别李陵诗》,嵇康有"双鸾匿景曜"句的《赠秀才入军诗》,张华有咏"寒夕"的《杂诗》,何晏有咏"衣单"的诗,潘岳有咏"倦暑"的诗,张协有咏"苦雨"的《杂诗》,谢灵运有《拟魏太子邺中集诗》,陆机有《拟古诗》,刘琨有"感乱"的《扶风歌》,郭璞有"咏仙"的《游仙诗》,王微有咏"风月"的诗,谢灵运有咏"山泉"的诗,谢混有咏"离宴"的诗,鲍照有咏"戍边"的诗,左思有《咏史诗》,颜延之有《北使洛诗》,陶渊明有《咏贫士诗》,谢惠连有《捣衣诗》,这都是五言诗中的精警之作。所以说是诗歌中的"珠泽",文采中的"邓林"啊。

提示:钟嵘在《诗品序》里提出了"性情"说、"自然英旨"说、"滋味"说、"诗有三义"说和以怨愤为主的"风骨"论等理论观点。

钟嵘认为诗歌是"吟咏情性",即是抒发感情的,而诗情并不是自生的,而是由外物的触动激发的。《诗品序》说:"气之动物,物之感人,故摇荡性情,形诸舞咏",而四季的递嬗所引起的气候变化更是最容易触动人的感情,"若乃春风春鸟,秋月秋蝉,夏云暑雨,冬月祁寒,斯四候之感诸诗者也"。同时,钟嵘也认为社会人生的种种环境和遭遇也能触发诗情诗思,他在引述人生的种种际遇之后说:"凡斯种种,感荡心灵,非陈诗何以展其义?非长歌何以骋其情?"钟嵘充分肯定外界事物对诗人诗思诗情的触发感兴作用,无疑符合诗歌创作的实际情况,对后代的情景理论有深远影响。

钟嵘还提倡"直寻"和"自然英旨",主张诗歌创作要以自然为最高的美学原则,强调感情真实。既然强调"直寻"、"自然",要求"真美",自然要反对当时盛行的数典用事的掉书袋和拘忌声病的"永明体"。他说:"观古今胜语,多非补假,皆由直寻。"即不是借助于掉书袋的数事用典,而是语言自然明晓。

而对于"永明体",由于禁忌太多,苛细琐碎,所以"文多拘忌,伤其真美"。

"滋味"说是钟嵘提出的另一个重要的观点,它认为诗歌必须使人产生美感的滋味。他认为只有"使味之者无穷,闻之者动心",才是"诗之至也",是诗歌的最高境界。钟嵘的以滋味论诗说,对后代影响深远,成为我国古代文论的基本审美范畴。

那么,怎样才能创作出具有滋味的作品呢?钟嵘又提出"诗有三义"说。《诗品序》说:"故诗有三义焉:一曰兴,二曰比,三曰赋。言已尽而意有余,兴也;因物喻志,比也;直书其事,寓言写物,赋也。宏斯三义,酌而用之,干之以风力,润之以丹彩,使味之者无穷,闻之者动心,是诗之至也。"所谓"言已尽而意有余",是指诗歌要有含蓄蕴藉,意在言外,余味无穷的艺术境界。所谓"因物喻志",指的是诗人的情志要曲含在物象的描写之中。所谓"直书其事,寓言写物",是指在对事物进行描写时,要有所寄托。一句话,兴、比、赋都不能直白抒情而无所涵蕴寄寓。显然,综合地运用兴、比、赋,创造物景(包括情景)交融的艺术形象,是"诗有三义"说的根本要求。

在三义说的基础上,钟嵘还提出了以怨愤为主的"风骨"论。怎样才是有"风骨"呢?那就是要"干之以风力,润之以丹彩",就是要以刚劲强健的风格为主,润饰以语言形式上的斐然文采。在钟嵘看来,建安诗歌就符合这种标准,它具有慷慨悲壮之情、直寻自然、风格明朗刚健的特征。这也就是所谓的建安风骨或建安风力。

《诗品序》是钟嵘诗歌理论的纲领,它所提出的许多理论观点对后世的文学创作和文学理论都有深远的影响。

《诗品》评语选录译文

(卷上)魏陈思王(曹)植

他的诗的渊源出自于《诗经》的《国风》。骨力和气韵特别高,辞藻文采富丽华美,情思兼具雅正和怨诽,诗体具有文采和内容,光明鲜艳,擅美今古,奇异特出,超越群伦。唉!陈思王(曹植)之于文学创作,就好比在人伦纲常上有周公和孔子,在有鳞片和羽毛的动物中有龙和凤,在音乐乐器上有琴和笙,在女红活计中有刺绣在帝王礼服上的花纹。(使得)那些操笔润墨(从事创作)的人,(人人)怀抱文章而仰慕(不已),映照着(曹植的)余辉来自我比照。所以孔子的师门之内如果教授作诗,那么,刘桢(会)深入堂奥,陈思王(曹植)会进入室内,张协、潘岳、陆机,自然可以坐在走廊之间了。

  提示:曹植是建安风骨的主要代表之一。"骨气奇高"者,即具有"风骨"、"情兼雅怨"者,即具有雅正和怨愤的内容。这正是钟嵘的"风骨"论的要求。

(卷中)宋征士陶潜

他的诗的渊源出自于应璩,又配合有左思(诗)的风骨力量。诗的体貌风格简洁省净,近乎没有长篇之作。专心一意于诗的真诚古朴的内容,文辞的兴寄婉转惬当。每当阅读他的作品,就(不由得)想起他的人格道德,世人感叹他(的诗)质朴正直。至于"欢言酌春酒","日暮天无云",风格才华清新美好,难道仅是乡村农家的话语吗?(他)是古今隐逸诗人的宗主啊!

  提示:钟嵘在此赞扬陶渊明诗"文体省净"、"笃意真古"这正是他提倡的"自然英旨"说的内容;"辞兴婉惬"、"风华清靡",也正是体现了诗歌的"滋味",而"又协左思风力"的"风力"也正是"风骨"的另一种说法!

隋唐五代

陈子昂《与东方左史虬修竹篇序》译文

东方公足下:文道之衰弊,已经有五百年之久了,汉魏时期优秀的风骨传统,晋宋没能流传下来,这是在文献中有证明的。我闲暇的时候曾经欣赏齐梁的诗歌,(觉得)当时的创作过分追求词采的华丽,而缺乏内在的比兴寄托,每每感慨万千。回想古人,常常担心浮艳绮靡(的文风充斥文坛),而风雅的传统不能兴起,因此耿耿于心。自从昨日在解三那里欣赏了您的《咏孤桐》诗,深深地感到诗中透露出一种端直飞动的风骨美,声情并茂,抑扬起伏,表达鲜明精练,音韵铿锵悦耳。于是乎心目为之一新,消除了那种沉闷和抑郁之感。没想到(我从您的诗作中)又感受到了正始之音,这可以使建安的作者会心一笑了。解君说:"您可以与晋代的张华、何劭相比肩",我认为这是知音之言。所以感动赞叹您的大雅之作,写了这首《修竹诗》,自然有知音之人传播欣赏它。

  提示:隋唐之际,文坛仍然沿袭着齐梁浮靡文风之遗,虽有欲矫之者,效果均不明显。至陈子昂出,遂大力倡导革新,本文是他诗歌主张的纲领。文中,他批评齐梁诗歌"彩丽竞繁而兴寄都绝","汉魏风骨,晋宋莫传",提出了"兴寄"和"风骨"说。

皎然《诗式》选录译文

诗是各种微妙事物之花的果实,是"六经"中的精英,虽然不都是圣人(按,指孔子)的(创作)功绩,但(其中的)美妙之处都(符合)圣人的衡量尺度。那天地日月,变化深奥莫测;鬼神之道,隐约微冥。(经过诗人的)精微思想的搜索,万事万物都掩藏不了它们的巧妙之处(而在诗中表现出来)。(艺术创作中的)思维活动,立意必须奇险,出人意表,定句必须高标准,虽然说(这些)都是由我(指作者)决定取舍,但取得的成果却若有神助。至于像那些天真挺拔的语句,(好像)要与天地自然较量长短,(真是)只可意会,难以言传,(其中的奥妙)非作者自己是不能知道的!从西汉以来,文体四变。我恐怕"风雅"的传统逐渐泯灭丧失,就想探讨研究,用以矫正它(按,指诗歌创作)的源头。现在,我从两汉以来到我们大唐,取其若干人的名篇丽句(加以分析考较),命名为《诗式》,使得那些没有创作灵性的人(能通过《诗式》)获得创作的灵性。如果君子见知我的用心,也许会有益于"诗教"吧!

  提示:提出写作《诗式》的宗旨,标出自己写作《诗式》的目的是希望人们能通过它获得创作的本领。

明势

  创作高手的写作,就好像登荆山和巫山,以观览三湘和鄢、郢的山川胜景。它迂回磅礴,变化万千,姿态各异(就好像文体开阖之态,创作思维变化之势)。有的山势高与天齐,独立高耸,不与它山为伍,气势飞腾,连绵不断(奇妙的姿势好像是诗的工致);有的江河,长长的水流清晰可见,万里无波,突然又表现出高深迂复的形状(奇异的姿势就好像诗兴的互相生发):古今创作的超尘绝俗风格,都可以达到这种及其高妙的境界。

  提示:以山川形胜的千变万化难以言状比喻古今超尘绝俗之诗作的境界的飞腾高远和深微奇妙。

明四声

  音乐的乐章有宫、商、角、徵、羽五音的说法,没有听说(平、上、去、入)"四声"的说法,近代自周颙、刘绘才传出这种说法。宫商使诗歌体势流畅,使低沉和高昂的音节轻重分明,韵律和谐,感情高雅,这(按,指"五音")不会损害诗文的格调。沈约严格地制定"八病"(按,指八种声律上的毛病),琐碎的运用(平、上、去、入)"四声",所以诗歌创作的"风雅"传统丧失殆尽。后来的"才子",天资(本来)不高,又被沈约的低劣之法所迷惑,糊里糊涂地随波逐流,沉溺其中,迷途不返。

> 提示:肯定古之"宫商",批评沈约的"四声八病"说。不过"四声八病"虽确实流于琐碎繁苛,但自有其在诗歌史上的地位,它为唐代近体诗的格律的形成提供了初步基础。

文章宗旨

评语:康乐公(按,指晋宋之际的大诗人谢灵运)少年时就能创作诗文,生性聪慧,思想明澈,及至他通晓佛典,思维更加精深,所以所作的诗都达到登峰造极的境界,这难道不是佛学之道的襄助吗?文章是为天下服务的,怎么能只为私人所用!从前(我)与一些人讨论康乐公诗文,(认为他的诗)感情性灵真实,崇尚灵感的生发,不太顾及辞语文彩的运用,而(所作之诗)风格潇洒自然。那清朗的日光之中,广大的天地万物和秋色变幻,都容纳在他的诗歌创作的内容之中;彩云随风,流连飘荡,舒卷自如,瞬息万状,就像他诗歌创作的无穷变化呀。如果不是如此,(他的)诗怎么能取得(如此)高尚的格调、浩然的正气、纯正的体式、高古的风貌、美好的才性、宏伟的道德、超逸的声调、和谐的音韵呢?至于像《述祖德》一章、《拟邺中》八首、《经庐陵王墓》、《临池上楼》,认识高洁明澈,那真是诗中的日月啊,(凡夫俗子)怎么能攀附比拟于万一呢?汤惠休评论说,谢灵运诗就像刚出水的芙蓉花(那样高雅洁净,超尘脱俗),这句话倒是颇近于(谢诗的)真实境界了,所以(谢诗)上能追随《诗经》、《离骚》,下可超越晋、宋的诗作,建安诗歌(可以说)是它最早的形态吧?

> 提示:中心是评论谢灵运诗,认为他的创作是"诗中日月",不可攀援。它"上蹑风骚,下超魏晋",直接地继承了建安的诗歌创作。皎然对谢诗的评论有其正确的一面,但我们实

事求是,他有点言过其实了。晋代的左思、刘琨、郭璞,虽然创作不多,但其成就,康乐恐难以超越,更不用说几乎是同时代而稍早的陶渊明,谢公更是"安可攀援哉"?批评家囿于自见,难以完全公正,于此可见一例。不过,在皎然评谢诗时,要求诗歌"真于情性,尚于作用,不顾辞采而风流自然",无疑还是正确的。

取境

评语:有人说,诗歌可以不借助于修饰,任其丑陋朴实,只要风貌音韵纯正,天真自然的形态(得以)完全保存,就可以称之为上等之作。我却说,不是如此!无盐(按,古时的一个丑女)缺少美貌的容颜,而有高尚的德行,但如何能比得上周文王之妻太姒既有容貌又有德行呢?又有人说,作诗不需要用心苦思,用心苦思就会丧失自然的品质。(我认为)这话也不能这样说。(人常说)"不入虎穴,焉得虎子"?获取(作诗的)境界时,必须进入最艰险的地步,才能获取奇异的诗句。成篇之后,再观看它的体气风貌,(感觉)也只是平常得很,好像是未经深思苦想就得到的,这才是作诗的高手啊!有时候(创作时)思绪凝寂而精神旺盛,佳句连绵纵横,好像不可遏制,宛然若有神助。如果不是有神助,那大概是作者平时积累了深思熟虑,(创作时)因精神旺盛而取得佳句连篇的吧!

提示:皎然在这里论述了诗歌创作的"取境"问题。所谓"取境"应当就是获取诗歌的意境。他认为"取境"有易、难两种情形。一是灵感开通,创作顺畅;二是"取境"艰难,灵感滞涩,必须通过及其艰苦的构思,才能"始见奇句",获得创作的成功。皎然在此论述的灵感问题,特别是后者的"取境"之难的情况,应当是皎然在诗歌意境理论上的独特贡献。

重意诗例

评语:(有意境的)诗歌有两重以上的意味,那是诗歌文字之外的旨意。如果遇到高手如康乐公,细心地阅读观察他的作品,(就似乎)只见诗人的情性,不见作品的文字,那真是诗道的最高境界啊!假使这道理被儒家所遵从,《诗经》就冠于"六经"之首;被道家所遵从,就能居于各种微妙哲理之门;被佛家所遵从,就能明澈佛道的奥妙;只是恐怕荆人不在,空有挥斥之人,(像康乐公那样的)好诗无有识之者矣,正所谓钟期已死,故伯牙有无知音之叹。从前我唐协律郎吴兢与越地僧人玄监集录古今诗人秀句,这二人本就缺乏灵性,选录(秀句)又不精,所采录的多是一些浮浅之句,用来诱骗童蒙和凡俗之人,不过是为对诗道一窍不通的人提供了偷窃前人诗句的方便,这与借贼兵又供其粮秣(反受其害)一样弄巧成拙,适得其反,对"诗教"是毫无益处的。

> 提示:举例论述"两重意以上,皆文外之旨"的审美品格的内涵和意义。有意境的作品,如谢灵运诗,就有这种超越表层文字和形象之外的多层的、乃至不尽的审美意味,会引起和激发读者无穷无尽的审美情思。这实际上已经揭示出了诗歌意境的本质特征,对司空图、严羽、王国维等人的意境理论有深远的影响。

辩体有一十九字

评语:诗人开始动创作念头的时候,获取境界的立意定得高远,全诗的意境就会高远;获取境界的立意定得放逸,全诗的意境就会放逸;"才性"等字(境界的立意)也是这样。(这些)体例各有所长,所以各用一个字来归纳其风格特点。"偏高"、"偏逸"的例子不过是指诗篇的整个风貌。(在理解上读者可以)在一个字之下,看到诗外部彰显的风神韵律和内里涵蕴的体式规律,(这一字标目的丰富含蕴)就好像车轮的以毂统辐,诗的各种审美内容就都归于这一字的蕴涵之中了。这一十九字,把诗文的规律、体式、风神、韵味都包括净尽,就好像《易》卦之有象辞了。现在(一体归于一字的体例)我只在前卷中注出,后卷不再重复。诗歌的"比兴"等"六义"本出于诗人的情思,也是蕴含在十九字之中,不再另外注出了。

"高":风格神韵明朗畅达,就叫"高"。

"逸":体貌品格闲远放逸,就叫"逸"。

"贞":发语端直正当无邪,就叫"贞"。

"忠":(写作有一定的准则)面临困危而不变,就叫"忠"。

"节":(不更改创作准则)坚持节操不动摇,就叫"节"。

"志":树立德行而不改,就叫"志"。

"气":诗的风情耿介明晰,就叫"气"。

"情":诗情触境而生发不尽,就叫"情"。

"思":气韵含蓄蕴藉,就叫"思"。

"德":造句用词温和端正,就叫"德"。

"诫":(诗的内容)自我检束以防邪存诫,就叫"诫"。

"闲":表现诗人疏野情性的就叫"闲"。

"达":表现诗人旷远放诞的心志和行事,就叫"达"。

"悲":诗歌表情达意过分地哀伤,就叫"悲"。

"怨":语言格调哀怨凄切,就叫"怨"。

"意":语言气势磅礴,就叫"意"。

"力":体格刚强劲健,就叫"力"。

"静":不是像松树无风不动、林中猿狖不鸣(这样的"静"),就是人的心意中的"静"。

"远":不是像望水那样的渺茫,看山那样的窅远(这样的"远"),就是人的心意中的"远"。

> 提示:这节是从"取境"立意论述诗歌的各种风格。"取境"在这里可以理解为意境的创造,不同的意境会有不同的诗歌风格。至于皎然的以标一字代表一种风格的形式固然有分体清楚的优点,但具体的风格论述及其所标的一字是否恰当则另当别论,实际上他的风格分类标准并不明晰,有的一个字

所代表的风格内涵也含混不清。但他毕竟在陆机、刘勰的风格论基础上,将这一理论推进了一步。

池塘生春草　明月照积雪

评语:有客人问:谢公这两句优劣怎么样？我因此引证梁征远将军记室钟嵘"隐秀"的评语。而且钟嵘既然不是诗人,怎么就可妄下议论,只不过是要蒙蔽后人耳目。况且"池塘生春草",情志自在言外,"明月照积雪",意旨隐含在句中。风神骨力虽无高下之分,所取兴象却各自有别。古今的诗,有的只一句就可以见出意旨,有的要好多句才能显现情志。王昌龄说:"日出而作,日入而息。"认为只一句就可以见出意旨的诗是上等。事实决非如此。大凡诗人的艺术思维活动,气势有通塞的,感情有磅礴的。所谓气势有通塞的,是说一篇之中,后面的气势突起,前面的气势好像中断,就像是受惊的鸿鸟分头飞离,却回头顾看伴侣,如曹植的"浮沉各异势,会合何时谐？愿因西南风,长逝入君怀",就是如此。所谓感情有磅礴的,是说一篇之中,虽然辞义都归于一个意旨,但兴象却是多样的,是用识见和才能在道理的渊数中搜索探查(方可获取),就像卞和采玉,专心致志地在荆山上反复寻找,唯恐遗失了璞玉(没有采集)。这其中又有两种意思,一个是用事典,一个是抒情思。用事典的,如刘琨的"邓生何感激,千里来相求,白登幸曲逆,鸿门赖留侯,重耳用五贤,小白相射钩,苟能隆二伯,安问党与雠"就是如此。抒情思的,如康乐公的"池塘生春草"就是如此。也是由于情在言外,所以其言语好像淡而无味,平常的人看它,与魏文侯听古乐(由于自己听不懂,感觉无味,而昏昏欲睡)又有什么区别呢！《谢氏传》记谢灵运说,他曾经在永嘉郡廨的西堂作诗,梦见谢惠连,因而(获取灵感)得到了"池塘生春草"的诗句,这难道不是有神灵暗中相助吗！

提示:这段文字,首先认为谢灵运"池塘生春草"、"明月照积雪"两句诗并无高下之分,进而论述创作时灵感发动的不同情形。特别赞赏"池塘生春草"的"情在言外",以为此句的获得是有"神助"。其实,不过是谢灵运由于想到谢惠连而触发了他的创作灵感,处于创作灵感发动中的诗人看到的外界之景正好与诗人久已郁积的心中之情相融浃,因而创作出这样的美妙诗句。这看似"神助",其实是平时生活的积累所得。古人不能解释灵感、生活和创作实践之间的关系,以为"神助",是不足为奇的。

韩愈诗文论译文

《答李翊书》译文

六月二十六日,韩愈白,李生足下:

你来信的文辞立意很高,而那提问的态度是多么谦卑和恭敬呀。能够这样,谁不愿把立言之道告诉你呢?儒家的仁义道德归属于你指日可待,何况乎表述道德的文呢?不过我只是所谓望见孔子的门墙而并未登堂入室的人,怎么能足以辨别是非呢?虽然如此,还是不能不跟你谈谈自己对这个问题的看法。你所说的要著书立说(以期有深刻道理的言论流传后世)的看法,是正确的,你所做的和你所期望的,很相似并很接近了。只是不知道你的"立言"之志,(是)希望胜过别人而被人所取用呢,(还是)希望达到古代立言的人的境界呢?希望胜过别人而被人取用,那你本已胜过别人并且可以被人取用了。如果期望达到古代立言的人的境界,那就不要希望它能够很快实现,不要被势利所引诱,(要像)培养树木的根而等待它的果实一样,(像)给灯加油而等它放出光芒一样。根长得旺盛,果实就能预期成熟,灯油充足,灯光就明亮,仁义之人,他的文辞必然和气可亲。不过还是有困难之处,我所做到的,自己也不知道是否达到了古代立言者的境界?虽然如此,我学习古文已有二十多年了。开始的时候,不是(夏商周)三代和两汉的书就不敢看,不是(合乎)圣人意旨的就不敢存留心中,静处的时候像忘掉了什么,行走时好像遗失了什么,矜持的样子像在思考,茫茫然像是着了迷(精神是如此集中)。当把心里所想的用手写出的时候,一定把那些陈旧的言词去掉,这是很艰难的呀!把文章拿给别人看时,不把别人的非难和讥笑放在心上。像这种情况也有不少年,我还是不改(自己的主张)。这样之后才能识别古书(中道理)的真与假,以及那些虽然正确但还不够完善的内容,(心中)清清楚楚黑白分明了,(然后)务必去除那些不正确和不完善的,这才慢慢有了心得。当把心里所想的用手写出来的时候,(文思)就像泉水一样涌流出来了。再拿这些文章给别人看时,嘲笑它我就高兴,称赞它我就担忧,因为文章里还存有时人的意思和看法。像这样又有些年,然后文思才真是像水那样充沛浩荡了。我又担心文章中还有杂而不纯的地方,于是从相反方向对文章提出诘难、挑剔,平心静气地考察它,直到辞义都纯正了,然后才放手去写。虽然如此,还是不能不加深自己的修养。在仁义的道路上行进,在《诗》、《书》的源泉里游弋,不要迷失道路,不要断绝源头,终我一生都这样做而已。气势,就像水;语言,就像浮在水上的东西。水势大,那么凡是能漂浮的东西大小都能浮起来。气势和语言的关系也是这样,气势充足,那么语言的短长与声音的扬抑就都会适当。虽然这样,难道就敢说自己的文章接近成功了吗?即使接近成功了,被人用时,别人能得到什么呢?尽管如此,等待被别人任用的人,大概就像器物吧?用或不用都属于别人。君子就不这样,思考问题本着仁义原则,自己行事有一定规范,被任用就在人们中推行道,不被用就把道传给弟子,把道借文章流传下去为后世效法。像这样,是值得高兴呢,还是不值得高兴呢?有志于学习古代立言者的人很少了。有志学习古人的人,必为今人所弃,我实在为有志于古的人高兴,也为他悲伤,我一再称赞那些有志学习古人的人,只是为了勉励他们,并非敢(随意)表扬那些可以表扬、批评那些可以批评的人。向我问(道)的人有很多了,想到你的意图不在于功利,所以姑且对你讲这些话。韩愈。

提示:在本文里韩愈继承孟子的"养气"说,提出了"气盛言宜"之论。所谓"气盛"指的是作家崇高的道德修养体现在作品中的刚强正直的精神气质。这就要求作家首先要修养自己的道德,有了这种崇高的道德品质,才能"言宜",写出好的作品。假如我们要举例,南宋末爱国诗人文天祥和他的《正气歌》可以当之。

《送孟东野序》译文

大概所有事物不得其平就要鸣。草木没有声音,风吹触动它而鸣。水没有声音,风吹荡它而鸣。水波涌起,是被外力激起的;水流急速,是由于受到阻塞;水的沸腾,是由于用火煮它。钟磬本来没有声音,敲击它而鸣。人发表言论也是这样,有不得已的感受而后言论,他的歌唱是有思绪的,他的痛哭是有所怀抱的。所有从口中发出的声音,大概都是由于有不平吧!音乐,是把郁结于内心的情绪向外倾泄,选择那些善鸣的器物而利用它们来鸣。钟、磬、琴瑟、箫、笙、埙、鼓、木等八类乐器,是器物中善鸣的。天的四时也是这样,选择那些善鸣的而利用他们来鸣。所以利用鸟在春天鸣,利用雷在夏天鸣,利用昆虫在秋天鸣,利用风在冬天鸣。春夏秋冬推移变化,它们必定有不得其平的地方呀!对于人也是这样的。人的声音的精华是语言,文辞对于语言,又是它的精华了,尤其要选择那些善鸣者而借用他们来鸣。在唐尧、虞舜时代,咎陶、大禹,他们是善鸣的,就用他们鸣。夔不能用文辞来鸣,而能自用《韶》来鸣。夏王太康败德,他的五个弟弟用歌来讽(鸣)之。伊尹为殷商鸣,周公为周朝鸣。所有记录在《诗》、《书》等六艺中的文章,都是鸣得很好的。周朝衰微,孔子这些人为此而鸣,他们的言论影响巨大而深远。解释经义的书上说:"上天要让孔夫子成为制作法度晓谕人民的人。"这难道能不信吗？在这之后,庄子用他那广大而不着边际的文辞来鸣。楚国是大国,它灭亡了,有屈原来鸣。臧孙辰、孟轲、荀况,是用儒家之道来鸣。杨朱、墨翟、管仲、晏婴、老聃、申不害、韩非、慎到、田骈、邹衍、尸佼、孙武、张仪、苏秦这一班人,都是用他们的学说来鸣。秦朝的兴盛,有李斯鸣之。汉朝的时候,司马迁、司马相如、扬雄是最善于鸣的。之后魏晋时,鸣的人都赶不上古代,然而也未曾断绝。就是其中那些好的,他们的声音也寡味而浮浅,他们的节奏频繁而急促,他们的文辞无节制而悲伤,他们的思想松懈而放荡,他们运用言辞杂乱而没有条理。这是上天厌憎他们的品行而不予关注吗？为什么不鸣他们所善鸣的呢？我唐有了天下后,陈子昂、苏源明、元结、李白、杜甫、李观,都用他们的特长来鸣。生在他们后面的孟郊孟东野,开始以他的诗来鸣。他的诗高于魏晋诗,无懈可击地几乎赶上了上古的诗歌了;其他的诗也接近汉诗的水平。跟我一起游学的,李翱、张籍更为杰出。这三个人鸣得的确很好,但还不知道天要调谐他们的声音而使他们鸣国家的兴盛呢,还是要使他们身受穷困饥饿,心思愁苦而自鸣他们个人的不幸呢？这三个人的命运,决定于天意。他们位高又有什么可喜,他们位低又有什么可悲？东野任职到江南,好像心有郁闷而未释,所以我用命运决定于天意的话来宽慰他。

  提示:在本文中,作者继承和发扬了司马迁的"发愤著书"说,提出了他的"不平则鸣"说。但他还揭示了另一种现象,即王公贵人富贵通达之后就不可能写出好作品,这正从反面证明了"不平则鸣"。

白居易诗论选录译文
《与元九书》(节录)译文

某月某日,居易书告微之足下:自从足下谪贬江陵,直至现在,赠答的诗篇总共仅约一百篇。每次您寄诗来,承蒙您在卷首或作序,或写信,都陈述古今创作诗歌的大道理,并且叙述自己为文的因由,记录作诗的年月顺序。我既收下足下的诗作,又明白足下(陈述古今创作诗歌的大道理,并且叙述自己为文的缘由)这样做的意思,常常想回答您寄来的诗作和书信的旨意,粗略谈论诗歌创作的大的缘由,并且自述我创作诗文的意旨,总括为一信,寄给足下。几年来,为各种琐事牵挂,没有空闲时间;间或稍有闲隙,也想去做(给您写信)这件事,但又自思我所陈述的(意见)也不能超越足下的见解,好几次对着信纸又停了下来,终于到现在也没有做成。如今我待罪浔阳,除日常梳洗、吃饭、睡觉外没有其他事情,因此读览足下到通州去时所留的新旧诗文二十六篇,开卷浏览,领会了足下的意思,恍如与足下会面。心中积存的,就想赶快说出来,常怀疑我们并非相距万里。接着,我心中蕴积的思绪想要有所发泄,于是追想完成以前的意愿,尽力写成这封书信,足下且为我留意一览。

> 提示:说明写作此书的目的是想回答元稹寄来的诗作和书信的旨意,粗略谈论诗歌创作的大端,并且自述创作之缘由。

文章之事,由来久远了,天、地、人的"三才"各有文章:天的"文"排在前面的是日、月、星的"三光";地的"文"排在前面的是金、木、水、火、土的"五材";人的"文"排在前面的是《诗》、《书》、《礼》、《易》、《乐》、《春秋》的"六经"。就"六经"而言,《诗》又排在首位。为什么呢?圣人(按,这里当指孔子)感动了人心,天下因而和平。能感动人心的,没有超过感情的,没有不从言语开始的,没有比声韵更切近的,没有比道义更深刻的。诗歌,情感是它的根本,语言是它的禾苗,声韵是它的花朵,道义是它的果实。上自圣人贤士,下至愚夫痴人,渺小到鸟兽虫鱼,幽微到鬼神,虽群类有别,而气息相同,形式各异,而性情同一,没有听到声音而无反应的,情感交融而不感动的。圣人知晓这样（的道理），于是凭借诗的语言规定了"六义"，因循诗的声调规定了"五音"，以之为诗的原则和常规。"五音"有韵调，"六义"有分类。韵调和谐语言就顺畅，语言顺畅声音就容易听得进；类分例举则情感显现，情感显现则感情容易交融。于是诗就包孕广大含蕴深沉，贯通幽微深入隐秘，（使）上下通畅而元气安泰，（使人们）忧乐和谐思想融浃。上古的圣君三皇五帝所以能行正直之道，无为而国治，就是他们能揭示（诗歌能使上下通畅、国势平和、忧乐和谐、思想融浃）这个关键的大道理。所以听到"元首清明，大臣贤良"的歌唱，就知道虞舜的治国之道昌明了；听到夏代太康的五个弟弟在洛汭之滨唱《五子之歌》，就知道夏朝的政治荒唐了。（诗歌创作应该是）说话的人没有罪过，听话的人足以引起警戒，说的人和听的人都应该各尽其心地说或听啊！

> 提示：此段论述作诗要讲"六义"和"五音"，做到这些，诗歌就可以有助于治道的昌明。举例说明诗歌的美刺作用，认为其原则是"言者无罪，闻者足戒"。这没有脱离儒家的"诗教"传统。

周代衰亡，秦朝兴起，（设立）采诗官的制度就废弃了，上面的统治者不用诗歌来修正和观察当时政治的得失，下面的平民百姓不用诗歌来疏导宣泄他们的思想情绪，以至于兴起了谄谀歌颂功德的风气，缺失了补救时政过失的路径。于是诗歌"六义"就开始削弱了。

《诗经》"国风"一变为骚体楚辞，五言诗始于苏武、李陵。苏武、李陵、骚人（按，主要指屈原），都是不遇于时的人，各依凭其情志，发抒为文。所以李陵《与苏武诗》的"河梁"云云，只是感伤离别的情怀，屈原披发行吟泽畔的吟唱，总归是怨望的情思。内心彷徨压抑，无暇顾及抒发其他的情绪。然而（骚人、苏、李等）离《诗经》不远，（《诗经》）创作思想之大略还存在。所以抒写离别就引用"双鸟"、"一雁"为起兴,讽谕君子小人就引用香草恶鸟为比喻。虽然还不完全具有《诗经》"六义"的分类,但还是取得《诗经》作者(创作精神)的十分之二三。此时,"六义"的精神已经有所缺失了。

晋、宋以来,能够得到(《诗经》"六义"精神)的作者大概已经很少了,多数诗人沉溺于山水。陶渊明人格高古,也片面地自放于田园。江淹、鲍照之流,又比沉溺山水、自放田园狭隘了许多。例如梁鸿的《五噫歌》之类(《诗经》"六义"精神)已无百分之一二了。此时,"六义"的精神已经逐渐衰微消失了。

到了梁、陈之际,大多不过是吟咏风雪花草而已。唉!风雪花草这些东西,《诗经》三百篇中难道舍弃不用吗?只是看怎么用而已。比如"北风其凉",是借风以讽刺残酷暴虐的;"雨雪霏霏",是用雪以怜悯出征服役的;"棠棣之花",是受花的感发以讽劝兄弟的;"采采芣苢",是赞美芣苢草以表示有子之乐的。(这)都是以这种事物为起兴而表达那种意义。与此相反(的表现手法)难道可以吗?(当然不可以)"馀霞散成绮,澄江静如练","离花先委露,别叶乍辞风"这样的诗句,华丽是华丽了,然而我不知它们所讽喻的是什么!这就是我所说的吟咏风雪花草而已了。此时,"六义"的精神完全消失了。

我唐兴起二百年来,其间的诗人不可胜数,所值得举出的,陈子昂有《感遇诗》二十首,鲍防有《感兴诗》十五首(按,今本《陈子昂集》中《感遇诗》为三十八首;据穆贞《鲍防碑》,他有《感遇诗》十七首),又有世人称之为诗中豪杰的李、杜。李白的创作,天才奇特,无人可比,但是寻索他符合"风雅比兴"的,不足十分之一。杜甫诗最多,可以传颂的有千余首,其中能贯穿今古作诗之义、曲尽诗歌格律之妙、尽善尽美的作品,又超过了李白。然而,撮取其中像《新安吏》、《石壕吏》、《潼关吏》、《塞芦子》、《留花门》之类的篇章,"朱门酒肉臭,路有冻死骨"这样的诗句的,也不过三四十首。杜甫尚且如此,何况比不上杜甫的呢!

提示：论述诗歌史上诗道的兴衰，感叹《诗经》"六义"传统的逐渐衰微消失，提倡"风雅比兴"的诗教。

我常常痛惜诗道的崩塌毁坏，心绪时时愤激，每每寝食不安，顾不得衡量自己的才能与力量，想要振兴诗道。唉！但事情却大不如愿，这不是可以——说得清楚的，然而也不能不向足下粗略陈述其大概。

提示：说自己痛惜诗道的崩塌毁坏，欲不自量力，振起诗道，但常常事与愿违。

我出生六七个月时，乳母抱我在书房屏风下玩耍，有人对我指着"无"字、"之"字，我虽然口不能言，心里已经默默认得了。后来有人问我这两个字，屡次试验，我指认都不会错，所以我与文字早就有因缘存在了。到了五六岁，就学着作诗，九岁就熟识诗歌声调韵律，十五六岁才知道有进士举业，于是刻苦读书。二十岁以来，昼学习作赋，夜攻读诗书，间或又学习作诗，休息睡觉的时间都没有了，以至于口舌生疮，手肘生茧，到了壮年身体也不丰满健壮，未老就过早地齿衰发白，眼睛发花，眼中时常像有苍蝇在飞过，有串珠在晃动，动不动就数以万计。这是由于刻苦学习、努力作文所致，自己也感到悲哀啊！我家贫苦多事，二十七岁才由乡贡应进士的考试。考中进士之后，（为参加吏部选拔）虽专心致力于准备分科考试，也没有放弃作诗。等到被授予尚书郎之职时，已作了三四百首诗。有时出示诗作给像足下这样的朋友看，看到（我的诗作）的人都说写得工致，其实（我知道）我还够不上真正的诗人作者的水平啊！自从在朝廷做官以来，年岁渐长，历事渐多，每与人谈论，谈及的也多是当世事务，每读诗书史著，探求的也多是治国之道，才知道文章应当为反映当时的时代而著述，诗歌应当为反映社会的事务而创作。这时，皇帝（按，指宪宗李纯）初登基即位，宰相府有正直的宰相执政，屡次下诏书征询百姓的困苦。我那时升擢在翰林院担任左拾遗的谏官,每月都领取写谏书的谏纸,上奏谏事,此外,看到有可以救济百姓的困苦,能补益时政的缺失,而又难于直接(启奏)指出的事,就用诗歌歌咏它,想慢慢地逐渐被皇上听到。第一,可以使皇上开张圣听,帮助皇上忧民勤政;其次,用以报答皇上的恩泽奖掖,尽谏诤言事的职责;最后,以之回复实践我平生(诗歌"为时"、"为事"而作)的志愿。哪里料到志愿未成而悔意已萌生,诗歌未闻于皇上而诽谤已形成了。

  提示:叙述自己学诗作诗的经历,说明自己作诗的意图是"为时、为事而作",目的是"救济人病,裨补时阙"。

  但还是让我为足下说个究竟:大凡听到我的《贺雨诗》,就众口籍籍,议论纷纷,认为不合时宜了。听到《哭孔戡诗》,众人就面色含怒不悦了。听到《秦中吟》十首,权贵要人就相视而变色了。听到《乐游园》这首寄足下的诗,执政者就扼腕痛恨了。听到《宿紫阁村》诗,掌军事权要者就切齿痛恨了。大都如此,举不胜举。不相识的人,指我为沽名钓誉,称我是攻击诋毁,说我是嘲笑诽谤;假使是相识之交,就引牛僧孺(因指摘执政被贬)的事例作为我的警戒,以至于妻子兄弟都认为我不对。不认为我不对的,举世也不过三两个人。有一个叫邓鲂的,见到我的诗很喜爱,(可惜)不久邓鲂去世了。有一个叫唐衢的,见到我的诗,感激而泣,(可惜)不久唐衢也去世了。其余的就是足下(是知音)了,可是足下十年来又如此困厄不顺。唉!是否是老天要破坏《诗经》"六义"、"四始"的教化之风,不让它支撑流传吗?还是老天不想使百姓的贫穷困苦(的景况)被皇上听到呢?如果不是这样,那为什么有志于诗道的人是如此地不顺利呢?

  提示:叙述自己作诗被谤的事实,感叹诗道不顺,天道不公,实则仍从反面的教训肯定自己"为时、为事而作"的创作主张。

综观白居易的诗歌主张,其核心是强调诗歌要有为而作,不为文而作,这无疑是现实主义诗歌创作的主张,联系到现代文学史上有所谓"为人生"派,可以认为是一脉相承了。因为过分强调"为时"、"为事"的创作主张,因而在具体的创作过程中,强调"实录",要求"直歌其事"、"其事核而实",反对夸饰,这样,写出来的诗歌必然浅露直白,缺少文学创作中应有的想像夸张等艺术表现手法,因而流于枯涩无文。白居易的一部分诗歌,以及受到他创作主张影响的一些诗人的创作正是存在着这种弊病。

《新乐府序》译文

序文曰:(这些新乐府诗)总计九千二百五十二个字,分为五十篇。一篇之中句数不定,一句之中字数不定,(篇幅之长短、字数之多少)与诗的意思有关,与诗的文字无关。第一句就标出它的题目,最后显示它的意旨。这是《诗经》三百篇的要义啊!它的文辞质朴而直接,这是想使读它的人容易明晓啊;它的语言直露而切实,这是想使听到它的人以之为深切的警戒啊;它所写的事情正确而真实,这是要使采录它的人传达确实的情况啊;它的体裁顺畅而无拘束,这是为了便于乐章歌曲的传播啊。总而言之,(这些新乐府诗)是为君为臣为民为物为事而作的,不是为了作文而作的。

提示:说明"新乐府诗"的创作意旨和创作形式及其缘由,仍然强调其一贯的创作主张——"为君为臣为民为物为事而作"。这是白居易的一篇现实主义的创作宣言。

司空图诗论选录译文

《与李生论诗书》译文

论文很难,论诗更难。古往今来的说法是很多的,而我以为先要能辨别(诗的)味道然后才可以论诗。长江、五岭以南的人,大多偏嗜酸、咸口味(因而喜欢醋和盐),(可是)至于醋,不是不酸,可仅仅是酸而已;至于盐,不是不咸,仅仅是咸而已。中原的人用以调味,佐餐就不再用(它们)了,因为知道它们除酸、咸之外,缺乏醇美之味。那些岭南的人,习惯了那种口味而不辨美与不美,这是当然的了。诗所包括的"六义",讽谕、抑扬、含蓄蕴藉、温雅这些风格都在其中了。然而直接写出自己的心中所得,自然能以自己的风格而称奇。前辈诗人的诗集中,也不尽擅长于此,何况水平还在他们以下的人呢!王维、韦应物的诗清淡深远、精巧细致,他们的作品自成一格,难道不能和风格遒劲挺拔的作品相媲美吗?贾岛的作品确实有警句,但就全篇看,内容是比较空乏的,大概是靠雕琢艰涩的句子,才能显示其才能,这也是诗的体格不完全具备的缘故,何况水平在他之下的人呢?噫!形象真切,而不流于肤浅,意境深远,而含蓄不尽,然后才可以谈到文字以外的余韵了。

  我年少时常常自负,时间长了,越来越觉出自身的不足。然而得于早春时节的(诗句)则有"草嫩侵沙短,冰轻着雨销",又有"人家寒食月,花影午时天"(原注:"上句云:'隔谷见鸡犬,山苗接楚田。'"),又有"雨微吟足思,花落梦无憀"。得于山中之景的(诗句)则有"坡暖冬生笋,松凉夏健人",又有"川明虹照雨,树密鸟冲人"……(译者按,后略至"殷勤元旦日,歌舞又明年")这些诗句都是不拘一格的。

  大概创作绝句,需要造诣达到极深的程度才可以。(短短的篇幅)之外,却有着无穷的变化,于不知不觉之中见神奇,哪里是容易的啊!现在您的诗,同时的人要想和您相比是困难的。倘若再能努力追求(诗歌的)尽善尽美,就会知道什么是"味外之旨"了。努力吧!某再拜。

    提示:文中把"味"作为诗歌审美的第一要义提出,强调咸
  酸之外的"醇美"之味。这里的"醇美"之味就是指诗歌意境的
  特殊内涵,正式提出影响深远的"韵味"说。

《与极浦书》译文

戴叔伦说:"诗人笔下的景物,就如同蓝田的美玉一般,在日光照射之下,熠熠生辉,那辉光如缕缕轻烟缠绕,可远远地观望,但又不可放在眼前实实在在地细看。"象外之象,景外之景,难道是可以容易讲明的吗?然而题咏纪实性的作品,要写眼前实景实事,体势上自当别论,不可以废弃。

我最近写了《虞乡县楼》和《柏梯》两首诗,实在算不上是平生得意的作品。然而"官路好禽声,轩车驻晚程"两句,是刚一入虞乡就可见到的景致。又有"南楼山色秀,北路邑偏清",如果前代著名的诗人能看到,也会夸赞其切题。至于《柏梯》这篇作品,也是如此。(译者按,后略)

提示:文中提出了"象外之象,景外之景"的说法,加上在《与李生论诗书》中的"韵外之致"和"味外之旨",就是所谓"四外"说。这与他的"韵味"说一道,可以说是对诗歌意境理论的深入而精密的论述,对后代有着深远的影响。

《与王驾评诗书》译文

足下写作技艺工巧,虽然承蒙贤德之人的赞誉,也没能感到自信,一定要等到传布到同是作诗者之间,受到他们的评品、推许赞扬之后,才能意得神扬。而当今的许多作者却不然,就好像去看病但又掩盖自己的病情一样,担心医生善于查出毛病,给他用药。因此,这样一种风气引导人们相互欺骗,没有人能够(正视自我),以立于世。可惜啊!可惜!况且下功夫最大的莫过于创作文章,能不为诗而死的人(因作诗而受折磨的意思)和从事其他技艺的人相比很少,难道是容易衡量的吗?

开国之初,天子喜好文章,诗歌盛极一时,沈、宋(按,指初唐诗人沈佺期和宋之问)发端之后,又有王昌龄杰出于时,李杜更是恣肆宏大,达到了极至了!王维、韦应物趣味澄淡清新,就像清澈的泉流那样流畅自然。大历年间的十几位才子,也只能列在其次了。元稹、白居易用力强劲,但缺少气韵,就像都市里的富商一样。刘禹锡、杨巨源也各有其擅长。贾岛、无可、刘得仁这几位,时有一些妙句,可以(让人)涤除烦恼。此后所听说的,都只是狭隘肤浅的作品了。黄河汾水之间有一种葱郁秀杰之气,应该是后继有人的。如今王生你住在这里,濡染熏陶了很久,所作五言诗,好在思想情感与景象情境相融合,这是诗家所崇尚的。那么前面所提到的一定要等到传布到同是作诗者之间,受到他们的评品、推许赞扬之后,才能意得神扬吗?在战乱中独处,能够完成这些作品,尚能累积百篇,可见你勤奋刻苦的程度。我正好又在自编《一鸣集》,而且可以说有着雄强的气势,都是披肝沥胆之作。我说这话没有什么惭愧的,因为我所说的都是真实无疑的。

  提示:提出所谓"思与境偕"说,这是讲意境的基本性质。"思"(艺术思维活动)和"境"(创作客体境象)相互融会,因而产生了作品的意境世界。

宋金元

欧阳修诗文论选录

《答吴充秀才书》译文

  先辈吴君足下:前次有辱先辈寄来书信及大作三篇,读后感到浩浩然像有千言万言之多,等到我稍微定下神来仔细一看,才几百字啊。如果不是文辞丰厚,文意雄伟,浩然盛大,势不可挡,何以能达到这种地步呢?然而您还自己担心没有人开导,自感无所适从,这是先辈好学自谦的话啊!

  我的才能不足为当时所用,官职不足荣耀于世,我(对人)的批评和赞誉也无足轻重,气势力量也不足以打动人。世上要想凭借(别人的)赞誉以自重、凭借(别人的)力量以引进的人,何所取于我欧阳修呢！先辈学问精湛，文章雄伟，都施用于当今，这些又不是靠我的赞誉而被推重、靠我的力量而被引进的。然而先辈却惠然下问，责求于我，难道不是您急于谋求为文之道，以至于无暇择人而问了吗？

　　大凡求学的人，未尝不是为了（儒家的）"道"，但是能到达"道"的境地的人很少。不是"道"离人很远，而是求学的人（过于）沉湎其中，因为文章的语言难以精细工巧而可喜，却容易（使作者）喜悦而自我满足。世上的求学者，往往沉湎于这种情况之中，（文章）一有精细工巧之处，就说：我的学问足够了。甚者或至于抛弃一切事务，不关心任何世事，说：我是文士，做文章是我的职业。这就是之所以到达"道"的境地的人很少的原因啊！

　　从前孔子老年时回归鲁国，他作"六经"，只用了很短的时间。然而读《易经》好像没有《春秋》，读《书经》好像没有《诗经》，为什么他用功是如此之少而又达到最高的境地呢？圣人的文章，虽是（一般人）不可及的，然而大抵是（内容上的）"道"突出而文章不难自己达到佳妙之处。所以孟子一生栖遑奔波，追求于"道"，以至于没有时间著书，荀子也是到了晚年才有时间著述文章。像扬雄、王通勉强模仿别人的语言模式，著书立说，这就是"道"未充足而硬要发言著述的例子啊！后世那些不明白事理的人，只是看到前世的文章流传了下来，以为学习的仅是文采罢了，所以愈是用力（于文章的文采），愈是勤勉（学习文章的技巧），反而愈是写不好文章。这就是足下所说的终日不出书房之门，却不能使文章纵横驰骋、挥洒如意的原因，是"道"未充足啊！如果"道"已经充足，（文章）就是驰骋于天地之大，沉游于渊泉之深，是可以无所不到的。

　　先辈您的文章，气势浩荡盛大，可以说是很好的了。而又有志于（追求）"道"，还自谦以为不够广大，如果这样追求不止，孟子、荀子的境地是不难达到的。我学习"道"，但未能学到，然而所幸的是我不甘于自我喜悦满足，停滞不前，因为您能够求"道"不止，又用这种精神对我的少许进步加以勉励,所以我实在是万分有幸啊!欧阳修禀告。

提示:欧阳修在这篇文章中主要阐述"道"与"文"的关系。他强调道对文的重要性,主张文章应该追求"道",而不应该过分追求文采,进而认为,"道胜者文不难而自至也"。值得注意的是,他不是不要文采,而是说不能"作文害道",道的修养能够提高文章的文采,他赞扬吴充的文章"辞丰意雄,霈然有不可御之势",可见他的"充道"还是在于"为文"。另外,他主张要在实践中"充道",即在实际生活中培养"道",反对作家脱离实际,在书斋里空谈作文。

《梅圣俞诗集序》(节录)译文

我听世人常说:诗人很少有显达得意的,而多是穷愁困厄的。真是这样的吗?大概是因为世间流传下来的诗,大多是古代穷愁困厄之士的作品吧。大凡才士中胸怀才智,却又不能施展于世的人,大都喜欢放纵自我于山涧水滨之间,身外所见的是虫鱼、草木、风云、鸟兽的形状类别,往往(喜爱)探求它们的新奇怪异之状;而内心郁结着忧愁感慨愤激之气,以怨恨讽刺之诗寄托他们的兴感情怀,倾诉逐臣寡妇的哀叹,写出了一般人难于言传的感受。大概诗人越是穷愁困厄,写出来的诗就越是精工高妙。这样说来,就不是诗能使人穷愁困厄,倒是诗人穷愁困厄之后才能写出精工高妙的好诗了。

提示:在本文里欧阳修提出了诗"穷而后工"说。诗"穷而后工"的意思是说诗人经过个人生活上的穷愁困厄,接触到了外部世界的人事百态和自然万物,加之自己心中感愤郁积,往往能写出精工高妙的诗歌作品。这一观点可以上溯到屈原的"发愤以抒情"说和司马迁的"发愤著书"说,以及韩愈的"不平则鸣"说,成为中国古代文学理论和文学批评中经常提到的一个传统命题。

《六一诗话》(节选)译文

梅尧臣曾经对我说:"诗人写诗虽然可以有各种旨意,但是用语造句却也是很困难的。如果旨意很新颖,语言也很精工,(能够)说出前人所没有说过的话,这才是好诗啊!一定要能够把难以描写的景色之形状描摹得如在眼前,而且一定要能够在言语之外看出蕴含着的不尽情思,然后才能称得上是(诗的)最高境界啊。贾岛(《题皇甫荀蓝田厅》)诗说:'竹笼拾山果,瓦瓶担石泉。'姚合(《武功县中作三十首》)诗说:'马随山鹿放,鸡逐野禽栖。'表现的是山区县城荒凉偏远、仕途萧条冷落的景况,但不如(宋九僧诗)'县古槐根出,官清马骨高'精工。"我说:"语言的精工固然如您所说,能做到把难以描写的景色之形状描摹得如在眼前,而且能够在言语之外看出蕴含着的不尽情思,什么诗做到这样了呢?"梅尧臣回答说:"这种景况是作者在心中获得,阅读者在意中领会,大概难以用语言陈说明白。虽如此,也还是可以说其大略。像严维的(《酬刘员外见寄》诗句)'柳塘春水漫,花坞夕阳迟',那种季节时令的姿态容貌,那种春景融融、暖风荡漾的情景,难道不就是如在眼前吗?"他又说:"像温庭筠(《商山早行》诗句)'鸡声茅店月,人迹板桥霜',贾岛(《暮过山村》诗句)'怪禽啼旷野,落日恐行人',那种道路辛苦、漂泊之愁和思乡之念,难道不也是见于言语之外了吗?"

提示:在以上的一节文字里,欧阳修肯定了梅尧臣关于诗歌的最高境界的论点,即必须达到"必能状难写之景如在目前,含不尽之意见于言外,然后为至矣"的境界。这就是对诗歌提出了情景交融的意境的要求。欧阳修通过对一些诗句的具体分析,把作品分出了高低两个层次,从这里我们可以看出,他要求描写的境象(如景物等)一定要自然生动,形象鲜明,所抒发的情志要委婉真切,深微高远。后来的文学理论批评家对诗歌意境的深入探讨,不能不说是在一定程度上受到了欧阳修的启发。

苏轼诗文论译文

《答谢民师推官书》译文

苏轼启:最近分别后,多次承蒙来信问询,详细了解了您的日常生活很好,深感安慰。我生性刚直(待人)简慢,学识迂腐才智低下,因被贬而废置多年,不敢再与官宦们并列。自从渡海北归,会见平生的亲戚故友,惘然好像不是一个时代的人,何况与您过去没有一天的交情,怎么敢希求结交呢?几次蒙您亲自见临,一见如故,喜出望外,不是言语可以表达的。

您给我看的公事文件和诗赋杂文,都看熟了。它们大都像行云流水,本来没有固定形式,而常常起于所当起的地方,常常停于所不可不停的地方,文理自然,姿态富于变化。孔子说:"语言如果没有文采,流播不会很远。"又说:"文辞能够达意就可以了。"既然说能达意就够了,就怀疑好像不用讲究文采,这是很不对的。探求事物的奥妙,就像系风捕影,能够在心里清楚地了解所写事物的人,大概千万人中遇不到一个,何况能够口说和手写都表达得清楚明白的人呢?这就是所说的辞达。辞能够达意,那么文采就不可多用了。

扬雄好用艰深的辞句,来装饰肤浅简单的道理,如果用直接的言辞说出来,那么就人人都知道他的肤浅了。这正是他所说的"雕虫篆刻"的小道了。他的《太玄》、《法言》都属于这一类。可是(扬雄)只悔恨曾经作赋,为什么呢?他一生雕琢字句,只变更了写赋的音节,便称之为"经",可以吗?屈原作《离骚》,是《风》、《雅》的再次衍变,即使与日月争光也是可以的。能够因为它像赋而说是雕虫吗?假使能让贾谊见孔子,(孔子会评论贾谊的道德学问)"升堂"有余(几可"入室")了。而扬雄因为贾谊写过赋就轻视他,竟将之与司马相如相提并论,扬雄像这类见识浅陋的事例很多。这只能与那些有识的人讲。很难和一般人说明。(这里)因谈论文章偶尔谈及罢了。

欧阳文忠公说,文章就像精金美玉,在市场上有一定的价格,不是什么人用嘴巴能够定贵贱的。拉拉杂杂说了这么多,怎么能有益于您呢,惭愧惶恐得很。

您要我给惠力寺法雨堂写几个字,我本来就不善于写大字,勉强写也终究写不好,并且船上地方狭窄难以书写,未能按您的嘱咐办。然而我正要经过临江,定当前去游览,或许僧人要让我写录些什么,我会写几句留在院中,来安慰您的思亲之意。今天已到峡山寺,稍稍停留就离开了,越来越远了。只望您千万时时爱护自己的身体,不再赘述。

  提示:本文提出文章要自然,如行云流水,反对为文饰浮
  浅而故为艰深之辞。

《书黄子思诗集后》译文

我曾经评论书法,认为钟繇、王羲之的字迹,潇洒超逸,妙处在笔墨之外。到了唐代颜真卿、柳公权,才集古今笔法并全部表现出来,极尽书法的变化,天下一致推崇,认为是宗师。于是钟繇、王羲之的笔法更加衰落。

至于诗也是这样。苏武、李陵的诗浑然天成,曹植、刘桢的诗自抒胸臆,陶渊明、谢灵运的诗自然超脱,大概都是到极至了。可是李白、杜甫以才智过人、珍奇超凡世所罕有的姿态,凌跨百代之上,古今诗人全可以不算了,然而魏晋以来超越世俗的高远风格,也稍稍衰落了。李白、杜甫之后,诗人们继续写诗,虽然其中间或有意旨深远的诗篇,但是才能未能表达出意旨。只有韦应物、柳宗元,于质朴中表现出纤细浓郁,于淡泊中寓含不尽的韵味,不是别人能够做到的。唐末司空图生活在兵荒马乱之际,而诗文高雅,还

表现出承平治世的遗风,他论诗说:"梅子只是酸,盐仅仅是咸,饮食不能没有盐和梅,它们的美味常在于咸、酸之外。"他自己列出在文字之外含有意旨的诗二十四联,恨当时不认识它们的妙处,我把他的话反复读了三遍而为之感到悲伤。

闽人黄子思,是庆历、皇佑年间号称擅长写文章的人。我曾经听说前辈诵读他的诗,每次到佳句妙语,反复读好几遍,才明白他所说的是什么。司空图的话是可信的啊,美在咸、酸之外,可以再三咏叹了。我与他的儿子黄几道、孙子黄师交游,能够看到他家的诗文集。至于子思品行笃实志高远,做官有非凡的才干,都详细地写在墓志上了,我不再论述,只是评论他的诗如上。

> 提示:本文从书法谈到诗歌,于书法,提倡"萧散简远,妙在笔画之外",于诗歌提倡"美在咸酸之外",就是要求艺术作品要有自然传神的审美效果。

《文说》译文

我的文章就好比那万斛泉水的源头,不选择从何处喷薄而出。(一旦出来)它流淌在平地上则浩浩荡荡急泻而下,即使一日千里也非难事。等到它因山石的曲折而蜿蜒,随物体的变化而描写出(不同的)形状,那就难以说尽了。所能说明的,就是我的文章常常行于它所应该行的地方,停止在它不可不停止的地方,如此而已,其他的就是我也无法知道了。

> 提示:认为自己的文章特点是"随物赋形",就是说描写事物自然真切,形象生动,有传神的艺术效果。

李清照《论词》译文

乐府(按,指词)的声韵和歌词同样重要,唐代开元、天宝年间最盛行歌唱乐府。那时有一个叫李八郎的人,善于唱歌,名扬天下。当时新考中的进士,在曲江游览设宴,同榜中有一位名士,事先把李八郎召去，让他更换服装，隐去姓名，衣帽破旧，神态哀惨沮丧，(名士)与他一同到了设宴之地，对大家说："(这是我表弟)他愿意叨陪末座。"众人都不予理睬。酒已斟上，音乐已响起时，唱歌者开始演唱，当时曹元谦、念奴唱得最好。歌唱结束，众人都赞叹叫好。那位名士忽然指着李八郎说："请我表弟为大家歌一曲。"众人都嘲笑不已，有人甚至生气发怒。等到他展喉发声，一曲歌罢，众人都(被感动得)掉下泪来，围着他礼拜有加，(名士)说："这就是李八郎啊。"

  提示：通过叙述李八郎一曲高歌引起众人礼拜有加的故事，说明了词可以配乐歌唱，并具有感人的艺术魅力。

  后来桑间濮上的淫靡之声日益兴盛，流行的靡靡之音日益繁多。已有如《菩萨蛮》、《春光好》、《莎鸡子》、《更漏子》、《浣溪沙》、《梦江南》、《渔父》等词，不能遍举。

  提示：说明词的逐渐兴盛。

  五代干戈四起，战争频仍，四海破碎，文学衰落。只有南唐李璟、李煜、冯延巳等父子君臣雅好文艺，因而有"小楼吹彻玉笙寒"、"吹皱一池春水"之类的词句，语言虽然非常新奇美丽，却正是古人所说的"亡国之音哀以思"啊。

  提示：批评五代南唐李璟、李煜、冯延巳等父子君臣的词是所谓的"亡国之音"，也就是对词的内容要有所要求。

  到了本朝，制礼作乐、文治武功皆已大备于时，(文学事业)又休养涵蕴了一百多年，柳永开始出现，走上文坛，利用唐以来的旧曲，翻作新声，撰作了《乐章集》，大得名声于当世当时。(他的词作)虽然音律谐协，可是语言庸俗低下。接着有张先、宋庠宋祁兄弟，以及沈唐、元绛、晁端礼等人相继出现，(他们的词中)虽然时时有妙语出现，却支离破碎，何足以成名家！到晏殊、欧阳修、苏轼等人,学问淹通赅博,创作(这种篇幅)短小的词,简直就好像从大海中舀一瓢水一样,然而也都(不过)是一些句子长短不齐的诗而已,往往又与音律不协。(这是)为什么呢?这是因为诗仅仅分平仄,而词(不仅分平仄,而且)分"五音",又分(宫、商、角、徵、羽)"五声",还要分"六律",还要分"清浊轻重"。而且如近世所谓《声声慢》《雨中花》《喜迁莺》等,既可以押平声韵,又可以押入声韵。《玉楼春》本来押平声韵,也可以押上去声,还可以押入声。本来押仄声韵的,如果押上声就和谐,如果押入声,就不能唱了。王安石、曾巩,文章有西汉风格,可是如果作一篇短小的词,必然让人笑倒,不能再读下去。

> 提示:通过对许多著名词家的批评,说明词与诗的区别在于诗的音律要求比较粗疏,而词则比较精细,划分出了诗和词的界限,为词"别是一家"之说作了论证。

于是可知明白词"别是一家"的观点的人很少。后来出现的晏几道、贺铸、秦观、黄庭坚等人,才开始明白这一点。可惜的是,晏几道词没有铺叙,贺铸词缺少典雅庄重。秦观则专注词的感情兴致,却又缺少典故,好像贫家美女,不是不美好艳丽,然而终究缺乏富贵气象。黄庭坚倒是重视运用典故,却又有很多(其他)毛病,好像美玉有瑕,价值自然就减少了许多。

> 提示:总结提出词"别是一家"之说,同时批评了一些词家的词,提出了词要铺叙、要典重、要用典等审美要求。

严羽诗论译文

《沧浪诗话·诗辨》译文

学诗的人要以识见为主:入门必须正,取法应该高;要以汉、魏、晋、盛唐的诗人为师,不以开元、天宝之后的诗人为榜样。如果自己产生退缩屈从之心(不敢向盛唐诗人学习),就会有下劣诗魔进入他的胸臆，这是由于他立志不高。行路没有走到终点，还可以加油继续向前走；假如开始走时路的方向就错了，那就会越跑越远了，(作诗取法不高)这就是入门不正啊！所以说，取法其上，仅得其中；取法其中，这就定得其下了。又所以说，智慧见识超过老师，老师仅可以传授(作诗之法)与他；智慧识见与老师相等同，(他所接受于老师的)就要减少到老师的一半了。学诗的工夫要从学习最好的作品开始，而不可从低下的作品学起。先要熟读《楚辞》，朝夕诵读吟咏，以作为学诗之根本；下及《古诗十九首》、《乐府》四篇，李陵、苏武诗和汉魏五言古诗都必须熟读；再将李白、杜甫的诗集反复研读，好像现在的人研治经书那样，然后广泛吸取盛唐名家诗之精华，酝酿于胸中，时间长了就自然深入领悟(作诗的奥妙)了。这样，虽然未必达到(学诗的)最高境界，也不会失去(学诗的)正路。这就是(佛教禅宗所说的)从顶门上做起，可以说是向上的门路，可以说是直接寻求到根本，可以说是顿入了法门，可以说是单刀直入之法。

提示：提出学诗要以识见为主，取法要高。认为"学盛唐"以前之诗是学诗的正路，指出了具体的方法门径是多咏读作品，吸取营养，涵蕴于胸，自能领悟。

作诗的方法有五种：体制、格力、气象、兴趣、音节。

提示：提出作诗有五种方法。

诗的风格有九类：高、古、深、远、长、雄浑、飘逸、悲壮、凄婉。作诗的用力处有三个：起结、句法、字眼。诗的总的风格类型有两种：从容不迫和沉着痛快。诗歌创作的极致有一样：入神。作诗而能到入神的境界，这就到顶点了，到尽头了，无以复加了！只有李白、杜甫达到了这个境界，达到这个境界的其他人很少了。

提示：提出诗有九种品类，三个用功之处，两大风格，一个极致——"入神"。

禅宗的流派很多,有大乘和小乘之分,南宗和北宗之派,正道和邪道之路。获得正法的人,才真正领悟了真谛。至于声闻、辟支果的小乘,都不是正法。论诗如同论禅,汉、魏、晋等古诗和盛唐诗是作诗的第一义的真谛,大历以来的诗就已落入第二义了。晚唐诗,就像是声闻、辟支果的小乘了。学习汉、魏、晋与盛唐的诗,就像学禅宗的临济宗门下。学习大历以来的诗,就像学曹洞宗门下。大抵上禅道在于妙悟,诗道也在于妙悟。且说孟浩然的学力在韩愈之下很远,可是他的诗却独独超出韩愈之上的原因,就在于(孟浩然诗)一味地妙悟罢了。只有悟,才是本行。然而悟有浅有深,有的人悟得有限,有的人悟得透彻,有的人悟得一知半解。汉魏诗人是懂得上乘的第一义的,不必假借于悟。谢灵运至盛唐诸诗人,悟得透彻;此外虽然也有悟的人,都不是悟得第一义的真谛的人。我这样的评论不僭越,辨别不狂妄。天下有可以废弃的人,没有可以废弃的言论。诗的道理就是如此。如果以为不是这样,那就是所见诗歌不广,研究考察诗歌不够深入。试取汉、魏的诗深入钻研,再取晋、宋的诗深入钻研,再取南北朝的诗深入钻研,再取沈佺期、宋之问、王勃、杨炯、卢照邻、骆宾王、陈子昂的诗深入钻研,再取开元、天宝诸家的诗深入钻研,再只取李白、杜甫二人的诗深入钻研,又取"大历十才子"的诗深入钻研,又取元和年间诗人的诗深入钻研,又取晚唐诸位诗人的诗深入钻研,又取本朝苏轼、黄庭坚以下诸位的诗深入钻研,它们真实的是非是不能掩盖的了。倘若在这里还没有清楚的见解,那就是被邪魔外道蒙蔽了他认识真实的能力了,那就不可救药了,终究不能领悟了。

提示:提出以禅喻诗的"妙悟"说。"妙悟"是严羽诗歌理论的核心。"妙悟"本是佛教禅宗领会禅理佛法的名词,即不能靠语言文字来解说,不能用逻辑思维来推理论证,只能靠学习者的聪颖智慧去心领神会。诗歌作为一种通过审美境界反映生活的艺术,它的创作方法也是不可言传,只能意会的,只能靠诗人对外界事物接触的直觉感受。有了这种感受,就能顿悟诗法,这就是严羽所说的"妙悟"。

作诗要有另一种才能,这与读书学问没有关系;作诗要有另一种兴趣,这与抽象说理没有关系。然而古人没有不读书,不深研理论的呀。但是(他们)不沉溺于理论逻辑,不落入语言的束缚(而能得言外之意),这才是上等的。诗歌,是吟咏情志心性的。盛唐的诗人(作诗)只在诗的意趣,有如羚羊挂角,无迹可求,所以他们诗歌的美妙之处清莹澄澈,玲珑剔透,(别人)难以接近,好像空中的音响,形貌的色彩,水中的月亮,镜中的形象,言有尽而意无穷。近代诸公对诗歌写作作特别的理解领会,于是以文字为诗,以议论为诗,以才学为诗。以这些东西写诗,(写出来的诗)岂有不工整的呢,然而却终究不像古人的诗了。原因在于缺少一唱三叹的委婉的韵味啊!而且他们的诗作大多致力于使事用典,不追求兴致情韵,用字必有来历,押韵必有出处,读完全篇,也不知诗的主旨落在何处。他们的末流更严重,焦躁叫嚣,愤怒乖张,大大地背离了(诗歌)温和忠厚的传统之风,简直就是以叫骂为诗了。诗到了这种地步,可说是遭一次劫难的厄运了,可说是大不幸了。然而近代的诗就没有可取的了吗?回答说,有的,我只取其中合于古人(作诗标准)的作品罢了。本朝初期的诗尚能沿袭唐人:王禹偁学白居易,杨亿、刘筠学李商隐,盛度学韦应物,欧阳修学韩愈的古诗,梅尧臣学唐人平淡的地方。到了苏轼、黄庭坚,才开始运用自己的方法写诗,唐人诗风才改变了。黄庭坚更是在锻炼安排钩深峻刻上下功夫,后来他的诗法盛行,海内称为江西诗派。近世赵师秀、翁卷之辈,独喜欢贾岛、姚合的诗,稍稍恢复接近了(贾岛、姚合)清寒苦瘦的诗风。江湖派诗人大多仿效这种诗体,一时自称是唐诗的正宗,他们不知(自己)是只落入了声闻、辟支果的小乘境地,哪里就是盛唐诸公的大乘正法的境界呢！唉！正法眼藏不传已经很久了。唐诗的理论没有得到倡导，唐诗创作的真谛却一直是明白的。现在既然高唱他们的诗就是唐诗正宗了，那么学诗的人就会说真正的唐诗只不过就是这个样子呀，这不是诗歌发展道路的又一个大不幸吗！所以我不自度德量力，就定下诗的宗旨，而且借禅理以喻诗，推求汉、魏以来诗歌的本源，而断然决然地认定（作诗）应当以盛唐为法（原注：我后来舍而不说汉、魏，而只说盛唐，是认为汉、魏古诗的体制已经完备了）。（这样）虽然会得罪当世的君子，也是在所不辞的。

提示：这一段对"兴趣"的内涵作了明确阐述。在《沧浪诗话》中"兴趣"的同义词还有"兴致"、"意兴"。严羽所谓的"别材"主要体现在"妙悟"上，或者说诗人只有通过"别材"才能达到"妙悟"的境界。严羽所谓的"别趣"和他的"兴趣"说的特定含义是相通的。由"别材"而"妙悟"，由"妙悟"而"别趣"，这就揭示了诗歌创作的内在规律。

《答出继叔临安吴景仙书》译文

我的《诗辨》，终于断了千百年来（有关诗）的公案，真正是超越世俗之见的惊世之谈，极为恰当的惟一正确之论。文中说到江西诗派诗歌创作的弊病，真是直击要害，没有什么说法（比我的）更为切近了。（我的观点）是我自己从确实的证据、真实的领悟得来的，是我自家闭门思索勘破了这个领域（的问题）得来的，就是说我并非依傍别人的说法、拾人余唾。而您却总是心存怀疑，更何况其他人呢？我们的见解是如此地难以一致，实在可叹得很哪！

提示：认为自己的以禅喻诗的观点是勘破千古之疑的千古之论，对吴景仙的怀疑表示遗憾。

您说，谈禅论道不是文人儒者说的话。但我的本意在于说诗说得透彻，起初也无意于写文章论诗，因此我的议论，合不合文人儒者的话，我也并不在乎。

　　提示：说自己本意在说诗，合乎不合乎别人的言论标准，自己也并不在乎。

您的好意是为了回护我，不使我直接受到褒贬。可我的意思是说，辩白（诗歌创作的）是非，论定（诗歌创作的）宗旨，正应该明白大胆地说话，要说得从容不迫，淋漓痛快，深切明晰，显而易见，正如人们所言，不直接说，则不能阐明道理。虽然（为此）得罪于当世的君子（我）也在所不辞。您的《诗说》，文辞虽然美妙，然而只是说诗歌的源流，随着世道时间的变化诗歌的高下不同而已。（您）虽然肯定盛唐，然而也没有让人有清楚明晰的趋向。这中间分门立派门户异同之说，才是要领。然而晚唐本朝，这样说是可以的；说唐初以来至于大历年间有分门立派门户异同，已是不可以的了；至于汉、魏、晋、宋、齐、梁之诗，它们的品第等级，高下悬殊，相去甚远，却混在一起说，说是仔细分辨比较，实际上也有不同之处，大抵上却虽是异户但属同门，难道真是如此吗？

　　提示：说明真理需要明辨，批评吴陵的《诗说》对汉、魏、晋、宋、齐、梁以及盛唐诗歌的批评不当，特别指明这个时期没有分门立派的现象。

您又说，韩、柳不能称得上是盛唐，但犹未落为晚唐。以他们的时代而言是可以的，韩愈固然另当别论，至于像柳宗元的五言古诗，还在韦应物之上，岂是元稹、白居易诸位所能比得上的？（您的）如此高见，难怪来信有很不喜欢诗歌分各种体制的意见，实际上，您实在是对这里面的情况不甚了解啊。作诗正应该辨别清楚各家的体制，然后才能不为旁门左道所迷惑。当今的人作诗，不能进入门户的，正是对诗的体制没有辨别清楚呢。世上的一般技艺，犹各有（门派）家数。（市场上）卖的缣帛，一定要分来路产地，然后就能知道它的优劣好坏，何况是文章（怎么能不分家数）呢？我对作诗不敢自负,至于(对诗歌创作的)认识意见,则自认为(比别人)有一日之长,对于古今(诗歌的)体制的分辨却是清清楚楚,黑白分明,甚至于一看就知道它(属于哪种体制)了。您的信又说:突然被别人当场捉住发问,怎样回答他呢?我正想要人发问而没有人发问。(砍树的时候)如果不遇到盘根错节的树,怎能分辨出刀器的锋利与否呢?您试着拿几十首诗,隐去它们的作者姓名,再拿来试验试验我,看看我能不能辨别它们的体制?虽有分辨不是很精确的,原因也是所选的诗有的(体制上)混杂而不精纯。现在阅读您的诗集,其中尚有一两处,可为本朝立足,难道不是因为(体制精纯)这个原因吗?

提示:主张诗文应该分辨门户家数,作诗也要体制精纯。

您又说,盛唐的诗"雄深雅健"。我认为这"雄深雅健"四字,只可以用来评文,对于诗则不能用"健"字。(您的"雄深雅健")不如我《诗辨》的"雄浑悲壮"一句话能表达诗歌的体制。这虽是毫厘之差,也是不可不辨的。苏轼、黄庭坚的诗,就像米芾的字,虽是笔力雄健,终究只有刚强的气象。盛唐诸位的诗,则像颜真卿的书法,既笔力雄健,又有浑厚的气象,这就是它们的不同之处。只这一个"健"字,便可看到您的见地未能扎实稳妥啊。

提示:认为不能用"雄深雅健"四字,特别是"健"字来评盛唐之诗,自诩自己的"雄浑悲壮"是盛唐诗的最恰当的评语。其实,严羽的这个意见受到后世很多诗论家的诘难,如许学夷《诗源辨体》卷十七就说:"沧浪《答吴景仙书》云'论诗用健字不得',予谓此论唐律和平之调则可,若沈佺期'卢家少妇'崔颢'黄鹤'、'雁门',毕竟圆健二字足以当之。若高、岑五言、子美七言,以古为律者,不待言矣。"

您所论屈原《离骚》的意见,是有深刻见解的,实在是发前人所未发的论断;这一段的文字也很美,大概论述汉武帝以前的都很好,我没有什么异议。但所谓李陵诗,并不是李陵在匈奴受到老朋友苏武归汉的感触而作,您恐怕没有深切地考证,所以苏轼也(早就)对(诗中的)"江汉"之语产生疑惑,怀疑不是李陵诗,因而对李陵在北方胡地的事迹也不作考证了。

  提示:顺便论及吴陵对屈原《离骚》和所谓李陵诗的评论,赞成前者,对后者则有异议。

禅师妙喜自谓精于参透禅道,我也自谓精于参透诗道。曾经拜谒李友山,与他讨论古人和今人的诗,他见我辨析问题深入毫芒,常极为赞赏,我因而对他说:"我论诗,就如哪咤太子剔出自己的骨肉还父母那样(透彻入骨)。"友山深以为然。回忆当日(我们)在临川相会匆匆,可惜许多问题都未及讨论,没有机会再执手相会,恐怕很难继续我们(当面)的讨论了,我的意见就是信中这些,如果您不以为然,希望您回信,幸甚幸甚!

  提示:结束语,自诩论诗见解深刻独到,希望与吴陵信件往返,继续讨论。

张炎《词源》选录译文
《序》

古时的乐章、乐府、乐歌、乐曲(这些配乐可以歌唱的诗),都典雅醇正。自从隋、唐以来,入乐的诗中也间或有些长短不一的句子(按,词)。至唐时有人编辑了词集《尊前》和《花间集》。到宋徽宗崇宁年间,成立了(宫廷音乐机构)大晟府,命令周邦彦等人探讨寻究古乐,审议确定古调,大晟府没落以后,(古乐)只有很少部分得以保存。从此,八十四调逐渐流传,而周邦彦等人又再增多发挥慢曲、引词、近词等曲调,或者移宫换羽按照月律制作三犯、四犯的犯调之曲,词的曲调于是繁多起来。周邦彦享有一代词名,他所作的词,风格质朴厚重,音调和谐,文辞优美,善于把别人的诗句融化到自己的作品中,而在其乐谱中有时还有不够协调的,可见其难呀。写词的人多仿效他的体制,失之柔媚而没有什么可取之处。这只有周邦彦是这样,别人是学不到的。(其实)所可供仿效的词,哪里只有一个周邦彦呢。过去有一个刊本《六十家词》,可歌颂的,屈指可数。其中有秦观、高建国、姜夔、史达祖、吴文英,这几个词家格调各不相同,句法比较特别,都能有独创清新之处,删除柔弱的词句,自成一家,而各个得名于世。作词的人如果能够采众家之所长,去诸人之所短,仔细加以玩味,模仿着去写,怎么不能与周邦彦等人争雄呢!我才学粗疏浅陋,当初在先父身边侍从,听杨缵、毛敏仲、徐理等人商榷音律,也曾知道一些皮毛,所以生平喜欢写词,用功超过四十年,没有多少长进。现在老了,感叹(懂得)古音的很少了,担心雅正的词越来越少,(因而)不自量力陈述我的一孔之见,分类排列在后,以与有相同志向的人商讨。

提示:张炎在这个序言中提出了衡量词的基本标准是雅正;其次,通过对周邦彦、秦观等宋代词人的评论,提出词要立意清新,自成一家;第三,他自述了写作《词源》的经过和主旨。

《清空》

词要清空,不要质实。清空就会古雅峭拔,质实则会凝涩晦昧。姜夔的词,就像孤云飘飞,来无影去无踪;吴文英的词,就像七宝楼台,让人眼花缭乱,(如)将其零星拆下,则不成片段。吴文英《声声慢·闰重九饮郭园》"檀栾金碧,婀娜蓬莱,游云不蘸芳洲",前面八个字恐怕也太过凝涩。其《唐多令》:"何处合成愁?离人心上秋。纵芭蕉不雨也飕飕。都道晚凉天气好,有明月,怕登楼。前事梦中休,花空烟水流。燕辞归,客尚淹流。垂柳不萦裙带住,漫长是,萦行舟。"这首词疏散明快而不质实。像这样的词在吴文英的集子里也有,(不过)可惜不多。姜夔的词,如《疏影》、《暗香》、《扬州慢》、《一萼红》、《琵琶仙》、《探春》、《八归》、《淡黄柳》等,不但清空,而且有骚雅之风,读来使人心神飞扬。

提示:结合张炎所举例的这些作品看,他的"清空"理论内涵有这样几个层面。在词的创作构思上,想像要丰富,神奇幻妙;所撷取或自造的词之意象,要空灵透脱,而忌凡俗;由这些意象所构成的意象结构整体,构架要疏散空灵,不能筑造太密太实。这样的词作,表现出来的审美风貌就会自然清新,玲珑透剔,使人读之,神观飞越,产生丰富的审美联想。

《意趣》

词要以自己的创意为主,不要因袭前人的词意。

例如,苏东坡于中秋所写的《水调歌》:"明月几时有?把酒问青天。不知天上宫阙,今夕是何年。我欲乘风归去,又恐琼楼玉宇,高处不胜寒。起舞弄清影,何似在人间?转朱阁,低绮户,照无眠。不应有恨,何事长向别时圆?人有悲欢离合,月有阴晴圆缺,此事古难全。但愿人长久,千里共婵娟。"

又如(苏东坡)于夏夜(续后蜀主孟昶词)所写的《洞仙歌》词:"冰肌玉骨,自清凉无汗。水殿风来暗香满。绣帘开,一点明月窥人,人未寝,欹枕钗横鬓乱。起来携素手,庭户无声,时见疏星度河汉。试问夜如何?夜已三更,金波淡,玉绳低转。但屈指西风几时来,又不道流年,暗中偷换!"

又如王安石的金陵怀古词《桂枝香》:"登临送目,正故国晚秋,天气初肃。千里澄江似练,翠峰如簇。征帆去棹残阳里,背西风、酒旗斜矗。彩舟云淡,星河鹭起,画图难足。叹往昔繁华竞逐,怅门外楼头,悲恨相续。千古凭高,对此谩嗟荣辱。六朝旧事随流水,但寒烟芳草凝绿。至今商女,时时犹唱,后庭遗曲。"

又如姜夔赋梅的《暗香》词:"旧时月色,是几番照我,梅边吹笛?唤起玉人,不管清寒与攀摘。何逊而今渐老,都忘却春风词笔。但怪得竹外疏花,香冷入瑶席。江国,正寂寂。叹寄与路遥,夜雪初积。翠尊易泣,红萼无言耿相忆。长记曾携手处,千树压西湖寒碧。又片片吹尽也,几时见得!"

又如(姜夔)《疏影》词:"苔枝缀玉,有翠禽小小,枝上同宿。客里相逢,篱角黄昏,无言自倚修竹。昭君不惯胡沙远,但暗忆江南江北。想佩环月夜归来,化作此花幽独。犹记深宫旧事,那人正睡里,飞近蛾绿。莫似春风,不欢盈盈,早与安排金屋!还教一片随波去,又却怨玉龙哀曲。等恁时再觅幽香,已入小窗横幅。"

这些词都是清空之中又有意趣,笔下没有才力的词人不容易达到。

　　提示:举例说明什么诗"意趣"。他说周邦彦词"清空却不高远"。可见他的所谓"意趣",就是指词的高远的情趣,指词中的意境美。

明　代

谢榛诗论选录
《四溟诗话》(选录)译文

《诗经》三百篇直接抒写诗人的性情,无不高雅古朴,虽是它的逸诗,汉代人尚且比不上。当今学习的人,却一定要除去声律,以此为高雅古朴,实在是不知道文章随时代变化的道理,况且有六朝、唐、宋的影子的影响,有意学习古人,但终究不像古人。

　　提示:论述今人学古之非,意味"文随时变",今人未必要学古。

诗有的可以解说,有的不可以解说,就像看水中之月,镜中之花(终究隔着一层),不必拘泥于诗的外在迹象。

　　提示:指出诗"有可解,有不可解",是读诗的正确路径。解诗应该"勿泥其迹",重在其"水中之月,镜中之花"的言外之意。

《馀师录》说:"写文章不可缺少的有四:体格、情志、风格、韵味。"作诗也是这样。体格贵在正大,情志贵在高远,风格贵在雄浑,韵味贵在隽永。四者的根本是(在培养、在领悟):不培养不能发以真心,不领悟不能深入妙处。

  提示:提出"体、志、气、韵"的作诗四要素,认为四要素要"养"、要"悟"。

作诗有在前立意和在后立意之别。唐人兼而用之,所以唐诗深婉有味,混融无迹。宋人却定要先立意,就落入了理性的路数,所以宋诗特别没有情趣。及我读《世说新语》:"文章生于情趣,情趣生于文辞。"原来王济早在我之前得到这个意思了。

  提示:赞扬唐诗有情趣,批评宋诗无情趣,偏向于反对"先立意",亦即现在所说的"主题先行"。

宋人作诗重视先立意。李白"斗酒百篇",岂是先立下许多主题意旨,然后再措辞写作吗?大概是情意随笔而生,不需要借助先前安排布置的。

  提示:以李白为例,反对"先立意"。

唐人有的不刻意经营而写成诗篇,其中自有含蓄蕴藉托物以讽的深意。这是辞后立意(按,原文为"辞前意",实误,应作"辞后意",即"辞后立意"),读者认为是有所激发而作,实在不是作者的本意啊!

  提示:仍就申述"辞后意",赞扬唐人诗因"辞后意"而有"含蓄托讽"。

作诗有不先立意再造句的,而以兴致为主,不刻意经营就写成诗篇,这是诗歌创作的出神入化之境了。(以上卷一)

提示:论诗创作以兴致为主,认为这是出神入化之境。

诗歌创作要有灵性,等待事机而发动,受事物触动而(创作)成功,(否则)虽是冥思苦想,也不容易获得成功。例如戴复古的"春水渡傍渡,夕阳山外山",对仗精确,功夫不是一朝一夕能成就的,这就是所谓的"尽日见不得,有时还自来"啊!

提示:认为创作靠天才灵性,不靠冥思苦想。这一般符合创作实际情况,但过分强调天才灵性,就会否定后天的习染,落入先验论、天才论的谬误了。

当今学习杜甫的,置身富有的景况,而(作诗)却说穷愁潦倒,处于承平盛世之中,(作诗)却说干戈四起,不老说老,无病说病,这是摹拟(古人)太过分了,是非常不真实的情感。

提示:批评所谓"为赋新诗强说愁"的无病呻吟,要求写作要抒发真性情。

诗不可太切近,太切近就流于宋诗的弊病了。(以上卷二)

提示:宋诗的弊病在于"太切",落入理路,缺少深婉的韵味。

作诗之本在于情和景,(它们二者)不能各自孤立,两相依靠不相违背。大凡登高导致思想,就会与古人精神相交,穷尽远近的情景,联系着忧乐的情绪,这互相引发出于偶然,(在心中)形成印象却不着痕迹,(在心中)引起振响却没有声音。情和景有异有同,摹写有难有易,诗的两个重要之处,没有比这更重要的了。(对于客观的情景)观察时(眼中所见)与外部的情景是相同的,心中感受到的(却与外部客观情景)相异,应当努力使内外如一,使情和景在心中相融无间。景是诗的媒介,情是诗的胚胎,相融而成为诗,(诗歌)用几句言辞而统摄万形之物,元气浑成,浩荡无边。(与外界情景)相同而又不流于俚俗,相异又不失其真实,岂只是以美丽的辞藻炫耀于人呢！然而人的才性也各有异同，才性相同的，能得情景的形貌，才性相异的，方能得情景的本质。人只能同于与他相同的，异于与他相异的。我看到的异于与他相同的，一代之中也不过数人而已！

> 提示：此节论述情景交融的意境。其主要论点如下。1. 情景是诗之本；2. 情景互相依存，又有宾主；3. 只有靠诗人的感兴，才能形成情景交融的境界；4. 摹写情景既不要"太切"，又要使"内外如一"；5. 情景交融的最高境界是要能统摄万物，"元气浑成"；6. 情景交融的关键是诗人要"自用其力"，使自己处于"思入杳冥"的"虚静"状态之中。

大凡作诗不宜太逼真。就好像早晨行路看远处，青山美景，隐约可见，令人喜爱，它的烟雾云霞变换无穷，难以名状。等到（真正）登临其境，就并不再是（先前看到的）奇异的景观了，（不过）只是几块石头、几株树木而已，远近所见（如此）不同。（就像作诗）妙处在于隐约含糊，方可称之为大手笔的作者。

> 提示：创作太逼真，作品就失去了灵气，疑是疑非之间，方可留想像的余地。西方美学家有认为距离产生美的，我国古代文论家亦有此见解。

大凡作诗，悲欢皆是由于兴感（的触发），没有兴感（的触发），则诗歌的语言就不会工致。（人的）欢乐喜悦之意是有限的，而悲伤感慨之意是无穷的。（表现）欢乐喜悦的诗在兴感（的触发）中获得虽佳，但只适宜于篇章短小之作；（表现）悲伤感慨的诗在兴感（的触发）中获得更佳，乃至于反复千言，篇幅愈长愈矫健。（只有）熟读李白、杜甫全集，才能知道（他们）无地无时不在兴感之中。（以上卷三）

> 提示：作诗"由乎兴"，应该说是合乎创作实际的。但谢榛

关于"欢喜诗"、"悲感诗"短长的观点恐怕很难说是完全正确的。有许多"悲感诗"虽是"短章",但堪称佳作而流传千古的例子可以说是举不胜举,并非只是"千言反复,愈长愈健"。

有客人问我:"作诗,立意容易,(根据立意)措辞困难,这样(两相兼顾)"辞"和"意"就会互相关联而不会脱离。如果专意于'立意',有时就会流入议论而有宋诗的缺点;如果专意于言辞的工巧,有时就会损伤气骨而流于晚唐诗的纤弱。我私下里曾以此为弊病,您有什么办法教我(避免这种弊病)呢?"我说:"当今的人作诗,轻易就立下好大的(主题)意思,但要用语句来表现它,就感到窘迫无措,词不达意,意不能明。譬如凿池贮藏青天,则那池水里只能倒映些许的青天;竖起杯子收藏甘露,则杯子里受到甘露润泽的地方就很小。这就是从(像池塘、杯子)内里表现出的是有限的,(作诗的)所谓'辞前意'也是这样啊!有时候造句未成,不必让精神疲劳,暂且看看书,清醒一下头脑,(往往)突然有所得,意思就会随笔而生,而且兴感会不可遏止,进入出神入化的精神境地,完全不是苦思冥想可获得的。有时候会由一个字而得句,句又由韵而成,出乎天然,句和意双双美妙。就好像用毛竹接引泉水,水声潺潺,在耳可闻,又好像登城瞭望大海,大海浩荡,满目可见。这就是从(像山泉、大海)外面涌现来的是无穷的,(作诗的)所谓'辞后意'也是这样啊!

> 提示:作者反对"辞前意",主张"辞后意",在一部《诗家直说》里反复致意再三。这大体是正确的观点。所谓"辞前意"就是在作诗前就立下诗的"意思"(旨意、主题思想),即我们现在所说的"主题先行"。而他主张的"辞后意",认为"意随笔生"也符合创作中的一些实际情况。但如果强调过分,认为绝对不能"辞前意",只能"辞后意",只能"意随笔生",也不完全是真理。窃以为作诗也常由创作的冲动引起,而这冲动多数

是由于一个意思要表达,这不正是"辞前意"吗?只不过在进入创作状态后,这"辞前意"往往会改变,而随笔生出新的"意思",即生出"辞后意"。

诗歌是摹写性情的工具,情感深沉而长久地融入人的内心,景物广阔而久远地闪耀在外部世界。(诗人)应当知道(诗思如)神龙变化无穷的奥妙:(诗思)变小时就能入于细微的缝隙,变大时就能腾跃于太空宇宙。这个奥妙只有李白、杜甫二老知道。

　　提示:肯定了诗歌的抒情性,认为诗思变化无穷。

诗歌以自然而美的为上品,精致工巧的次之,学诗的人,不必专于一体而追求逼真。专门学习陶渊明的失之于浅陋平直,明白易晓,专门学习谢灵运的失之于堆砌辞藻,叠床架屋。谁能取二者之长,处二者之间,改变他们外表的形貌,变换他们的内容,而存其神理于千古呢?杜甫说:"安得思如陶谢手?"这位老先生犹以(取陶谢之长、存其神理)为难,何况其他人呢?(以上卷四)

　　提示:认为诗歌"自然妙者为上"。主张学习前人要"易其貌,换其骨"而存其神理,反对生硬地学习前人。

李贽文学论著选录译文
李贽《童心说》译文

龙洞山农(李贽的别号)给《西厢记》写序时,在末段说道:"聪明智慧的人,可千万别讥刺我'还保留着一颗童心',这就可以了。"所谓童心,指的是真心。如果认为童心是不可以保留的,也就否定了真心。童心是绝对不掺假的纯正的心,这是人生初始阶段的本性之心。如果丢掉了童心,就是失掉了真心;失掉了真心,就失掉了人的根本;做人而不真诚,就会丢掉人所有的真诚的本性。儿童是人的最初阶段;童心是人的最初本性。人心本性怎么可以失掉呢!

究竟是什么原因使许多人的童心很快就失去了呢?恐怕正值

人的童年时，通过耳目得到了视听的信息，这些信息往往就会取代童心的位置。当人长大后，有很多道理从视听信息的积累中逐步形成，这些道理又会取代童心的位置。这样长期发展下来，随着成年人的各式仁义道德和各种信息量日益增多，所谓见识也就日益增多。于是又增加了追逐美名的欲望，而追逐美名的欲望必然取代童心；同时成人又懂得不好的名声是可卑的，于是便想方设法来掩饰自己的丑行，童心又必然丧失很多。这些道理见识，大都是从多读书多明白仁义道德而得来的。古代的圣人哪一个不读书呢？即使不读书，童心依然存在；即便多读书，也是为了巩固童心让它万勿失掉罢了，绝不像后来的学者们，反而因为多读书多懂得仁义道德竟然蒙蔽了原本的童心。学者们既然因为多读书多懂仁义道德而遮蔽了童心，圣人又何必要多多地著书立说流传后世，用来蒙蔽学者们呢？童心被蒙蔽之后，在这样的基础上来与人交谈，语言不会真实。表现在政治管理上，管理就会失掉根本原则；表现在著书立说上，文章词语就不能诚信通达。如果不凭借心灵深处美轮美奂的道德修养，如果不依靠人格中光辉灿烂的诚信品行的锤炼锻铸，想要求得一句道德真知，那也是根本办不到的。为什么这样说呢？就因为至信真诚的童心丢掉以后，只剩下虚伪的仁义道德和道听途说的见识来迷惑心灵了。

既然只剩下虚伪的仁义道德和道听途说的见识来迷惑心灵，那么所谈论的必定都是道听途说的事情和理论，而不是发自童心的真诚话语。语言虽然说得精彩，对我们又有什么益处呢？这难道不是借假人来说假话，做假事，写假文章吗？恐怕人要是假的，那一切就都成假的了。由此可知，在社会中往往是用假话与假人交谈，假人就会高兴；把假事告诉假人，假人也会高兴；写假文章与假人交流，假人必定也是高兴的。没有什么不是假的，又有什么必要来辨别真伪呢？于是天下的至理名言淹没在假人社会中而不能传给后世学者，这种情况难道还少见吗！这是什么原因呢？天下最好的文章,没有不发自童子般的真心。如果真心常存,那虚假的道德原理就不会通行,虚假的见识就不会成立。那么,没有什么时候不可写文章,没有什么人不可写文章,没有什么创制体格的文字不是文章。诗歌何必一定是《昭明文选》的诗(才能算作好诗);文章又何必一定是先秦的文章(才能算作好文章)。六朝以来,文学体裁先后演变出近体诗,又演变出唐传奇,演变出宋金院本,演变出元代杂剧,演变出《西厢记》,演变出《水浒传》,再演变到现在又演变出科举应试的文章。大贤之人阐说古代圣人之道都可以是古往今来的最好文章,不能够以时代的先后来评说的。因此我从这里推论出:大凡发自真心的都是好文章,为什么只说"六经"和《论语》、《孟子》(才是好文章)呢?

在"六经"和《论语》、《孟子》中,不是充满了历代史官给予的过高的评价,就是臣子们的溢美之词,再不然就是那些迂腐的儒生和糊涂的学子们回忆老师的学说,或有头无尾,或丢三拉四,只凭各人所闻所见,信笔而记。后代的学者不经过深入地考察,便认为这些都出自圣人之口,于是草率地将其确定为经典,又怎会知道其中大半都不是圣人的话呢?即使真的出自圣人之口,多数也是有前因后果的发言,不过是对症下药,随时开方,用来教诲那些糊涂的学子和迂腐的儒生罢了。因病下药,处方万变,这些所谓的圣人之言岂可认为是施之万代而皆准的真理?然而"六经"和《论语》、《孟子》,不过是道学家们的借口、巧伪人的源泉啊!断然不可以把它看成是发自童心的真理。哎!我又怎样才能够同真正的圣人、童心未泯的人,一起来讨论一下文章的写作呢!

  提示:在这篇被时人认为是离经叛道的论文里,李贽最重要的观点是提出了"童心"说。他说:"夫童心者,真心也。"也就是童子之心,他认为儿童之心还未受到"道理闻见"(即儒家正统教条)的污染,最自然,最真诚,而儿童在成长过程中,接受教育,就会受到"道理闻见"的熏染,就失去了真诚和自然。

而所谓"童心",在李贽看来,不仅是一切创作的源泉,而且是评价一切文学创作的首要的价值标准。李贽提出"童心"说,是有其时代背景的。当时,文坛上流行着前后七子的复古理论,复古之风甚嚣尘上,李贽的"童心"说就是直接与复古模拟的理论相对抗的。同时,李贽的"童心"说还为稍后的公安派的"性灵"说提供了理论根据。

忠义水浒传序

太史公司马迁说:"(韩非子)《说难》、《孤愤》是贤者圣人抒发愤懑之作啊!"由此看来,古代的贤者圣人没有愤懑需要抒发就不会写作。没有愤懑需要抒发而写作,就好像是不寒冷而打颤,无病而呻吟,就是写出东西来,又有什么值得看的呢?《水浒传》这本书,就是有愤懑而抒发之作啊!因为自从宋王朝不自振作以来,本末倒置,大贤人往往身处下僚,宵小之徒身居高位,渐渐使得外族处于强势,中国处于弱势。当时的皇帝宰相却好像是身处堂上的燕雀那样安然悠闲,甘心向外族纳币称臣,屈膝跪拜。施耐庵、罗贯中二位先生,身在元朝,心系宋朝;虽然出生在元朝时候,却对宋朝的衰亡心存不平之愤懑。他们对徽、钦二帝被金人掳去北方心存不平之愤,就(在《水浒传》里)描写(水浒众将)大破辽国的情形以发泄心中的不平之愤;对宋朝南渡苟安心存不平之愤,就描写(水浒众将)消灭方腊的情形以发泄心中的不平之愤。请问(施、罗二位先生借以)发泄心中不平之愤的是什么人呢?那可是以前啸聚水浒的强盗呀,(虽是强盗而又赴救国难)想不称他们是忠义之人也不行啊。因此施、罗二位先生为水浒写传而又以"忠义"二字加在《水浒传》之前(称之为《忠义水浒传》)。

那么,"忠义"为什么归之于水浒众人呢?(由以上的论述中)其原因是可以明了的。那么,又为什么水浒众人人人都可以称得上忠义呢?之所以这么说也是可以明了的。道德不高的人受道德高尚的人役使,不贤之人受大贤之人役使,这是事理所在啊!如果

（像当今那样）小贤之人役使别人，而大贤之人受别人役使，那他肯甘心服从役使而不感到耻辱吗？这就好像力气小的人捆绑别人，而使力气大的人被别人捆绑，他肯束手就缚而不反抗吗？这样的世道趋势必然会驱赶天下的大力气的人和大贤之人都归于水浒了！那么，就是称水浒的众人都是大力气之人、大贤之人和忠义之人（应该）是可以的，然而还没有忠义之心像宋江那样的人啊。现在（我们）看水浒一百零八人，一同建立功业，一同犯过错，同生同死，他们的忠义之心，与宋江是相同的；惟独宋江身在水浒之中，心在朝廷之上，一心一意要接受（朝廷）招安，专心致志想报效国家，终于冒大险，立大功，（最后与李逵、吴用、花荣等）服毒上吊，同死而不辞，原就是一个忠义的烈士啊！（宋江的忠义）真正足以服（水浒）一百零八人之心，所以能（聚集众人）在梁山结义，成为一百零八人的领袖。最后（宋江率领一百零八人）南征方腊，死亡过半，鲁智深又坐化于六和寺，燕青泣涕辞别宋江，童威、童猛听从了混江龙李俊（乘驾出海，投奔化外国）之计。宋江并非不知，只是他明察情势所趋，（李俊等人的所作所为）不过是他们明哲保身的计谋，绝非是忠于君、义于友的人所屑于做的。（然而宋江并不挑明，加以阻拦）这就是宋公明宋江啊！这才是真正的忠义啊！《水浒传》岂可不作！《水浒传》岂可不读！

所以当国的国君不可以不读《水浒传》，国君读了《水浒传》，那"忠义"就不会只存在于水浒，而会存在于国君的身旁。贤明的宰相不可以不读《水浒传》，贤明的宰相读了《水浒传》，那"忠义"就不会只存在于水浒，而会存在于朝廷了。兵部掌握着国家军事的枢纽，总督专掌朝廷外的军事重任，也不可以不读《水浒传》，假如有一天他们读了《水浒传》，那"忠义"就不会只存在于水浒，而他们也就都会成为国家朝廷的忠诚的保卫者。否则，（忠义）就不在朝廷，不在国君的身旁，国家朝廷的捍卫者也不会存忠义之心，那么（忠义）存在于何处呢？（只能）存在于水浒。这就是《水浒传》之所以为发愤之作的原因！如果好事者只是借以作为谈资,用兵者只是借以作为用兵的谋划,各人只是各以其所擅长之处看待《水浒》,那又从何处看到所谓的忠义呢？

提示:《水浒传》本是一本通俗小说,被正统文人看作是不登大雅之堂的作品,李贽却认为它是像《史记》、《韩非子》那样的"发愤之所作也"。这就肯定了《水浒传》是有严肃创作意旨和思想内容的作品,把它摆在与正统诗文著作相同的地位,这不能不说是新鲜的观点。但是,我们仔细研究这篇文章,却也发现李贽肯定的主要是《水浒传》的思想内容的严肃性,肯定水浒众将的忠义,不过是以正统文学观之矛攻其之盾,与其在《童心说》中所表现的离经叛道相比则温和许多。而且本文对《水浒传》的文学特点和艺术成就也基本没有论及,这与金圣叹的《水浒》评论还是不可等而观之的。

袁宏道诗文论选译文

《序小修诗》(节选)译文

(小修)足迹所到的地方,几乎占天下的一半,所以他的诗文也因此而日有长进。大多是独自抒发性灵,不拘守格套的作品。不是从自己胸臆中流出(的非写不可的感情),不肯轻易下笔。他的诗,有时情思与环境相融会,下笔顷刻千言,好像江水东流,夺人心魄。这当中,有好的地方,也有瑕疵的地方。好的地方自不必说,就是有瑕疵的地方也多是他具有自己特色的独自创造的语言。而所谓好的地方,还不能不以修饰因袭为憾事,这是他还未能完全摆脱近代文人的风气习惯之故。诗文到了近代已卑弱到了极点了。作文就一定要以秦汉为准,写诗就一定要以盛唐为准。抄袭模仿,如影随形,如响应声,亦步亦趋。见到有人有一句(与古人)不相类似的,就一齐指责是旁门左道。(他们)不知(如果)文章一定要以秦汉为准,那秦汉人又何尝字字学"六经"的文章呢！诗歌一定要以盛唐为准,那盛唐人何尝字字学汉魏的诗歌呢!(假若)秦汉人字字学"六经"之文,岂能再有秦汉的文章?盛唐人字字学汉魏之诗,岂能再有盛唐之诗?只有一代一代的诗文有升降,而创作方法也不相沿袭,一代代的诗文各有其无尽的变化,各有其无穷的趣味,才值得珍贵。原来诗文是不可以以优劣来评论。况且,天下的事物,单独出现则必不可无,必不可无,虽想废弃它也做不到。雷同重现则可以没有,可以没有,则虽想保存它也做不到。所以我认为,当今的诗文不会流传了。其中万一有流传的,或者是现在民间街头巷尾的妇女儿童所唱的《擘破玉》、《打草竿》之类的民歌民谣,它们是那些没有见闻、知识,却有淳朴真诚心灵的人所作,所以其中多有真纯的心声。(作诗)不向汉魏东施效颦,不向盛唐邯郸学步,任凭自己的心性而发,还能与人的喜怒哀乐、嗜好情欲相通,这是可喜的。

  提示:这节文字提出"独抒性灵,"的口号,可以说是公安派作文的纲领性口号。他认为"独抒性灵,不拘格套"才能代有其文,文才能代有变化、代有特点,这无疑符合文章随时代而变的进化观点。至于他批评抄袭模拟的时代风气和肯定民间歌谣的进步观点,更可珍视。

《与丘长孺》(节选)译文

  大抵事物真实就可珍贵,真实则我的面貌不能同于你的面貌,况且与古人的面貌又怎能相同呢?唐代自有自己的诗歌,不必同于《文选》之诗。初唐、盛唐、中唐、晚唐各有其诗,不必都同于初、盛唐之诗。李白、杜甫、王维、岑参、钱起、刘长卿,以至元稹、白居易、卢仝、郑谷,各有自己风格特征的诗歌,不必都同于李白、杜甫之诗。赵宋也是如此,陈师道、欧阳修、苏轼、黄庭坚诸人,(他们的诗作)有一个字是抄袭唐人的吗?又有一个字是互相抄袭的吗?至于他们不能写像唐诗那样的诗,当是时代的转换变化使之然,就像唐人不能写《文选》中那样的诗,《文选》的诗人不能写汉魏诗那样的诗。当今的士大夫,却想全天下的诗人都学唐诗,又因宋诗不像唐诗而指责它。既然因宋诗不像唐而指责宋诗,为什么不因唐诗不像《选》诗而指责唐诗,不因《选》诗不像汉魏诗而指责《选》诗,不因汉魏诗不像《诗经》三百篇而指责汉魏诗,不因《诗经》三百篇不像(远古的)结绳记事和鸟兽之纹而指责《诗经》三百篇呢?如果真要这样(无穷地指责),反不如(什么也没有)只有一张白纸,诗道一脉相传的历史扫地以尽。诗歌的气运一代比一代衰减,所以古代诗气运厚重,当今的却薄弱。诗的奇异、美妙、工巧无所不至其极,一代比一代兴盛,所以古代诗有无穷的情志,当今的诗无不可写的景致。这样则古代诗为什么就一定高级,当今诗就一定低下呢?不知道(我以上所讲的)这个道理的人决不可以读丘郎的诗,丘郎也不必让他们读自己的诗。

提示:此文中心仍然是申论诗歌代有变化、代有特点的时代进化观,批驳那种模拟复古之风。

清 代

金圣叹《读第五才子书法》(节录)译文

有人问:施耐庵寻求(《水浒》)这一题目,写出了他自己的构思精巧、词藻美丽的作品,何苦一定要选定水浒这一事情?回答:(作者)只是贪爱这三十六个人,就有三十六样出身,三十六样面孔,三十六种性格,这中间便能结构编撰出故事来。

提示:此则论述施耐庵为什么要写《水浒》这一题目,认为施氏之所以写这一题目是因为这一题材容易表现人物的不同性格。三十六个人就有三十六种面孔、三十六种性格,这正是《水浒传》的艺术高超之处。

《水浒传》的方法，都是从《史记》中学来的，却又有许多胜过《史记》的地方。像《史记》里的许多妙处，《水浒》是件件都有的。

提示：此则论述《水浒》对于《史记》是青出于蓝而胜于蓝。

《水浒传》不是轻易下笔的，（我们）只看宋江名字，一直到第十七回才出现，就可以知道作者心中已经计划过无数遍了。如果是轻易下笔，必定要在第一回就写宋江，那么文字就是一个直接的流水账，就没有收纵开阖的技巧了。

提示：此则以宋江出场为例，论述《水浒》是经过认真仔细经营策划的大手笔。

我曾经说《水浒》胜过《史记》，别人都不肯相信。（他们）绝不知我并不是乱说，其实《史记》是用文辞来安排事实，《水浒》是凭借文辞来虚构事件。用文辞来安排事实，是先有如此如此的事实，却要（根据这些事实）计算策划出一篇文字来，即使是司马迁的高才，也毕竟是出力吃苦的工作。凭借文辞来虚构事件则不是这样，只是顺笔写去，删削和补充都决定于作者本人。

提示：此则对《水浒》和《史记》进行比较，提出"以文运事"和"因文生事"的观点，实则肯定了文学创作的虚构问题，这在文学理论批评史上似应是一个新观点，而且在比较中，金氏更推重这种虚构的文学。

《水浒传》写一百八个人的性格，真正是一百八个样子。如果是别的一本书，任他写一千个人，也只是一个样子，即便只写两个人，也只会是一个样子。

提示：此则肯定《水浒传》人物性格的多样性，"一百八个人性格，真是一百八样"是《水浒传》人物性格描写的特点，也是它的人物性格描写的优点。同时，金圣叹对中国传统小说创作中人物性格描写缺少个性的类型性提出了一针见血的批评。

《大宋宣和遗事》这本书,具体记载了三十六个人的姓名,可见这三十六个人是历史上实有的人物。只是应该知道,七十回《水浒》中的许多事迹都是作者凭空虚构出来的,如今我们读这七十回《水浒》反而把这三十六个人都认识了,任凭提起其中的一个人,都似乎是旧时相识的人,《水浒》的文字就是有如此感人的气力啊!

> 提示:此则仍论述《水浒传》人物性格描写的多样性特点。三十六个人虽记载于史册,但人们熟识其性格面貌特征,不是通过史册的《大宋宣和遗事》,而是通过文学作品《水浒传》,可见文学比史籍更具感染力。值得注意的是,金圣叹对古代人物、事件的虚构性处理意见和几乎与他同时的李渔的意见是完全不同的。把二者的意见进行比较应是很有意思的。

《水浒传》仅是写人物的粗鲁性格之处,就有许多不同的写法:如鲁智深的粗鲁是性急,史进的粗鲁是少年任性,李逵的粗鲁是蛮横,武松的粗鲁是豪杰不愿受羁束,阮小七的粗鲁是悲愤无处诉说(引起的),焦挺的粗鲁是气质不好。

> 提示:此则具体举例论述《水浒传》人物性格描写的高妙之处,仅粗鲁这一性格就有许多不同写法,就不必论其他了。这里接触到了人物性格的共性和个性问题,鲁智深等人的性格中都有粗鲁的共性,但粗鲁中又各有不同的个性,而这种共性正是包含在个性之中。

李渔《闲情偶寄》选录译文
立主脑

古人写一篇文章,一定有一篇文章的"主脑"。"主脑"不是别的什么东西,就是作者立言作文的本意啊!传奇也是这样。一部传奇戏中,有无数的人物,究竟多是陪衬次要人物;推想作者的初心,(这些陪衬次要人物)应当只是为一个主要人物而设立的。就是这一个主要人物,从开始到结束,经历悲欢离合,中间有无限的情由、无数的情节,究竟多属于无关紧要的文字;推想作者的初心,(这些无关紧要的文字)应当只是为一个主要情节而设立的。这一个主要人物、一个主要情节就是写作传奇的"主脑"。然而一定要是这一个主要人物、主要情节,果然是奇特的,实在是可以流传的,而后传写它,那就不愧传奇的名称了,而且(传奇传写的)这个主要人物、主要情节,以及作者的姓名,都将流传千古了。例如一部《琵琶记》的创作,只有蔡伯喈一个主要人物,而蔡伯喈一人,又只有他"重婚牛府"一个主要情节。其余的次要情节,都是从这个主要情节派生出来的:如父母双亲的遭遇凶难、赵五娘的尽孝、拐儿为骗财藏匿家书、张大公的仗义疏财,都是由这个主要情节派生出来的。"重婚牛府"这四个字,就是写作《琵琶记》的"主脑"啊!其他的戏剧都是这样的。一部《西厢记》,只有张君瑞一个主要人物,而张君瑞一人,又只有他"白马解围"一个主要情节。其余的次要情节,都是从这个主要情节派生出来的:如夫人的许婚、张生希望得以(与莺莺)婚配、红娘的勇于作合、莺莺的敢于失身,以及郑恒的力争原配身份而不得,都是由这个主要情节派生出来的。"白马解围"这四个字,就是写作《西厢记》的"主脑"啊!其他的戏剧都是这样的,不能一一详细指出了。后人作传奇,只知为一个主要人物而作,不知(还要)为一个主要情节而作,(于是)尽量把这个人物所做的事逐个铺陈,(那只会)像散金碎玉一样(没有收束)。这当它是零散的折子戏还可以,说它是全本戏,那就是断了线的珠子,没有大梁的屋子。作者茫然没有头绪,观戏的寂然无声(没有反应),无怪乎有的(懂得戏剧的)人看见戏院就望之而退了。这个("一人一事"的"主脑"的)话(从前)未经(别人)提破,所以违反的人很多。而今之后,我知道再违反的人就会很少了。

提示:提出戏曲创作要"立主脑"。从作者的论述可知,所谓"立主脑"就是要确立传奇的主要人物和主要情节,其余的次要人物和枝末情节都要为主要人物和主要情节服务。这样,一部戏曲才能脉络清楚,主线突出,不生枝蔓。

密针线

编戏有如缝衣,它开始的时候,则是把完整的布料剪碎,其后又将剪碎的布料缝合成衣服。剪碎很容易,缝合就很难了。缝合的工夫,全在于针线紧密;一处偶尔的疏忽,全篇戏曲的破绽就显露出来了。每编成一折戏,必须照顾到前面的几折,还要照顾到后面的几折。照顾到前面的,是要后面的能照映前面的;照顾到后面的,是要前面的能为后面的做好埋伏。照映和埋伏,不止是照映一人,埋伏一人,凡是这个戏中有名字的人,关涉到的事,以及在此之前和在此之后所说的话,样样都要想到。宁使想到了而不用照映,不要使应该照映而忽略未用照映。我看到今天的(一些)传奇,各个方面都逊于元代作者,单独在埋伏照映方面胜过一筹。不是今天的作者太工巧,而是元代作者所擅长之处不在埋伏照映方面。如果以缝衣的针线做比喻而论,元人戏曲中最粗疏的没有超过《琵琶记》的,大的情节关目乖违荒谬的地方很多:如儿子中了状元三年,而家里人却毫不知情;赵伯喈入赘相府,享尽荣华富贵,却不能自己派遣一个仆人,请过路人附带家书报告家人;赵五娘千里寻夫,只身一人,没有相伴,不清楚谁能证明她(这样千里迢迢)能保全节操。诸如此类,都是最明显的违背事理有碍人伦之处。就是再从小的情节上说(也同样有很多乖违荒谬的地方):如赵五娘剪发的事,乃是作者自己杜撰生造的,当时(的情节发展)必不会发生此事。因为有仗义疏财的张大公在,他受人之托,必能忠心别人之所托,不可能坐视不顾,而使五娘剪发。然而不剪发不足以见五娘的孝心,就是我写《琵琶记》,《剪发》一折也是必不可少的,但是必须照应回护张大公,使情节自留地步(不至乖违荒谬)。我读《剪发》一折的曲辞,并无一字照应回护张大公,而且还好像有心在讽刺他（没有照顾好赵五娘一家）。据赵五娘所说："前些日子婆婆去世，多亏大公周济。如今公公又死去，没有钱出葬他，不好再去求大公，只得剪发。"如果是这样，则剪发一事，是五娘自愿做的，并非是情势逼迫使她这样，那为什么曲词中要说什么"不是奴家苦求孝名流传，只是因为上山擒虎易，开口求人难"的话呢？这两句话虽说是常言，人人都可以说，独独不适合出于赵五娘之口。她自己不肯告诉别人（自己需要救济），又为什么说"求人难"呢？看这两句话，不是好像怨恨大公吗？然而，（五娘说的）这两句话还可以算作是她私下的话，或许可以原谅；到了她哭倒在地，大公看到了她，答应送钱米资助，以供（出葬的）衣服棺木，那么（五娘）感激赞扬的话应当是说不尽的了。为什么曲词中又说："只恐奴家身死也没有人埋，谁来还你的恩情债？"那么试问：（五娘的）公公死了是谁出资埋葬的？婆婆死了又是谁出资埋葬的？面对出资埋葬自己公公婆婆的人而说自己身死无人埋，将置大公于何地呢？且大公的出资相助，是崇尚大义，并非是贪图私利啊！"谁还恩情债"一句话，不是几乎将大公一笔抹煞？将大公的一片热肠投之冷水之中吗？这种词曲幸好是出自元人，假如出自我辈，那一定会被众人嘲笑不已，不知置身何地了！我不是敢于轻视古人。既然我要为词曲立准则，必定要使人知道如何取法。如果拗不过世俗之见，认为事事应当效法元人，我恐怕还未得到美玉，就有了瑕疵了。有人非难我，（说我）举元人（错处）来借口说事，不知圣人千虑，必有一失，圣人做的事也有不是都可以取法的，何况其他呢？《琵琶记》中可以效法学习的地方原本很多，我举其长处以掩其短处：如《中秋赏月》一折，同样是一个月亮，出于牛氏之口，句句都表现出欢乐之情；出于蔡伯喈之口，字字透出凄凉之意。同处一座，却有两种情绪，两种情绪表现于一种事物，这就是它针线最密的地方。(《琵琶记》)瑕不掩瑜，何妨一同列举出来它的瑕瑜的大略呢。然而，作传奇是一件事，其中的要义是三项：曲，念白，前后情节的穿插联络。元代作者所擅长的,只居其一;就是曲词,念白和前后情节的穿插联络,是其所不擅长的。我们于元人的作品,只遵守他们曲词的规矩绳墨就可以了。

  提示:一部戏曲作品除了中心人物和中心情节以外,还应该有许多次要人物和次要情节。这众多的人物和情节都应该围绕着中心人物和中心情节开展活动和展开情节,突出一个主线,构成一个有机的整体。在这个整体中,人物与人物、情节与情节、人物与情节之间要互相关联和照应,不能产生抵牾与矛盾。因此,剧作家在创作中要通盘考虑,精心构思和缜密布局,犹如缝制衣服的紧针密线,故李渔把剧作家的这种活动称之为"密针线"。

审虚实

  传奇所用的题材,或是古事,或是今事,有的是虚构的事,有的是实有的事,随剧作者之意所取。古事记载在书籍里,是古人现成之事;今事传播在人们的耳闻目见之间,是当世当时仅见的事。实有的事,(写作时)作者就事铺陈敷衍,(事实)不用假造,可以说是有根有据的啊!虚构的事,是空中楼阁,(写作时)作者可以随意虚构,可以说是无影无形的啊!有人说,古事多是事实,近事多是虚构。我说,不是这样!传奇没有(真正意义上的)实事,大半都是(虚构的)寓言啊。(比方说)要劝人为孝,就举出一个孝子之名,只要他有一个孝行可记,也就不必尽有其他各种孝行,凡是孝顺父母双亲所应有的事,都可以拿来加在他一个人身上,这也好比说纣王的坏事做绝了,再说坏也不为过了,一旦沦落下流,天下的恶行坏事都可以归他了。其余的表扬忠行节义,与各种劝人为善的戏剧,大抵与此相同。如果说古事都是实有的,那么《西厢记》、《琵琶记》,都被推许为戏曲之祖,崔莺莺果真嫁给了张君瑞?蔡邕饿死了他的双亲,赵五娘的矫正补救她丈夫的过错,见于哪本书?果真有事实根据吗?《孟子》上说:"完全相信《尚书》,还不如没有《尚书》。"这是针对《武成》篇说的。经书史书尚且都是这样,何况是杂剧呢?大凡阅读传奇而一定要考证其事从何处而来,其人物居住于何地的,都是痴人说梦,可以不理睬。然而作者提笔写作,又不能都这样看待。如果写的是目前的事,无所考究(事实),那么不但事迹可以幻想产生,就连这人的姓名也可以凭空捏造,这就是说要虚构就虚构到底。如果以往事做题材,以一个古人的名字为(剧中)人物,那全剧的角色,都要是古人,捏造一个人姓名都是不行的;这个人所做的事,又一定要记载于古籍,清晰明白,可以考证,创造一个事迹也都是不行的。这不是说用古人的姓名就难,而是(让他与)满场的角色同在一个时代,共做一件事情是很难的呀!不是说查考的事迹困难,而是要使与本来的事实情节贯通融合是很困难的呀!(那么)我既然说传奇没有事实,大半都是(虚构的)寓言,为什么又说姓名事实必须有所根据呢?要知道古人填写古事容易,今人写古事难。古人填写古事,就好像今人写今事,并非不考虑人物的事迹,而是无从考证;(古人、古事)流传至今天,那人那事,观看者(早就)熟记于心,欺骗不了的,既然不能欺骗,所以一定要求有根据,这就是说事实就事实到底。如果只用一两个古人作为人物,因为没有陪衬人物,就幻想捏造别的姓名来代替,那就是虚构又不像虚构,事实又不成事实,这就是写作者的尴尬处境啊!切忌犯这种错误!

提示:这里主要讲解如何处理古今题材的问题。他说:"传奇无实,大半皆寓言耳!"这无疑是正确的。因此,他认为戏剧以当今事实为题材,可以完全地虚构,就是所谓"虚则虚到底"。但是,对于古代题材,他一方面认为事实可以虚构,一方面又说,(古代的人和事)"流传至今,则其人其事,观者烂熟于胸中,欺之不得,罔之不能,所以必求可据,是谓实则实到底也。"这又是说古代的"其人其事"是不可以虚构,艺术不可以打破历史的真实。这与前面所说的"传奇无实,大半皆寓言"的话存在明显的矛盾抵牾之处,看来李渔对于文学艺术的虚构认识还是不清晰、不彻底。

王夫之诗论选录译文
《姜斋诗话》(选录)译文

"读《诗经》可以触发人们的感情志意,可以考察社会政治和人心的得失,可以团结人,可以抒发怨愤不平。"(这几句话可以说)把诗的意义说尽了。辨别汉、魏、唐、宋的诗是雅还是俗,是得还是失,就是以这几句话为准,读《诗经》三百篇的人必然会有此体会!(夫子所说的)"可以"云云,是随"以"而"可"(按,意谓"以"读《诗经》中的诗而"可"产生"兴、观、群、怨")的。(《诗经》中)可以触发人们的感情志意的地方,必然可以考察社会政治和人心的得失,这种"兴"寄意深远;可以考察社会政治和人心的得失的地方,必然可以触发人们的感情志意,这种"观"就洞察明晰。代表可以团结的人抒发怨愤不平,这种怨愤不平越加不会被忘记;因抒发怨愤不平而被团结起来,这种团结越加诚挚。超出于(各自孤立的)"兴、观、群、怨"四种情感之外,就会产生(不各自孤立而互有联系的)新的"兴、观、群、怨"四种情感;在"兴、观、群、怨"的四种情感之间遨游徜徉,(看到它们互相可以转化)情感就不会凝涩。作诗的人运用他的一种思想感情(作诗),读者却各以自己的情感(经历),而(从诗中)获得各自的感受。所以《关雎》(并非仅是颂美或讽刺)可以说是"兴",(所以齐、鲁、韩三家诗)以《关雎》为讽刺周康王晚朝的诗,使之成为(统治者的)借鉴(按,"兴"确可以照见康王之失,是"兴而可观"之例)。《诗经·大雅·抑》"吁谟定命,远猷辰告",可以说是"观",谢安欣赏这几句(谓此偏有雅人深致),激发了他的高远之心(按,"观"却可以激发人的意志,是"观而可兴"之例)。人之思想感情遨游不定,没有涯际,诗歌能以自己抒发的情性与读者的情感谐合,这才是诗的可贵之处。因此,颜延年不如谢康乐(因为他的诗与读者情感谐合比不上谢灵运),而宋诗唐诗也因此有升降高下的变化。谢枋得、虞集他们说诗,拘泥守旧,画地为牢,追根究底,自谓解人,哪里知道(我上面所说的)这些(道理)呢!(卷一《诗译》)

> 提示:这一节里,王船山认为"兴、观、群、怨"四者不是各自孤立,而是互有联系、互相转化的,这是他论诗的特点和要点之一。读诗不要拘泥和割裂诗意。作者之意虽然无,读者之意却可以有,强调读者阅读中的主观能动作用,这无疑是正确而通达的观点。

"兴"在有意和无意之中(不必着意经营),"比"也容不得雕琢刻画。最与情有关系的是景,(景)自然与情互相感发。情和景虽然一个在心里,一个是外物,但景感人而生情,情被感动而产生出带有感情的景,情感哀乐的感触,景色荣枯的触目,互相融会。天生的情感和自然的景物时或可哀时或可乐,无穷地运用它,(就会)变化流动而不滞涩,思想贫乏而窒碍的人不会知道其中的道理。杜甫的(《登岳阳楼》诗)"吴楚东南坼,乾坤日夜浮",乍读时好像气势雄豪,然而正好与"亲朋无一字,老病有孤舟"互相融汇谐浃(就会带有一种忧愁的情绪)。故而应当知道《诗经》中的"倬彼云汉"这句诗,既可以歌颂广育人才的周文王,增益他的光辉形象,又可以忧念旱灾的严重,加重旱情炽热的感觉,(从中可以领会)字句不可专主一意,而是可以在各种不同场合都能用得很适合。唐末人不懂这个道理,为"玉合(盒)底盖"的胶柱鼓瑟之说,孟郊、温庭筠诗把情和景分离开来。但天生之情和自然之景能用抓阄来划分吗?(同上)

> 提示:这则是说明情和景要互相融合,而且互可变化流动,作诗不可预先规划词句,为"玉合(盒)底盖之说"。六朝之

后就有人编辑类书分类比次用词置字、排比旧典故事,为"玉合(盒)底盖之说",使作诗者胶柱鼓瑟、画地为牢。王夫之对此深恶痛绝,故在其论诗著作中屡加批评痛斥。

无论诗歌和长篇文章,都要以思想意思为主。思想意思是(诗文的)主帅,没有主帅的兵,叫做乌合之众。李白、杜甫之所以被称为大家的原因,是(他们的)没有思想意思的诗,十分里没有一二分。(描写)烟岚、云霞、泉水、石头、花草、飞鸟、苔藓、林木、华美的铺榻、锦绣的帷帐,有寓意就是好诗。像齐、梁时代的诗(只会)用华美的诗句,宋朝人(只会)用前人现成的字句组合成诗,宋朝人论诗,字字要求有出处,役使自己的心,向它们中间去摘取索求,而不顾及自己的感情是从哪里发出的,这就叫做小家子路数,总是只能在一个圈圈里寻求(作诗的)方法。(卷二《夕堂永日绪论内编》)

> 提示:这是说明诗文应以意为主。所谓"意"就是作者作诗作文时赋予诗文的思想内容。王夫之认为李、杜的诗大多能做到"以意为主",批评齐梁诗和宋诗或是专意于辞藻的华美,或是专注于锻炼字句,缺少作者的真情实感,未做到"以意为主"。

(贾岛诗《题李凝幽居》)"僧敲月下门"(到底用"推"字还是用"敲"字),只是别人凭空妄想,无端揣摩,就像替他人说梦,即使形容得特别相似,又何尝(与那人事实上的梦境)有一丝一毫的关系?知道这样的人,因为作者沉吟着"推"、"敲"二字,就替他作揣想(替他确定用哪个字)。如果触目眼前之景而内心有所感发,那么或者是"推",或者是"敲",(实际情形)二者必居其一,(作者身临其境)因景感人而生情,因情被感动而产生出带有感情的景,这样(写出的诗)就会自然生动,灵动美妙,何必有劳别人揣摩议论呢?(王维《使至塞上》诗)"长河落日圆",(在作者心里)起初并无一定之景;(他的《终南山》诗)"隔水问樵夫",也不是(作者在心里)预先想好

了的(只是触目即景而已):这就是禅家所谓的"现量"(的境界)啊!(同上)

  提示:明朝一些学者诗人有妄替别人改诗的恶习,这段文字正是借贾岛、韩愈"推"、"敲"的故事批评这种风气。作者强调作诗要"即景会心",根据作诗时的实际情景置辞造句,替别人揣想,妄议妄改,只能是替人说梦。在这段文字的结束处,王夫之提出了诗歌创作中的"现量"说这一新的理论,以禅喻诗,其大意是说,作诗时应"即景会心",闻言得意,不劳思索比度,便能领略其情味的艺术表现。

  情和景名义上是两个事物,而实则不可分离。对作诗能出神入化的诗人,诗中的情和景融汇谐浃,妙合无垠。巧于作诗的人则情中有景,景中有情。景中有情的,如(李白《子夜吴哥》)"长安一片月",自然(在长安月夜之景中)有一种(女子)独自歇息,思念远征夫君的情怀。(杜甫《喜达行在所》)"影静千宫里",自然有(诗人长期流离后)终于到达天子所在之地的欢喜之情。情中有景的,特别难以曲折地表达,如(杜甫《和贾至舍人早朝大明宫》)"诗成珠玉在挥毫",写出了诗人才子纵情挥毫、驰骋笔墨的自我欣赏的欣喜之景。大凡此类诗句,有欣赏智慧的读者可以体会它们;如果不是这样的读者,也就糊里糊涂随便看过,只当作平常的话头了。(同上)

  提示:这段论述情和景的关系。在王夫之看来,最好的是情景"妙合无垠",结合得天衣无缝,无法划分;其二是"景中情",在写景中蕴涵情;其三是"情中景",在抒情过程中让读者看到诗中带有感情的形象。总之,写景定为生情,写情必寓于景,这就是他所说的"情景名为二,而实不可离"的意思。

  近体诗的中间二联,一联是情,一联是景,(这只不过是)一种作诗之法而已。(杜审言《奉和晋陵陆丞早春游望》)"云霞出海曙,梅柳渡江春。淑气催黄鸟,晴光转绿萍",(李峤《奉和圣制从蓬莱向兴庆阁道中留春雨中春望之作应制》)"云飞北阙轻阴散,雨歇南山积翠来。御柳已争梅信发,林花不待晓风开",都是景语,哪里有情语?至于说四句都是情语,而没有景语的诗,更是数不胜数。这难道不也是一种作诗之法吗?景与情融汇谐浃,情因景而生,从来不能分离,随诗人意之所之(自然生成)而已。把情与景断然分成两截,那情就不能因景而感发,而景也不是含情的那个景。况且如(沈佺期《古意》)"九月寒砧催木叶(十年征戍忆辽阳)"一联二句,以一情一景作对仗;(李颀《题璇公山池》)"片石孤云窥色相(清池皓月照禅心。指挥如意天花落,坐卧闲房春草深)"四句,句句都有情有景,更从何处分成情、景两截呢?浅陋的人标示浅陋的作诗格式,竟说(杜甫《登岳阳楼》)"吴楚东南坼(乾坤日夜浮。亲朋无一字,老病有孤舟)"四句,上二句是景,下二句是情,是律诗的宪章典范,真是不顾及杜甫会在九原(疑指九泉)大笑。愚蠢之病已是不可救愈了,谁能治好他们呢?(同上)

> 提示:这段举例驳斥把情景加以割裂的"浅人陋格",指出所谓"一情一景"只是一种作诗之法,不是都应该依从的通例。对情和景的处理可以有各种方法,但都应做到"景以情合,情以景生,初不相离,唯意所适"。

作诗建立门庭宗派的必然会堆砌辞藻典故,不堆砌辞藻典故就不能建立门庭宗派。由于心灵是各人自有的,不能互相借换,不能(就如何使用心灵)开出方便的入门方法,让浅陋的人任意地支使借用。人们讥笑西昆体堆砌熟语典故为"獭祭鱼",苏辙、黄庭坚也是堆砌熟语典故的"獭"。不过西昆体所堆砌的是如"肥油江豚"似的浮丽熟烂的辞藻典故,苏、黄等人所堆砌的是如"吹沙跳浪之鲨"似的生涩稀僻的辞藻典故:(他们)除了书本上的典实故事就再也不会作诗了。像刘炳(字彦昺)《早春呈吴待制》诗:"山围晓气蟠龙虎,台枕东风忆凤凰。"贝琼(字廷琚)《寄内弟陆熙之》诗:"我别语儿溪上宅,月当二十四回新。如何万国尚戎马,只恐四邻无故人。"(虽然用古人典故和成语,但与西昆体和苏、黄不同,仍然能委曲巧妙地描写自己的心灵感情)用不用典故,总之要能委曲详尽地描写人的心灵,发动人的"兴、观、群、怨"的感触,这就使浅陋的人无法支使借用。唯其不可(让浅陋的人)支使借用,所以没有人(因用描写人的心灵的方法进行创作来)建立门庭宗派,(用描写人的心灵的方法进行创作)就能振兴四百年来诗歌创作的衰退景象。

提示:这段文字主张作诗要直寻自然,反对生硬地套用前人的成语和典故。生硬地堆砌前人的成语和典故,会形成一种僵化的"方便法门"的作诗套路,这就给建立门庭宗派者以可乘之机。但是王夫之也并不反对能巧妙地抒发诗人自我性灵地使用成语典故,他举了刘炳、贝琼的诗句为例,认为二人的诗都用了前人的典故或者成语,但却能"曲写心灵,动人兴、观、群、怨",所以仍然是好诗,与西昆派的"肥油江豚"式的用典和苏辙、黄庭坚的"吹沙跳浪之鲨"式的用典故成语不同。在王夫之看来,用典、不用典不是褒贬的界线,一切以与作者的感情有关、无关为分界标准。

《古诗评选》(选录)译文

诗有叙事的、对话的,与写史书相比,尤其觉得不容易。写史的才能固然要因檃括事实,使其生动增色,但是(写史)从事实着笔自然比较容易。诗歌创作则要面对眼前的事,即刻产生抒情的愿望,立即用语言描绘出事物形状,如果一用写史(檃括事实)的方法,则事实对诗人的感发就不能体现在诗的语言和韵律之中了,(如此)诗歌创作的道路就不存在了,这就是《上山采蘼芜》一诗之所以妙夺天工的原因啊!杜甫仿效它作《石壕吏》,也接近酷似了,

而每在刻画之处也描写逼真,但终觉其描写超过了史,于诗却嫌不足。论者用"诗史"称誉杜甫,就好像见了骆驼就恨马背不够肿大,这真是可怜悯的啊!(《古诗评选》卷四《上山采蘼芜》评语)

> 提示:此则论史与诗的区别,一重在骤括事实,一重在"即事生情,即景绘状",实即一重在事,一重在情。对于杜甫《石壕吏》与《上山采蘼芜》的比较,认为前者"于史有余,于诗不足",就是说,《石壕吏》过分重于对事实的刻画。因此,对于论者以"诗史"称誉杜甫,王夫之是不以为然的了。

谢(灵运)诗,有的(看似)内容极容易明晓的,而引发的联想却无穷无尽;有的(看似)寓意极不容易寻绎的,而(实则寻绎的)路径却很明显,只不过是不懂谢诗的人,不能明察其中的奥秘罢了。谢诗言情的则(读者)可以在诗的来往动静之中飘渺有无之间获取诗人的心声,并把握鲜明的形象;写景的则在(作者)精心刻画之中显现景物固有的形貌,真实可信。而且情不是矫饰之情,都是通过景表现出来的,景也不是死景,景中总是含情。谢诗的神理流动在情与景之间,天地间的一切都在诗人的观察之中,(谢诗蕴涵的境界)可以大到无限之大,小到无限之小,(诗人)落笔之先、构思之始,存在着一种难以言说的精神活动。岂只是如沈约所说的"兴会标举"呢?(《古诗评选》卷五谢灵运《登成石鼓山诗》评语)

> 提示:此则论谢灵运诗有情景交融之妙,但说得过于玄妙。就事实而言,谢诗语言已渐趋华丽,刻画也过于精细,真正如"池塘生春草"那样的情景交融的"出水芙蓉"的作品也不是很多。

以议论入诗,自然会适得其反。因为诗的主旨要含蓄蕴藉,借以产生议论的道理,所以解说诗的人可以从诗中得到兴观群怨的不同感受。如果(诗人)先就在诗中发议论,那话还未说完,诗意就已经穷尽了。诗本身意已经穷尽,还要想感发读者之心,必然是不能胜任的。(这就好比)以鼓击鼓,鼓不会响,用鼓槌击鼓槌,也只会发出枯木相击之声罢了。唐宋人诗,爱浅显短小,但反而可以有足资标示解说(其中道理)的地方,其下流却也有如胡曾《咏史》一派的,真可以做乡下私塾先生教孩童的课本材料,这足可以知道以议论入诗就不会有诗这句话是正确的了。(《古诗评选》卷四张载《招隐》评语)

提示:此则主张"诗立风旨,以生议论",即道理要蕴涵在诗的形象的描写之中,反对以议论入诗。

叶燮《原诗》(节选)译文

哲理、事变、情感这三方面,足以穷尽普天下的千变万化。所有形形色色的音容状貌,都无法超越理、事、情。对于客观事物的表达来说,没有任何一种能够须臾之间脱离上述三方面而单独存在。才、胆、识、力这四要素,用它们可以穷尽诗歌创作的内在规则及其原动力。所有各式各样(客观世界)的声音形貌,都需依靠这些内在要素加以表现出来。对于创作主体而言,没有哪种表现形式能够脱离上述四要素的制约。用创作主体的四要素,来权衡客观事物所存在的理、事、情这三方面,最终和谐于作者诗歌创作的整个过程中。大到天地经纬,小至一枝一叶,歌唱咏叹之间,都不能脱离四要素和三方面来加以探讨和研究。

提示:该段阐明理、事、情与才、胆、识、力,对于诗歌创作具有至为重要的统摄作用。理、事、情是客观存在的基本形式和诗歌表现的对象,而才、胆、识、力则是诗歌表现理、事、情的内在要素。

对于客观事物的表达,以前已经详细讨论过。创作者虽然天赋不同,但总的来看是能够通过后天努力加以扩展和弥补的。天赋好的人,才、胆、识、力俱全,才气外显,于是人们称其为天才,却不懂天才是不可以凭空产生和加以表现的。天赋不好的人,才智不足,人们便都说他才智欠缺,不能勉强去从事创作,却不懂得见识比天赋的才智更为重要。见识是主体而才智是他的用途,如果天分不足,应当首先钻研探求学识。人如果心中没有见识,那么理、事、情即使都摆在眼前,他也无从认识。连是非优劣都不能判明,怎能指望他来表现创作才能呢?文章的创作,基础在于见识。当今的诗歌界,那些没见识的,既不能理解古代诗人的创作主旨,又不能揭示自家作诗的内在要素。有的人也听闻过古今诗歌理论,诸如体裁、格律、声韵、兴寄等,但仅仅是了解到一些表象。他们往往高谈阔论而心中无数,境界不高,笔力不足。即便历代的诗歌陈列在面前,又怎能判别呢?又怎样取舍呢?别人说好就认为好,别人说差就认为差。这里并非认为他人的意见就不可以采纳,而是说那些不具备自己评价标准的人,每每要枉论是非,这样又怎能判断他人评论观点的正确与否呢!有人说,诗歌必须学习汉魏和盛唐,他也就附和说应当学习汉魏和盛唐,只会一味跟着别人走,但是之所以要学习汉魏和盛唐的道理,他却并不知道,也说不出来。就这样人云亦云,终究也不会明白事理。又有人说,诗歌应当学习晚唐,应当学习宋元,他也就跟着说应当学习晚唐、学习宋元,又认为这是正确的,而之所以应当学习晚唐,学习宋元的道理,他又终究不能明了。接着又听说诗歌界有遵从刘长卿的,于是又群起而仿效刘随州(刘长卿曾任随州刺史)来作诗;有时又听到要崇尚陆游了,于是家家书案上都摆放着《剑南集》(陆游诗集名),并以此作为模仿作诗的珍本,而不再敢去模仿其他诗人了。诸如此类,无法一一列举,大都属于附和着别人的赞扬或是批评来主宰自己的观念与创作的情形,这又有什么必要呢?

提示:此段强调,对于创作而言,见识远比才智更为重要。没有见识,只能导致人云亦云和肤浅的模仿。

以创作为使命的人,必须独具慧眼。先要客观准确地评价古今贤达诗家,然后才能确定自己的诗歌创作道路。如果在评判是非优劣的时候,内心原本糊涂,那就只会盲从时尚而随波逐流,始终说着别人所说的话,写着别人所认同的观点,不也太愚昧了吗!还有人认识不到自己的愚昧,这样就会由愚昧很快导致荒谬,又由荒谬发展为自满,他的愚昧也就因此而更加严重了。探究这种愚昧的病因,其根源就在于没有见识,因此不能判明是非优劣。这就造成了连篇累牍的涂鸦之作和许许多多的无病呻吟。这是有才智的表现,还是没有才智的反映呢?唯有增长见识才能够明辨优劣,明辨了优劣就能够确定自己的创作标准。(这样的人)不但不会去追随当今庸俗的诗风,而且也不会盲目模仿古代诗人的余风。这并不意味着轻视向古人学习。天地之间本来有理、事、情的绚丽变化,作者只要随着自己的观察与想像来自由地加以表现,就必定会产生惟妙惟肖的作品,这是最高的诗歌创作境界。我依照自己的创作主旨和语言表达方式,本当自由地进入最佳的创作境界。古人常说:"不恨我不见古人,恨古人不见我。"又说:"不恨臣无二王(东晋书法家王羲之、王献之)法,但恨二王无臣法。"这些话虽然只是专门讨论书法的,但他们竟能表现出如此的自信。对于其他更多类型的艺术创作规则,可以由此而推知了。

> 提示:这一节讲述见识源于自然和自性体验,其作用是明辨是非、准确定位及有益于表现才智。

比如学习射艺的人,要尽量发挥他的眼力和臂力,确实瞄准后再射出。如果经过训练达到了百发百中,就不必再刻意模仿古人。而古代的神射手后羿和养由基的高超技法,自然会与我不谋而合。我现在能做好,古人先我能做好,不知是我符合了古人,还是古人符合了我呢!高适说过:"乃知古时人,亦有如我者。"难道不是这样吗?因此我们的创作与古人同样好,这就说明基本的标准是一样的。由此也可以这样认为,我也有和古人不同的特点,于是也可弥补古人的不足,当然古人也能够弥补我的不足,而后我与古人自然沟通,相互结为知己。只有这样,我们的创意和语言表达,才可能从个人的识见中全都自然地表现出来。见识明确,胆量于是就大,这样就可以任意表达而不受拘束,上天入地,左右开弓,径直自然放手写来,没有什么事理不能表达得惟妙惟肖的。

  提示:举例说明见识与创作实践的关系,见识与胆量之间的关系,并进一步从古今对比中,说明见识源于自性体验。

  况且胸中没有见识的人,即使天天勤奋学习,也不会有真正的收获。俗话戏称这样的人为"两脚书橱",背诵的日益增多,多了反而更加受累,等到铺开纸张创作时,胸中无数,思如乱麻,无从下笔。心中见识少而胆子越小,想说而说不出,或者能说又不敢说,在浅薄的观念和法度上谨小慎微,既怕不能附和古人,又恐被今人当作笑柄。就像刚过门的小媳妇,战战兢兢;又像跛足者登高,每走一步都恐怕摔倒。篇章写作,本来是件潇洒挥毫的乐事,(对于见识浅薄的人)反倒像是被束缚住了手脚,到处都有障碍似的。又有浮躁者必定说,古人某某的作品就是这样写的,除了我,他人必不能掌握这种技法;不自信者也说,古人某某的作品就是这样,今天也听某某人就这样传授的,而我正是照此来写作。狡诈的人心中认可,却不传授给他人;愚昧的人心中不理解其中的道理,只会向人们夸耀,认为自己的创作很有出处。更有人在创作时,意思已经说完,本不必再啰嗦,但是害怕纸张未满,不合定格,于是就想方设法扩充篇幅,成了画蛇添足;有的人意思尚未说清,正应当挥毫泼墨,但由于害怕突破前人尺度,赶紧草草收笔,这又成了虎头蛇尾的作品。上述种种作者,因为缺乏见识,所以没有胆量,不敢放笔抒写,也不能自由创意。这些作者陷入创作困境的教训,不能不认真总结。

提示:该段重点论述若无见识,就不会有胆量,没有见识和胆量,创作势必陷入困境。

古来贤达强调说:"成大事者在于有胆量。""文章千古事",如果没有胆量,怎能够成就千古大业呢?因此我认为,没有胆量就会缩手缩脚、放不开笔墨。胆量既然缺乏,才智怎能表现出来呢?胆量能够增长才智,(人们)只知道才智受天赋影响,却怎知才智一定要靠胆量才能够充分发挥出来呢?我看到世俗称赞他人之所以具有才智,归结为他能够拘束自己的才智来附和创作的法度。这种认识,是不懂得才智生发的根本原因。所谓才智,是为了能够发现理、事、情和社会道德,以及丰富的创作法度的。如果(某人)的才智一定要依靠约束自己才能够附和基本法度的话,那就是说(他的)才智在尚未束缚与规范之前,是不可能符合基本法度的。所谓才智,如若全然不能够从基本的理、事、情中表现出来,都是有悖于情理道德的言论,与真正的才智背道而驰,还能够称之为有才智吗?别人不能理解的,我凭借才智可以理解;别人不能表达的,我凭借才智表现了出来。发挥着丰富的想像和联想,天马行空,飘摇八方,宇宙都不能束缚,借此创作出的诗文,自然能够揭示真理,事实准确,感情深厚,这才称得上是有才智。如果想要束缚心性来强加模仿,那他其实是已经习惯了砍掉想像的翅膀来恪守法度,却不懂得他所循规蹈矩的究竟是些什么。他肯定会说自己所遵循的是千古不变的法度,而这其实不过是所有世俗都能认同并趋奉的浅薄之见,又何必要求才智来收敛呢?因此作家只能凭借才智来掌握和运用法度,而决不能被现成法度束缚和驱使着,却还在炫耀着自己的所谓才智。所以我说,没有才智,思想就不能飞扬升华;或者说没有独特的思想,才智就无法表现。而所谓的规矩,就是为创造性的思想和想像而设置的无数通道。大约才智是心思的内在表现,它的外在表现则是创造着法度与形式。真有才智的人,内心对于世界万物,什么都能够深入理解与独立想像;他的创作语言,没有什么事物不能够充分地加以表现。谁能够束缚他的思想,又有什么能限制他的语言创造呢?只追求外在的法度规矩,一味束缚在具体事物僵死的法度上,反而会压抑了思想和想像。心灵得不到解放的人,(他本有的)才智就会大为损毁。

> 提示:重点论述见识与胆量、见识与才智之间的关系,以及它们对于创作的影响。

我曾经考察古代的才子,结合他们的诗歌与散文创作来进行探讨。比如左丘明、司马迁、贾谊、李白、杜甫、韩愈、苏轼等人,天地万物都接连不断地展现在他们的笔端,没有什么不可以写照,不可以生动地加以表现的。(作家)对前人不一定非得要承接,对后来者也不必强求他们效仿自己。他们充分享受了各自的创作自由和快感。像这样的才智之人,必定有自信心与独创力作为支撑。只有自信心与独创力强,才智方能强盛持久,这样的强盛持久是无法摧毁的。经历了千百代而仍然不朽的创作,凭借的就是自信与独创。

古人曾说:"掷地须作金石声",六朝人很少有明白这个道理的。之所以称金石,是比喻独创的强盛持久。从这里可以看出作家的自信与创造。自信心与独创力的重要作用(就在于),即使是自己写作的一字一句,一经树立起来就推不倒,横挡上就摧不断,行动着就无法阻止,驻守着就不能动摇。《易经》说:"独立不惧。"此话可以用来评论这种人,并且这种人的作品也会是如此。比如有两个人,都正走在路途中,正好碰到崎岖峻险的山路。其中的弱者,筋疲力尽,心虚胆战,想要裹足不前,却又不允许停下来而只能前进。于是每走一步都要寻求依靠点,借此为依托。有时依靠别人的推或拉,有时手拿东西敲打着反复进行探查,即使能够前进并到达(目的地),也绝不是依靠了自己的力量,仅仅是比木偶被人抬着往前走强一点罢了。而其中那个自信心与独创力强的人,精神旺盛而勇气十足,一直往前走,不依靠任何外在的帮助,奋勇向前,与弱者的依托着外力方能前进是根本不同的。这正是灵魂牵引着形体,哪里还需要依靠外力方能前进。所以有信心就必定有创新,有创新就必定能成功。

我因此认为:写作者没有自信与独创就不能自成风格。(又例如)家庭本来是属于我自己的领地。每个人都有自己的家庭,这家庭都是凭着自己的自信与独创建成的,难道还要依靠或者仿照别人来建立自己的家庭吗?那就会像不能求得自家珍宝,而去偷取邻居的物品据为己有一样。即使偷尽了人家价值连城的美玉,终究还是邻居的珍宝,并不是自家珍宝。而有识者见到此,正好看作笑料罢了。因此本来是自己的,便须使它增益扩大而自成一家,这不是凭借个体的自信与创造就可以办到的吗?

但是自信心与独创力有大小,成就也会有高低。(所以)我还观察到古代的才子,自信足够某一乡里的优秀,于是就去做某一乡里的事情;自信足够一国的优秀,于是就去管理一国的事务;自信足够天下的优秀,于是就去掌管普天下的事物。自信心与独创力更强的,他会自信足以表现十代、百代,以至于千古,那么他创造的文学大业也就会名垂十代、百代,以至于永垂不朽,真的会全部应验他原本具有的自信心与创造力。试考证古往今来的才子,逐一比较他们所取得的成就的高下与他们原有的自信心、独创力的大小,两者简直是分毫不差,惊人地一致。再看看近代作家,他们初期的作品并非不受欢迎,一时间年轻人交口称赞,相互传诵,奉为楷模,但当他们辞世之后,作品便销声匿迹,很少会有人问津。有的作家,身后作品尚有读者,再传之后也就逐渐被人淡忘了。有的甚至还招致了批评讥讽,惹来是非不断。从前被人称赞的,日后却成为招人唾骂的,这真让人感叹不已。就像明朝三百年间,王世贞、李攀龙等人名声卓著于嘉靖、隆庆时期的文坛,终究不如明初四杰高启、杨基、张羽、徐贲等,至今尚未招人非议。钟惺、谭元春在明末纠正了文风弊端，又不如王世贞、李攀龙等人尚可隔代流传。这全是他们的自信与独创大小的区分呀。纵观百代诗坛，从《诗经》之后，只有杜甫的诗歌创造力能像《诗经》一样永垂天地之间。杜甫以后，后代诗人都不能免除众说纷纭、见仁见智、褒贬不一的局面。这中间有能够流传百代的诗人，但百代之内，有兴有衰。有的中道衰落而后又得复兴；有的从前备受压抑而如今又得宠爱。就好像世道必然要这样安排一样。有的作家生前没人推崇他，死后却有人突然崇尚他。

就像韩愈的散文那样，他在世时，整个社会上没人欣赏和推崇他的散文，只到二百多年以后，欧阳修才大力推崇他，于是天下人一致以韩愈散文为正宗范式，直到当今他仍然受到尊崇。

> 提示：以上四段，反复论证并举例说明了自信与独创力对于艺术成就的重要作用及其深远影响。

文章的生命力确实有大小远近的差别，并且，它随着时代变化而不断盛衰的状况又是如此不同。想要成就一家之言，绝对要奋发他的自信心与独创精神啊！（为此）首先要在内心求得见识，才可能转换为外在的才智；只有具备足够胆量的人，才可能施展自己的才智；唯有凭借个人的自信与独创力，方能保证才智创造的艺术生命力能够永存。见识，胆量，自信与独创，这三者全都具备，才智就可以全面展示；只具备其中一两项的，他的才智也就只能够部分地展现出来。这种展现又不能依靠勉强或者短暂的努力就立即成功，大约只有在自然而然的自性体验过程中才会达到。古往今来自信与独创力强大的，没有谁能够超过大禹的。大禹平定天下的功劳，是多么伟大的事业！但孟子却认为他随意做了点事儿，不过是遵循了水流自然行止的规则，疏通了河道罢了。难道还能有其他的治水方法吗？难道非得硬性改变水流的规律吗？不遵循自然法则，就是凭主观愿望勉强做事。大禹的功力，永垂在史册；虽然凭借语言创作力图求得不朽的人,不敢同大禹的功业相比,但是可以殊途同归。千万不要认为诗文创作只是雕虫小技,因此失去自信,从而导致自己一生默默无闻呀!

大约才、识、胆、力这四项是相互补充的。如果有一方面的欠缺,就很难进入文坛获取较大成就。对才、识、胆、力的要求无所谓宽严,但核心是先有见识。假使没有见识,那么才、胆、力就都失去了依托。没有见识却徒有胆量,会变得狂妄、莽撞与无知,言论背弃了道德规范,就会被世人蔑视。没有见识光有才智,虽然可以议论纵横、思维敏捷,但由于是非不清,颠倒黑白,才智反而会变成祸患。没有见识却只是一味地自信而独创,那么邪敝荒诞的言论,足以误导人们,祸乱社会,危害性极大。如果将上述缺陷表现在诗坛上,便会成为诗歌风雅传统的违背者。唯有见识能够使人懂得继承,知道发扬,明确方向。在此基础上,才智和胆量都会由于有了自信而得到充分发展。世俗们全都反对或者全都赞同的,无法动摇我自己原有的创作主张。怎么能用他人观念作为自己判断是非的标准呢?这种自信在心中引领的愉悦和满足,岂只是表现在诗歌和散文方面呢!

  提示:以上两节,重点阐明才、识、胆、力这四者之间的辩证统一关系,以及四者在运用中的自然体悟性。

然而人们怎能尽其一生而获得真正超凡的格调呢?真正具有远见卓识又谈何容易呢?其获取的途径应当像《礼记·大学》所说的那样,要从认知事物开始。在诵读古代诗书时,要用理、事、情来推究判别它,那么前后左右、中间两边,形形色色事物的不同表现,都可以推究认知,不会有丝毫疏漏而有悖于我们对事物的准确理解。如果以战法来比喻创作,那就能够做到进攻时无坚不摧,退守时绝无阻隔。若舍弃了自性内心的才、识、胆、力,而整日徒劳在古代诗文的背诵中,那不过是取得了一些抄袭倚仗、模仿剽窃的办法。自认为可以跻身于诗文创作之林,我却不敢有这样的认识。

  提示:本段说明,内在的才、识、胆、力是为更好地认知、分析和表现客观外在的理、事、情而服务的。

  有人会说:您阐发理、事、情三个概念,可以说是非常周全了。但(你强调说)这三个概念必定是文学创作与鉴赏中最为关键的(我却有疑义)。(我们试用这三个概念来)讨论诗歌。诗歌用来言情,这是肯定的;但理与事,似乎对诗歌本身并不是非常重要呀!先哲朱熹曾说:"天下的事物,都蕴含着道理和规则。"如果要谈到诗歌,好像不可以用物理来探讨它。诗歌作到极致,妙在含蓄无限,思想极为微妙而高远,其境界在于有意无意之间,其主旨在于表现与不表现之际,话说在此而意趣在彼,无端倪可查而又远非某一具像能够概括,超越论说而穷尽思索,仿佛进入了不能名状的境地,这就是诗家境界的极致。你却用一个理字来概括它。(其实)理的运用是有限度的,它能够据实而不宜虚构,可以掌控实施而不宜变化,不是过于刻板就是十分迂腐;就好像学究们枯燥地说书,闾师们老套地赞颂,又好比禅门竟然去推求定法而不弘扬活法。(我)私下里认为这样恐怕违背了诗家的要旨。对事而言,普天下的本来都有它的道理,但不一定都表现为实事。如果诗歌不可以用理念来概括,那又怎能用事实来加以解说它呢?您却坚持认为一定要以理、事与情来概括诗歌特征,并且认定不会有丝毫的偏差。对此,在下我非常疑惑不解,这究竟有什么道理呢?

  提示:该段就理、事、情对于诗歌创作与鉴赏的关键作用,提出设问与质疑。

  让我这样来回答(上述疑问):你谈的是实际情况。你对诗歌的描述,确实进入到了实质性问题。但是你只懂得可言说可运用的理叫做理,而名目与言说达不到的理你懂得它也是理吗?你只知道可确定的事是事,然而知道本无实事正是所有之事的出处吗?

可述说的道理,人人都会表达,又哪里必须诗人去说呢?可证明的事,人人都会述说,又哪里用得着诗人再去重复?必定有常人无法探索的道理,以及常人不能领悟的事情,诗人观察着表象而翻然省悟在内心,别一番理趣与故事也就活生生展现于眼前了。现在试举杜甫诗集中几段名句,为你做清晰而概要的解释,可以吗?

> 提示:概要地回答上述质疑,提示这里的理与事具体指的是诗歌中的理趣和物象,借此引领以下的进一步举例说明。

比如杜甫《玄元皇帝庙作》中的"碧瓦初寒外"一句,让我们来逐字研究(它)。从表面的意思看,它说的是外,与内是无关联的。初寒是什么状态,能够将它内外分离开吗?况且将碧瓦置于其外,就能避开初寒吗?寒气,是天地间的气流。这种气流,在宇宙之内到处充满着,碧瓦偏偏就能脱离它?(或者说)寒气仅仅盘踞在碧瓦之内吗?用初字描写寒气,引领严寒而不似严寒吗?初寒是没有形象的,碧瓦却是物质存在,把虚无与实体混合起来而划分内外,我不知这是写碧瓦呢,还是写初寒?写近景还是写远景?假使必须用理来求证实事,解释诗歌创作(的话),虽然是战国时齐国的邹衍那种谈天说地的辩才,恐怕对此也只能技穷了。然而,一旦在想像中投身于当时的特定场景,就会感到这五个字所创制的情境,突然间仿佛像是天造地设一般:呈现出形象,感染在眼目,顿悟在心中。心中的感悟,嘴上说不出;嘴上说出的,而意蕴又无法解释。仿佛向我们展示出似曾相识的画面,竟然像是有内有外,有寒有初寒,只不过是借助碧瓦这一具像表现了出来。(这画面)有中间,有边际,虚实相互生发,有无互相成就,取用于眼前而心中自得,它的道理明显,事实确凿。苏轼说:"王维诗中有画。"但凡诗歌可以入画的,那是诗家的本事。比如风云雨雪这类非常宜于变幻的现象,画家没有不能够描绘在笔下的。若是初寒内外的景色,即便是五代画家董源和巨然复生,恐怕也会束手无策,搁笔不画了。普天下只有能将哲理和人事带入神奇意境的诗句,那才是平庸之辈根本模仿不出来的呀!

又如杜甫诗《宿左省作》中"月傍九霄多"一句。描写月亮的,从来都只说圆缺、明暗、升沉、高下,而没有说多与少的。如果换成庸俗儒生,不是说"月傍九霄明",就是说"月傍九霄高",(他们)认为这样描写就做到了景象真实而用字贴切。现在(杜甫却要)说"多"。不知是说月亮本来就多呢,还是由于傍了九霄才多?不知是指月光多呢,还是说月亮照的地方多?似有说不尽的意味。试想当时的情景,并不因为描写了明、高,或者是升,就能表现出当时的情景。只有这个"多"字,才可以概括出那个特定夜晚宫殿中的情景。其他人都见到了那样的夜晚,却不能省悟也无法表现,唯有杜甫见到后有所感悟,并且表达了出来。事实如此,其中的道理也不能不是这样。

又例如杜甫诗《夔州雨湿不得上岸作》中"晨钟云外湿"一句,是用晨钟作为物象来谈湿吗?云外的事物,何止成千上万,况且钟就一定要在寺庙。即使是在寺庙中,除钟之外,物体众多,为何偏偏说湿了钟呢?诗人写作时,因为听到钟声有所感触,才这样安排的。钟声没有形状,真能够湿?钟声进入耳朵才会听到;听在耳中,只能分辨它的声音,哪里能辨别它湿不湿呢?说云外,是眼前又看到了云,并未见到钟,所以要说云外。可这首诗是因为雨湿而创作的,有云然后才有雨,钟被雨打湿,那么钟是在云层遮蔽之内,不应该说是云外。这句诗,我不知道它写的是耳中听到的,还是眼里所见到的呢?或是心里揣摩出来的呢?平庸的文人对此一定会说"晨钟云外度",又有的必定要说"晨钟云外发";决不会有写"湿"字的。他们不懂得那是隔着云层见到钟,在钟声里听出了因湿而发闷的声音。这才真是奇特地领悟了天地人道的妙处,从极为深刻的思考中产生出了艺术顿悟,因此才会达到如此自然浑成的诗歌境界。

再比如杜诗《摩诃池泛舟作》中"高城秋自落"一句。秋天是什么样子,为什么要说它落呢?时令交替的过程,没听到过有人说它是落的。就算秋天能落,为什么把它与高城连接起来呢?之所以说高城落,就是因为秋天实际是从高城最先感受到它的降临,于事于理都是这样地无法变更呀!

  提示:以上四段,分别用杜诗中四个例子来详加论证自己的观点,深刻指出诗歌一定要对客观事理进行艺术加工。只有虚实相兼,心象融合,内心与外物统一,理事情贯穿一体,善于表现出非常理之理,非常事之事,非常情之情,这才是诗家才、识、胆、力的最佳体现,这才是诗歌创作的最高境界。

以上随意地列举并说明了杜甫诗集的四句诗。如果用平庸文人的眼光来看,诗歌要讲理,理怎能讲通呢?用诗歌来说事,事又在哪里呢?佛家所谓言语神妙无定、思想飘渺无迹,这其中的道理就在于:最虚空的往往是最真实的,越高远的才越加亲近。(它)展现在心灵与眼目的融会之间,恐怕就如同飞鹰跃鱼那样地显著。道理既然明白,还能够认为诗歌无实事可求吗?古人入事合理的精妙之句,像这样的非常多,姑且举出以上四句,用来类比其他诗歌。还有用事实肯定无法解释的(作品),随意举一些唐代诗句。比如"蜀道之难,难于上青天";"似将海水添宫漏";"春风不度玉门关";"天若有情天亦老";"玉颜不及寒鸦色"等句。像这样的诗句何止成千上万,但决不会有(诗中所描述的)这种事情发生,(这些)实在都是些感情激越与想像联想中的夸张句。感情必须遵循一定的道理,才能够锻造得深厚真实而被人接受。感情与哲理相互交融,客体的事物不也就融会在其中了吗?

  提示:这一段对以上所举四例进行小结,揭示现实生活中的真理事情与诗歌中的理趣物象之间的差别及其辩证关系。

总之,写诗的人,实际上必须要表现理、事、情。说别人可以说的,解释别人都能理解的,就会产生平庸之作。只有一般人无法阐明的哲理,无法洞察的事物,以及不能直接表达的情感,(我们却)借助深刻思索揭示真理,通过想像来构筑故事和物象,在扑朔迷离的联想中使情感得到升华,这才能创作出哲理深刻、事物真切、感情浓烈的诗句。庸俗文人的耳目心思中怎会具有这样的境界呢!那么我所论述的理、事、情这样三个概念,就不是迂腐的、怪僻的和僵死的概念了。了解并且真正掌握了上述观点和艺术技能,不仅仅有益于写诗,还会有益于对一切事物的认知与表现啊!

> 提示:以上段落总结全篇,概括并进一步发掘主旨的深刻意义。

王士禛《带经堂诗话》(选录)译文

南朝梁代的萧子显在《自序》中说:"登上高处,极目远望,莅临水边,送友归去;听雁鸣莺啼,见花开花落。凡耳闻目睹,诗思即有感应,每每不能自已;但(诗思)必须自来相应,不能勉强构思。"唐代的王士源序孟浩然诗说:"(浩然)每逢作诗之时,常凝伫创作的灵感,即刻而就。"我平生记住并信服他们的话。所以不曾为应酬别人作诗,也没有耐心依别人诗韵和诗。(《带经堂诗话》卷三,录自《渔洋诗话》)

> 提示:此则强调必须在创作灵感来临之时方可作诗,不能在没有创作欲望时勉强构思。而创作灵感常在创作客体,即外界事物触动创作主体之时不期而至。王士禛的观点是他总结自己的创作实践得出的经验,符合创作时的实际情况。

世人说王维画雪中芭蕉(不合时令特征),他的诗(有的)也是如此。例如"九江枫树几回青,一片扬州五湖白",接下连用"兰陵镇"、"富春郭"、"石头城"几个地名,也都是相隔遥远,不相连接的。大抵上古人作诗画画,只捕捉兴会神到的意象,如果刻舟求剑、缘

木求鱼,就丧失创作的宗旨了。(同上卷三,录自《池北偶谈》)

> 提示:王维画雪中芭蕉虽然不合时令特征(北方冬天雪中不会有芭蕉),却符合艺术家兴会神到的创作实践。这种例子在文学史上举不胜举。

有人问"不着一字,尽得风流"之说(应该怎样理解),我(举例)回答说:"李白《夜泊牛渚怀古》诗:'牛渚西江夜,青天无片云;登高望秋月,空忆谢将军。余亦能高咏,斯人不可闻;明朝挂帆去,枫叶落纷纷。'孟浩然《晚泊浔阳望香炉峰》诗:'挂席几千里,名山都未逢;泊舟浔阳郭,始见香炉峰。常读远公传,永怀尘外踪;东林不可见,日暮空闻钟。'诗写到如此境界,一切的形状外貌都寂然无迹,真正如'羚羊挂角'那样,难以用言辞诘求了。"用画家画画来比方,这也是绘画中的"逸品"了。(同上卷三,录自《分甘馀话》)

> 提示:这是王士禛对他的"神韵"说的诠释。"神韵说主张对审美对象的表现应该做到'不着一字,尽得风流'。即诗人对主体的情感不能直接全面地陈述出来,对景物也不能作全面精细的刻画,而应该如画龙只画其一鳞一爪,如画山水只画'天外数峰,略有笔墨',但通过这所画的一鳞一爪,天外数峰,可以表现出龙的整体风貌和无边的山水景象。这就是所谓'镜中之花,水中之月,羚羊挂角,无迹可求'。"(摘自教材"王士禛诗论选录")也就是所谓"不着一字,尽得风流",就是所谓的"神韵"了。

晚唐司空图(字表圣)论诗,把诗的境界分有二十四品,我最喜爱他说的"不着一字,尽得风流"八个字。他又说:"采采流水,蓬蓬远春。"这二句形容诗的境界也绝妙,正如中唐诗人戴叔伦(曾任容、管经略使,故世称戴容州)说的"蓝田日暖,良玉生烟"八个字,是同一意思。(同上卷三,录自《香祖笔记》)

提示:所论仍然是所谓"神韵"说的境界。

明代汾阳人孔文谷(孔天允,字汝锡,号文谷)说:诗是用来表达诗人的性情的,然而必须以有清远的境界的为上品。明代的薛蕙(字君采,号西原)论诗,只选取谢灵运、王维、孟浩然、韦应物,说(谢灵运《过始宁墅》诗句)"白云抱幽石,绿筱媚清涟",是"清";(他的)"表灵物莫赏,蕴真谁为传",是"远";(左思《招隐诗二首》其一诗句)"何必丝与竹,山水有清音",(谢混《游西池》诗句)"景昃鸣禽集,水木湛清华",则兼有"清"和"远"。总而言之,它们的美妙之处在于有"神韵"了。我以前论诗,认为"神韵"二字的意思,首先是我为学人指出的,未想到(这二字)先见于孔文谷、薛西原的诗论中。(同上卷三,录自《池北偶谈》)

提示:此则举例说明什么是他的"神韵"。所谓"神韵"者,即有"清"和"远"的境界。"清和远是具有神韵的诗歌境界的审美特征……所谓'清',首先体现的是主体的一种审美情趣……清与浊相对,浊与俗相连。与俗浊对立的清所指的是一种超脱尘俗的情怀。在中国文化传统中,自然山水被赋予了超越的品格,所以主体的这种超脱尘俗的情怀最宜于用山水来体现。远有玄远之意,也是一种超越的精神,这种精神也宜于寄托在山水之中。但清和远也有所分别。清偏向于浸透着主体情趣的审美客体的审美表现,也就是说重在景物之描绘;而远则侧重于审美客体中所蕴含的主体思想情感的审美表现,重在情感之抒发。诗歌创作达到这种境界,王士禛称之'妙悟',在他看来是把握了诗歌艺术的真谛。"(摘自教材"王士禛诗论选录")这段话可以帮助我们深刻地理解王士禛的这段诗论和他所举例的这几句诗。

作诗的方法,要讲"根柢",要讲"兴会",二者通常不可兼得。好诗中那种如"镜中之象,水中之月,相中之色,羚羊挂角,无迹可求"的境界的获得,靠的是触物感发的灵感。从《诗经》的《风》、《雅》中疏导诗的本源,上溯楚辞《离骚》、汉魏乐府诗,明晰诗歌之流变,从"九经"、"三史"诸子书(学习)中,完全掌握诗歌(语言)的变化规律,这是(作诗的)根本基础。根本基础源于学问,灵感感发出自性情。(如果)兼有此二者,又能(在诗歌创作中)以风骨为主干,以辞采为润饰,音律谐洽,使华丽的辞采与丰富的内容完全配合,写出许多优美的诗歌,这自然可成一名家。(同上卷三,录自《蚕尾续文》)

  提示:此则论作诗既需要性情的"兴会",也需要学问为"根柢",真性情和真学问,再加之"干之以风力,润之以丹青",自能写出好诗,自成名家。

严羽以禅论诗,我完全同意他的学说,而五言诗格外(与他的"以禅论诗"理论)相接近。如王维、裴迪的辋川绝句诗,字字浸透禅理。其他的如(王维《秋夜独坐》诗句)"雨中山果落,灯下草虫鸣",(《山中秋暝》诗句)"明月松间照,清泉石上流",以及李白(《玉阶怨》诗句)"却下水晶帘,玲珑望秋月",常建(《宿王昌龄隐居》诗句)"松际露微月,清光犹为君",孟浩然(《游精思观回望白云在后》诗句)"樵子暗相失,草虫寒不闻",刘眘虚(《阙题》诗句)"时有落花至,远随流水香",都是微妙的真理和语言,与佛陀的拈花、迦叶的微笑之寓意深隐、妙不可言完全相等,毫无区别。能够通晓其中道理的,可以和他讨论(作诗的)上乘之法了。(同上卷三,录自《蚕尾续文》)

  提示:严羽以禅论诗的"妙悟"和"兴趣"说启发了王士禛的"神韵"说,"兴趣"和"神韵"二者自是源流。所举之例,多是写景名句,可见所谓"神韵"者多体现在写景诗中。

诗家一旦妙悟诗法,就应该如佛家一旦登上涅槃的彼岸即舍筏登岸一样,舍去诗道成法(一任"妙悟"),这种境界,佛家以为是佛道妙悟之境,诗家以为是诗道出神入化之境,诗道与禅道是一致的,毫无差别。明代人何景明(字大复)的《与李空同论诗书》引用上面这些话的意思,正是他自己说自己(从诗歌创作中)所得到的经验而已。明人顾璘(号东桥)认为(何景明)是大言欺人,实在是错误的。岂是东桥自己的诗未能达到这种境界,所以才心存怀疑吧?(同上卷三,录自《香祖笔记》)

  提示:此则论妙悟的境界。以禅论诗是王士禛从严羽那里继承的老话头,但诗歌创作实践确实也有所谓一旦妙悟即可"舍筏登岸"的情形。

"《新唐书》如近世许道宁(按,宋代画家)等人画山水的画,只是真画。《史记》如郭中恕(按,五代宋初画家,字恕先)的画,用写意的笔法,略微点染笔墨,只画远处天外的几个山峰,然而让人见而心服的,(不仅是笔法的奥妙)是在笔墨之外的深远意蕴啊!"上面是明代王楙(字勉夫)《野客丛书》中的话,可以说是说到了诗歌创作的精义了。这也是司空图所说的"不着一字,尽得风流"的意思啊!(同上卷三,录自《香祖笔记》)

  提示:此则以绘画比喻诗歌创作的"神韵"境界。

越国的少女与勾践论剑术,说:"我的剑术不是受之于人学来的,而是忽然间我自己领悟到的。"司马相如回答盛览问作赋的方法,说:"赋家作赋的心得体会,是从内心获得的,无法说出来传授给他人。"诗人作诗的绝妙义理,没有超过以上的几句话。(同上卷三,录自《香祖笔记》)

  提示:此则论诗惟在"妙悟",不可言传。

沈德潜诗论选录译文

《古诗源序》(节选)译文

诗歌发展到了唐代,到了极盛的时候,然而诗的兴盛并不是诗歌的源头。(例如)我们现在看水,到看到了海就看到头了,然而由海上溯,靠近海的是黄河的多道支流,它们上头是浊水,是孟津,再上面由小积石山以至于昆仑山的黄河之源。《礼记·学记》说:"祭河先祭河的源头。"这是重视源头的意思。唐代以前的诗,就好像是昆仑山源头向下流的黄河水;汉代两京、曹魏之诗,离《诗经》的"风""雅"不远,语言与之也没有太大的差别。即使是齐、梁诗的华丽彩饰,陈、隋诗的轻快艳丽,其风格品第也未必不逊于唐诗,然而因它们逊于唐诗就说它们不是唐诗来源之一,这就好像是说海水不是孟津以下的黄河水注入的,有这个道理吗?明朝初年,承袭宋、元二代的传统习惯认识,从李梦阳(字献吉)以尊唐而名声大振,天下无不从风响应。前后七子,互相鼓吹标榜,这种尊唐的论调蔚然盛行。然而它的弊病是拘泥太过(不知变通),就好像是崇拜衣冠楚楚的泥塑偶像,学者对此颇有责备之辞。由于固守尊唐的观点而不能上溯诗的真正源头,所以分门立户建立宗派者,得以由此找到了分门立户建立宗派的说辞。(所以说)唐诗是宋、元诗的上游,而古诗又是唐诗的初发源头啊。

  提示:此则论述诗歌的发展线索,认为诗歌是发展变化的,进步变革的,反对明代前后七子回归唐诗的固守不变的复古泥古观念,这无疑是沈德潜诗论中的积极之处。由此沈氏进而批评分门立户、建宗立派的诗坛现象也是正确的。不过,沈氏批评了前后七子的尊唐观点,但他对汉魏以前古诗的推崇,实则又是另一种复古的理论倾向。

《重订诗别裁集序》(节选)译文

新城王士禛(字贻上,号阮亭)尚书编选《唐贤三昧集》,采取唐代司空图(字表圣)的"不着一字,尽得风流"和宋代严羽(号沧浪浦客)的"羚羊挂角,无迹可求"的意思,大概是(说诗的)味外之味吧。但对于杜甫(自称少陵野老)所说的"鲸鱼碧海"、韩愈(郡望昌黎,故世称韩昌黎)所说的"巨刃摩天"那样的豪迈壮阔的景象,或者还没有达到。我因此取杜甫"鲸鱼碧海"、韩愈"巨刃摩天"的语意确定《唐诗别裁》(选诗)的标准,而同时王士禛所取味在咸酸之外的标准也兼顾到……选成诗集二十卷,共选录诗一千九百二十八篇,选诗虽不能说已经完备,但要借以扶持奖掖雅正之风,使人知唐诗中还有"鲸鱼碧海"、"巨刃摩天"的景象,未必不依靠此选集呢。至于说诗道的可贵,是可以平和人的性情,敦厚人伦的关系,匡正政治的失误,感动天地神明,以及作诗要先审察宗旨,再论体裁,再论音节,再论韵味,而后总归于中正平和的景象(这正是我选《唐诗别裁》的目的啊)。

　　提示:说明编选《唐诗别裁》的标准是既取王士禛的"味外之味"的"神韵"之轻灵婉约,又取杜、韩"鲸鱼碧海"、"巨刃摩天"的豪迈壮阔的境界;其宗旨则是意在使诗"一归于中正平和"的景象。沈氏是要纠正王士禛的片面取向,企图进一步规范诗歌正面说教的内容,仍然没有摆脱儒家诗教的道德政治作用。

　　《说诗晬语》(节选)译文
　　诗歌的作用意义,(原先)可以陶冶人的性情,条理事物之间的关系,感动天地神明,设立邦国的教化,(在外交场合)回答诸侯的问话,作用是如此重大啊!秦汉以来,乐府随时代兴起,六朝继续着这种情形,流传扩散开来,到了唐代,诗的声律一天天地精巧工致,而寄托比兴的传统渐渐失去,(人们)只是把它看作是嘲咏风花雪月、宴饮游历的工具,而与"诗教"就离远了。现在的学者们只知道尊崇唐诗而不知应该上溯穷其源头,就好比瞭望大海的人指着

(海中)鱼的脊背以为是海岸,而还不明白其所见到的只是小小的鱼背呢!现在(我)虽不能越过初、盛、晚"三唐"的诗歌风格,然而一定要和缓地接受("三唐"风格)浸润,上溯"风雅"的源头,诗歌的作用意义才能受到尊重。

> 提示:论述诗歌有教化作用,发挥的仍是儒家的"诗教"传统。但要诗能起这种作用,必须上溯诗的"风雅"之源,批评只知"尊唐"而不溯源的诗坛现状。

事物难以非常清晰地直接描述,事理难以用语言说尽,所以诗人常常托物比兴来形容之;郁闷的心情想要抒发,偶遇天机,触物感发,常常借看到的事物引发情怀以抒发之;比兴的方法交相陈述,反复歌唱咏叹,而心中深藏的欢乐愉快和悲哀忧伤,隐隐在心中跃动,想要表达出来,(这时,所用的)语言虽浅显明白,但要表现的感情却很深刻。倘若只用直接铺陈的方法,就绝无含蓄蕴藉的韵味,用这种没有情感的语言而要想激发别人的感情,这就太难了!王子击喜好《诗经·秦风·晨风》诗,(因其有"如何如何,忘我实多"的怨尤之句)而他的父亲魏文侯被感悟;裴安祖听老师讲《诗经·小雅·鹿鸣》诗,(因其有"呦呦鹿鸣,食野之苹"的鹿群互相呼食之句)而与兄弟同食;周盘曾诵读《诗经·周南·汝坟》诗,(因其有"鲂鱼赪尾,王室如毁,虽则如毁,父母孔迩"的叙述父母生活艰难之句)而为赡养父母出去做官。这三首诗实则别有旨意,而感动触发却在君臣、父子、兄弟之间,惟一的原因是因为"诗可以兴"啊!读前人的诗,只求文字训诂,猎取的只是词句章节的意思、记录叙述的事情而已,虽读得再多,又有什么用呢?

> 提示:此则论述"诗可以兴",强调触物感发的作用。但从其所举的例子来看,还是其不变的宗旨,即儒家的诗的教化人心的作用。

诗歌要用声律来起作用,声律的微妙之处在它的抑扬高低之间。读者静下心气按照音节反复安静地吟咏,就会觉得前人的诗在声响之中难以描写,只能在声响之外另有传达的(言外之意、韵外之致的)美妙,一齐都在吟咏中涌现出来了。朱子(指宋代朱熹)说:"讽诵吟咏、浸润体会就可以发现并理解诗歌的含蓄美妙。"这真是懂得读诗的趣味了。

  提示:此则论述声律音节在诗歌中的作用,认为反复吟咏,接受诗歌声律音响的浸润濡染,自然能体会其在声律音响之外难以言传的美妙。沈德潜的这一诗歌欣赏的方法论符合阅读与欣赏的实际,是他在诗歌创作和阅读实践中的心得体会。

  诗人有第一等的胸襟怀抱,第一等的学问识见,这才能有第一等的真诗。就像太空之中没有一点杂质;又像黄河之源的星宿海,无数的水泉一起涌出;又如土壤丰厚肥沃,只要春雷发动,万物自然发芽生根。古来可以和他谈论上面道理的人,屈原以下,只有寥寥几个人而已!

  提示:此则论述胸襟怀抱、学问识见在诗歌创作中的作用。前者关系到诗歌的思想内容,后者则关系到诗歌的语言声律。

  诗歌贵在有真性情,但也必须讲究诗的规则方法。杂乱而无规则方法的不是诗。然而所谓的规则方法,(应当)实行在不得不实行的地方,停止在不得不停止的地方,而其中的起伏照应、承接转换,如有神灵,变化自如;如果拘泥定死此处应该如何,彼处应该怎样(就像碛沙寺僧注解的《三体唐诗》之类),不是以诗的内容运行诗法,反而以诗的内容屈从诗法,那就是死法了!请试看天地之间的水的流动,云的停止,月的照耀,风的吹来,什么地方可以制定死的方法呢?

提示:此则论述作诗必须既要讲究内容,也要讲究诗法。但诗法必须为内容服务,且法要能运用自如,有如神明变化。

作诗不学古人,可叫做"野体"。然而如果拘泥于古人而不会变通,就像是学书法的只讲临摹,分寸不敢有失,那么自己的精神就不存在了。作诗者积累长久学习努力,不求拔苗助长之功,充实培养(自己)的时间长了,诗法的变化自然而然就产生了,作品的骨力也就自然变换了。(以上卷上)

提示:此则论述学古人,但要有自己的风神骨力,方法则是日积月累的学习培养的,拔苗助长是不行的。

《古诗十九首》不是一个人的作品,也不是一个时间写成的。大体上是表现放逐的臣子、遗弃的妻子、分别长久的朋友、宦学他乡的游子、死生离别的亲人之间的各种情感的;有的用寄托的语言,有的用明显直白的语言,有的用反复重叠的语言,作者起初创作时并没有奇特冷僻的构思,惊奇险要的语句,可是整个西汉的古诗却都在其下。这《古诗十九首》是《诗经·国风》的遗响流韵啊!

提示:论《古诗十九首》的创作时代、作者、内容和地位,观点明确,言简意赅。

作诗用典故,是诗人崇尚的,然而也有不用典故而自成高格的,罗列堆砌典故反而风格低下的。假如作描写田家生活的诗,只应该说出自己真性情的话;向古人乞灵求讨(堆砌典故),就背离了本色。

提示:此则论述运用典故。沈氏反对"田家诗"用典,未必完全正确,"田家诗"用典的并不少,而且也有用得好的。总之,关键不在用典还是不用典,而在于用得好不好!

人们常说诗以抒发性情为主,不以发表议论为主,似乎应该如此,但也不尽如此。试想《诗经》二《雅》中何处没有议论?杜甫老先生的古诗中的《奉先咏怀》、《北征》、《八哀》诸作,近体诗中的《蜀相》、《咏怀》、《诸葛》诸篇,几乎纯是议论。但是议论必须带有感情韵味,不要近乎粗野鄙贱就是了。戎昱《和番》诗说:"社稷依明主,安危托妇人。"也是议论中的好的了。

  提示:此则论述诗既可以以抒发性情为主,但也可以以议论入诗,但议论必须挟情韵以行,这倒是一种辩证的观点。

画竹者一定要有成竹在胸,是说立意在下笔之先,然后着墨作画啊!苦心构思,是诗道所应该重视的。倘若诗的立意主旨和间架结构,茫然无所措意,临到写作时随意敷衍,一点一点地凑合成篇,难道说这是古人所说的得心应手的高超技巧吗?(以上卷下)

  提示:此则论述立意要在下笔之先,落墨之前就要苦心经营立意主旨和间架结构,不能临文凑合敷衍。这当然是沈氏的经验之谈,但也不尽如此,谢榛就不太赞成"辞前意"(即"先立意")。我看"辞前意"还是"辞后意",应因人而异,有人如此,有人如彼,都应该是允许的。

袁枚诗论选录译文
《答沈大宗伯论诗书》

先生讥诮浙派诗,说它沿袭了宋诗的(不好)习气,败坏了唐诗的风格,是厉鹗(字樊榭)启的祸端。袁枚我也是浙人,平素也不喜浙派诗。樊榭不善于七言古诗,他集子中的七言古诗,只是排列典故而已,索然缺少真朴的气息,先生您(在这方面)的批评很恰当。然而我的认识有不尽与您相同之处,敢向您质正请教。

(前人)曾说诗只有作得好坏之分,没有时间上的今古之分。自传说中的葛天氏之歌到今人的诗,都有好有坏,未必是古人诗都好,今人诗都坏。即使是《诗经》三百篇中的作品,也颇有一些不好而不必学习的,不只是汉、魏、晋、唐、宋的诗歌是这样的呢!今人诗中也有极为工致而适合学习的,也不只是汉、魏、晋、唐、宋的诗歌是这样的呢!然而格律没有不齐备于古人诗的,学习者宗奉学习(古人诗),自有其渊源所在。至于性情和遭遇,人人都有自己的(性情和遭遇),不可以模仿古人诗而抄袭之,不可因畏惧古人而据守不变之。现今的莺鸟花草,岂能是古时的莺鸟花草呢?然而不能说现今没有莺鸟花草啊!现今的丝竹乐器,岂能是古时的丝竹乐器呢?然而不能说现今没有丝竹乐器啊!自然的天籁之音一天不断绝,那么乐器的人籁之音也一天不会断绝!孟子说:"今天的音乐犹是古时的音乐。"音乐(从某种角度来说)也是诗啊!唐人学习汉魏诗也变革汉魏诗,唐人的变革,并不是有心要变革,乃是不得不变啊。假使(唐人)不变,就不足言为唐诗了,(同样的道理,假使宋人不变)就不足言为宋诗了。子孙的形貌没有不本源于祖父和父亲的,然而有的变得美,有的变得丑,如果一定要禁止它,不让它变化,那就是造物主也不能做到。先生您允许唐人改变汉魏诗,而独独不允许宋人改变唐诗,这就糊涂了!况且先生也知道唐人自己也在改变着唐诗,这与宋人没有关系吧!初、盛唐之间一变,中、晚唐之间再一变,到了皮日休、陆龟蒙二家已经渐渐接近宋代诗了。风云际会的必然趋向、(诗人个人)聪明智慧的偶尔触及,有时是不想如此而竟然如此的。所以我曾经说,改变唐尧、虞舜的是商汤王、周武王;然而学唐尧、虞舜的没有比商汤王、周武王更好的,没有比(自己让位的)燕王哙更不好的。改变唐诗的是宋、元人,然而学唐诗的没有比宋、元人更好的,没有比明代七子更不好的。为什么呢?当变化而不变化,是学习者据守古人的陈迹啊。鹦鹉能学舌说话,但不知道所说的话的意思,岂不是因为它只知据守陈迹吗!

大抵上说,古人是先读书后作诗。唐、宋诗分界之说,宋、元人没有这种说法,明初也没有这种说法,成化、弘治之后才有。此时议论历代礼法、讲传学问都立门户宗派,以此高扬名声。七子习惯于这种风气,遂附会学诗必盛唐之说,自矜其能,真是极为孤陋寡闻。然而钱牧斋(钱谦益,字牧斋)排斥七子,则又过分了。为什么呢?七子未尝没有好诗,即使是公安、竟陵也是这样。假使(我们)掩盖住作者姓名,偶然举出他们的(某一)诗作,牧斋未必称赞。又假使七子湮没无闻,则牧斋一定会搜访他们的作品并使之保存下来,这是毫无疑问的。只有那些有意与七子等人争强争胜的人,才无暇取公平之心持公正之论,这也是门户之见罢了。先生您不喜厉樊榭的诗,而(《清诗别裁集》的)选集中则选存其诗,所持见识又远远超过钱牧斋了。

至于所说的诗贵在温柔,不可以把话说尽,又必须关系人伦和日常教化。这几句话确实有冠冕堂皇的气象,我嘴上不敢否定先生的话,但心里也不敢赞同先生的话。为什么呢?孔子的话,小戴《礼记》是不足为据的,惟有《论语》是可信的。孔子说诗"可以兴,可以群",这是指(诗)话要含蓄,如《诗经》中的《邶风·柏舟》、《王风·中谷有蓷》就是这样的。(孔子)又说诗"可以观,可以怨",这是指(诗)话要说尽,如(《诗经·小雅·十月之交》的诗句)"艳妻煽方处"、(《诗经·小雅·巷伯》的诗句)"投畀豺虎"之类就是这样的。(孔子)还说(诗可以)"迩之事父,远之事君",这是与诗的(教化)有关系的对象。(孔子)还说(读诗可以)"多识于鸟兽草木之名",这是与诗的(教化)无关系的事物。我读诗常用孔子的话作为折中取正的准则,所以我的持论不得不与先生小有不同,想您不会认为我有僭越之嫌吧。

  提示:袁枚论诗标举"性灵",有其必然的时代背景。清代前期,最负盛名的诗人是王士禛,提出"神韵"说,提倡宋代严羽《沧浪诗话》里的"水中月,镜中花,羚羊挂角,无迹可求"的诗歌境界。袁枚对于王氏的"神韵"虽然并不完全反对,但不同意把它作为诗的惟一的最高境界,只认为"神韵"不过是诗之一种风格,完全可以包含在他自己的"性灵"说之中,认为有性灵才能谈得上有神韵。稍后于王士禛而又稍前于袁枚的沈德潜,则又提出温柔敦厚和讲求格调的"格调"说。"格调"说重比兴,含蓄蕴藉;重委婉讽谏,虚迂委蛇,反对刻露直白;讲究诗的格律、章法、音韵、体裁。沈德潜虽然反对明代前后七子的"诗必盛唐"的一些复古主张,但他的诗论里要求复风雅、学汉魏的主张,仍有轻视真性灵、真感情的因素。他的这些学说主张,特别是它的儒家诗教观,引起袁枚的反感,因而提出"性灵"的理论与沈氏相抗。

袁枚主张写个人的"性情遭际",写个人的性灵。所谓"性灵",就是人的自然本性,就是真,"人之才性,各有所近。假如圣门四科,必使尽归德行,虽宣尼有所不能","得千百濂、洛、关、闽,不如得一二白傅、樊川"。真可以不符合正统道德,它是最高的价值标准。性灵就是要求诗歌表现真人的真性情,就是真实自然地反映诗人一时的感受。他说:"熊掌、豹胎,食之至珍贵者也;生吞活剥,不如一蔬一笋矣。牡丹、芍药,花之至富丽者也;剪彩为之,不如野蓼山葵矣。味欲其鲜,趣欲其真,人必知此,而后可与论诗。"(《随园诗话》卷一)把自己生动鲜灵活泼的感受真实地表现出来,是"性灵"说的真谛。袁枚根据自己的"性灵"说,反对沈德潜的诗一定要有益于人伦日用的主张,认为诗歌可以反映人生的各种生活内容。男女爱情是人的性情,应该是诗歌反映的重要内容,所以他不仅肯定诗歌史上的爱情诗,也为一些艳情诗辩护。

袁枚"性灵"说的另一内容是主张诗歌要变。主张在学古中求变,在继承传统中求创新。他说:"格律莫备于古,学者宗师,自有渊源。"(《答沈大宗伯论诗书》)这是学古。但他又说:"至于性情遭际,人人有我在焉。"(《答沈大宗伯论诗书》)"有性情,便有格律,格律不在性情之外。"(《随园诗话》卷一)性情是独特的,格律必然因性情的不同而变化,这就决定了艺术表现的独特性,艺术表现方式的变化必然又导致了艺术风格的多样性。学习古人,既不能泥古诗,也不能泥唐诗,而是应该在学古中有所变化。所以袁枚否定了诗贵含蓄蕴藉,拘泥一种风格之说,又反对尊唐抑宋泥古不变之说。

袁枚"性灵"说的另一重要之点是在审美上主张风趣。无论是王士禛的"神韵"说,还是沈德潜的"格调"说,其在诗歌中都表现出一种庄严肃穆的面目。袁枚的风趣与他们的壮肃是相对立的,表现出一种轻松活泼、幽默诙谐的特征。为什么说风趣也是一种真性灵呢?因为风趣本是人的一种天生本性,是人在摆脱了政治的、道德的、人伦的庄严面孔后的本性的活泼泼的表现。风趣在审美表现上则要求聪明、"灵机",即是要求以一种活泼诙谐的审美表现方式来表现人的轻松活泼的机灵本性(灵性)。

袁枚诗论,在渊源上直接继承和发展了明代公安派的"性灵"说,但他比公安派在理论论述上更具体、更系统。公安派对前后七子基本持否定态度,袁枚对"神韵"和"格调"的理论却并不全部否定,他把"神韵"看作一种风格,只是不能如王士禛那样看作是诗歌惟一的最高境界而已。而对"格调"中学习古人的主张也并不完全反对,只是主张学古要不泥古,学古要有变化,要在学古中创新,要允许诗歌风格的多样性而已。

《答沈大宗伯论诗书》这篇文章主要论述了诗歌内容和风格的多样性。简而言之,内容上,不仅有益于人伦日用的内容可以入诗,一切的性情遭遇都应该在诗歌中有所反映。在艺术风格上,他也并不完全反对"神韵"和"格调",只是认为诗歌无一定的风格,风格应该多样化。在对待古人的态度上,他也不反对学古,只是学古要结合自己的性灵,不要食古不化。

《随园诗话》(选录)译文

宋代杨万里(字廷秀,号诚斋)说:"从来天分低的人,好谈格调而不懂风趣,为什么呢?格调是空架子,有固定的腔口形式,易于照样学习描画,而风趣是专门描写性灵的,不是天才的人办不到。"我深爱他的这些话。要知道有性情就有格律,格律不是在性情之外。《诗经》三百篇多半写的是劳苦人和思妇随意抒发情感的事,谁为之规定"格",谁又为之规定"律"?(没人规定啊)而现在谈"格调"的人,能够超出《诗经》三百篇的范围吗?况且,皋陶、夏禹时的歌谣不同于《诗经》三百篇,《国风》的格调不同于《雅》、《颂》的格调,格调岂有一定的吗?许浑诗说:"吟诗好似成仙骨,骨里无诗莫浪吟。"诗的好坏在于骨力不在格调啊!

提示:此则论述诗要抒写性情,有性情者即好诗,并且认为"有性情便有格律,格律不在性情外",且举《诗经》证明之。前者自有真理在,而后者却有点绝对化。《诗经》时代并没有什么规定的格律,而所谓《诗经》中的格律只不过是后人的总结而已。但这并不是说,诗可以不要格律,把格律运用到诗歌创作中,这是诗歌发展的必然规律。

诗歌的境地最宽大,有的学士大夫平生读书破万卷,读到老死气尽,也不能够深入诗歌的奥秘境界;而有的妇人女子、乡村里没有多少学问的普通人,偶尔有一二句诗,虽是李白、杜甫再生,也一定会低首悦服的。这就是诗之所以伟大的地方。作诗的人一定要知道这两种情况,而后才能求诗于书籍之中,得诗于书籍之外。

提示:此则主要论述诗歌创作不在书籍学问,而在于真性情,但是袁枚也并不一味地反对书籍学问,而是主张性灵加学问,不过要以性灵为主。

人如果有一肚子书本学问,没有地方去张扬表现,就应当去做考据之学,自成一家;其次,去作骈体文,(骈体文)尽可以铺排书籍典故(张扬学问),何必要借作诗卖弄。自《诗经》三百篇至今天,大凡诗能够流传下来的,都是因为(其诗中)有性灵,与堆垛学问典故无关,惟有李商隐(字义山)诗稍多典故,然而也都是用才能性情驱使典故,不是专门堆砌重叠(典故)啊!我续司空图《二十四诗品》(作《续诗品三十二首》),第三首便题曰《博习》,说诗一定要植根于学问,这就是其中所说的"不从糟粕,安得精英"的这个道理啊!近来见有的作诗的人,全仗学问的糟粕,琐碎零散,就如和尚剃发,又如袜子拆线,句句加注释,这是将诗当作考据来作了。我顾虑我的(《博习》的)说法妨害了他,所以《续元遗山论诗》末一首,说:"天涯有客号詅痴,误把抄书当作诗。抄到钟嵘《诗品》日,该他知道性灵时。"

  提示:此则论作诗要性灵,不靠学问。但是也注意到学问在作诗中的一定的作用,不过总的来说还是反对以学问为诗,反对作诗堆垛典故学问。

  南朝的萧子显在《自序》中自称:"凡是有所著作,只是很少专用功夫思考;定须灵感自来,不需用力构思。"这也就是陆放翁(陆游号放翁)所说的"文章本天然,妙手偶得之"的意思。(隋代诗人)薛道衡登所谓"吟榻"构思,听到人说话声就发怒;(宋代诗人)陈后山(陈师道,号后山居士)作诗时,必须让家里人为他赶走猫、狗,家中婴儿也都要寄放在别人家:这就是杜甫所谓"语不惊人死不休"(的追求)吧!这两者都不可偏废:因为诗有的是从自然的天籁得来的,有的是从巧妙的人工得来的,不可以固执一点而求诗。

  提示:此则论作诗本自天然的灵感,或者人工的苦心构思。二种情况文学史上皆有典型的例子,袁枚认为二者不可偏废,立论比较通达全面。

  诗难的是真实,有感情然后才能真实;否则就是敷衍成文了。诗难的是文雅,有学问然后才能文雅;否则就是鄙俗粗率了。(人们常说)李太白喝一杯酒就能写一百篇诗,苏东坡嬉笑怒骂,都能成为好文章:这不过是(人们)一时兴到的随口之言,不可以因这些言辞而曲解了它的本义。假如当真,那么,这两人的诗集,就应该塞破屋子了,而为什么也只存若干卷呢?并且可供选作精品的,也不过十分之五六。人怎么能恃才而放纵自己呢?就像那穄和苣都是品质优良的谷物,而必须加以舂皮扬糠的功夫;赤堇之铜是质地优良的铜,而必须加以反复地开采和浇灌铸造。

  提示:此则提出诗既要真,又要雅。有真性情,也不能敷衍成文;要雅,就不能鄙俗粗率。人即使有才也不能放纵,而应该自我磨砺锤炼。

近代文论译文

刘熙载《艺概》选录译文
《文概》选录译文

  古人作文立意在下笔之先,所以能够举止从容不迫;后人立意在下笔之后,所以搞得手忙脚乱。杜元凯(西晋杜预,字元凯)称赞《左传》"文章从容和缓",曹丕(字子桓)称赞屈原"悠闲自如节拍和缓","缓"岂是容易达到的吗?

  提示:此则论文章应该"缓"(行文舒缓自如),要做到"缓",必须"意在笔先"。

  文章或者结实,或者空灵,虽然二者各有优点,但都不免偏于片面。试观读韩愈的文章,结实的地方何尝不空灵,空灵的地方何尝不结实。

  提示:此则论文章应该像韩愈文那样,兼有"结实"与"空灵",否则就不免偏于片面。

  《国语》说"物一无文",后人更是应该知道事物没有"一"则没有文采。因为"一"乃是文章的真正主宰,一定要有"一"在其中,这样才能(在写文章时)自如运用不是"一"的东西。

> 提示:此则论文章应该有"一"。这里的"一"应该是指作文之道,或者也可以理解为文章的立意主旨。则"物无一则无文"的"物"就是指文章本身,意谓文章没有立意主旨,就不会有文采。

《诗概》选录译文

《诗纬·含神雾》说:"诗是表现天地之心的。"文中子(隋代学者王通,门人私谥文中子)说:"诗是(反映)人的性情的。"从这里可以看到诗是可以表现天人相合的思想的。

> 提示:此则论诗可以表现天人相合的思想。"诗者,天地之心",似乎说得有点玄虚,但"诗者,民之性情也",却是诗歌反映现实生活的最简洁的表述。

诗可以几年不作,不可以一篇不真实。陶渊明从庚子年(400年)到丙辰年(416年)十七年间,作诗九首,他的诗的真实还需要再问吗?那些没有哪一年没有诗作,以至于没有哪一天没有诗作的人,是要表明什么意思呢?

> 提示:此则论诗要"真",即诗人的真性情。这无疑是正确的,但刘熙载把诗的"真"与作诗时间长短联系起来,则未免过于机械。不过他的目的是在于反对诗坛上那些没有真实情感却要滥作诗的人,仍有其现实的意义。

陶(渊明)、谢(灵运)作诗用阐发哲理的语言,各有胜境。钟嵘《诗品》说:"孙绰、许询、桓(温)、庾(亮)诸位的诗,都像《道德论》那样平淡无味。"这是由于缺乏理趣啊,哪里是崇尚哲理的过失呢!

> 提示:此则论诗要用"理语",但理语要有理趣,方可像陶、谢诗那样进入"胜境"。

李白早期喜欢纵横之学,晚期学习黄老之学,所以作诗常借托纵横之学或黄老之学以寄寓自己的意思。杜甫却是一生固守在儒家思想之内的。

> 提示:此则对李杜思想作了简洁的对比评述,大较之言而已。其实古代诗人的思想往往是复杂多变的。李白早期未必没有儒家思想之成分;杜甫晚年也未必没有道家思想的影响。

山的精神正面描写难以表现出来,可以用烟岚云霞来衬托描写它;春的精神正面描写难以表现出来,可以用花草树木来衬托描写它。所以诗如果没有恢宏的气象(不采用渲染衬托的方法,只是固守在所描写的事物本身),那么(描写的事物的)气质精神就无所寄寓了。

> 提示:此则论述一种借物衬托的表现手法,看似简言浅论,实则充满辩证法思想。这是刘熙载在理论上超越前人之处。

《赋概》选录译文

诗是赋的精神实质,赋是诗的(一种)体式。诗是有节制的意思,赋是说铺陈的意思,有节制就简约而铺陈就宏博啊。古时候的诗人本来是合以上两个意思为一的,到西汉以来,诗和赋开始各有专门的作家了。

> 提示:此则论述古时诗赋本为一体,至西汉始分。如果是指其精神实质未尝不可,但如指文体,则上古时并没有赋,只有铺陈叙述的"赋法"。荀子始有《赋篇》,为赋之萌芽,西汉时作为文体的赋始蔚为大观。

以事实求得正确,因寄寓有所托言,一切文字不外乎这两种情况,对于赋,这两种精神缺一不可。如果(写)多用美艳华丽而内容空虚不信实的辞藻,就会玩物丧志,那么这赋不是可以停止不写了吗!

　　提示:此则论述赋也要有真实的内容,有寄托的寓意,否则就会玩物丧志。汉赋以来,赋多语言华丽而内容虚滥,缺少寄托,往往"劝百讽一",刘熙载这段话是对赋史痛下的针砭。

　　《国风》的诗铺陈叙事,往往兼有比兴的意思。钟嵘《诗品》竟因此把有寄托的语言描写事物作为赋。赋兼有比兴的意思,就是指以语言之内表现的事实,抒写言外的重要旨意。所以古代的君子贤士上下交际往来,(常常)不必要用语言来表示,只以赋诗互相表示心中的意思而已。(这是因为赋诗可以言志啊)假如不这样,而是铺叙事物就只能一定是这种事物(而缺乏含蓄蕴藉的寓意),那么赋的作用又能有多少呢!

　　提示:此则论述赋不能只固守所赋之事物,而应该兼有比兴之意。这个意思钟嵘《诗品序》已有论述,他说:"直书其事,寓言写物,赋也。"刘熙载在此对钟氏论点加以进一步地阐发。但是,古代的赋,特别是汉代大赋能做到这一点者几希。扬雄不是说过赋"讽乎?讽则已;不已,吾恐不免于劝也"的话吗?可见扬雄这样的大赋家也是不相信赋可以兼有比兴之意的。

　　春有花草树木,山有烟岚云霞,都是天然生成的,而不是人工设色可以虚拟的。所以作赋的方法,重物象的铺写,更重兴托的寄寓。兴托与物象不相称,虽是铺写得文采繁富茂盛,而索然无生意,能不被有识之士厌恶吗?

　　提示:此则论述作赋不能仅重视铺写事物之象,而更应该重视铺写中有兴象的寄托,有寄托才能自然活泼,才能有生气。

　　以老子、庄子、佛家的道理旨意写赋,固然不合古人的意思,然而也有理趣和理障的不同。如孙绰(晋代作家,字兴公)的《游天台山赋》说:"驰神变之挥霍,忽出有而入无。"这就是有理趣啊! 至于说:"悟遣有之不尽,觉涉无之有间。泯色空以合迹,忽即有而得玄。释二名之同出,消一无于三幡。"就落入理障了。

> 提示:此则论述作赋也可以以老、庄和佛教道义哲理入之,但有理趣者为上,不能落入理障的魔道。

《词曲概》选录译文

李白的《忆秦娥》词,声情悲壮,晚唐、五代的词只是趋向委婉华丽,至苏东坡开始能够复古人意。后世论词的人,有的人反而以东坡为词的变调,他们不知道晚唐、五代才是变调呢!

> 提示:此则论述词之变调在晚唐、五代之际。刘熙载是把委婉华丽作为变调,把悲壮的豪放词作为古人词的正调,其实两种风格才构成宋代词坛的绚丽多彩,两者缺一不可的。

苏东坡、辛弃疾都是至情至性的人,所以他们的词潇洒风流,卓越超群,却都出于温柔敦厚之心。世人有的以粗犷评论苏、辛,所以难怪有人把苏、辛词视为别调啊!

> 提示:此则论述苏、辛词有温柔敦厚之心,不能仅视为粗犷,因而视为别调。但实际上苏、辛词确实与晚唐、五代词风格不同,以此为标准,视为别调也未尝不可。"别调"者,别有一种风格、风调也。这本是词坛的一种革新,刘熙载拘泥于"别调"二字,反复辩驳,似无必要!

词的意思好似在空中荡漾,最是词家的绝妙法门。上面的意思本来可以接入下面意思,却偏偏不接入,而是在上下之间传其精神,画其形象,于是使下面的意思栩栩如生,跃跃欲动。这就是楚辞《九歌·湘君》所说的"君不行兮夷犹,蹇谁留兮中州"的境界啊!

> 提示:此则论述词要写得飘渺灵动,不要太质实,上下之间形似无涉,而神实映照。这样就在隐约灵动的描写中使形

象更加生动,也更有象外之象、羚羊挂角、无迹可求的艺术效果。

词的妙处没有比不说而(实际上)又说了更绝妙的了,(其实)并不是不说,只是说了寄托寓意的言语啊。比如在浅显中寄托深刻,在轻快中托寄厚重,在委婉中寄托强劲,在曲折中寄托直率,在空灵中寄托实在,在侧面中寄托正面,都是这样的例子。

> 提示:此则论述词要讲寓意寄托,求得词的委婉曲折的艺术境界,这其实是在词的创作中要求所谓"不着一字,尽得风流"的境界啊。

词就像诗,诗就像赋。赋可以补救诗的不足之处。前人说金、元所用的乐调,嘈杂凄紧缓急的节拍,词不能很好地配合,于是改变为新的曲,这说明曲也是可以补救词的不足之处。

> 提示:此则论述文学在发展,诗词曲赋各有擅长,互相可以补其不足。

王国维《人间词话》选录译文

词以有境界为最上。有境界的词自能成其高的品格,自然能有名句。五代、北宋的词之所以能独自称绝的原因就在其有境界。

> 提示:开宗明义即提出他影响深远的"境界"说。所谓"境界",与"意境"的含义基本是一致的。那么什么样的作品才能是有境界的呢?第一,要具有"言外之意,弦外之响",一如宋代严羽所说的"兴趣",清代王士禛的"神韵",皆体现出"言有尽而义无穷"的美学特色。第二,指出"境界"、"意境"具有真实自然之美。他说:"能写真景物、真感情者,谓之有境界。否则谓之无境界。"而且又提出"不隔"之说,要求艺术表现方法自然传神,造语平淡,尽弃人为造作之迹。这不仅吸纳了西方

重视艺术直觉作用的美学思想,同时也更是与钟嵘的"直寻"、司空图的"直致"、严羽的"妙悟"、王夫之的"现量"、王士禛的"神韵"等理论一脉相承。第三,王国维又提出同是体现出自然之美的作品之境界,又有"无我之境"和"有我之境"之别,其区分在于"一优美,一宏壮也"。

(文学创作)有的通过艺术虚构而营造艺术境界的"造境",有的通过艺术写实而营造艺术境界的"写境",这就是(文学上)理想派和写实派之所以分的原因啊。然而二者又颇难分别,因为伟大的诗人虚构的"造境"必定会合乎自然,所写实的"写境"也必定会与理想有联系啊。

> 提示:此则论述文学的"虚构"和"写实"二派之所以有区别而又有联系的原因。王国维的"虚构"和"写实"二派实则就是浪漫主义和现实主义二派。

(文学创作)有"有我之境",有"无我之境"。(欧阳修的《蝶恋花》词句)"泪眼问花花不语,乱红飞过秋千去",(秦观的《踏莎行》词句)"可堪孤馆闭春寒,杜鹃声里斜阳暮",是"有我之境"的例子。(陶渊明的《饮酒》其五诗句)"采菊东篱下,悠然见南山",(元好问的《颖亭留别》诗句)"寒波淡淡起,白鸟悠悠下",是"无我之境"的例子。"有我之境",是以我为主来观察景物,所以景物都染上我的色彩;"无我之境",(没有我的存在)是以事物来观察事物,所以不知道何者是我,何者是物。古人创作诗词,写"有我之境"的多,然而未始不能写"无我之境",那些才情超迈、胸次宽阔的大作家是完全能够做到的。

> 提示:此则提出"有我之境"和"无我之境"之说。所谓"有我之境",就是在作品中体现出较为浓厚的作者的主观色彩的这样一种艺术境界;而"无我之境",就是在作品中作者的主观色彩较为隐晦,创作主体和客体完美地统一、融会在作品里的

这样一种艺术境界。

"无我之境",人只有在安静之中才能得到它。"有我之境",在由动到静的时候得到它。所以一个是优美,一个是壮美啊。

> 提示:提出"有我之境"和"无我之境"分别是优美和宏壮之说,这无疑是王国维吸纳西方美学的因素而提出的新说,在中国文论史上是一个全新的理论观点。

诗词的"境"并非单独指的是景物(的描写境界)。人的喜怒哀乐的各种感情也是人心中的一种境界。所以能描写真景物、真感情的(作品),都应该说它是有境界的。否则就应该说它是无境界的。

> 提示:一般说,有境界、无境界的"境界"多指描写景物的作品,此则指出这种见解的偏颇,认为描写人的喜怒哀乐的各种感情的作品也可以是"有境界"的,关键看其是否真实,真实则有境界,反之,虚假则无境界。

(宋代宋祁的《玉楼春》词句)"红杏枝头春意闹",安放了一个"闹"字而境界(之美)就完全表现出来了。(宋代张先的《天仙子》词句)"云破月来花弄影",安放了一个"弄"字而境界(之美)就完全表现出来了。

> 提示:此则举例说明练字的重要性,一个字有时能使一句,甚或全篇文字生辉,在诗谓"诗眼",在词则可谓之"词眼"了。

《严沧浪诗话》(按,即严羽《沧浪诗话》)说:"盛唐的诸位诗人着重在诗的意境趣味。犹如羚羊挂角,无踪迹可求。所以他们诗歌的妙处是玲珑剔透,难以把握接近,好像空中的音响,相貌的颜色,水中的月亮,镜中的形象,言有尽而意无穷。"我则说:北宋以前的词也是如此的。然而沧浪所说的"兴趣",王阮亭(王士禛,号阮亭)所说的"神韵",还只不过说到了它的面目(未接触到其实际),不如我拈出"境界"二字,是真正探得了它的本源啊。

提示:此则论述"有境界"的含义,实际是指一种言有尽而义无穷的诗歌意境,追求的是言外之意、味外之旨的艺术效果。王国维自诩其"境界"二字高过严羽的"兴趣"、王士禛的"神韵",实则是对严、王诸说的继承和发展,而同时又吸取了西方美学的营养,是对中国古代文学理论中的意境理论的归纳、总结、提高和发展,确实有集大成之功。

古今成就大事业、大学问的人,必定要经过三种境界:(宋代晏殊《蝶恋花》词所说的)"昨夜西风凋碧树。独上高楼,望尽天涯路。"这是第一境界。(宋代柳永《凤栖梧》词所说的)"衣带渐宽终不悔,为伊消得人憔悴。"这是第二境界。(宋代辛弃疾《青玉案·元夕》词所说的)"众里寻他千百度,回头蓦见(按,应作"蓦然回首"),那人正在灯火阑珊处。"这是第三境界。像这样的语言都是非大词人不能说出来的。然而像我这样率然以这种意思解释这几首词,恐怕晏殊、欧阳修诸位先生是不会允许的。

提示:此则借三首词中的语句论述三种境界,这里的"境界",并非仅指作词的境界,而可以泛指人生事业追求的三个阶段。"昨夜西风凋碧树。独上高楼,望尽天涯路"的第一境界,应该是指寻求确立理想的目标的阶段;"衣带渐宽终不悔,为伊消得人憔悴"的第二境界,应该是指为实现理想的不懈努力的阶段;"众里寻他千百度,回头蓦见,那人正在灯火阑珊处"的第三境界,应该是指理想目标的获得,是从必然王国进入自由王国的阶段。想想人生事业,都应该有这种感受,只是有人完成了三个阶段,有人只能停留在第一、第二阶段。

有人问"隔"与"不隔"的区别。回答说:陶(渊明)、谢(灵运)诗是"不隔",颜延之(字延年)的诗就稍微有点"隔"了。苏东坡的诗是"不隔",黄山谷(黄庭坚,号山谷)的诗就稍微有点"隔"了。(谢灵运《登池上楼》诗句)"池塘生春草",(隋代薛道衡《昔昔盐》诗句)"空梁落燕泥"等二句诗,妙处只在于"不隔"。词也是这样。就以一位词家的一首词而论,如欧阳修的《少年游》咏春草词上半阕说:"阑干十二独凭春,晴碧远连云。千里万里,二月三月,行色苦愁人。"语语都在目前,就是"不隔"。到了说:"谢家池上,江淹浦畔。"就是"隔"了。姜白石(姜夔,号白石道人)《翠楼吟》词说:"此地。宜有词仙,拥素云黄鹤,与君游戏。玉梯凝望久,叹芳草、萋萋千里。"就是"不隔"。到了"酒祓清愁,花消英气",就是"隔"了。然而南宋人的词虽是在"不隔"之处,比之前人,也有浅深厚薄的分别。

> 提示:此则举例论"不隔"与"隔"的区别。从王国维所举之例看,所谓"不隔",是指用朴素自然的语言真实地描写事物,使形象鲜明自然、生动活泼,有天化生成的自然真切之美,无人工雕琢之痕;而所谓"隔"的作品或词句,往往或用典冷僻,或语言生涩,读者理解起来常常要多费思索,缺少自然真切之美。王国维提倡"不隔",从创作角度而言,体现了对艺术直觉的重视;从艺术美学角度而言,体现了对超越人工之美的自然之美的推崇。

古今词人格调之高,没有比得上姜白石的。可惜的是他不在意境上用力,所以(他的词)使人觉得没有语言外的韵味,没有琴弦之外的声响,(所以)终究不能排在第一流作者之列。

> 提示:此则论姜白石词缺少"意境",即没有"言已尽而意无穷"的艺术境界。但是王氏此论也未必为定论,文学史上认为白石词有寄托、有寓意,因而大有言外之意、弦外之响的人也大有人在。

大作家的作品,他的言情,一定沁人心脾;他的写景,一定醒人耳目。他的语言脱口而出,没有矫揉造作、装扮修饰的姿态。(这是)因为他所见的是真实的,所理解的是深刻的。诗和词都是这样。拿这个标准以衡量古今的作者,是可以没有大错的。

> 提示:此则论大家之所以称为大家在于他们的作品言情真实,写景明晓,不故做矫揉造作之态,实则仍是提倡自然真切的审美标准。

诗人对宇宙人生,应该能入于其内,又应该能出乎其外。入于其内,所以能真实地描写它;出乎其外,所以能客观地观察它。入于其内,所以(描写它时)就能有活泼生动之气;出乎其外,(经过客观地观察,然后再描写它时)就能有高贵的品格。周美成(宋代词人周邦彦,字美成)能入于其内而不能出乎其外;姜白石以后的词人,对于这两种情景连做梦也都没有梦见过!

> 提示:此则对于入于其内、出乎其外的论述充满辩证法思想。

前人论词,有景语、情语的区别。但他们不知道一切景语都应该是(饱含感情的)情语啊!

> 提示:"一切景语,皆情语也"是景物描写的理想境界。即使是看似纯客观的景物描写,实际上都已经蕴含了作者的思想感情,情与景都已是有一定程度的结合了。王夫之论情景有"妙合无垠"、"情中景"和"景中情"的三种情况,正说明了王国维"一切景语,皆情语也"的理论,有与之一脉相承之处。

分编综合练习题

说明:以下练习题是根据教材和教学大纲编写的,可以为老师教学和学生学习时参考用。编写时,尽量覆盖教材《中国历代文论精选》的内容,但又注意到突出重点和简明扼要。使用本练习题,一定要强调是在学生认真学习教材和教师讲授的基础上。另外,题目的说法的根据只是教材,一般不采用其他说法,但是学生在平时作业和考试时,采用其他说法,只要言之有理、言之有据即可。

第一编 先 秦

一、填空题

1. 教材指出:孔子所代表的儒家的文艺观,大体上表现在以"_____"为核心的文艺观及其对《_____》一书的批评。

2. 孔子在《论语·为政》篇中说:"《诗》三百,一言以蔽之,曰:'_____。'"

3. 孔子在《论语·阳货》篇中说:"诗可以_____,可以观,可以群,可以____。迩之事父,远之事君;多识于鸟兽草木之名。"

4. 教材指出:孔子关于文与质的论述,后来被运用到文学创作中,成为要求文学作品_____与_____完美统一的基本理论,并在中国文学理论批评史的发展中始终起着主导的作用。

5. 教材认为:孟子对儒家文艺思想发展的突出贡献除了其"与民同乐"的文艺美学思想外,主要在于他提出了比较科学的

"_____"与"_____"的文学批评方法论。

6. 孟子在《公孙丑上》中说："我知言,我善养吾_____。"因而提出了"_____"说。这一说法成为中国古代文学理论和文学批评中以气论文的基础。

7. 教材认为:自从孟子提出"知言养气"说后,因其所谓"_____"抓住了人内在最本质的蕴涵,这自然被后人在文论中广泛运用,形成了中国文论史上以_____论文的悠久传统。

8. 孟子在《万章上》中说："故说诗者,不以文害辞,不以辞害志。_____,是为得之。"因而提出了"_____"说。

9. 孟子在《万章下》中说："颂其诗,读其书,不知其人,可乎?是以_____也。是尚友也。"因而提出了"_____"说。

10. 《庄子》一书分为____篇、____篇、杂篇,共33篇。一般认为其作者为庄周及其后学。

11. 教材指出:《庄子》崇尚_____,反对_____,是其文艺美学思想之核心。

12. 教材指出:《庄子》认为要在艺术创作上达到理想的境界,创作主体必须进入"_____"的精神状态。

13. 《庄子·外物》篇中提出："言者所以在意,_____。"提出了"_____"说,追求"味外之旨"。《庄子》的这种说法恰恰道出了文学创作中言、意关系的奥秘,这对后代文学创作和文学理论批评产生了巨大影响。

14. 教材指出:《庄子》的"得意意言"说,对后代文学创作和文学理论批评产生了巨大影响,它在魏晋以后被直接引入文学理论,形成了中国古代注重文学作品、注重"_____"的传统,并且为意境说的产生和发展奠定了理论基础。

15. 教材认为:《庄子》文艺思想具有_____主义和_____主义的特征,中国古代文学创作与理论偏于这些特征,均与《庄子》有着较深的关系。

二、名词解释题

1. （孔子的）"思无邪"说
2. （孔子的）"兴观群怨"说
3. （孔子的）"尽善尽美"说
4. （孔子的）"文质"说
5. （孔子的）"辞达"说
6. （孟子的）"以意逆志"说
7. （孟子的）"知人论世"说
8. （孟子的）"养气"说
9. （庄子的）"言不尽意"和"得意忘言"说
10. （庄子的）"虚静"和"物化"说

三、单项选择题

1. 教材认为：孔子所代表的儒家文艺观，大体上表现在以（　　）。
   A. "兴观群怨"为核心的批评观及其对《诗经》的批评
   B. "诗教"为核心的文艺观及其对《诗经》的批评
   C. "尽善尽美"为核心的美学观及其对《诗经》的批评
   D. "思无邪"为核心的批评观及其对《诗经》的批评

2. 孔子"诗可以兴"中的"兴"，朱熹解释为（　　）。
   A. "和而不流"
   B. "引譬连类"
   C. "考见得失"
   D. "感发志意"和"托物兴辞"

3. 教材认为：孔子"思无邪"的批评标准从艺术方面看，就是提倡一种（　　）。
   A. "尽美矣，又尽善也"的艺术境界

B. "中和"之美
C. "乐而不淫,哀而不伤"的艺术境界
D. "文质彬彬"的艺术境界

4. 孔子在《论语·八佾》中说:"韶"乐是(　　)。
   A. "尽美矣,又尽善也"
   B. "尽美矣,未尽善也"
   C. "未尽美也,亦未尽善也"
   D. "尽善矣,未尽美也"

5. 孟子"以意逆志"的"意",从他的思想体系及他说诗的状况来看,教材指出,这个"意"乃是指(　　)。
   A. 作者之意　　　　B. 作品之意
   C. 读者之意　　　　D. 古人之意

6. 孟子在《万章下》中说:"颂其诗,读其书,不知其人,可乎?是以论其世也。是尚友也。"这里的"其人"是指(　　)。
   A. 古人　　　　　　B. 今人
   C. 读者　　　　　　D. 作者

7. 孟子"知言养气"说中的"养气"当是指作家应该(　　)。
   A. 静心修炼,达到"虚静"的精神状态
   B. 通过修炼,培养自己的阳刚之气
   C. 通过修炼,达到阴阳二气和谐一致
   D. 从人格修养入手,培养自己高尚的道德品质

8. 《庄子》文艺美学思想之核心,教材认为是(　　)。
   A. 仁政和人性论
   B. "虚静"和"物化"
   C. 崇尚自然,反对人为
   D. "得意忘言"和"言不尽意"

9. 《庄子》"得意忘言"和"言不尽意"说主要是指(　　)。
   A. 文学作品只要思想内容正确,不必追求语言美

B. 文学作品意思与语言并重,不能偏废
C. 读者应该欣赏作品的思想内容,不应该注重欣赏语言之美
D. 文学作品要含蓄,有回味,追求意在言外

10. 教材认为:中国古代文学创作与理论偏于浪漫主义,象征主义一边的,均是受到(　　)。
A. 《庄子》较深的影响
B. 《孟子》"知言养气"说的影响
C. 孔子关于"诗可以兴"、"可以怨"的影响
D. 孔子"思无邪"说的影响

四、翻译题(翻译并从文学理论批评上简要说明下列文字的含义)

1. 孟子谓万章曰:"一乡之善士斯友一乡之善士,一国之善士斯友一国之善士,天下之善士斯友天下之善士。以友天下之善士为未足,又尚论古之人。颂其诗,读其书,不知其人,可乎?是以论其世也。是尚友也。"(《孟子·万章下》)

2. 世之所贵者书也,书不过语,语有贵也。语之所贵者意也,意有所随。意之所随者,不可以言传也,而世因贵言传书。世虽贵之,我犹不足贵也,为其贵非其贵也。故视而可见者,形与色也;听而可闻者,名与声也。悲夫!世人以形色名声为足以得彼之情。夫形色名声果不足以得彼之情,则知者不言,言者不知,而世岂识之哉!(《庄子·天道》)

五、问答题

1. 孔子文艺思想对中国文学现实主义传统有哪些积极的影响。
2. 试分析孔子文艺思想的审美特征。
3. 试从诗歌史上的创作实践浅述孔子"诗可以怨"所形成的

悠久传统。

4. 试析孔子"兴观群怨"说的内涵及其意义。

5. 试分析孟子民本思想在其文艺观中的体现。

6. 试谈谈孟子"以意逆志"以及"知人论世"作为文学批评方法,与先秦"赋《诗》言志"对于《诗》的阅读、理解有何不同?

7. 分析孟子"知言养气"说的"养气"的基本内涵。

8. 试述《庄子》崇尚自然的文艺美学思想在文学史上产生哪些积极的影响?

9. 浅述《庄子》关于中国古代文学创作论的主要观点。

10. 试谈谈《庄子》言意关系论对于诗歌意境论的启迪。

第二编　　两　汉

一、填空题

1. 教材认为:司马迁在刘安评价屈原的基础上,更加突出了《离骚》"＿＿＿＿"的特点,认为"屈平之作《离骚》,盖自＿＿＿＿生也"。

2. 司马迁在他的一封书信体文章《＿＿＿＿》中根据历史上伟人的事迹,概括出"＿＿＿＿＿＿"说,这种说法正是在他评论屈原及其作品基础上的扩展。

3. 司马迁在《报任安书》里说到他写作《史记》的目的时说:"凡百三十篇,亦欲以究＿＿＿＿之际,通＿＿＿＿之变,成一家之言。"

4. 司马迁在《史记·＿＿＿＿》中说:"屈平疾王听之不聪也,谗谄之蔽明也,邪曲之害公也,方正之不容也,故忧愁幽思而作《＿＿＿＿》。"

5. 《毛诗序》的作者,《汉书》的《儒林传》、《艺文志》都认为当是汉代治《毛诗》的＿＿＿＿,他是赵人,为河间王博士,但《后汉书·儒林传》却认为《毛诗序》是东汉人＿＿＿＿所作。

6. 教材认为:《毛诗大序》的主要思想之一在于:认为诗歌创作要合乎"发乎情,止乎_____"的原则,而在揭露和批评现实黑暗方面,又必须"主文而_____",明显地反映了儒家文艺思想保守性的一面。

7.《毛诗大序》说:"上以风化下,下以风刺上","言之者无罪,闻之者足以戒",因而提出了"_____"说。

8.《毛诗大序》说:"故诗有六义焉,一曰风,二曰赋,三曰____,四曰____,五曰雅,六曰颂。"因而提出了"_____"说。

9.《毛诗大序》说:"诗者,志之所之也,在心为_____。发言为_____。"因而提出了"情志统一"说。

10. 王充自述他写作《论衡》的主旨是"_____"(《佚文》篇)。

二、名词解释题

1.（司马迁的）"发愤著书"说
2.（司马迁的）"实录"说
3.（《毛诗大序》的）"讽谏"说
4.（《毛诗大序》的）"诗六义"说
5.（《毛诗大序》的）情志统一说
6.（王充的）"疾虚妄"说

三、单项选择题

1. 教材指出:司马迁认为,真正伟大的作品,大抵是作家坚持理想和正确的政治主张而遭到统治势力迫害后,为了抗争迫害而坚持斗争的产物,并因此而总结出了（　　）。
   A."直谏"说　　　　　　B."发愤著书"说
   C."实录"说　　　　　　D."疾虚妄"说
2.《毛诗序》的作者据《汉书》的《儒林传》、《艺文志》认为,应该是（　　）。
   A. 卫宏　　　　　　　　B. 刘安
   C. 孔子　　　　　　　　D. 毛公
3. 《毛诗大序》认为：诗歌创作要合乎"发乎情，止乎礼义"，而在揭露和批评黑暗政治方面，又必须（　　）。
   A. "劝百而讽一"　　　　B. "怨而怒"
   C. "主文而谲谏"　　　　D. "风以动之，教以化之"
4. 《毛诗大序》："诗者，志之所之也，在心为志，发言为诗。情动于中而形于言。"这几句话的论述实际上提出了（　　）。
   A. 境界说　　　　　　　B. "情志统一"说
   C. 意境说　　　　　　　D. "不平则鸣"说
5. "《国风》好色而不淫，《小雅》怨诽而不乱。若《离骚》者，可谓兼之矣。"根据教材的注释，这几句话最早出自（　　）。
   A. 司马迁《报任安书》
   B. 司马迁《史记·屈原列传》
   C. 班固《离骚序》
   D. 刘安《离骚传》
6. 司马迁在《报任安书》里根据历史上许多伟大人物因受到压迫、陷于困顿境地，而写出了伟大作品的历史事实，总结出了（　　）。
   A. 诗"穷而后工"说　　　B. "情志统一"说
   C. "发愤著书"说　　　　D. "不平则鸣"说
7. 《论衡》的作者是（　　）。
   A. 司马迁　　　　　　　B. 班固
   C. 毛公　　　　　　　　D. 王充
8. 《论衡》的作者自述他写作《论衡》的主旨是（　　）。

A. "究天人之际"　　B. "疾虚妄"
C. "通古今之变"　　D. "成一家之言"

四、翻译题（翻译并从文学理论批评上简要说明下列文字的含义）

1. 《离骚》者，犹离忧也。夫天者，人之始也；父母者，人之本也。人穷则反本，故劳苦倦极，未尝不呼天也；疾痛惨怛，未尝不呼父母也。屈平正道直行，竭忠尽智以事其君，谗人间之，可谓穷矣。信而见疑，忠而被谤，能无怨乎？屈平之作《离骚》，盖自怨生也。（《史记·屈原列传》）

2. 诗者，志之所之也，在心为志，发言为诗。情动于中而形于言，言之不足故嗟叹之，嗟叹之不足故永歌之，永歌之不足，不知手之舞之，足之蹈之也。情发于声，声成文谓之音。治世之音安以乐，其政和；乱世之音怨以怒，其政乖；亡国之音哀以思，其民困。故正得失，动天地，感鬼神，莫近于诗。（《毛诗大序》）

五、问答题

1. 司马迁文学理论批评观对现实主义文学具有哪些积极意义？
2. 简述司马迁的"发愤著书"说，试举司马迁以后的例子加以说明。
3. 司马迁的史学的"实录"精神与文学的真实性有何异同？
4. 司马迁的"发愤著书"说对后代文学理论批评有何影响？
5. 简述《毛诗大序》对诗歌抒情的认识与规范以及在后代文学史上所产生的积极与消极的影响。
6. 简析《毛诗大序》所论述的文学与现实社会的关系以及文学所能起到的作用。
7. 浅谈《毛诗大序》"诗有六义"说的内涵及其意义。
8. 简述《毛诗大序》所具有的民本思想倾向。

9. 分析评价王充"疾虚妄"精神对其文学观念的影响。
10. 简要论述王充的文学发展观。

第三编　　魏晋南北朝

一、填空题

1. 教材指出:《典论·论文》首先提出的重要问题是作家的_____与____的性质特点之关系。认为"文非一体,鲜能备善",作家不应"各以所长,相轻所短"。

2. 曹丕《典论·论文》里把文章分为"四科八种","四科"即:奏议、_____、铭诔、_____。

3. 曹丕《典论·论文》提出的建安"七子"指的是建安时期的七位作家,他们是孔融、陈琳、_____、_____、阮瑀、应玚和_____。

4.《典论·论文》说:"夫文本同而末异,盖奏议宜雅,_____宜理,铭诔尚实,诗赋_____。此四科不同,故能之者偏也。"

5. 教材指出:《典论·论文》特别强调作家个性对文学创作的重要意义,提出了"文以_____为主"的著名论断。

6. 魏晋南北朝最著名的四部文学理论与文学批评论著是《典论·论文》、《文赋》、《_____》和《_____》。

7.《文赋》的作者是西晋诗人兼文学理论家_____。教材指出:《文赋》的中心是论述以_____为主的创作过程。

8.《文赋》把文体分为_____类,并具体概括了其风格特征。其中提出了"诗_____而绮靡"说,对诗歌抒情而不受"止乎礼义"束缚产生了巨大作用。

9. 在艺术技巧方面,陆机还特别提出了几个重要的原则,即"其会意也尚_____,其遣言也贵_____。暨音声之迭代,若五色之相宜"。

10. 陆机在《文赋》中说："其会意也尚巧,其遣言也贵妍。暨音声之迭代,若五色之相宜。"教材认为："会意"是指文章的具体_____,"遣言"是指_____,"音声迭代"指语言的_____美。

11. 陆机对于文学作品的艺术美,提出了五条标准,这就是应、和、_____、雅、_____。

12. 教材指出:刘勰认为文学的本质是:_____是其内容,_____是其表现形式。

13. 刘勰在《文心雕龙·原道》篇中所说的文的概念,有广义和狭义两方面的含义。教材认为:广义的文指的是_____的表现形式。如日月山川动植品类,则是万物之文。狭义的文,即人文,当就是用语言文字来表达的_____。

14. 教材认为:刘勰所说的"道",具有_____、_____、_____三教合流的含义。

15. 教材认为:《神思》篇列《文心雕龙》_____论之首,重点论述了艺术思维中的_____问题,提出了"思理为妙,神与物游"的创作观。

16. 教材认为:刘勰提出的"体性"概念,讲的是文学作品的_____风格与作家_____之间的关系。

17. 教材认为:中国古代文学理论中的"体"的概念,包含两层意思,一是指文学作品的不同_____形式,如诗、赋、赞、颂等;二是指文学作品的不同_____特点。"性",是指作家的_____和_____。

18. 教材认为:刘勰提出个性形成有四个方面的因素:_____、_____、学、习,对于先天禀赋和后天培养,兼顾而不偏废。

19. 刘勰在《体性》篇中把文学风格归纳为八种基本类型:"典雅"、"远奥"、"精约"、"显附"、"_____"、"_____"、"新奇"、"轻靡"。

20. 刘勰提出的"风骨"这一文学批评中的重要概念,对后世文学理论产生了深远影响。教材认为:"风"当是一种表现得鲜明爽朗的_____;"骨"当是一种精要劲健的_____。

21.《_____》与《_____》,代表了齐梁时期文学批评的最高成就。

22. 钟嵘在《诗品序》中指出诗歌既是人的"_____摇荡"的产物,又可以反作用于人的"_____",使之受到陶冶感化。

23. 教材认为:钟嵘诗论的根本主张是提倡"_____"(见《诗品序》),强调感情真挚。

24. 钟嵘认为:"诗"是抒情文学,"观古今胜语,多非_____,皆由_____"(《诗品序》),他要改革"雕缋满眼"的不良诗风,崇尚清新自然。

25. 教材指出:钟嵘认为,只有"使味之者无穷,闻之者动心"的作品,才是"诗之至也",把"_____"作为衡量作品的重要尺度,使之成为古代文论中的基本美学范畴。他也是最早提出以"_____"论诗的诗论家。

26. 教材认为:钟嵘提出了以怨愤为主要内容的"_____"论,强调诗歌创作必须以"风力"为主干,同时"润之以丹彩",只有"_____"与"_____"均备,才是最好的作品。

27. 钟嵘在《诗品序》中说:"故诗有三义焉:一曰_____,二曰_____,三曰_____。"提出"诗有三义"说。

28. 魏晋南北朝时期四部重要的文学理论文学批评专著《典论·论文》、《文赋》、《文心雕龙》和《诗品》的作者分别是_____、_____、_____和_____。

二、名词解释题

1. (曹丕的)文体的"四科八体"说

2. (曹丕的)"文以气为主"说
3. (《文赋》的)文体的"十体"说
4. (《文赋》的)"诗缘情而绮靡"说
5. (《文心雕龙》的)"才、气、学、习"说
6. (《文心雕龙》的)"风骨"说
7. (钟嵘的)"自然英旨"说("直寻"说)
8. (钟嵘的)"滋味"说
9. (钟嵘的)"风骨"("风力")说
10. (钟嵘的)"诗有三义"说

三、单项选择题

1. 最早提出了"文人相轻,自古而然"这一看法并提出批评的古代文论家是(　　)。
   A. 陆机　　　　　　B. 刘勰
   C. 钟嵘　　　　　　D. 曹丕
2. 提出"诗赋欲丽"这一观点的是(　　)。
   A. 钟嵘《诗品》　　　B. 陆机《文赋》
   C. 曹丕《典论·论文》　D. 刘勰《文心雕龙》
3. 认为"文以气为主",因而提出了"文气"说的古代文论作品是(　　)。
   A.《文心雕龙·体性》　B.《文赋》
   C.《典论·论文》　　　D.《诗品序》
4. 认为"盖文章,经国之大业,不朽之盛事"的古代文论家是(　　)。
   A. 曹丕　　　　　　B. 陆机
   C. 钟嵘　　　　　　D. 刘勰
5. 在文体论上把文章分为"四科八体"和十类的古代文论家分别是(　　)。

A. 曹丕和钟嵘　　　　　B. 曹丕和陆机
C. 陆机和刘勰　　　　　D. 钟嵘和刘勰

6. 提出了"诗缘情而绮靡"说的是(　　)。
   A.《文赋》　　　　　　B.《文心雕龙·神思》
   C.《诗品序》　　　　　D.《典论·论文》

7. 陆机《文赋》说:"其会意也尚巧,其遣言贵妍。暨音声之迭代。若五色之相宣。"这里的"会意",教材认为是指(　　)。
   A. 具体构思　　　　　　B. 中心思想
   C. 领会文章主题　　　　D. 驰骋想像

8. 对于文学作品的艺术美,陆机提出了应、和、悲、雅、艳的五条标准。这五条标准都是用音乐来比喻,其中的"悲",教材认为是指(　　)。
   A. 文章要充分运用比兴手法
   B. 文学作品要有悲天悯人的同情心
   C. 文学创作要能充分体现鲜明的爱憎感情,能真正感动人
   D. 文学作品要引起读者的感动必须描写悲剧性的题材内容

9. 魏晋南北朝时期,被认为是最重要的一部体大思精的古代文学理论、美学理论著作是(　　)。
   A.《文赋》　　　　　　B.《典论·论文》
   C.《诗品》　　　　　　D.《文心雕龙》

10. 刘勰对文学本质的看法是(　　)。
    A. 社会生活和阶级斗争
    B. 美是根本的,朴素是首要的
    C. 人类对自然的斗争
    D. 道是其内容,文是其表现形式

11. 《文心雕龙·神思》篇重点论述的是艺术思维中的（　　）。
    A. 夸张问题　　　　　　　B. 想像问题
    C. 结构问题　　　　　　　D. 剪裁问题
12. 刘勰提出了"体性"的概念，讲的是（　　）。
    A. 文章的体裁与文学性质的一致性
    B. 文学作品的体裁风格与作家才性之间的关系
    C. 创作时要体会各种文学体裁的性质
    D. 读者要领会文学体裁的性质
13. 提出作家个性形成有四个方面因素，即才、气、学、习的魏晋南北朝文学理论批评家是（　　）。
    A. 刘勰　　　　　　　　　B. 钟嵘
    C. 陆机　　　　　　　　　D. 曹丕
14. 《文心雕龙·风骨》篇中的"风骨"，近人黄侃在《文心雕龙札记》中认为（　　）。
    A. "风即言辞动人，骨即主题鲜明"
    B. "风即文辞，骨即文意"
    C. "风即文意，骨即文辞"
    D. "风即讽刺，骨即刚正不阿"
15. 与《文心雕龙》一起，代表了齐梁时期文学理论批评最高成就的另一部文学理论批评专著是（　　）。
    A. 《典论·论文》　　　　　B. 《诗品》
    C. 《文赋》　　　　　　　D. 《文选序》
16. 我国古代最早明确提出以"滋味"论诗的诗歌评论家是（　　）。
    A. 庄子　　　　　　　　　B. 陆机
    C. 钟嵘　　　　　　　　　D. 刘勰
17. 教材认为：钟嵘文学思想的核心是（　　）。
    A. "直寻"说　　　　　　　B. "诗赋欲丽"

C. "诗缘情而绮靡"　　D. "滋味"说
18. 钟嵘评诗,把历代五言诗人分为两大体系,它们的源头则分别是(　　)。
   A. 屈原和《庄子》　　B. 《论语》和《楚辞》
   C. 《诗经》和《庄子》　　D. 《诗经》和《楚辞》
19. 教材认为:钟嵘的"风骨"论的主要内容是(　　)。
   A. 怨愤　　　　　　　B. 丹彩
   C. 滋味　　　　　　　D. 自然
20. 在其论诗著作中,明确提出反对过多用典和过分讲究声律的魏晋南北朝时期的文学理论批评家是(　　)。
   A. 陆机　　　　　　　B. 刘勰
   C. 钟嵘　　　　　　　D. 曹丕

四、翻译题(翻译并从文学理论批评上简要说明下列文字的含义)

1. 文之思也,其神远矣。故寂然凝虑,思接千载,悄焉动容,视通万里;吟咏之间,吐纳珠玉之声,眉睫之前,卷舒风云之色:其思理之致乎？故思理为妙,神与物游。神居胸臆,而志气统其关键;物沿耳目,而辞令管其枢机。枢机方通,则物无隐貌;关键将塞,则神有遁心。(刘勰《文心雕龙·神思》)

2. 故诗有三义焉:一曰兴,二曰比,三曰赋。文已尽而意有余,兴也;因物喻志,比也;直书其事,寓言写物,赋也。宏斯三义,酌而用之,干之以风力,润之以丹彩,使味之者无极,闻之者动心,是诗之至也。若专用比兴,患在意深,意深则词踬。若但用赋体,患在意浮,意浮则文散,嬉成流移,文无止泊。(钟嵘《诗品序》)

五、问答题

1. 试阐述《典论·论文》"文以气为主"的内涵及其在文学理论和文学批评史上的重要意义。

2. 曹丕的"诗赋欲丽"作为文体论的观点与以前的文论观点有何区别?
3. 如何理解陆机"诗缘情而绮靡"的观点?这一观点对后世有什么影响?
4. 《文赋》是怎样阐述艺术构思的?
5. 试述《文赋》的"诗缘情而绮靡"说的内涵及其意义。
6. 试评述陆机"其会意也尚巧,其遣言也贵妍。暨音声之迭代,若五色之相宣"这段著名的论述的内涵和意义。
7. 《文赋》对六朝文学理论批评有何影响?
8. 剖析《文心雕龙·原道》篇关于"道"的论述。
9. 剖析《文心雕龙·原道》篇关于"文"的论述。
10. 试评述《文心雕龙·神思》篇关于想像活动、言意关系的论述。
11. 谈谈《文心雕龙·神思》篇关于创作灵感的描述。
12. 结合《文心雕龙·体性》篇,谈谈刘勰的"体性"观,及其对文学创作的体裁风格与作家才性、学养之间关系的论述。
13. 阐述《文心雕龙·风骨》篇所表达的审美思想。
14. 谈谈你对《文心雕龙·风骨》篇的"风骨"的理解。
15. 试评述钟嵘《诗品》感情论。
16. 试评述钟嵘的"自然英旨"说。
17. 试评述钟嵘的"滋味"说。
18. 试评述钟嵘在《诗品序》中提出的"诗有三义"说的内涵。

第四编　隋唐五代

一、填空题

1. 陈子昂有关文学理论与批评的一篇重要文章是《＿＿＿＿＿＿》,教材认为,这是他诗歌革新主张的一个纲领。

2. 陈子昂对六朝诗,特别是齐梁文学创作提出了两点尖锐的批评:一是"彩丽竞繁而_____郁绝";二是"_____,晋宋莫传"。这可以说是击中了齐梁文风的要害。

3. 教材指出:陈子昂在《与东方左史虬修竹篇序》中通过对齐梁文学的批判,提出了诗歌革新的正面主张,要求诗歌创作重视"_____"和"_____",寄怀深远、言之有物,因物喻志、托物起情,意象鲜明、语言精警。

4. 陈子昂的代表诗作《_____》三十八首和著名短诗《_____》都是体现他的诗歌理想的兴寄深远、风清骨峻之作。

5. 唐代皎然的诗论代表作是《_____》,另有《诗议》一卷,全书已佚,只在其他书中有所引录。

6. 教材指出:皎然的诗论,侧重于探讨诗歌的艺术创作规律。而他关于诗歌内在艺术规律的探讨,较为集中的,则是_____的创造问题。

7. 教材指出:皎然在《诗式》中首先探讨了诗歌创作中"_____"与"_____"的关系问题,他认为,诗歌创作,都是诗人主体的情意受到外境的触发而开始的,同时这种情意又要依赖、凭借境象的描绘来抒发。

8. 韩愈在《答李翊书》中继承了孟子的"养气"说,提出了"_____"之论。

9. 教材认为:韩愈提出的"_____"论中的"气盛",是指作家仁义道德修养很高而体现出的一种_____气质,一种人格境界,已不复是抽象的仁义道德教条。

10. 韩愈认为,对古人,要"师其意,不师其辞",所以在《答李翊书》中提出了"惟_____之务去"的观点,使他的古文理论高于前人。

11. 韩愈在《送孟东野序》一文中提出了"_____"论,

说:"大凡物不得其平则鸣……人之于言也亦然,有不得已者而后言,其歌也有思,其哭也有怀。"这种观点从实质上看,是和司马迁在《报任安书》中提出的"_____"说一脉相承的。

12. 教材认为,中唐的诗歌理论,较为明显地出现了两种倾向:一种是注重艺术审美方面的探讨,可以诗论家_____为代表;另一种是强调作品所表现的社会内容,可以诗人_____为代表。

13. 白居易的诗歌理论主要集中在他的长文《_____》中,此外在《读张籍古乐府》、《寄唐生》、《新乐府序》等诗文中,也体现了同样的思想。

14. 教材认为:白居易主张用诗歌达到一种功利目的,即"文章合_____而著,歌诗合_____而作"(《与元九书》),这明显地继承了传统的儒家文学理论思想。

15. 白居易在诗歌艺术表现上,忽视艺术要含蓄蕴藉的原则,主张要写得"其言直而切",要"首句_____,卒章_____"(《新乐府序》),这样写出的作品,必然会直白浅露。

16. 司空图在《与王驾评诗书》中提出:"长于_____,乃诗家之所尚者。"教材认为,这是讲_____的基本性质。

17. 司空图在《与王驾评诗书》提出"思理境偕"的主张,教材认为:"思"可以理解为创作中的_____,即艺术思维活动,但侧重于创作主体的情志意趣活动;"境"则是激发诗情意趣并且表现之的创作客体_____。"境"与"思"偕往,相互融会,这就产生了作品的意境世界。

18. 司空图提出的"韵味"说,从理论源上看,是本于钟嵘《_____》的"_____"说,但有了明显的发展和深化。

19. 司空图提出的所谓"_____外之致"、"_____外之旨"、"_____外之象"、"_____外之景"的"四外"说,都是论述意境的特殊性质,是对诗歌意境理论深入而又精辟的阐述。

二、名词解释题

1. （陈子昂的）"兴寄"和"风骨"说
2. （皎然的）"取境"说
3. （韩愈的）"气盛言宜"说
4. （韩愈的）"不平则鸣"说
5. （白居易的）"讽喻"观
6. （白居易的）文章"为时""为事"而作说
7. （白居易的）"实录"说
8. （司空图的）"思与境偕"说
9. （司空图的）"韵味"说
10. （司空图的）"四外"说

三、单项选择题

1. 陈子昂在《修竹篇序》提出了（　　）。
   A. "兴寄"和"风骨"说　　B. "美刺"、"讽谏"说
   C. 文章"为时""为事"而作说　D. "意境深远"说
2. 提出诗歌应该"骨气端翔，音情顿挫，光英朗练，有金石声"的是（　　）。
   A. 白居易的《与元九书》
   B. 陈子昂的《与东方左史虬修竹篇序》
   C. 韩愈的《送孟东野序》
   D. 司空图的《与王驾评诗书》
3. 皎然的诗论作品除《诗议》一卷外，现存最重要的是（　　）。
   A.《诗品》　　　　B.《诗格》
   C.《文镜秘府论》　D.《诗式》
4. 提出"取境"问题，并认为"取境"有易、难两种情况的唐代

诗论家是（　　）。
A. 陈子昂　　　　　　B. 司空图
C. 皎然　　　　　　　D. 韩愈

5. 韩愈提出了"气盛言宜"论，所谓"气盛"是指作家（　　）。
   A. 很高尚的仁义道德修养
   B. 因高尚的道德修而具备的充沛的阳刚之气
   C. 仁义道德修造诣很高而体现出的一种精神气质，一种人格境界
   D. 创作的作品具有雄伟而磅礴的气势

6. 韩愈的"不平则鸣"论，从实质上看是继承了（　　）。
   A. 《毛诗大序》的"讽谏"说　　B. 《论语》的"兴观群怨"说
   C. 司马迁的"发愤著书"说　　D. 王充的"疾虚妄"说

7. 提出"文章合为时而著，歌诗合为事而作"的唐代文论家是（　　）。
   A. 韩愈　　　　　　　B. 陈子昂
   C. 皎然　　　　　　　D. 白居易

8. 主张诗歌要"其言直而切"，要"首章标其目，卒章显其志"的古代文论家是（　　）。
   A. 白居易　　　　　　B. 陈子昂
   C. 曹丕　　　　　　　D. 司马迁

9. 白居易的诗歌理论的文艺思想范畴，总的说来应该属于（　　）。
   A. 道家　　　　　　　B. 佛家
   C. 儒家　　　　　　　D. 墨家

10. 提出"长于思与境偕，乃诗家之所尚者"理论的唐代诗论家是（　　）。
    A. 陈子昂　　　　　　B. 白居易
    C. 皎然　　　　　　　D. 司空图

11. 司空图的"韵味"说,从理论渊源上看,是本于(　　)。
   A. 钟嵘《诗品》的"滋味"说
   B. 陆机《文赋》的"诗缘情而绮靡"说
   C. 曹丕《典论·论文》的"诗赋欲丽"说
   D. 《庄子》的"得意而忘言"说
12. 提出"韵外之致"、"味外之旨","象外之象"、"景外之景"的"四外"说的古代诗论家是(　　)。
   A. 钟嵘　　　　　　　B. 司空图
   C. 陆机　　　　　　　D. 刘勰

四、翻译题(翻译并从文学理论批评上简要说明下列文字的含义)

1. 文章道弊五百年矣。汉、魏风骨,晋、宋莫传,然而文献有可征者。仆尝暇时观齐、梁间诗,彩丽竞繁而兴寄都绝,每以永叹。思古人,常恐逶迤颓靡,风雅不作,以耿耿也。一昨于解三处,见明公《咏孤桐篇》,骨气端翔,音情顿挫,光英朗练,有金石声……不图正始之音复睹于兹,可使建安作者相视而笑。(陈子昂《与东方左史虬修竹篇序》)

2. 文之难,而诗之尤难,古今之喻多矣,而愚以为辨于味,而后可以言诗也。江岭之南,凡足资于适口者,若醯,非不酸也,止于酸而已;若鹾,非不咸也,止于咸而已。华之人以充饥而遽辍者,知其咸酸之外,醇美者有所乏耳。彼江岭之人,习之而不辨也,宜哉。诗贯六义,则讽喻、抑扬、渟蓄、温雅,皆在其间矣。(司空图《与李生论诗书》)

五、问答题

1. 结合陈子昂的诗歌创作实践,说明他的"兴寄"和"风骨"的内涵。
2. 结合齐梁诗歌的创作实际情况,如何理解陈子昂对齐梁诗歌"兴寄都绝"的批评？

3. 简析陈子昂"兴寄"和"风骨"说在诗学史上的意义。

4. 简述皎然诗论中"意"与"境"的关系，并分析他的"取境"有易、难两种情况的论述。

5. 如何理解皎然"两重意已上，皆文外之旨"的诗论观点？

6. 试比较韩愈的"气盛言宜"说和孟子"养气"说之异同。

7. 试比较韩愈"不平则鸣"说和司马迁"发愤著书"说的异同。

8. 结合韩愈诗歌创作，谈谈他对"横空盘硬语"式审美风格的追求。

9. 如何准确理解白居易在《与元九书》中提出的"诗者，根情，苗言，华声，实义"的理论？

10. 试析白居易诗论中的"美刺"观。

11. 试析白居易诗论中的"为时""为事"而作的观点的内涵和意义。

12. 结合白居易的诗歌创作实践，谈谈他的诗歌理论和诗歌创作的长处与缺憾。

13. 如何理解司空图提出的诗歌创作中"思与境偕"的思想。

14. 简析司空图"韵味"说对钟嵘《诗品》"滋味"说的继承、发展和深化。

15. 结合具体意境作品，谈谈你对司空图"四外"说的理解。

第五编　宋金元

一、填空题

1. 欧阳修晚年作《_____》，开诗论中诗话之一体。

2. 教材指出：在文道关系上，欧阳修步趋韩愈，重申了____对文的重要性，认为"____胜者文不难而自至"（《答吴充秀才书》），反对"道未足而强言"、片面追求言辞。

3. "＿＿＿＿＿"说是欧阳修在《梅圣俞诗集序》一文里表露的比较重要的诗论思想。

4. 苏轼在《答谢民师推官书》中说:作文要"大略如＿＿＿＿＿,初无定质,但常行于所当行,常止于所不可不止,＿＿＿＿＿,姿态横生"。

5. 教材指出:在具体的形象描写上,苏轼提出"＿＿＿＿＿"的主张,强调主体在创作时与对象的一种顺应而自然的关系。

6. 教材指出,在《送参寥师》一诗里,苏轼采用了佛教的"＿＿＿＿＿"观来说诗:"欲令诗语妙,无厌空且静;静故了群动,空故纳万境。"讲到了创作主体与创作客体所构成的一种最佳精神状态。

7. 李清照对当时有些人认为词与诗并无本质区别,词即长短句之诗的观点持不同看法,著《＿＿＿＿＿》一篇主张严格区分词与诗的界限,提出了词"＿＿＿＿＿"的著名观点。

8. 李清照在《论词》中提出了对词创作的一些审美要求,主要有:一、勿"＿＿＿＿＿";二、要有"＿＿＿＿＿";三、讲"＿＿＿＿＿";四、要求词的格调高雅、典重。

9. 严羽是宋代著名的诗论家,他论诗的代表作是经后人编辑成书的《＿＿＿＿＿》。

10. 教材指出:严羽强调学诗要以"＿＿＿＿＿"为主,就是说诗人要有高度的审美判断力。

11. 教材认为:"妙悟"是就诗歌创作主体而言的,"＿＿＿＿＿"则是"妙悟"的对象和结果,即诗人直觉到的那种诗美的本体,诗境的实相。

12. 教材指出:严羽所说的"兴趣"是"兴"在古典诗论里的一种发展,它与钟嵘所说的"＿＿＿＿＿"、司空图所说的"＿＿＿＿＿"有着直接的继承关系。

13. 严羽在《沧浪诗话·诗辨》里说:"诗之法有五:曰体制,曰格力,曰气象,曰_____,曰_____。"

14. 严羽在《沧浪诗话·诗辨》里说:"诗之极致有一:曰_____。诗而_____至矣,尽矣,蔑以加以!惟李、杜得之,他人得之盖寡也。"

15. 元好问是金代诗坛上杰出的诗人,也是重要的诗论家,他所写的《_____》绝句,上继杜甫的《_____》,下开清代王士禛、袁枚等人的续作,影响深远。

16. 元好问在《论诗三十首》第六首中说:"_____,文章宁复见为人?高情千古《闲居赋》,争信安仁拜路尘?"批判了晋代诗人_____人格与文格不统一的现象。

17. 元好问《论诗三十首》第四首说:"一语天然万古新,_____。南窗白日羲皇上,未害渊明是晋人。"赞扬了陶渊明诗天然浑朴之美。

18. 《_____》是张炎晚年之作,是李清照《_____》之后最为重要的一部词论专著。

19. 教材指出:在《词源》中,张炎首先确立了"_____"的审美标准;其次,他又提出了"_____"的审美要求;第三,他还提出了"_____"的审美要求。

20. 张炎在《词源》中说:苏轼的《水调歌头》、《洞仙歌》,王安石的《桂枝香》,姜夔的《暗香》、《疏影》等词"皆_____中有_____,无笔力者未易到"。

二、名词解释题

1. (欧阳修的)"诗穷而后工"说
2. (苏轼的)"枯淡"说
3. (苏轼的)"空静"说
4. (苏轼的)"传神"论

5. (李清照的)词"别是一家"说
6. (严羽的)"妙悟"说
7. (严羽的)"兴趣"说
8. (严羽的)诗有"别材""别趣"说
9. (张炎的)"清空"说
10. (张炎的)"意趣"说

三、单项选择题

1. 在道与文的关系上,欧阳修在《答吴充秀才书》里的观点是( )。
   A. "文以载道"　　　　B. "道胜者文不难而自至"
   C. "文者以明道"　　　D. "有道有艺"
2. 在其诗论著作中提出"诗穷而后工"的古代文论家是( )。
   A. 唐代韩愈　　　　　B. 唐代白居易
   C. 宋代苏轼　　　　　D. 宋代欧阳修
3. (作文应)"大略如行云流水,初无定质,但常行于所当行,常止于所不可不止,文理自然,姿态横生。"这段文字出自( )。
   A. 苏轼的《答谢民师推官书》B. 韩愈的《送孟东野序》
   C. 白居易的《与元九书》　D. 欧阳修的《梅圣俞诗集序》
4. 在《送参寥师》一诗中提出用佛教"空静"观来说诗的是( )。
   A. 司空图　　　　　　B. 皎然
   C. 严羽　　　　　　　D. 苏轼
5. 苏轼的所谓"枯淡"说,其意思是( )。
   A. 指诗歌创作应"得意而忘言"
   B. 指诗应在平淡之中包含丰富的意味和理趣

  C. 批评宋代一些诗的淡乎寡味

  D. 批评宋代以议论说理入诗的现象

6. 李清照在《论词》中提出的著名观点是词应(　　)。

  A. "清空雅正"   B. "点铁成金"

  C. "别是一家"   D. "夺胎换骨"

7. 宋代诗话中提出以禅喻诗的"妙悟"说,因而对后世影响极大的是(　　)。

  A. 《六一诗话》   B. 《岁寒堂诗话》

  C. 《紫微诗话》   D. 《沧浪诗话》

8. 提出以禅喻诗的"妙悟"说的古代诗论家是(　　)。

  A. 唐代皎然   B. 唐代司空图

  C. 宋代严羽   D. 宋代苏轼

9. 提出诗有"别材""别趣"说的是(　　)。

  A. 严羽的《沧浪诗话》   B. 张戒的《岁寒堂诗话》

  C. 皎然的《诗式》   D. 苏轼的《书黄子思诗集后》

10. 批评宋诗"以文字为诗,以议论为诗,以才学为诗"的是(　　)。

  A. 元好问《论诗三十首》

  B. 苏轼《书黄子思诗集后》

  C. 严羽《沧浪诗话》

  D. 欧阳修《六一诗话》

11. 元好问的《论诗三十首》第六首:"心画心声总失真,文章宁复见为人。高情千古闲居赋,争信安仁拜路尘。"这是(　　)。

  A. 说潘岳文章没有写出他的高尚情志

  B. 批评潘岳文格与人格的不统一

  C. 赞扬潘岳《闲居赋》感情高尚,但仍未写出他真实高尚的人格

D. 说文章总是不能表达作者的真实心声

12. 元好问的《论诗三十首》第八首:"沈宋驰骋翰墨场,风流初不废齐梁。论功若准平吴例,合著黄金铸子昂。"这是说( )。

A. 沈宋诗仍袭齐梁诗风,陈子昂改革诗风有巨大功绩

B. 沈宋与陈子昂改革齐梁诗风,均有功绩,只是陈子昂功劳最大

C. 沈宋欲废齐梁诗风而不能,只有陈子昂才能力矫齐梁诗风

D. 沈宋虽然风流文场诗坛,但只有与陈子昂齐心合力,才能矫正齐梁诗风

四、翻译题(翻译并从文学理论批评上简要说明下列文字的含义)

1. 所示书教及诗、赋、杂文,观之熟矣。大略如行云流水,初无定质,但常行于所当行,常止于所不可不止,文理自然,姿态横生。孔子曰:"言之不文,行而不远。"又曰:"辞达而已矣。"夫言止于达意,即疑若不文,是大不然。求物之妙,如系风捕影,能使是物了然于心者,盖千万人而不一遇也,而况能使了然于口与手者乎?是之谓辞达。辞至于能达,则文不可胜用矣。(苏轼的《答谢民师推官书》)

2. 大抵禅道惟在妙悟,诗道亦在妙悟。且孟襄阳学力下韩退之远甚,而其诗独出退之之上者,一味妙悟故也。惟悟乃为当行,乃为本色。然悟有浅深,有分限之悟,有透彻之悟,有但得一知半解之悟。汉、魏尚矣,不假悟也。谢灵运至盛唐诸公,透彻之悟也。他虽有悟者,皆非第一义也。(严羽的《沧浪诗话·诗辨》)

五、问答题

1. 试述欧阳修"诗穷而后工"说的内涵,并比较其与韩愈"不平则鸣"说的异同。

2. 以具体作品为例,阐释欧阳修在《六一诗话》中所引的梅尧臣的"状难写之景如在目前,含不尽之意见于言外"的意境理论。

3. 如何理解苏轼对孔子"辞达"说的阐发?

4. 试述苏轼的"传神"理论。

5. 如何理解苏轼注重自然天成的文艺思想?

6. 试简析苏轼关于创作中主客体关系的论述。

7. 试简述李清照的词"别是一家"的词论观点的内涵,以及你对这一观点的理解。

8. 结合文学史知识,谈谈你对李清照批评柳永词"虽协音律而词语尘下"之说的理解和意见。

9. 结合孟浩然、韩愈的诗歌作品,谈谈你对严羽对孟、韩二人评价的看法,以及对严羽"妙悟"说的理解。

10. 结合盛唐诗歌创作,谈谈你对严羽"兴趣"说的理解。

11. 以具体作品为例,评说严羽对宋诗"以文字为诗"、"以议论为诗"、"以才学为诗"的批评。

12. 你如何理解严羽"诗有别材,非关书也;诗有别趣,非关理也"的诗论观点?

13. 结合文学史作家作品的实际,谈谈你对元好问《论诗三十首》的"心画心声总失真"一诗观点的看法。

14. 结合陶渊明作品,试阐发元好问《论诗三十首》中"一语天然万古新"一诗的内容和观点。

15. 结合北朝民歌《敕勒歌》("天苍苍"),准确理解评述元好问《论诗三十首》中"慷慨歌谣绝不传"一诗的思想观点。

16. 结合韩愈、秦观的诗歌创作实际,谈谈你对元好问《论诗三十首》中"'有情芍药含春泪,无力蔷薇卧晚枝'。拈出退之山石句,始知渠是女郎诗"一诗的理解与看法。

17. 结合具体作品的分析,阐释张炎提出的"清空"说的词论观点。

18. 结合具体作品的分析,阐释张炎提出的"意趣"说的词论观点。

第六编 明 代

一、填空题

1. 明代诗论家谢榛的论诗著作主要是《_____》,一名《_____》。

2. 教材指出:"_____"是谢榛诗论讨论的中心问题之一。他说:"诗乃模写_____之具。"(《四溟诗话》卷四)又说:"作诗本乎_____,孤不自成,两不相背。"(同上卷三)

3. 谢榛主张情和景应该互相融合,而二者的融合取决于"情景_____"(《四溟诗话》卷二)。

4. 教材指出:谢榛认为诗有_____、_____、_____、_____四要素,他说:"四者之本,非养无以发其真,非悟无以入其妙。"(《四溟诗话》卷一)

5. 教材指出:谢榛认为诗有_____、_____、_____、_____四格。这四格其实就是诗歌的四种审美类型。

6. 谢榛不主张意在言先,即作诗必先命意,而主张意随笔生,不假布置,认为得句而意在其中。他说:"诗有_____意、_____意。唐人兼之,婉而有味,浑而无迹。宋人必先命意,涉于理路,殊无思致。"(《四溟诗话》卷二)

7. 李贽对文学理论批评最重要的贡献就是提出了"_____"说。

8. 教材指出:李贽主张文学要表现_____,他所谓的

_____即是真心。

9. 李贽的"童心"说理论观点与明代前后_____派强调复古摹拟是对立的,成为后来公安派"_____"说的直接的理论源头。

10. 李贽认为:"《水浒传》者,_____之所作也。"将之与司马迁的"_____"说的传统联系起来,给予它与正统诗文同样的崇高地位。

11. 从"童心"说的观点出发,在《童心说》一文中,李贽对正统文人所不屑的通俗文学作品,戏曲《_____》和长篇小说《_____》给予了崇高的评价,认为它们都是"天下之至文"。

12. 明代公安派以公安人三袁为代表,其中_____是公安派的中坚,他提出了"_____,不拘格套"的口号。

13. 袁宏道在《序小修诗》一文中提出了"独抒性灵,不拘格套"的口号,教材认为:他的"_____"说与李贽的"_____"说在理论上是一脉相承的。

14. 教材指出:袁宏道认为,当代(指明代)诗文不可能传世,而"其万一传者,或今闾阎妇人孺子所唱《_____》、《_____》之类,犹是无闻无识真人所作,故多真声"。

15. 教材认为:袁宏道的另一诗学主张是_____。从主体方面言,_____是真得必然结果。他说:"真则我面不能同君面,而况古人之面貌乎?"

二、名词解释题

1. (谢榛的)"情景"说
2. (谢榛的)"四格"说
3. (李贽的)"童心"说
4. (公安派的)"性灵"说

三、单项选择题

1. 教材指出：谢榛诗论讨论的中心之一是情景问题，他主张（　　）。
   A. "情主景附"　　　　B. "情景适会"
   C. "情景互相独立"　　D. "为情造景"

2. "诗有可解、不可解、不必解，若水月镜花，勿泥其迹可也。"这个通达的诗论观点出自（　　）。
   A. 李贽的《童心说》　　B. 袁宏道的《序小修诗》
   C. 严羽的《沧浪诗话》　D. 谢榛的《四溟诗话》

3. "诗有天机，待时而发，触物而成，虽幽寻苦索，不易得也。"这段诗论出自（　　）。
   A. 司空图《与李生论诗书》　B. 谢榛《四溟诗话》
   C. 严羽《沧浪诗话》　　　　D. 袁宏道《序小修诗》

4. 谢榛认为诗歌有体、制、气、韵四要素。教材认为，志指（　　）。
   A. 诗应该有教育人心的感染力　B. 形式体裁方面的创新
   C. 属于内容方面的情志　　　　D. 诗应该"主文而谲谏"

5. 教材明确指出，谢榛诗论讨论的一个中心问题是（　　）。
   A. 气韵问题　　　　B. 情景问题
   C. 格律问题　　　　D. 意境问题

6. 李贽"童心"说的所谓"童心"就是（　　）。
   A. 绝圣去知　　　　B. 无知无识
   C. 真心　　　　　　D. 正直之心

7. 提出"《水浒传》者，发愤之所作也"的著名观点的文论家是（　　）。
   A. 金圣叹　　　　　B. 袁宏道
   C. 李贽　　　　　　D. 谢榛

8. 提出诗文应"独抒性灵，不拘格套"著名口号的是公安派中的(　　)。
A. 袁宏道　　　　　　B. 袁宗道
C. 李贽　　　　　　　D. 袁中道

9. 教材指出:公安派的"性灵"说主要继承了(　　)。
A. 钟嵘的"滋味"说　　B. 苏轼的"传神"论
C. 司空图的"韵味"说　D. 李贽的"童心"说

四、翻译题(翻译并从文学理论批评上简要说明下列文字的含义)

1. 龙洞山农叙《西厢》,末语云:"知者勿谓我尚有童心可也。"夫童心者,真心也,若以童心为不可,是以真心为不可也。夫童心者,绝假纯真,最初一念之本心也。若失却童心,便失却真心;失却真心,便失却真人。人而非真,全不复有初矣。(李贽《童心说》)

2. 盖诗文至近代而卑极矣。文则必欲准于秦汉,诗则必欲准于盛唐。剿袭模拟,影响步趋。见人有一语不相肖者,则共指以为野狐外道。曾不知文准秦汉矣,秦汉人曷尝字字学六经欤。诗准盛唐矣,盛唐人曷尝字字学汉魏欤。秦汉而学六经,岂复有秦汉之文?盛唐而学汉魏,岂复有盛唐之诗?唯夫代有升降,而法不相沿,各及其变,各穷其趣,所以可贵。原不可以优劣论也。(袁宏道《叙小修诗》)

五、问答题

1. 谈谈谢榛"情景"说的内涵。

2. 结合诗歌欣赏,评述谢榛"诗有可解、不可解、不必解,若水月镜花,勿泥其迹可也"这段诗论的内涵和意义。

3. 谢榛说:"诗有天机,待时而发,触物而成,虽幽寻苦索,不易得也,如戴石屏'春水渡旁渡,夕阳山外山',属对精确,工非一朝,所谓'尽日觅不得,有时还自来'也。"请你解释这段诗论在文学理论批评上的内涵,并说明为什么作者对戴石屏的这两句诗给予极高的评价。

4. 李贽"童心"说在当时有何意义?

5. 试述李贽"童心"说的内容及其理论意义和影响。

6. 李贽认为《水浒传》的创作动机是什么?他的这种说法有什么意义?

7. 试述公安派的"独抒性灵,不拘格套"说的内涵、理论意义,及其对袁枚"性灵"说的影响。

8. 试评述袁宏道的诗歌发展观。

第七编 清 代

一、填空题

1. 金圣叹称《离骚》、《庄子》、《史记》、杜甫诗、《_____》、《_____》为"天下六才子书",并对之加以评点。

2. 教材认为:_____是中国小说理论批评史上最有成就的批评家。

3. 金圣叹在《读第五才子书法》中说:"《_____》方法,都从《史记》出来,却有许多胜似《史记》处。若《史记》妙处,《_____》已是件件有。"

4. 金圣叹在《读第五才子书法》一文中说:"某尝道《_____》胜似《_____》,人都不肯信。殊不知某却不是乱说。"

5. 金圣叹在《读第五才子书法》一文中对《史记》和《水浒传》作了比较,认为《史记》是"以文_____",《水浒》是因文"_____"。

6. 李渔认为戏曲创作要"____主脑"。教材指出:所谓"主脑",是指一部戏曲的主要_____和中心_____。

7. 李渔在《闲情偶寄》的《立主脑》中认为:具体到《琵琶记》

和《西厢记》,"＿＿＿＿"四字和"＿＿＿＿"四字分别为它们的主脑。

8. 李渔在《闲情偶寄》中说:"编戏有如缝衣,其初则以完全者＿＿＿,其后又以剪碎者＿＿＿。"

9. 教材指出:在《闲情偶寄》的《审虚实》部分中,李渔着重论述古今题材的处理问题,涉及戏曲的＿＿＿性和＿＿＿化的问题。

10. 王夫之认为"情景名为二,而实不可离",情景结合的方式有三,一是"神于诗者,＿＿＿＿＿。巧者则有＿＿＿＿,＿＿＿＿"。

11. 教材认为:叶燮的诗学著作《＿＿＿＿》是继刘勰《＿＿＿＿＿》之后理论性和体系性最强的一部文学理论著作。

12. 叶燮把创作分成"在＿＿＿者"即创作客体与"在＿＿＿者"即创作主体两个方面。

13. 教材指出:叶燮把创作客体分为理、＿＿＿、＿＿＿三个方面,把创作主体分为才、胆、＿＿＿、＿＿＿四个要素。

14. 叶燮认为,在创作主体的四个要素中＿＿＿处于核心地位。

15. 王士禛是清初具有广泛影响的诗人和诗论家,清人张宗柟辑其论诗之语为《＿＿＿＿＿》,其诗歌理论的核心是"＿＿＿＿"说。

16. 王士禛"＿＿＿＿"说主张对审美对象的表现应该做到"不着一字,＿＿＿＿"。

17. 沈德潜编选有《古诗源》、《唐诗别裁集》、《明诗别裁集》等,诗论著作《＿＿＿＿＿》。主张诗歌创作应有益于教化,提出"＿＿＿＿"说。

18. 教材认为:沈德潜的"格调"指的是＿＿＿和＿＿＿二者,二者兼美,即是他认为有"格调"的作品。

19. 沈德潜在《清诗别裁·凡例》一文中提出诗可留存的标准,

说:"诗必原本_____,关乎_____及古今成败兴坏之故者,方为可存。"

20. 教材指出:乾隆时期,当沈德潜的"_____"说盛行之时,袁枚则以"_____"说与之相抗。

21. 袁枚在他的论诗著作《随园诗话》中说:"须知有_____便有_____,格律不在性情之外。"

二、名词解释题

1. (李渔的)"立主脑"说
2. (李渔的)"剪碎凑成"说
3. (李渔的)"密针线"说
4. (金圣叹的)"以文运事"、"因文生事"说
5. (王夫之的)"情景"说
6. (王夫之的)"现量"说
7. (叶燮的)"理事情"说
8. (叶燮的)"才、胆、识、力"说
9. (王士禛的)"神韵"说
10. (王士禛的)"妙悟"说
11. (沈德潜的)"格调"说
12. (袁枚的)"性灵"说

三、单项选择题

1. 金圣叹对《史记》和《水浒传》作了比较,指出二者分别是(   )。
   A. "因文生事"和"以文运事"
   B. "因事生文"和"因文运事"
   C. "以文运事"和"因文生事"
   D. "因事作文"和"文事相谐"

2. "《水浒传》写一百八个人性格,真是一百八样。若别一部书,任他写一千个人,也只是一样,便只写得两个人,也只是一样。"这段文论的作者是( )。
   A. 李渔　　　　　　　　B. 金圣叹
   C. 袁枚　　　　　　　　D. 李贽
3. 李渔认为戏曲创作要"立主脑",他的所谓"主脑"是指一部戏曲的( )。
   A. 构思和布局
   B. 情节所反映的主题思想
   C. 主要人物和中心情节
   D. 情节所表达的作者的爱憎感情
4. 李渔的一部内容涉及戏曲、歌舞、建筑、园林、饮食等方面的著作是( )。
   A. 《闲情偶寄》　　　　B. 《风筝误》
   C. 《十二楼》　　　　　D. 《比目鱼》
5. 王夫之的诗学著作颇丰,其中一部论古代诗歌创作、批评、鉴赏的诗话体著作是( )。
   A. 《姜斋诗话》　　　　B. 《带经堂诗话》
   C. 《沧浪诗话》　　　　D. 《六一诗话》
6. "情景名为二,而实不可离。神于诗者,妙合无垠。巧者则有情中景,景中情。"这段诗论出自( )。
   A. 严羽的《沧浪诗话》　B. 王夫之的《姜斋诗话》
   C. 袁枚的《随园诗话》　D. 叶燮的《原诗》
7. 韩愈、贾岛的"推""敲"的故事流传极广,被认为作诗改诗的经典故事。但在其著作中,批评这"只是妄想揣摩,如说他人梦,纵令形容酷似,何尝毫发关心"的古代诗论家是( )。
   A. 王夫之　　　　　　　B. 王士禛

C. 袁枚　　　　　　　　D. 沈德潜
8. 教材指出：自《文心雕龙》之后理论性和体系性最强的一部诗学理论著作是（　　）。
   A. 《说诗晬语》　　　　B. 《姜斋诗话》
   C. 《原诗》　　　　　　D. 《随园诗话》
9. 把创作客体("在物者")分为理、事、情三个方面，把创作主体("在我者")分为才、胆、识、力四个要素的清代诗论家是（　　）。
   A. 沈德潜　　　　　　　B. 王夫之
   C. 袁枚　　　　　　　　D. 叶燮
10. 教材指出：《原诗》作者认为在才、胆、识、力四个要素中，处于核心地位的是（　　）。
    A. 才　　　　　　　　　B. 胆
    C. 识　　　　　　　　　D. 力
11. 清人张宗柟辑王士禛论诗之语为（　　）。
    A. 《五代诗话》　　　　B. 《带经堂诗话》
    C. 《渔洋诗话》　　　　D. 《池北偶谈》
12. 提出诗歌创作要有"神韵"的清代诗论家是（　　）。
    A. 王夫之　　　　　　　B. 沈德潜
    C. 袁枚　　　　　　　　D. 王士禛
13. "夫诗之道，有根柢焉，有兴会焉，二者率不可得兼。"这段诗论的作者是（　　）。
    A. 王士禛　　　　　　　B. 沈德潜
    C. 袁枚　　　　　　　　D. 王夫之
14. 沈德潜的论诗著作是（　　）。
    A. 《说诗晬语》　　　　B. 《渔洋诗话》
    C. 《随园诗话》　　　　D. 《姜斋诗话》
15. 沈德潜的诗歌理论提出了（　　）。

A. "肌理"说 　　　　　B. "性灵"说
C. "神韵"说 　　　　　D. "格调"说

16. 教材认为:在沈德潜的诗学理论中特别强调"性情",他的所谓"性情"即诗歌中的(　　)。
   A. 兴感作用 　　　　B. 所表现的诗人的"性灵"
   C. 思想内容 　　　　D. 所表现的艺术感染力

17. 袁枚的诗论著作主要有诗话体的(　　)。
   A.《原诗》 　　　　　B.《随园诗话》
   C.《姜斋诗话》 　　　D.《带经堂诗话》

18. 教材认为:为了与沈德潜的"格调"说相抗,袁枚提出了(　　)。
   A. "神韵"说 　　　　B. "肌理"说
   C. "性灵"说 　　　　D. "情景"说

19. 教材指出:为诗歌史上的艳情诗进行了辩护的古代诗论家是(　　)。
   A. 李贽 　　　　　　B. 金圣叹
   C. 袁宏道 　　　　　D. 袁枚

20. 教材指出:袁枚"性灵"说在审美上主张(　　)。
   A. 壮肃 　　　　　　B. 风趣
   C. 清空 　　　　　　D. 雅洁

四、翻译题(翻译并从文学理论批评上简要说明下列文字的含义)

1. "僧敲月下门",只是妄想揣摩,如说他人梦,纵令形容酷似,何尝毫发关心? 知然者,以其沉吟"推""敲"二字,就他作想也。如即景会心,则或推或敲,必居其一,因景生情,自然灵妙,何劳拟议哉?"长河落日圆",初无定景;"隔水问樵夫",初非想得:则禅家所谓现量也。(王夫之《姜斋诗话》)

2. 诗难其真也,有性情而后真;否则敷衍成文矣。诗难其雅也,有学问而后雅;否则俚鄙率意矣。太白斗酒诗百篇,东坡嬉笑怒骂,皆成文章:不过一时兴到语,不可以词害意。或认以为真,则两家之集,宜塞破屋子,而何以仅存若干? 且可精选者,亦不过十之五六。(袁枚《随园诗话》)

五、问答题

1. 金圣叹对《史记》和《水浒传》作了怎样的比较? 这种比较有何意义?
2. 试评述金圣叹关于小说人物性格塑造的理论。
3. 什么是李渔的"立主脑"?
4. 什么是李渔的"密针线"?
5. 试分析并评价李渔在戏曲的真实性和典型化上的主张和观点。
6. 王夫之对诗可以"兴、观、群、怨"的理论有什么新发展?
7. 试评述王夫之情景理论的内涵及其意义。
8. 简述王夫之"现量"说的理论内涵。
9. 为什么说叶燮的《原诗》是《文心雕龙》之后理论性和体系性最强的一部文学理论著作? 试简述他诗歌理论的理论框架。
10. 试述叶燮"理、事、情"的理论内涵。
11. 试述叶燮"才、胆、识、力"的理论内涵。
12. 王士禛在《池北偶谈》中谈到王维画雪中芭蕉的故事,他是为了说明什么样的理论问题? 你能否举出另外的例子说明这个理论?
13. 试述王士禛"神韵"说的内涵。
14. 什么是王士禛提出的诗歌理论的"妙悟"说?
15. 沈德潜对于诗歌议论问题的主张与王夫之有何不同?
16. 沈德潜关于人品与诗品的关系有何观点?
17. 试述沈德潜"格调"说的理论内涵。

18. 袁枚提出"性灵"说有何时代背景和时代意义？
19. 袁枚"性灵"说的内容是什么？
20. 袁枚的"性灵"说与公安派的"性灵"说有什么异同？

第八编 近 代

一、填空题

1. 刘熙载最为后人所推重的文艺美学方面的代表著作是《_____》。

2. 刘熙载的《艺概》包括《_____》、《_____》、《_____》、《词曲概》、《书概》、《经义概》六个部分，以文学评论为主。

3. 教材指出：刘熙载的《_____》以少总多，以点带面，史与论并重且能互相生发，在写作方法上显示出受到刘勰《_____》影响的痕迹。

4. 刘熙载《艺概·诗概》说："山之精神写不出，以_____写之；春之精神写不出，以_____写之。故诗无气象，则精神亦无所寓矣。"

5. 刘熙载《艺概·赋概》说："诗为_____，赋为_____。诗言持，赋言铺，持约而铺博也。古诗人本合二义为一，至西汉以来，诗赋始各有专家。"

6. 教材指出：在文学方面，梁启超积极提倡"_____革命"、"文界革命"、"_____革命"，以与其社会政治改良思想呼应。

7. 教材认为：梁启超在其前期诗论著作《夏威夷游记》、《饮冰室诗话》中，主张将"新_____"、"新_____"、"新_____"与传统诗歌的"旧风格"相结合。

8. 梁启超"文界革命"的核心在于提倡大量引进"_____"，以"俗语文体"表达"欧西文思"。

9. 教材认为:梁启超的小说理论主要体现在《译印政治小说序》、《＿＿＿＿＿＿》、《告小说家》等文章中。其中的第二篇文章被视为近代改良主义小说理论的纲领、"＿＿＿＿革命"的宣言。

10. 梁启超说:"抑小说之支配人道(指小说的艺术感染力),复有四种力:一曰＿＿＿……;二曰浸……;三曰＿＿＿……;四曰提……。"

11. 教材指出:《＿＿＿＿》和《＿＿＿＿》是王国维在文学研究方面最令人瞩目的研究成果。

12. 王国维词论著作《＿＿＿＿》的理论核心是"＿＿＿＿"说。

13. 王国维在《人间词话》里开宗明义地提出:"词以＿＿＿为最上。有＿＿＿则自成高格,自有名句。"

14. 《人间词话》谓:"有＿＿＿境,有＿＿＿境,此理想与写实二派之所由分。"

15. 《人间词话》谓:"＿＿＿之境,人惟于静中得之。＿＿＿之境,于由动之静时得之。故一优美,一宏壮也。"

16. 王国维《人间词话》谓:"昔人论诗词,有景语、情语之别。不知一切＿＿＿,皆＿＿＿也。

二、名词解释题

1. (刘熙载的)"结实"、"空灵"说
2. (梁启超的)"小说界革命"
3. (梁启超小说理论的)"熏浸刺提"说
4. (梁启超小说理论的)"写实""理想"二派说
5. (王国维的)"境界"说
6. (王国维的)"有我之境"、"无我之境"说
7. (王国维的)"隔"与"不隔"说

三、单项选择题

1. 刘熙载在文艺美学方面的代表作是（　　）。
   A. 《诗概》　　　　　　B. 《词曲概》
   C. 《艺概》　　　　　　D. 《文概》

2. "山之精神写不出，以烟霞写之；春之精神写不出，以草树写之。故诗无气象，则精神亦无所寓矣。"这段诗论出自（　　）。
   A. 刘熙载《艺概》　　　B. 王国维《人间词话》
   C. 袁枚《随园诗话》　　D. 沈德潜《说诗晬语》

3. 刘熙载《艺概》全书各部分皆以"概"命名，以少总多，以点带面，史与论并重且能互相生发，在写作方法上显示出受到（　　）。
   A. 《原诗》的影响　　　B. 《沧浪诗话》的影响
   C. 《文心雕龙》的影响　D. 《诗品》的影响

4. 教材指出：被视为近代改良主义小说理论纲领、"小说界革命"宣言的是梁启超的（　　）。
   A. 《告小说家》　　　　B. 《译印政治小说序》
   C. 《外交欤？内政欤？》D. 《论小说与群治之关系》

5. 提出小说理论"熏、浸、刺、提"说的文论家是（　　）。
   A. 清代的金圣叹　　　　B. 近代的梁启超
   C. 清代的李渔　　　　　D. 近代的龚自珍

6. "故今日欲改良群治，必自小说界革命始；欲新民，必自新小说始。"这一著名的论断出自（　　）。
   A. 金圣叹　　　　　　　B. 梁启超
   C. 李渔　　　　　　　　D. 刘熙载

7. 王国维最具代表性的文学理论批评著作是（　　）。
   A. 《宋元戏曲史》　　　B. 《人间词话》

  C. 《蕙风词话》　　　　　D. 《人间词话》
8. 王国维词学理论核心是(　　)。
  A. "格调"说　　　　　　B. "神韵"说
  C. "境界"说　　　　　　D. "性灵"说
9. "有我之境,以我观物,故物皆著我之色彩;无我之境,以物观物,故不知何者为我,何者为物。古人为词,写有我之境者为多,然未始不能写无我之境,此在毫杰之士能自树立耳。"这段著名词论出自(　　)。
  A. 梁启超《饮冰室诗话》　B. 刘熙载《艺概·词曲概》
  C. 王国维《人间词话》　　D. 陈廷焯《白雨斋词话》
10. "昔人论诗词,有景语、情语之别。不知一切景语,皆情语也。"这段词论出自(　　)。
  A. 李清照《论词》　　　　B. 张炎《词源》
  C. 刘熙载《艺概·词曲概》 D. 王国维《人间词话》

四、翻译题(翻译并从文学理论批评上简要说明下列文字的含义)

  1. "文或结实,或空灵,虽各有所长,皆不免著于一偏。试观韩文,结实处何尝不空灵,空灵处何尝不结实。"(刘熙载《艺概·文概》)

  "山之精神写不出,以烟霞写之;春之精神写不出,以草树写之。故诗无气象,则精神亦无所寓矣。"(刘熙载《艺概·诗概》)

  2. 有有我之境,有无我之境。"泪眼问花花不语,乱红飞过秋千去"。"可堪孤馆闭春寒,杜鹃声里斜阳暮"。有我之境也。"采菊东篱下,悠然见南山"。"寒波淡淡起,白鸟悠悠下"。无我之境也。有我之境,以我观物,故物皆著我之色彩;无我之境,以物观物,故不知何者为我,何者为物。古人为词,写有我之境者为多,然未始不能写无我之境,此在毫杰之士能自树立耳。(王国维《人间词话》)

五、问答题

1. 试举例说明刘熙载《艺概》里的文艺辩证法思想。
2. 刘熙载《艺概·文概》说:"文或结实,或空灵,虽各有所长,皆不免著于一偏。试观韩文,结实处何尝不空灵,空灵处何尝不结实。"你如何理解这段话。
3. 试述梁启超小说理论的新意。
4. 试评述梁启超"小说界革命"理论之内涵。
5. 试说明梁启超小说理论中的"熏、浸、刺、提"说的内涵。
6. 概述王国维的"境界"说理论。
7. 王国维提出的"境界"的美学特征是什么?
8. 试述王国维"有造境,有写境,此理想与写实二派之所由分"的理论内涵。
9. 试举例说明什么是王国维的"有我之境"与"无我之境"?
10. 怎样理解王国维的诗词"隔"与"不隔"的理论内涵?

期末自测题

第一次自测题(先秦两汉)

一、填空题(每空 1 分,共 20 分)

1. 教材认为,孔子所代表的儒家的文艺观,大体表现在以"_____"为核心的文艺观及其对《_____》的批评。

2. 《论语·为政》篇说:"子曰:'《_____》,一言以蔽之,曰:_____。'"

3. 教材认为,孟子对儒家文艺思想发展的突出贡献在于:其"与民同乐"的文艺美学思想,以及"_____"与"_____"的文学批评方法论。

4. 《孟子·公孙丑上》孟子说:"我知言,我善养我_____。"提出了"_____"说。

5. 教材认为,《庄子》书中提出了"_____"、"_____"的艺术创作论。

6. 《庄子·外物》篇说:"筌者所以在鱼,得鱼而忘筌;蹄者所以在兔,得兔而忘蹄;言者所以在意,_____。"提出了"_____"说。

7. 司马迁在《_____》(即《报任安书》)中,根据历史上伟人的事迹,概括出"_____"说,这是一种进步的文学思想。

8. 《毛诗大序》说:"故诗有_____焉:一曰风,二曰赋,三曰比,四曰兴,五曰雅,六曰颂。"

9. 关于《毛诗序》的作者问题,历来"纷如聚讼",《汉书》认为,汉代治《毛诗》者本乎赵人_____,为河间王博士。

10. 《毛诗大序》认为诗歌创作要合乎"发乎情,_____"的原则。

11. 王充自述他写作《论衡》的主旨是"_____"(见《论衡·选文》篇),这实际上就提出了提倡真实,反对虚妄的文学理论批评的主张。

12. 教材提出:中国古代文学的风格美,一般分为_____之美和_____之美两大类。

二、名词解释题(每小题5分,共20分)

1. (庄子的)"虚静"说
2. (孔子的)"兴观群怨"说
3. (孟子的)"知言养气"说
4. (《毛诗大序》的)诗"六义"说

三、单项选择题(每小题2分,共10分)

1. 孔子的文艺观主要见诸(   )。
   A. 《论语》   B. 《乐记》
   C. 《春秋》   D. 《诗经》

2. 孔子对《韶》乐的评价是(   )。
   A. "尽美矣,未尽善也"   B. "乐而不淫,哀而不伤"
   C. "未尽美也,亦未尽善也" D. "尽美矣,又尽善也"

3. 庄子的"得意而忘言"说对古代文学理论的影响,主要是形成了中国古代文论中注重(   )。
   A. 言意并重的传统   B. "意在言外"的传统
   C. "神在形外"的传统   D. 形神并重的传统

4. "其文约,其辞微,其志洁,其行廉,其称文小而其指极大,举类迩而见义远。"这段话评价的是(   )。

    A.《史记》　　　　　　B.《诗经·小雅》
    C.《楚辞·天问》　　　　D.《离骚》
5. "文由胸中出，心以文为表"这两句话出自（　　）。
    A. 司马迁的《报任安书》
    B. 司马迁的《史记·屈原诗》
    C. 王充的《论衡·超奇》
    D.《毛诗大序》

四、阅读下面这段文论并回答下列问题(10分)

诗者，志之所之也，在心为志，发言为诗。情动于中而形于言，言之不足故嗟叹之，嗟叹之不足故永歌之，永歌之不足，不知手之舞之，足之蹈之也。(《毛诗大序》)
1. 把上面这段文字翻译成白话文。
2. 这段文字说明了《毛诗大序》的哪些理论批评观点？

五、问答题(每小题20分，共40分)

1. 孔子主张"诗可以怨"，请指出：什么是"诗可以怨"？它对我国古代诗歌创作产生过什么样的积极影响？
2. 司马迁在《史记》的写作中体现了严格的实录精神。请结合文学史简述这种实录精神和创作原则对后代的文学创作产生了什么影响？

第二次自测题(魏晋南北朝　隋唐五代)

一、填空题(每空1分，共20分)

1. 教材指出：曹丕在《典论·论文》的论文里首先提出的重要问题是作家的_____与_____的性质特点之关系。
2.《典论·论文》说："夫文本同而末异，盖奏议宜雅，书论

_____,铭诔尚实,诗赋_____。此四科不同,故能之者偏也;唯通才能备其体。"

3. 教材指出:《文赋》的中心是论述以_____为主的创作过程。

4. 刘勰对文学本质的看法,集中表现在《文心雕龙·_____》篇中。他认为文学的本质是:道是其内容,文是其表现形式。

5. 教材指出:刘勰提出的"体性"的概念,讲的是文学作品的_____风格与作家的_____之间的关系。

6. 刘勰在《文心雕龙·风骨》篇中提出了"风骨"的说法。教材认为:"风"当是一种表现得鲜明爽朗的_____。"骨"则当是一种精要劲健的_____。

7. "气之动物,物之感人,故摇荡性情,形诸舞咏。"这段话出自_____的《_____》。

8. 我们学习过的陈子昂的一篇重要文学理论批评著作是《_____》,白居易的一篇重要文学理论批评著作是《_____》。

9. 教材认为:皎然在《诗式》中关于诗歌内在艺术规律的探讨,较为集中的是_____的创造问题。

10. 韩愈在《答李翊书》中,继承了孟子的"_____"说,提出了"_____言宜"之论。

11. "文章合为时而著,歌诗合为事而作"的著名论断是出自_____的《与元九书》。

12. 司空图提出的"四外"说是指"_____"、"味外之旨"、"_____"、"景外之景"。

二、名词解释题(每小题 5 分,共 20 分)

1. (陆机的)"诗缘情而绮靡"说

2. (钟嵘的)"滋味"说
3. (白居易的)"美刺"观
4. (司空图的)"韵味"说

三、单项选择题(每小题2分,共10分)

1. "文以气为主,气之清浊有体,不可力强而致。譬诸音乐,曲度虽均,节奏同检,至于引气不齐,巧拙有素,虽在父兄,不能以移子弟。"这段文字出自(　　)。
   A. 《文赋》　　　　　　B. 《典论·论文》
   C. 《文心雕龙》　　　　D. 《诗品序》

2. 《文心雕龙·神思》篇重点论述的是艺术思维中的(　　)。
   A. 真实问题　　　　　　B. 夸张问题
   C. 风格问题　　　　　　D. 想像问题

3. "盖文章经国之大业,不朽之盛事。年寿有时而尽,荣乐止乎其身,二者必至之常期,未若文章之无穷。"这段文字出自(　　)。
   A. 曹丕《典论·论文》　　B. 陆机《文赋》
   C. 刘勰《文心雕龙·风骨》　D. 钟嵘《诗品序》

4. "虽然,(气)不可以不养也。行之乎仁义之途,游之乎诗书之源,无迷其途,无绝其源,终吾身而已矣。气,水也;言,浮物也;水大而物之浮者大小毕浮。气之与言犹是也,气盛则言之短长与声之高下者皆宜。"这段话里的"气盛",教材认为是指(　　)。
   A. 儒家宣扬的道德修养形成的阳刚之气
   B. 道家修身养性形成的与天合一的精神状态
   C. 对文章构思、谋篇造句精益求精形成的雄辩的文章气势
   D. 作家的仁义道德修养造诣很高而体现出的一种精神

气质,一种人格境界

5. 司空图提出:"长于思与境偕,乃诗家之所尚者。"这里的"境"是指( )。
   A. 作家创作的社会环境
   B. 作品的情景交融的意境
   C. 激发作者诗情意趣并且表现之的创作客体境象
   D. 作品中表现出的烘托、体现作品主题思想的客观环境和作品背景

四、阅读下面这段文论并回答下列问题(10分)

故诗有三义焉:一曰兴,二曰比,三曰赋。文已尽而意有余,兴也;因物喻志,比也;直书其事,寓言写物,赋也。宏斯三义,酌而用之,干之以风力,润之以丹彩,使味之者无极,闻之者动心,是诗之至也。若专用比兴,患在意深,意深则词踬。若但用赋体,患在意浮,意浮则文散,嬉成流移,文无止泊,有芜漫之累矣。(钟嵘《诗品序》)

1. 把上面这段文字翻译成白话文。
2. 这段文字说明了钟嵘的哪些文学理论批评观点?

五、问答题(每小题20分,共40分)

1. 简析《文心雕龙·神思》中关于创作论的论述。
2. 结合陈子昂的创作实践,简析陈子昂《修竹篇序》中所提出的"风骨"和"兴寄"的内涵和影响。

第三次自测题(宋金元、明代)

一、填空题(每空1分,共20分)

1. 《梅圣俞诗集序》是宋代作家_____的一篇重要文论作品,在此文中,他提出了一个重要的文论观点:"_____"。

2. 教材认为:"注意文艺的_____,讲求创作的_____,是苏轼文艺思想十分突出的方面。"

3. 《论词》是宋代女词人_____的一篇著名的词论著作,在文章中她提出了词"_____"的著名观点,并主张要严格区分词与诗的界线。

4. "大抵禅道惟在妙悟,诗道亦在妙悟。"这一诗论观点出自宋人_____所作的《_____》。

5. 严羽认为:"诗之极致有一:曰_____……惟李、杜得之,他人得之盖寡也。"

6. 金代重要的诗论家元好问所写的《_____》绝句,上继杜甫的《_____》,下开清代王士禛、袁枚等人的同类续作。

7. 明代诗论家谢榛的诗论著作《四溟诗话》,一名《_____》。

8. 谢榛在《四溟诗话》中说:"《徐师录》曰:'文不可无者有四:曰体,曰志,曰气,曰韵。'作诗亦然。体贵正大,志贵高远,气贵_____,韵贵_____。四者之本,非养无以发其真,非悟无以入其妙。"

9. 谢榛在《四溟诗话》中说:"诗有不立意造句,以兴为主,漫然成篇,此诗之_____也。"并把此作为创作的极境。

10. 李贽主张文学要表现"_____",亦即真心。这种观点与明七子派强调复古模拟是对立的,成为公安派"_____"说的直接的理论源头。

11. 李贽从创作动机的角度把《水浒传》放到正统诗文的创作传统中来,认为"《水浒传》者,发愤之所作也",将之与司马迁的"_____"说的传统联系起来。

12. 公安三袁中,_____是公安派的中坚。他提出了"_____,不拘格套"的主张,这与李贽所说的"童心"是一致的。

二、名词解释题(每小题5分,共20分)

1. (欧阳修的)"诗穷而后工"说
2. (张炎的)"清空"说
3. (谢榛的)"情景"说
4. (公安派的)"性灵"说

三、单项选择题(每小题2分,共10分)

1. 苏轼在《答谢民师推官书》中说:诗文创作应该"如行如流水,初无定质,但常行于所当行,常止于所不可不止,文理自然,姿态横生"。这就是说( )。
   A. 要求创作时对自然事物发挥充分想像
   B. 要求行文自然,形象描写"随物赋形"
   C. 要求行文详略得当,相辅相成
   D. 创作时主客观相互融合的一种境界

2. 李清照最著名的词论观点是所谓( )。
   A. "点石成金"法   B. 词"别是一家"说
   C. "夺胎换骨"法   D. "温柔敦厚"说

3. 元好问《诗论三十首》其四说:"一语天然万古新,豪华落尽见真淳。南窗白日羲皇上,未害渊明是晋人。"这是( )。

A. 批评陶渊明诗逃避现实,只愿做"羲皇上人"
B. 批评陶渊明诗只能从其豪华的诗句中见出他的真实感情
C. 批评陶渊明诗只有少数诗句是自然清新的,其余多是华丽雕琢
D. 认为陶诗天然浑朴,铅华落尽,真淳流露,自有自然清新之美

4. 教材认为:谢榛的"情景"说主张(　　)。
   A. 情景交融,主客体之间达到完全的融合统一
   B. 情为主体,景为附庸,二者不能融合混淆,模糊不清
   C. 诗的主题思想应以情景衬托显现
   D. 先情后景,以情觅景

5. "独抒性灵,不拘格套"诗论观点的提出者是(　　)。
   A. 袁宗道　　　　　　　　B. 李贽
   C. 袁宏道　　　　　　　　D. 袁中道

四、阅读下面这段文论并回答下列问题(10分)

(孔子)又曰:"辞达而已矣。"夫言止于达意;即疑若不文,是大不然。求物之妙,如系风捕影,能使是物了然于心者,盖千万人而不一遇也,而况能使了然于口与手者乎?是之谓辞达。辞至于能达,则文不可胜用矣。(苏轼《答谢民师推官书》)

1. 把上面这段文字翻译成白话文。
2. 这段文字说明了苏轼什么文学理论批评观点?

五、问答题(每小题20分,共40分)

1. 严羽《沧浪诗话》说:"孟襄阳(孟浩然)学力下韩退之(韩愈)远甚,而其诗独出退之之上者,一味妙悟故也。"请结合孟浩然、韩愈的诗歌创作实践,谈谈你对严羽"妙悟"说的理解。

2. 李贽"童心"说的主要内容是什么？它对后代文论有何影响？

第四次自测题(清代、近代)

一、填空题(每空1分,共20分)

1. 金圣叹对《史记》和《水浒传》做了比较,指出:"其实《史记》是因文_____,《水浒传》是以文_____。"

2. 教材指出:李渔认为戏曲创作要"立主脑"。所谓"主脑",是指一部戏曲的_____和_____。

3. 李渔的《闲情偶寄》是一部杂著,共包括八个部分,其中的"_____部"主要是讲戏曲的创作理论。

4. 王夫之在《姜斋诗话》中,把诗歌情景结合的方式分为三种:其一是"妙合无垠",结合得天衣无缝,无法分别;其二是"_____",在写景中蕴含有情;其三是"_____",在抒情中能让读者见到形象。

5. 叶燮把创作分成"_____者"(创作客体)与"_____者"(创作主体)两个方面。

6. 王士禛是清初著名诗人、诗论家,其诗歌理论的核心是"_____"说。清人张宗柟辑其论诗之语为《_____》。

7. 袁枚的论诗著作主要有《_____》,在沈德潜的"格调"说盛行之时,袁枚则以"_____"说与之相抗。

8. 沈德潜诗论著作主要有《_____》,他的诗论主张是倡导"格调"说。

9. 刘熙载文艺美学方面的代表作品是《_____》。

10. 梁启超积极倡导"_____"、"文界革命、"小说界革命"。前期的诗论代表作品是《夏威夷游记》、《_____》。

11. 《_____》和《_____》是王国维在文学研究方面

最令人瞩目的研究成果,其中前者是他最具有代表性的文学理论批评著作。

12. 王国维词论的理论核心是"_____"说。

二、名词解释题(每小题 5 分,共 20 分)

1. (王夫之的)"现量"说
2. (王士禛的)"神韵"说
3. (袁枚的)"性灵"说
4. (王国维的)"境界"说

三、单项选择题(每小题 2 分,共 10 分)

1. 金圣叹把《史记》和《水浒传》的写作进行了比较,认为《水浒传》的写作是(　　)。
   A. "因文生事"　　　　B. "文事并举"
   C. "因事生文"　　　　D. "以文运事"

2. 李渔认为戏曲创作要"立主脑"。所谓主脑,是指一部戏曲的(　　)。
   A. 主要人物和中心情节　B. 中心主题思想
   C. 创作前的构思布局　　D. 创作前的想像活动

3. 教材认为《文心雕龙》之后理论性和体系性最强的一部文学理论著作是(　　)。
   A. 宋代欧阳修《六一诗话》 B. 宋代严羽《沧浪诗话》
   C. 清代王夫之《姜斋诗话》 D. 清代叶燮《原诗》

4. 提出"诗界革命"、"文界革命"、"小说界革命"的近代文论家是(　　)。
   A. 刘熙载　　　　　　B. 龚自珍
   C. 梁启超　　　　　　D. 魏源

5. "太白《忆秦娥》,声情悲壮,晚唐、五代,惟趋婉丽,至东坡始能复古。后世论词者，或转以东坡为变调，不知晚唐、五代乃变调也。"这段词论出自（　　　）。
A. 王国维的《人间词话》　　B. 刘熙载的《艺概·词曲概》
C. 张炎的《词源》　　　　　D. 李清照的《论词》

四、阅读下面这段文论并回答下列问题（10分）

诗难其真也，有性情而后真；否则敷衍成文矣。诗其雅也，有学问而后雅；否则俚鄙率意矣。太白斗酒诗百篇，东坡嬉笑怒骂，皆成文章：不过一时兴到语，不可以词害意。或认以为真，则两家之集，宜塞破屋子，而何以仅存若干？且可精选者，亦不过十之五六。（袁枚《随园诗话》）

1. 把上面这段文字翻译成白话文。
2. 这段文字说明了袁枚哪些文学理论批评观点？

五、问答题（每小题20分，共40分）

1. 结合金圣叹关于《水浒传》的评论，你怎样理解他对文学虚构和人物性格塑造方面的理论。
2. 王国维论词的"境界"说的内涵是什么？

附 录

附录一:元好问《论诗三十首》简析

第一首"汉谣魏什久纷纭"

这是元好问《论诗三十首》的第一首,标明他写这组论诗诗的动机、目的和论诗的标准。元好问以《诗经》的风雅传统为"正体",认为汉乐府和建安诗歌是这一传统的继续,他针对宋金诗坛上的一些弊病和"伪体"盛行、汉魏诗歌传统的消歇等现象,以"诗中疏凿手"为己任,要在纵览诗歌创作的历史中正本清源,区别正伪,使之泾渭分明,从而廓清诗歌发展的正确方向。

第二首"曹刘坐啸虎生风"

这首诗反映了元好问推崇建安诗人具有刚健风骨之美的诗歌风格。他推崇曹植和建安七子之一的刘桢为诗中"两雄",以"坐啸虎生风"形象地比喻他们的诗歌风格之雄壮。曹、刘是建安风骨的杰出代表,钟嵘评曹植的诗"其源出于国风,骨气奇高,词采华茂,情兼雅怨,体被文质,粲溢今古,卓尔不群",评刘桢"其源出于古诗。仗气爱奇,动多振艳,真骨凌霜,高风跨俗"。标举曹刘,实际上是标举他们所代表的内容充实、慷慨刚健、风清骨俊的建安文学的优良传统。元好问推崇刘琨,认为他可比慷慨悲壮,梗概多气的建安诸子。

第三首"邺下风流在晋多"

元好问认为西晋诗坛中继承了建安文风的人不少,建安风骨的影响还是比较大的("壮怀犹见缺壶歌"),但也有了"儿女情多,风云气少"(钟嵘评张华诗语)的诗歌。建安风骨是元好问所肯定的诗歌风格,所以他以张华为例,认为张华虽然以其诗绮靡婉艳,文字妍冶而名高一时,但是缺乏豪壮慷慨之气,至于到了晚唐的温庭筠、李商隐,更是儿女情长,风格婉约。

第四首"一语天然万古新"

这首诗元好问用以评晋代诗人陶渊明,赞扬他的诗自然朴素。出于对当时诗坛雕琢粉饰、矫揉造作诗风的反感,元好问崇尚陶渊明诗歌自然天成而无人工痕迹、清新真淳而无雕琢之弊的风格。陶渊明的诗句自然质朴不假修饰,剥尽铅华腻粉,独见真率之情志,具有真淳隽永、万古常新的永恒魅力,是元好问心仪的诗的最高境界。如陶渊明的《饮酒》("采菊东篱下,悠然见南山")、《归田园居》等都体现了陶渊明崇尚自然的人生旨趣和艺术特征。

第五首"纵横诗笔见高情"

这首诗评论了西晋正始诗人阮籍。阮籍所处时代正是魏晋易代之际,司马氏屠杀异己,形成恐怖的政治局面。阮籍本有济世之志,但不满司马氏的统治,以酗饮和故作旷达来逃避迫害,做出了不少惊世骇俗的事情。世人以为阮籍狂、痴,但元好问深知阮籍"不狂",看到了阮籍心中的"块垒",认识到了阮籍诗中的"高情",对阮籍诗的隐约曲折、兴寄深远的风格也是肯定的。

第六首"心画心声总失真"

这首绝句批评潘岳作人作诗的二重性格,主张诗写真情。潘岳的《闲居赋》描绘自己淡于利禄,忘怀功名,情志高洁,也曾传诵千古。但是他的实际为人,却是躁求荣利,趋炎附势,钻营利禄,谄媚权贵。因此元好问认为,扬雄说的"心画心声",以文识人是不可靠的,会"失真"。识人,不能只观其文,还要看是否言行一致,心口如一。所谓"言为心声"、"文如其人",不能绝对化,因为人的思想感情是复杂的、充满矛盾的、发展变化的,有时也会出现假象。这样就要善于分析复杂的矛盾现象,善于识别假象,才能获得正确的认识。诗歌史上诗格与人格不统一的现象不独潘岳,可以说是代有其人。

第七首"慷慨悲歌绝不传"

这首诗赞扬了北朝民歌《敕勒歌》自然天成、雄浑刚健的艺术风格。《敕勒歌》描绘了开阔壮美而又和平安定的草原风光,有豪放刚健、粗犷雄浑的格调。元好问重视民歌,前两句他肯定、推崇这首民歌慷慨壮阔雄浑深厚的气势,推举它不假雕饰而浑然天成。后两句点出了中原文化对北方少数民族地区文化的影响,认为《敕勒歌》的产生和风格的形成,是受到中原文化的影响。

第八首"沈宋横驰翰墨场"

这首诗评论了初唐诗人沈佺期、宋之问、陈子昂。初唐诗坛基本上是南朝形式主义文学的延续,文风绮靡纤弱。沈佺期、宋之问总结了六朝以来声律方面的创作经验,确立了律诗的形式,驰名一时,对唐代近体诗的格律和形式的形成和发展具有重要的意义,但元好问也批评了他们仍然没有摆脱齐梁诗风。元好问指出,开唐诗一代新风的诗人是陈子昂。陈子昂标举风雅兴寄,高倡汉魏风骨,以其诗歌理论和创作实践,终于廓清了齐梁余风,迎来了以"风骨"、"气象"著称的盛唐诗歌创作高潮。他的"兴寄"、"风骨"理论成为后人反对形式主义柔靡诗风的理论武器。

第九首"斗靡夸多费览观"

这首诗是批评陆机诗雕琢堆砌。陆机和潘岳是西晋文坛齐名的代表人物。《世说新语·文学》:"孙兴公云:'潘文浅而净,陆文深而芜。'"正是本诗第二句的意思。元好问认为诗歌既然是传达心声与真情,意已传则言应止。这里也体现了元好问注重诗歌的真情实感,反对虚浮华靡的观点。

第十首"排比铺张特一途"

这首诗是元好问针对元稹(字微之)评论杜甫(少陵)的言论的再评论。元稹在为杜甫所写的墓志铭中特别推重杜甫晚年所写的长篇排律诗"铺陈始终,排比声律",认为这方面李白远逊杜甫。这实际上是忽略了杜甫诗歌中最有价值的东西,即丰富深刻的社会内容、忧国忧民的进步思想和深刻的现实主义精神,也忽略了杜诗多样化的风格和艺术上全面的成就。元好问认为杜甫的排比铺张只不过是一种手法,元稹过分称颂这种手法,单把"排比铺张"当作不可逾越的藩篱,是错识了杜诗中似玉的石块,而丢弃了连城璧。这也体现了元好问反对过分讲求声律对偶,而是倾向于关注诗歌的社会现实内容。

第十一首"眼处心声句自神"

这首诗批评了缺乏现实体验的模拟文风(如西昆体、江西诗派等),指出了诗歌(文学)创作的源泉是客观现实,真情必然来自诗人的切实生活感受。元好问认为,文学作品不是作家头脑中虚构的,而是客观现实在头脑中的反映。只有"亲到长安",对客观的描写对象有了实际的接触和体验,才能激发内心的感受,写出入神的诗句。如果一味地"暗中摸索",临摹前人,是永远不可能真实地描绘出现实的真实情境的。

第十二首"望帝春心托杜鹃"

这首诗评论的是唐代诗人李商隐。李商隐是晚唐著名诗人,其咏物抒情诗(包括爱情诗)往往言辞隐约,寄情幽深,善于把心灵世界的情感,以比兴、象征、暗示等隐约曲折的修辞方式化为恍惚迷离的诗的意象,表现出朦胧多义的特点。元好问引用《锦瑟》中的诗句,正是因为《锦瑟》一诗词义隐晦,聚讼纷纭,多种笺解,似都难以完全达诂。在这首诗中,元好问表达了对李商隐诗歌含情深邈的向往,同时也对其诗难以索解表示了遗憾和批评之意。

第十三首"万古文章有坦途"

这首诗是批评卢仝等人追求险怪的诗风。中唐时追求险怪诗风的主要是韩孟诗派。韩愈的诗风的主要特点是深险怪僻,好追求奇特的形象。韩孟诗派开一代诗风,在创造出雄奇险怪的意象,反对传统、锐意创新方面做出了突出的贡献,但也难免流入另一种险怪艰奥、拼凑堆砌、玩弄技巧的形式主义。卢仝受到韩愈的影响,诗作过于好奇逞怪。元好问否定了这种诗歌风格,认为这种创作是"鬼画符"。

第十四首"出处殊涂听所安"

这首诗批评重山林隐士诗轻贱台阁仕宦诗的现象。方回《瀛奎律髓》崇尚"格高",即古代知识分子所谓嶙峋傲骨、孤芳自赏的精神风貌,认为台阁仕宦诗都是脑满肠肥、道貌岸然、功名利禄熏心、仁义礼智满口之徒卖弄学理、琢句雕章之作,以欺世盗名,往往偏重江湖道学,或有借以自重。元好问借质疑三国时华歆掷金的典故对这种现象提出了质疑。

第十五首"笔底银河落九天"

这首诗是赞扬李白的诗歌及其才识。李白诗歌想落天外,气势宏大,情感激昂奔放,语言流畅自然,诗风豪迈飘逸;杜甫诗则在含蓄蕴藉、"沉郁顿挫"、格律精细、字句锻炼、意境奇崛等方面对后世的韩愈、孟郊、江西诗派等都有重大影响,至江西派后期有一定的流弊。而元好问崇尚的是李白那样雄浑自然的风格,对于刻意雕琢、苦吟等都是持反对意见的。因此,这里元好问以"总为从前作诗苦"而"憔悴"的杜甫来反衬笔底银河奔流直下,一气呵成的李白,但并非是嘲笑杜甫。另一方面,元好问认为李白不光文才卓异,而且也是像鲁仲连一类的人物,不要仅仅把他看作是一介书生。

第十六首"切切秋虫万古情"

这首诗是评论幽僻清冷的诗歌风格。大凡自古言情之作,皆凄切如秋虫之悲鸣;抚写境象,也凄凉如山鬼之零泪。前两句泛叙古今悲情,构造出一片悲愁哀苦的境界。一般认为这两句是在说李贺,因李贺诗中常有"秋虫"、"山鬼"的意象;也有认为指李贺、孟郊二人,因孟郊常以"秋虫"自喻。实则可认为是泛说这类风格的诗人。穷愁本是人生不幸,无可厚非,问题在于如何处穷。元好问的态度非常明确,认为应该是"厄穷而不悯,遗佚而不怨"(《杨叔能小亨集引》)。孟郊、李贺显然没有如此泰然,言穷吟愁之声不绝于耳,诗境幽冷凄婉。元好问反对幽僻凄冷的诗歌境界,即他所说,"要造微,不要鬼窟中觅活计"(卷五十四《诗文自警》)。孟郊诗歌可谓造微,但他所得不过是秋虫之类幽微之物。李贺也是如此,有些诗篇正是从"鬼窟中觅活计"。孟郊、李贺的这种诗风,与元好问尚壮美、崇自然之旨相背,故元好问讥评之。后两句"鉴湖春好无人赋,夹岸桃花锦浪生",正如宗廷辅所说,是"就诗境言之"。"夹岸桃花锦浪生"是李白《鹦鹉洲》中的诗句,元好问借此来形容与孟郊、李贺迥然不同的开阔明朗、清新鲜活的盛唐诗歌境界,而这种境界在以孟郊、李贺为代表的中晚唐穷愁苦吟一派诗人那里已经是"无人赋"了。

第十七首"切响浮声发巧深"

这首诗是批评拘忌声病之弊,崇尚清新自然之音。讲究声律是古典诗歌的一个重要特色,对于诗歌的音乐美、节奏感有重要意义。但是对格律规定过于细密,过于雕琢,拘忌于声韵等形式,就会使文学创作受到很大的束缚。元好问崇尚自然天成的诗歌风格,不满那些对声律音韵过于雕琢的作品。后两句,元好问举出元结的例子,赞扬自然天成,反对拘限声病。

第十八首"东野穷愁死不休"

这首诗是评论孟郊的诗,元好问认为他根本不能与韩愈的诗相提并论。孟郊与韩愈同为中唐韩孟诗派的代表,但成就高下不同。孟郊的才力远不及韩愈,再加上沦落不遇的生活经历也一定程度上限制了他的视野,使得他的诗风怪奇险涩,内容偏向吟咏个人贫病寒愁;而韩愈的诗歌虽有怪奇意象,却气势磅礴,豪放激越,酣畅淋漓。司空图说他"驱架气势,若掀雷挟电,奋腾于天地之间"。因此,元好问认为韩愈的作品如江山万古长存,而孟郊仅是一"诗囚",其高下自不可同日而语。

附注:潮阳笔,指韩愈的诗文。韩愈曾贬为潮州(治所海阳,在今广东潮州市潮安县)刺史。教材281页注37,"今广东潮阳","潮阳"应为"潮安"之误。

第十九首"万古幽人在涧阿"

这首诗是批评晚唐诗人陆龟蒙。晚唐后期,唐帝国风雨飘摇,岌岌可危。不少文人在时代的衰飒气氛中走向明哲保身的退隐之路,创作表现出一种僻世心态和淡泊情思。元好问借用陆龟蒙《自遣诗三十首》之二十四中"恐随春草斗输赢"来批评陆龟蒙等隐士生活在晚唐社会动荡时代,不作忧国感愤之辞而徒为春草输赢之戏。这里也反映了元好问在强调真情实感时是注意社会现实内容的。不过陆龟蒙像古代许多隐士一样,并非真正忘怀世事,他也写过讽刺现实的作品,如《新沙》、《筑城池》、《记稻鼠》等。

第二十首"谢客风容映古今"

这首诗是论及柳宗元与谢灵运,主要是论柳宗元,是说柳诗受谢诗影响最深。谢灵运是第一个大力写山水诗的诗人,其诗如"出水芙蓉",清声远韵自不是当时"淡乎寡味"的玄言诗可以相比。元氏认为柳宗元诗深受谢灵运影响,如朱弦一拨,其反映诗人寂寞心灵的遗音尚在。

第二十一首"窘步相仍死不前"

这首诗是批评诗歌酬唱中的次韵、和韵风气。由于这种次韵酬唱的诗往往受到原诗韵脚的拘束和词义的限制,使作者不能自由地抒发自己的心迹,反要俯仰随人,窘步相仍,因此,元好问对这种诗风给予了辛辣讽刺,指出其"亦可怜",要求诗人应该像庾信那样"纵横自有凌云笔",大胆自由抒发自己的真性情,不要做随在别人后面亦步亦趋的可怜虫。

第二十二首"奇外无奇更出奇"

这首诗是对求奇追险诗风及其流弊的批评。苏轼、黄庭坚是北宋影响巨大的著名诗人,两人的诗歌都有很高的成就。苏轼的诗歌气象宏阔,铺叙宛转,意境恣逸,笔力矫健,常富理趣,但苏诗散文化、议论化、夸耀才学、斗奇弄险倾向明显。黄庭坚作诗则更是喜欢造拗句,押险韵,作硬语,用僻典,诗风瘦硬峭拔,善于出奇制胜。他所用"夺胎换骨"、"点石成金"增加了"以才学为诗"的倾向。苏、黄两人在技巧上力求出新,对传统有所发展变化,取得了卓著的成绩,因此元好问承认了他们在诗歌上的成就("只知诗到苏黄尽")和影响力("一波才动万波随")。但是另一方面,苏黄的后学者却往往没有苏黄的才力,未得其长,先得其短,容易出现一味崇尚奇险、堆砌生典、搜罗怪异、语言生硬晦涩、雕琢不自然的弊端("奇外无奇更出奇")。元好问批评了苏、黄诗歌缺点所造成的不良风气,但苏、黄(按,对举苏、黄,实则偏正于苏)毕竟有"沧海横流"的英雄本色,学苏、黄者,几人终能得之?

第二十三首"曲学虚荒小说欺"

这首诗是排斥俳谐怒骂的不良习气,体现元好问尚雅的旨趣。我国自古就有"诗庄"的传统,语言庄重而优雅是古典诗歌的特色。诙谐游戏和詈骂的文字被认为难登大雅之堂。严羽《沧浪诗话》称宋诗"其末流甚者,叫噪怒张,殊乖忠厚之风,殆以骂詈为诗"。黄庭坚《答洪驹父书》谓"东坡文章妙天下,其短处在好骂,慎勿袭其轨也"。苏轼却认为"虽嬉笑怒骂之辞,皆可书而诵之"(《续资治通鉴》卷八十六)。但是元好问尊奉的是儒家的"温柔敦厚"、"思无邪"、"发乎情,止乎礼仪"的诗教理论,要求语言符合雅正的标准,因此批评了"俳谐怒骂"的语言风格,这也有他保守的一面。

附注:教材原文"俳优",应为"俳谐"之误。

第二十四首"有情芍药含晚泪"

这首诗是嘲讽秦观柔弱纤丽的诗风。秦观是北宋婉约词派的代表作家之一,他的诗词风格柔丽,修辞精巧,元好问称是"女郎诗",显露讥讽之意。这表明元好问崇尚的是像韩愈《山石》诗那样雄浑刚健的风骨之美。但是元好问的这种倾向性鲜明的审美观点过于绝对化,文学艺术可以也应当有多元的审美风格。刚健雄浑固然可贵,婉约秀丽亦复可喜。元氏厚此薄彼之言,难免为偏颇失衡之论。

第二十五首 "乱后玄都失故基"

　　这首诗是批评刘禹锡的《戏赠看花诸君子》和《再游玄都观》二诗并论及诗歌的怨刺问题。但要明了元氏诗,必须先了解刘禹锡诗的写作情况和时代背景。刘禹锡的《戏赠看花诸君子》:"紫阳红尘拂面来,无人不道看花回。玄都观里桃千树,尽是刘郎去后栽。"诗是诗人罢官诏复回京之后所作,借人们去长安一所道观——玄都观看花之事,讽刺了当时的朝廷新贵。千树桃花,喻十年来由于投机而在政治上得意的新贵;看花人,喻趋炎附势、攀高结贵之徒。他们为了富贵利禄奔走权门,就如同在紫陌红尘中赶热闹看桃花一样。最后一句指出,这些权贵不过是我被排挤出外以后被提拔起来的罢了。诗中的轻蔑和讽刺是辛辣的,所以《旧唐书·刘禹锡传》说是"语涉讥刺",《新唐书·刘禹锡传》也说是"语讥忿"。故"旋又放出"十四年,再复为主客郎中,重游玄都观,见原先的桃树桃花已荡然无存,因复作《再游玄都观》,诗云:"百亩庭中半是苔,桃花净尽菜花开。种桃道士归何处?前度刘郎今又来。"这首诗从表面上看,只写玄都观中桃花盛衰存亡,实际上是旧事重提,再向权贵挑战。桃花比新贵,种桃道士指打击革新运动的当权者。但是他们已经"树倒猢狲散"了,而被排挤的人,却又回来了,真是世事难料。得意喜悦之情溢于言表。所以,《旧唐书·刘禹锡传》说:"执政又闻诗序,滋不悦",《新唐书·刘禹锡传》未引诗歌,却引出序中兔葵、燕麦等语尤为不满。

　　元好问论诗,主张温柔敦厚,寓意深婉,明确反对直露刻薄的怨刺。在这首诗中,元氏实际上是批评《再游玄都观》及其诗序的怨刺失度。作者认为,如果说刘禹锡的《戏赠看花诸君子》一诗是戏赠之作,尚无伤大雅的话,那么《再游玄都观》就怨刺失度了,尤其是诗序中所谓"重游玄都,荡然无复一树,唯有兔葵燕麦动摇于春风耳",不免流于直露刻薄,无温柔敦厚之旨。与第二十三首(曲学虚荒小说欺)的批评"俳谐怒骂"意亦同之。

第二十六首"金入洪炉不厌频"

这首诗是评苏轼及其后学的诗,可与第二十二首对照看。苏轼是一位天才的文学巨匠,在诸多文学艺术方面都有极高的造诣,堪称宋文学最高成就的代表。苏轼学博才高,以翻新出奇的精神对待艺术规范,纵意所如,触手成春,在艺术上开一代之风,可谓使诗歌这一艺术形式"百态新"了。苏诗有议论化、散文化倾向,以及"俳谐怒骂"的缺点,但与其成就相比,不过是"纤尘"之染。苏轼在当时文坛上有巨大的声誉,有许多文人围绕在其周围,如"苏门四学士"等人,可惜他们都没有继承发展苏轼的成就。黄庭坚讲究锻炼词句,流入奇拗硬涩,秦观诗风婉约柔弱,内容更是狭窄,张、晁成就不大。无怪乎元氏要感叹苏门没有"忠臣",只能让"坡诗百态新"了。

第二十七首"百年才觉古风回"

这首诗回顾了宋诗的发展,批评苏黄后学抛弃欧、梅关注现实、平易自然的诗风。宋初约一百年间(960—1063),文坛上总的倾向是承袭晚唐余风,内容单薄,文风华靡。尤以取法李商隐的西昆体缺乏李诗的真挚情感和深沉感慨,只注重音节铿锵,辞采精丽,又喜用典故,力图表现才学工力。这种诗风一直到欧阳修、梅尧臣、苏舜钦等人继承韩柳,提倡古文,进行诗文革新才得以扭转。因此元好问称"百年才觉古风回"。"元祐诸人次第来"指苏轼、黄庭坚、陈师道等活跃在元祐年间(1086—1100)的大诗人次第涌现。"金陵"是指王安石。王安石变法失败后,他的一些著作被朝廷禁止,人亦讳言是其门人,所以元好问说"讳学金陵犹有说"。但是苏、黄后学、江西诗派连欧阳修、梅尧臣都废而不学,元好问不得问他们"竟将何罪废欧梅"了。

第二十八首"古雅难将子美亲"

这首诗评论江西诗派。宋人是推崇学习杜甫的,而李商隐能得杜甫遗意。学杜要先学李商隐,宋人早有此说。在元好问看来,以黄庭坚为首的江西诗派虽然标榜学杜,但并未抓住杜诗的精髓,而专在文字、对偶、典故、音韵等形式上模拟因袭,结果既未学到杜诗的精髓,也完全失去了李商隐的精美深厚的风格。因此他明确表示,不愿与江西诗派为伍,不愿拾江西诗派的牙唾。不过,元氏对江西派的开创者黄庭坚还有足够的尊重,所以要"宁下涪翁拜"。(按,对于后一句的理解,本文与教材不同,教材解"宁"为"岂能",本文认为应理解为"宁可")

第二十九首"池塘春草谢家春"

这首诗是批评江西诗派的代表人物陈师道。陈师道"闭门觅句",着意苦吟,在形式技巧上下功夫。"池塘生春草,园柳变鸣禽"是谢灵运《登池上楼》的名句,自然清新,浑然天成,若"出水芙蓉",写出了新春新景的盎然春意。元好问崇尚自然天成的诗歌,反对雕琢粉饰,因此这里称赞谢灵运的这一名句万古常新,进而讽刺陈师道闭门觅句只是徒然浪费精神,难以写出好作品。

第三十首"撼树蚍蜉自觉狂"

这首诗是《论诗三十首》的最后一首,也是结束语。他自谦自己像蚍蜉撼树一样不自量力,写此《论诗三十首》只是书生一时技痒爱议论罢了。最后感叹自己的千首诗作难有知音。元好问在这组诗中基本按时间顺序评论了自汉魏到宋代的许多著名的诗人和诗歌流派,针砭时弊,表明了自己的文学观点,对后世有重要影响。

附录二:中国古代文论研究论文索引选录

总 论

体、风格

中国文学上的"体"与"派" 张大东 《国闻周报》第 4 卷第 19、20、26、27 期 1927 年

从体到派:中国古代风格类型论与文学流派论 吴承学 《学术研究》1993 年第 4 期

中国古代文论中的"体" 王运熙 《文艺报》1962 年 10 月 20 日

中国古代文体学思想 王常新 《华中师范大学学报》1991 年第 2 期

中国古代文体风格学的历史发展 吴承学 《中山大学学报》1993 年第 1 期

中国古代文论何以最重文体——汉译佛典与中国的文体流变之一 刘梦溪 《文艺研究》1992 年第 3 期

论中国古典风格学的形成及特色 吴承学 《学术研究》1991 年第 2 期

辨体与破体 吴承学 《文学评论》1991 年第 4 期

文、道

文以载道的问题 雪林 《现代评论》第 8 卷第 206—208 期 1928 年

中国文学批评史上的"文"与"道"的问题 郭绍虞 《武汉大学文哲季刊》第 1 卷第 1 期 1930 年

文以载道辨 沈心芜 《文学年报》1936 年第 2 期

文以载道的新旧解说及其他 馨兰 《务实》第 1 卷第 3 期

1937年

中国文学批评史上的明道与言志的问题　李源澄　《新西北月刊》第2卷第3、4期　1940年

"文与道"、"性与情"——理学家之论文艺思想试论　黄继持　《崇基学报》第8卷第1期　1968年

"文"的内涵　李顺刚　《学术研究》1992年第2期

"文"与中国古代的文学观念　李顺刚　《文艺研究》1993年第1期

文道：徘徊于哲学与文论之间　刘九洲　《华中师范大学学报》1991年第2期

意境、意象

中国艺术意境之诞生（增订稿）　宗白华　《哲学评论》第8卷第5期　1944年

论"意境"的美学特征　张少康　《北京大学学报》1983年第4期

从意境到趣味　潘知常　《文艺研究》1985年第1期

意境与非意境　禹克坤　《文学评论》1985年第3期

建国以来"意境"研究述评　张毅　《江汉论坛》1985年第10期

中国前期意境思想的发展　胡晓明　《安徽师大学报》1986年第4期

意象与意境关系之我见　陶文鹏　《文学评论》1991年第5期

论"意＋境＝意境"　施议对　《文学遗产》1997年第5期

说意境　叶朗　《文艺研究》1998年第1期

再说意境　叶朗　《文艺研究》1999年第3期

中国古典意象论　敏泽　《文艺研究》1983年第3期

意象系统论　黄霖　《学术月刊》1995年第7期
"象"与"境"　李壮鹰　《北京师范大学学报》2000年第1期
境界论及其称谓的来源　任萍　《人间世》第17期　1935年
"境界"说铨证　钱仲联　《文汇报》1962年10月20日

儒、道、释

儒道二家论神与文学批评之关系　郭绍虞　《燕京学报》1928年第4期

从文与道的关系看儒家思想在古代文学发展中的作用　牟世金　《雕龙集》　中国社会科学出版社　1983年

儒家人格境界向文学价值范畴的转换　李春青　《北京师范大学学报》1994年第3期

道学家论文与文学家论道　黄坤　《文学遗产》1986年第2期

禅与中国诗论之关系　周维介　《贝叶》1973年第7期

佛经翻译理论与中古文学、美学思想　蒋述卓　《文艺研究》1988年第4期

佛教对艺术真实论的影响　蒋述卓　《文艺理论研究》1991年第1期

佛教境界说与中国艺术意境理论　蒋述卓　《中国社会科学》1991年第2期

佛教心性论对古代文艺创作心理学的启示　蒋述卓　《学术研究》1992年第1期

诗、词、小说、戏曲

我国古代诗歌风格论中的一个问题　罗宗强　《文学评论丛刊》第5辑　1980年

中国远古诗歌理论拟议(上、下)　曾铎　《江西社会科学》

1982年第3、4期

古代诗歌鉴赏论浅谈　周振甫　《河北师院学报》1987年第4期

中国诗学的平淡美理想　韩经太　《中国社会科学》1991年第3期

中国诗学的清莹境界　胡晓明　《文艺理论研究》1991年第3期

诗与非诗：中国古代诗学关于诗的独立性与依存性关系初探　张瑞德　《郑州大学学报》1997年第1期

古代诗学中"清"的概念　蒋寅　《中国社会科学》2000年第1期

评点之兴：文学评点的形式和南宋的诗文评点　吴承学　《文学评论》1995年第1期

论诗歌摘句批评　曹文彪　《文学评论》1998年第1期

至法无法——中国诗学的技巧观　蒋寅　《文艺研究》2000年 第6期

诗话丛话　郭绍虞　《文学》第20卷第1期　1929年

诗话学发凡　徐英　《安大季刊》第1卷第3期　1937年

论诗话之起源　徐中玉　《中国文学》第1卷第3期　1944年

论古代诗话的种类、渊源及价值　刘德重　《上海教育学院学报》1986年第3期

中国古代诗话的文化考察　张伯伟　《文献》1991年第1辑

诗话缘起、性质及其理论贡献　蒋凡　《学术月刊》1992年第7期

论诗的历史发展　张伯伟　《文学遗产》1991年第4期

诗话研究之回顾与展望　蔡镇楚　《文学评论》1999年第5期

谈词话　宛敏灏　《安徽师大学报》1985年第1期

一百年来的词学研究:诠释与思考　胡明　《文学遗产》1998年第2期

20世纪中国词学研究述评　吴相洲　《北京大学学报》1999年第2期

传承、建构、展望——关于20世纪词学研究的对话　严迪昌、刘扬忠、王兆鹏　《文学遗产》1999年第3期

我国小说概念的变迁及其源流　迟子　《吉林大学学报》1982年第2期

我国古代小说观念的三次重大更新　宁宗一　《武汉教育学院学报》1988年第3期

我国小说观的历史演变　李昌集　《文学遗产》1988年第3期

中国古代小说批评中的人物典型论　黄霖　《中国文艺思想论丛》第1辑　1984年

我国古代小说理论家对小说地位和作用的认识　陈谦豫　《华东师范大学学报》1984年第3期

中国古代小说序跋对小说理论的贡献　于兴汉　《山西师范学院学报》1986年第4期

我国古代文学评点中的人物塑造理论　王德勇　《古代文学理论研究论丛》第12辑　1987年

我国古代小说批评的史学意识　邵明珍　《华东师大学报》1988年第4期

试论中国古代小说批评中的"史家意识"　于兴汉、吉晓明　《山西师大学报》1995年第2期

论中国古典长篇小说的幻灭意识及其文化根源　石晓林　《江淮论坛》1991年第6期

中国通俗小说批评的四次勃兴　朱振武　《上海师范大学学

报》1995年第4期

现代小说观念与中国古典小说　董乃斌　《文学遗产》1994年第2期

中国古代小说理论研究的百年回顾及展望　陈洪、陈宏　《天津社会科学》1997年第3期

试谈中国传统的文学批评形式——评点　徐克文　《辽宁大学学报》1983年第3期

论中国古典小说评点之类型　谭帆　《文学遗产》1999年第4期

论中国小说的评点样式　白盾　《艺谭》1985年第3期

中国小说批评的独特方式——古典小说评点略述　孙逊　《文史知识》1986年第1期

中国古代叙事理论　徐岱　《浙江学刊》1990年第6期

中国戏曲批评的产生和发展　夏写时　《戏剧艺术》1979年第2期

古代戏曲目录与古代戏曲文学批评　杜海军　《殷都学刊》1999年第4期

古典曲论中的写情论　俞为民　《南京大学学报》1992年第3期

类型化：古典戏剧人物理论的逻辑取向　谭帆　《文学遗产》1992年第5期

文论研究方法

谈谈中国古代文论的研究方法　王运熙　《复旦学报》1983年第5期

古代文论研究要兼顾社会思潮史和心灵史　吴调公　《文艺报》1984年第11期

把古代文论放到中国文化背景中去考察研究　蒋述卓　《文

艺理论研究》1986年第3期

中国古典文论思想文化背景的一个重要问题　漆绪邦　《北京师院学报》1988年第2期

走历史必由之路　张少康　《文学评论》1997年第2期

论当代文论与中国文论的融合　蒋述卓　《文学评论》1997年第5期

古代文论与当代文艺建设　蔡仲翔　《文学评论》1997年第5期

关于古代文论研究学科性质的思考　张海明　《文学遗产》1997年第5期

中国古代文论研究的民族性与现代转换问题——20世纪中国古代文论研究三人谈　陈伯海、黄霖、曹旭　王毅整理　《文学遗产》1998年第3期

古文论研究杂识　罗宗强　《文艺研究》1999年第3期

困境与出路——中国古代文论研究反思　李春青、王修华　《文艺报》1999年11月9日

当代文论建设中的古代文论　陈良运　《文学评论》2000年第1期

反(返)者道之动——古代文论研究的文化人类学视野　李建中　《文学评论》2004年第4期

文论话语研究

中国文学批评用语语义含糊之问题　杨松年　《南洋大学学报》1975年第8、9期

中国古代文论的"模糊"性　张毅　《江汉论坛》1986年第12期

"诗无达诂"论　孙立　《文学遗产》1992年第6期

董仲舒"诗无达诂"与"中和之美"说探本　张峰屹　《南开学

报》2000年第1期

也谈中国文论的"失语"与"话语重建"　陈洪、沈立岩　《文学评论》1997年第3期

再论重建中国文论话语　曹顺庆、李思屈　《文学评论》1997年第4期

文学医院："失语症"诊断　蒋寅　《粤海风》1998年第9、10期

文论失语症与文化病态　曹顺庆　《文艺争鸣》1996年第2期

文论史研究

中国文学理论批评史分期新论　湛兆麟　《湖南师大学报》1986年第1期

宏观·共时·文学观念——关于中国文学批评史分期的思考　陈良运　《争鸣》1988年第3期

中国古代文学流派理论发展梗概　李旦初　《山西大学学报》1988年第4期

中国古代文学观念的演进　寇养厚　《文史哲》1990年第4期

文学"一代有一代之所胜"说的重要历史意义　周勋初　《文学遗产》2000年第1期

从思潮史到思想史——中国文学思想史研究的回归与展望　沈时蓉　《四川师范学院学报》1993年第4期

英语世界中国古代文论研究概览　黄鸣奋　《文艺理论研究》1994年第4期

80年代以来中国古典文论研究略评　蒋述卓　《文学遗产》1996年第3期

近百年中国古代文论之研究　罗宗强、邓国光　《文学评论》

1997年第2期

古文论研究的回顾与前瞻　陈伯海　《阴山学刊》1999年第4期

西方汉学界的中国古代文论研究述评　王晓路　《文艺理论研究》1998年第4期

香港中国古代文论研究鸟瞰　刘绍谨　《文学遗产》1998年第6期

其他研究

古代诗论中有关诗的形象思维表现的一些概念　王达津《古代文学理论研究丛刊》第1辑　1979年

古代文论中几个形象思维概念　王达津　《江西社会科学》1993年第5期

古代文论中有关形象思维的几个概念　王达津　《古代文学理论研究丛刊》第5辑　1981年

比兴·神思·妙悟——中国古代文学批评家对艺术思维的认识　张毅　《南开学报》1984年第2期

中和意识与中国小说的悲剧思维形态　吴士余　《争鸣》1989年第1期

中国古代文论中的两种情感观　谭帆　《古代文学理论研究丛刊》第13辑　1988年

中国古代文论中的政本位观念和人本位观念　汤贵仁　《文史哲》1989年第1期

中国古代文论概念的人格化　杨帆　《华中师范大学学报》1992年第3期

生命之喻——论中国古代关于文学艺术人化的批评　吴承学　《文学评论》1994年第1期

江山之助——中国古代文学地域风格论初探　吴承学　《文

学评论》1990年第2期

中国绘画美学对小说审美时空的渗透和影响　安斌　《山东社会科学》1990年第6期

"肇于道"、"源于物"、"本于心"、"渊于经"——中国古代文源论概观　祁志祥　《汉中师院学报》1991年第1期

论中国古典艺术的"互补"境界　钱贵成　《文艺理论家》1992年第2期

中国古代文论范畴的统序特征　汪涌豪　《文学评论》2000年第3期

论寄托　詹安泰　《词学季刊》第3卷第3期　1936年

痛感　钱钟书　《文学评论》1962年第1期

神似溯源　张少康　《古代文学理论研究丛刊》第4辑　1981年

中国文学批评史上的"神""气"说　郭绍虞　《小说月报》第19卷第1期　1928年

说"雄奇"　吴调公　《文史知识》1985年第5期

简论神理气味与格律声色　吴孟复　《江淮论坛》1985年第6期

"色"与"味"　李壮鹰　《长城》1983年第3期

"本色"论三题　张惠民　《汕头大学学报》1985年第2期

论气势　叶太平　《文学遗产》1990年第1期

释"自然"——兼论文学批评概念的历史性　吴承学　《广东社会科学》1991年第4期

从古代的"移情"说到现代的"异质同构"说　童庆炳　《百科知识》1988年第5期

我国古代美学的"移情"说　胡雪冈　《文艺理论研究》1995年第4期

释"兴象"——兼谈晋宋以后我国诗歌创作美学思想的转变

郭外岑 《社会科学》1983年第1期

先 秦
概 论

先秦儒家之文学观 郭绍虞 《睿湖月刊》1929年第1期

先秦诸子之学与中国文论 蔡钟翔 《古典文学知识》1990年第2期

先秦比兴鸟瞰 蒋力余 《湘潭大学学报》1996年第1期

雅俗观念自先秦至汉末衍变及其文学意义 于迎春 《文学评论》1996年第3期

论先秦儒家的叙述观念 郭英德 《文学评论》1998年第2期

先秦阴阳五行学说与风的文艺学内涵 李炳海 《社会科学战线》1998年第3期

先秦的情感观念 张节末 《文艺研究》1998年第4期

孔子和《论语》

关于孔子诗学观的评价 毛毓松 《广西师院学报》1981年4期

试论《诗经》和孔子思想中的"民主"因素 李凌 《中国史研究》1981年4期

春秋称诗与孔子诗论 萧华荣 《古代文学理论研究丛刊》第5辑 1981年

孔子论艺术的社会作用 韩林德 《西北师院学报》1982年1期

孔子的音乐评论 刘兰 《昆明师院学报》1982年3期

论孔孟的天人观对古代文学的影响 田兆元 《社会科学》1992年第6期

思无邪　罗庸　《国文月刊》第1卷第6期　1941年

"思无邪"与"郑声淫"考辨——孔子美学思想探索点滴　蒋凡　《古典文学论丛》第3辑　1982年

论孔子"思无邪"的本旨　踪凡　《陕西师范大学学报》1997年第2期

"思无邪"与"温柔敦厚"辨异　孙明君　《人文杂志》2000年第2期

《诗言志辨》自序　朱自清　《国文月刊》第36期　1945年

诗可以怨　钱钟书　《文学评论》1981年第1期

"诗可以怨"辨——孔子诗歌价值观研究之一　陆晓光　《华东师范大学学报》1988年第1期

孔子"诗可以怨"命题的历史意蕴——兼论孔子的社会群体关系理想　陆晓光　《华东师范大学学报》1988年第6期

关于孔子"诗可以兴"的再商榷　毛毓松　《文学遗产》1987年第1期

"诗可以兴"和孔子说《诗》　胡山林　《北京师院学报》1987年第2期

诗言志与"兴、观、群、怨"考　雒启坤　《文艺研究》1995年第4期

略论孔子的诗教　陈汉才　《华南师范大学学报》1985年第2期

儒家"乐教"与孔子"诗教"　王尊　《湖南师范大学社会科学学报》1992年第1期

中国古代政治文学观的确立：从孔子"诗教"说到汉儒"政教"观　李世桥　《南都学坛》1998年第1期

孟　子

文气的辨析　郭绍虞　《小说月报》第20卷第1期　1929年

文气综论　杜松柏　《文史季刊》第 2 卷第 1 期　1971 年
古代文论中的文气说　王运熙　《文史知识》1984 年第 4 期
中国文学批评史上的文气说　袁行霈、孟二冬　《中国古典文学论丛》第 3 辑　1985 年
孟子养气说试析　陶希圣　《哲学评论》第 8 卷第 1 期　1943 年
孟子养气章的几点解释　陈梦家　《理想与文化》1944 年第 5 期
孟子浩然之气章解　冯友兰　《文艺与生活》第 2 卷第 3 期　1946 年
"以意逆志"辨　吴文治　《光明日报》1963 年 11 月 9 日
《"以意逆志"辨》辨　唐兰　《光明日报》1963 年 11 月 16 日
"以意逆志"辨　李壮鹰　《古代文学理论研究丛刊》第 12 辑　1987 年
孟子"以意逆志"、"知人论世"辨　吕艺　《北京大学学报》1985 年第 2 期
孟子的文艺思想　顾易生　《复旦学报》1985 年第 2 期
孟子对现实的批评及其人文主义精神　董平　《人文杂志》1985 年第 6 期
孟子的"仁政"思想及其在中国古代文学史上的影响　董治安、王佩增　《文史哲》1978 年第 6 期
孟子的民本思想浅析　李刚兴　《四川师范学院学报》1991 年第 2 期

庄　子

从"意"到"言"　〔美〕杜维明　《中华文史论丛》1981 年第 1 辑
庄子言意论及其美学意义　刘绍瑾　《江汉论坛》1988 年第 1 期

从言意之辨到境生象外（论庄、玄、禅对古代诗论的影响） 邓乔彬 《华东师范大学学报》1989年第1期

庄子美学思想平议 吴调公 《人文杂志》1984年第3期

自然之道与"以自然为美"——道家思想与中国古代文学理论探讨之一 漆绪邦 《古代文学理论研究丛刊》第9辑 1984年

"玄览""游心"和神思——道家思想与中国古代文学理论探讨之二 漆绪邦 《北京师院学报》1985年第9期

读《庄》疑思录——有关庄子文艺思想的片断思考 罗宗强 《南开学报》1985年第2期

漫谈老庄的文艺观和美学观 张少康 《文史知识》1986年第3期

庄子文学思想发微 王达津 《南开学报》1986年第5期

庄子"缘情"思想发微 吕艺 《北京大学学报》1987年第5期

"虚静"说 朱良志 《文艺研究》1988年第1期

虚静——庄子审美的核心 赵庆麟 《学术季刊》1991年第1期

庄子的虚静悟道观及其审美意义 寇养厚 《高等学校文科学报文摘》1995年第5期

庄子"物化"论的美学意义 王新民 《延安大学学报》1990年第4期

试析庄子之"忘" 王生平 《新华文摘》1992年第11期

论道家诗学对《六经》经典文本的颠覆与解构 杨乃乔 《天津社会科学》1996年第2期

缘论"自然"范畴的三层内涵——对一种诗学阐释视角的尝试 李春青 《文学评论》1997年第1期

何"不可说"——庄子论语言表达困境及其根源 刁生虎 《学术探索》2003年第8期

论《庄子》中的创作运思观　梁葆莉　《怀化学院学报》2003年第4期

庄子对古代文论的开拓性贡献　王德军　《天水师范学院学报》2003年第3期

两　汉
概　论

诗骚传统与汉代文学思想的建构　许结　《社会科学战线》1991年第4期

两汉的辞赋论　罗根泽　《经世季刊》第1卷第1—4期 1940年

汉代对屈原和《楚辞》评价的争论　张少康　《中国文艺理论思想论丛》第3辑　1986年

两汉的文学观与两汉文学　孙元璋　《文史哲》1989年第5期

汉代对诗歌文体功能的论述与"诗言志"传统　胡大雷　《广西师范大学学报》1993年第2期

论汉代文学的自觉性及其意义　金化伦　《广西大学学报》1994年第4期

汉初文学思想的历史继承与转换　刘怀荣　《东方论坛》1996年第3期

在"诗"与"经"的矛盾中把握汉代诗学思想　萧华荣　《泰安师专学报》1998年第3期

司马迁

略论"实录"理论对古代小说创作和小说批评的影响　王国健　《华南师范大学学报》1993年第3期

论司马迁传记文学的实录精神　王克韶　《延边大学学报》

1980年第4期

司马迁的实录观与中国文学的自觉　袁伯诚　《历史学》1990年第7期

司马迁的《"发愤著书"》说及其历史发展　陈子谦　《厦门大学学报》1981年第1期

试论司马迁的"发愤著书"说　傅昭生　《汉中师范学院学报》1983年第1期

司马迁的李陵之祸与《发愤著书》说　顾易生　《复旦学报》1980年第2期

《毛诗大序》

《毛诗》传序相应说　陈国麟　《国故》1919年第3期

《毛诗序》之背景与旨趣　顾颉刚　《国立中山大学语言历史学研究所周刊》第10卷第120期　1930年

浅析毛诗解诗动因及阐释方法　胡晓琳　《首都师范大学学报》1995年第1期

论《诗序》　廖平　《中国学报》1913年第四期

《诗序》作者考辨　陈允吉　《中华文史论丛》第13辑　1980年

《诗序》余论　朱冠华　《文史》第20辑　1983年

《毛诗大序》论析　夏传才　《山西大学学报》1983年第4期

"发乎情,止乎礼义"——《毛诗大序》的合理内核　顾农　《福建论坛》1983年第6期

诗有六义起源考　卢自然　《国文学会丛刊》第1卷第2期　1924年

诗六义说　胡蕴玉　《国学》(上海)第1卷第2期　1926年

"六义"说考辨　郭绍虞　《中华文史论丛》第7辑　1978年

谈谈赋比兴　段熙仲　《雨花》1963年第8期

赋比兴的我见　戴君仁　《文史哲学报》1971年第20期

中国古代诗歌中形象与情意之关系例说——从形象与情意之关系看"赋、比、兴"说　叶嘉莹　《嘉陵论诗丛稿》　中华书局1984年

从赋比兴产生的时代背景看其本义　鲁洪生　《中国社会科学》1993年第3期

赋比兴论　黄霖　《复旦学报》1995年第6期

谈中国古代文论中的比兴说　王运熙　《文学评论丛刊》第4辑　1978年

经学家"比兴"论述评　罗立乾　《古代文学理论研究丛刊》第1辑　1979年

兴：宗教观念内容向艺术形式的积淀　赵霈林　《天津社会科学》1985年第5期

论"雅"　孙克强　《复旦学报》1991年第6期

论比的感性源头与思维积淀　刘怀荣　《东北师大学报》1998年第5期

追寻"兴"的归宿——兼论"兴"的阐释史　杨明琪　《宝鸡文理学院学报》1999年第4期

关于《毛诗大序》的重新解读　汪春泓　《北京大学学报》1999年第6期

王　充

王充的文学观点及其文学批评　蒋祖怡　《浙江师院学报》1957年第1期

评王充在中国文学理论史上的地位　蔡钟翔　《文学论集》第2辑　1979年

王充与两汉文风　周勋初　《古代文学理论研究丛刊》第2辑　1980年

王充论"奇"——读《论衡·起奇篇》札记　石文英　《厦门大学学报》1982年第3期

论王充的文学批评标准　朱德民　《信阳师范学院学报》1985年第2期

王充论儒　周桂钿　《社会科学辑刊》1993年第3期

王充文学理论中的真实论　孙宝妹　《西北师范大学学报》1994年第4期

魏晋南北朝

概　论

魏晋的鉴赏论　罗根泽　《中和报》1934年5月17、27日

南朝何以为中国文学批评史上之发展时期　徐中玉　《艺文集刊》第1辑

论六朝文学理论发达的原因　张文勋　《社会科学战线》1982年第2期

梁代之文学批评　姚卿云　《艺林》1929年第1期

六朝的文气论　廖蔚卿　《思与言》第5卷第4期　1967年

从气到风骨——魏晋六朝艺术理论中审美范畴的演进　张节末　《学术月刊》1991年第1期

汉魏六朝文体变迁之一考察　王梦鸥　《中央研究院史语所集刊》50卷2期　1979年

汉魏六朝文体论的发展　穆克宏　《文学遗产》1989年第1期

用比较方法看齐梁文学思潮和古今文体之争　刘文忠　《文学遗产》1994年第4期

汉魏六朝文体辨析的学术渊源　傅刚　《中国社会科学》2000年第1期

论魏晋至唐关于艺术形象的认识　敏泽　《文学评论》1980

年第 1 期

释"放荡"——兼论六朝文风　邓仕燦　《中国文学报》1983 年第 35 期

从文论看南朝人的文学正宗　王运熙　《文学遗产》1984 年第 4 期

魏晋文学批评对情感的重视和魏晋人的情感观　杨明　《复旦学报》1985 年第 1 期

六朝文学的绮丽与文学观念的转变　钟仕伦　《四川师范大学学报》1986 年第 1 期

论魏晋南北朝的审美"虚静说"　袁济喜　《江汉论坛》1986 年第 9 期

论汉魏六朝诗教说的演变及其在诗歌发展中的作用　葛晓音　《中国古典文学论丛》第 4 辑　1986 年

论魏晋南北朝文质观念及其所衍生诸问题　颜崑阳　《古典文学》第 9 期　1987 年

南北朝文学批评三题　王运熙　《文学遗产》1988 年第 1 期

论儒学对魏晋至齐梁文论之影响——兼论六朝文艺美学之特征　黄景进　《中华学苑》1988 年第 4 期

六朝诗评中的意象批评举例　廖栋梁　《辅大国文学报》1988 年第 6 期

魏晋玄学的言意之辨与中国古代文学理论　袁行霈　《古代文学理论研究丛刊》第 1 辑　1979 年

正始时期玄学影响文学思想的三个途径　卢盛江　《南开学报》1989 年第 3 期

玄学与正始诗歌思想的变化　卢盛江　《南开学报》1990 年第 4 期

正始玄风与正始文学思想　罗宗强　《文史知识》1990 年第 6 期

玄学本末、有无之辨对文学本原、本质论的影响　张连第、吴相道　《社会科学战线》1995年第2期

文学的自觉与玄学理论　袁峰　《人文杂志》1995年第6期
玄学本体论与魏晋六朝诗学　张海明　《文学评论》1997年第2期
论六朝诗歌声律说的美感效应　戴燕　《文艺研究》1990年第1期
魏晋时代非中和艺术观：怨愤孤忧　张小元　《文史杂志》1990年第3期
汉魏六朝小说观念的确定性　董志广　《古典文学知识》1990年第6期
建安时代"文学的自觉"说再审视　孙明君　《北京大学学报》1996年第6期
从人的觉醒到"文学的自觉"——论"文学的自觉"始于魏晋　李文初　《文艺理论研究》1997年第2期
文士、经生的文士化与文学的自觉　詹福瑞　《河北学刊》1998年第4期
"风骨"、"建安风骨"的再认识　王许林　《南都学刊》1988年第4期
建安风骨的原始意义　王少良　《辽宁师范大学学报》1990年4
六朝文学的发展和"风骨"论的文化意蕴　张少康　《中国文化研究》1998年第2期

曹丕《典论·论文》

曹丕《典论·论文》的时代精神　王运熙　《文汇报》1962年1月27日

曹丕"文气"说刍议　陈植锷　《文学遗产》1981年第4期
曹丕"文气"说新探　涂光社　《文史》第13辑　1982年
曹丕文气说考　杨明　《中国古典文学论丛》第2辑　1987年
《典论·论文》"齐气"试析　曹道衡　《文学评论》1983年第2期
《典论·论文》与文学自觉　蔡钟翔　《文学评论》1983年第5期
《典论·论文》"书论宜理"解　杨明　《文学评论》1985年第4期
曹丕的衡文标准与建安风骨　陈长义　《社会科学研究》1990年第2期
曹丕"文以气为主"辨　寇效信　《陕西师范大学学报》1994年第2期
"文"、"文章"与"丽"　詹福瑞　《文艺理论研究》1999年第5期

陆机《文赋》

陆机《文赋》义证　李金佳　《中山大学学报》第2卷第2期　1944年
陆机《文赋》与山水文学——魏晋文论散稿之二　范宁　《国文月刊》第66期　1938年
陆机《文赋》二例　陆侃如　《文学评论》1961年第1期
陆机《文赋》理论与音乐关系　饶宗颐　《中国文学报》(京都)1961年第14期
论陆机《文赋》中之所谓"意"　郭绍虞　《文汇报》1961年8月1日
关于陆机《文赋》的三个问题　夏承焘　《文艺报》1962年第8

期

陆机《文赋》"缘情绮靡"说的意义　周汝昌　《文史哲》1963年第2期

文赋课徵(一、二)　王礼卿　《人生》第30卷10期　1966年

谈谈关于《文赋》的研究　张少康　《文献》1980年第4期

《文赋》研究综述　李庆甲　《文史知识》1985年第5期

从东吴学术文化特点看陆机文学理论和创作　汪春泓　《复旦学报》1999年第5期

《文赋》即"文心"论——兼评《管锥篇》之解"玄览"　周汝昌　《北京大学学报》2000年第1期

刘勰《文心雕龙》

《文心雕龙》这个书名是什么意思？　腾福海　《文史知识》1983年第6期

用科学的态度研究古代文论遗产——在《文心雕龙》学会成立大会上的讲话　王元化　《新华文摘》1983年第11期

论《文心雕龙》的研究方法　韩湖初　《华南师范大学学报》1991年第1期

关于《文心雕龙》的评价问题及其他　郭绍虞　《光明日报》1956年9月9日

《文心雕龙》的十大贡献——评张国光先生对《文心雕龙》的批判　杨树　《上海师范大学学报》1985年第2期

《文心雕龙》新探　张少康　《北京大学学报》1987年第3期

再论《文心雕龙》和中国文化传统　张少康　《求索》1997年第5期

从总体文学角度认识《文心雕龙》的民族特色和理论价值　曹顺庆　《文学评论》1989年第2期

从《文心雕龙》看中国古代文论的民族特色　牟世金　《学术研究》1983年第4、5期

关于《文心雕龙》弘扬人文精神的思考　吴调公　《南京师大学报》1990年第4期

《文心雕龙》中儒家传统与魏晋思潮的交融及其条件　吴调公　《文艺理论研究》1985年第1期

《文心雕龙》体系的产生及其含义　袁峰　《人文杂志》1993年第6期

漫谈《文心雕龙》与南朝画论　伍蠡甫　《文艺理论研究》1985年第1期

刘勰《文心雕龙》的美学思想　周振甫　《文艺理论研究》1986年第4期

论《文心雕龙》中的"神"、"理"、"才"　蒋祖怡　《杭州大学学报》1962年第1期

《文心雕龙》评论作家的几个特点　郭预衡　《文学评论》1963年第1期

论《文心雕龙》的逻辑体系　劳承万　《学术研究》1991年第3期

《文心雕龙》术语用法举例　陆侃如　《文学评论》1962年第2期

辨"道"——《文心雕龙》札论　史瑶　《浙江学刊》1981年第1期

关于《文心雕龙》之道　邱世友　《哲学研究》1981年第5期

以道为体，以儒为用——从《文心雕龙·原道》看刘勰的基本文学观，附论我国古代文学思想的基本线索　漆绪邦　《北京师院学报》1983年第2期

论《文心雕龙》之道的本质特征　陈顺智　《武汉大学学报》1992年第2期

《文心雕龙》本体论小议　王欣　《文学评论》1988年第3期

《文心雕龙·原道》臆札　祖保泉　《安徽师大学报》1981年第1期

《文心雕龙·原道》篇的几个问题　周汝昌　《河北大学学报》1982年第1期

刘勰的创作论　陆侃如　《山东文学》1962年第6期

《文心雕龙》的物色论（刘勰论文学创作的主观与客观）　张少康　《北京大学学报》1985年第5期

《文心雕龙》与六朝审美心物观　陶礼天　《文艺研究》1997年第4期

《文心雕龙》与《诗品》的分歧　梁临川　《上海大学学报》1991年第2期

《文心雕龙》与《诗品》在文学观上的对立　[日]兴膳宏作　彭恩华译　《文艺理论研究》1982年第2期

《文心雕龙》风骨论诠释　王运熙　《学术月刊》1963年第2期

《文心雕龙》：贵器用与重风骨　刘畅　《天津师大学报》2000年第1期

《文心雕龙·风骨》之"气"、"风"、"骨"、"采"释　张灯　《复旦学报》1995年第2期

《文心雕龙·风骨》篇义析论　金庆国　《北京大学学报》1996年第1期

刘勰的"风清骨峻"说　童庆炳　《文艺研究》1999年6月

风格论——《文心雕龙》散论　徐季子　《社会科学季刊》1981年第4期

体·体性·风格——略论《文心雕龙》风格论的理论价值　方禹纯　《辽宁师范大学学报》1986年第2期

刘勰的风格论　吴调公　《光明日报》1961年8月13日

《文心雕龙》文体论新议　施惟达　《思想战线》1991年第1期

关于中国古代文章学理论体系(从《文心雕龙》谈起)　蒋寅　《文学遗产》1986年第6期

刘勰的文体论　陆侃如　《山东文学》1962年第2期

《文心雕龙·体性》疑义辨析举隅　张灯　《湖北民族学院学报》1994年第4期

刘勰的文学观念——兼论所谓杂文学观念　张少康　《北京大学学报》2000年第4期

《文心雕龙》中的形象思维问题　顾农　《东岳论丛》1981年第2期

读《文心雕龙·神思》札记　王运熙　《文艺理论研究》1985年第1期

《文心雕龙·神思》浅释　周振甫　《中学语文》1981年第2期

《文心雕龙》的灵感论　曹顺庆　《古代文学理论研究丛刊》第6辑

刘勰论文学创作的构思　董学文　《文学知识》1982年第6期

刘勰论创作构思　周振甫　《文心雕龙学刊》第1辑

"神思"新释:艺术心理与语言——《文心雕龙》的比较诗学研究　方汉文　《苏州大学学报》2000年第2期

《文心雕龙》与西方文学理论　黄维樑　《文艺理论研究》1992年第3期

《文心雕龙》"虚静"探源　王明辉　《阴山学刊》2003年第5期

钟嵘《诗品》

读《诗品》　陈延杰　《东方杂志》第23卷第23期　1926年

齐梁文艺批评中的"风骨"论　詹锳　《光明日报·文学遗产》1961年12月10日第392期

钟嵘《诗品》例略　许文雨　《文史丛刊》1933年第1期

钟嵘《诗品》疏证　王叔岷　《中央日报》1947年12月15日

诗品与钟嵘　成惕轩　《中央月刊》第3卷第11期　1971年

钟嵘诗品与沈约　柴非凡　《中外文学》第3卷第10期　1975年

钟嵘《诗品》上品汇注　李徽教　《东洋学》1975年第5期

钟嵘《诗品》研究论著目录　何广棪　《书目季刊》第14卷第3期　1980年

钟嵘《诗品》四辨　蒋祖怡　《苏州大学学报》1983年第1期

"味"：具有我国民族特色的审美范畴　皮朝纲　《美的研究与欣赏丛刊》第1辑　1983年

诗缘情辨　裴斐　《文学遗产》1983年第3期

钟嵘的身世与《诗品》的品第　梅运生　《安徽师大学报》1984年第4期

钟嵘《诗品》的批评方法　张伯伟　《中国社会科学》1986年第3期

钟嵘《诗品》论历代五言诗　王运熙　《中华文史论丛》1987年第2期

钟嵘《诗品》研究综述　曹旭　《文史知识》1989年第11期

钟嵘《诗品》的流传与研究史——从隋初到清末　曹旭　《上海师范大学学报》1993年第1期

钟嵘的审美理想　郑适然　《岭南古代文艺思想论坛》第1辑1993年

《诗品》是否以"滋味说"为中心——对近年来中国《诗品》研究的商榷　〔日〕清水凯夫　《文学遗产》1993年第4期

钟嵘《诗品》在域外的影响及研究　张伯伟　《文学遗产》1993

年第 4 期

比较批评与历史批评——《诗品》批评方法举隅　曹旭　《上海师范大学学报》1997 年第 4 期

《诗品》所存疑难问题研究　曹旭　《文学评论》1997 年第 6 期

从《诗品》看中国诗学形态的形成　朱易安　《上海师范大学学报》1999 年第 4 期

隋唐五代

概　论

隋代文学思想平议　罗宗强　《古代文学理论研究丛刊》第 7 辑　1982 年

唐代早期的古文文论　罗根泽　《学风》第 5 卷第 8 期　1935 年

唐史学家的文论及史传文的批评　罗根泽　《学风》第 5 卷第 5 期　1935 年

中国唐代的戏剧批评　夏写时　《文艺论丛》第 6 辑　1979 年

唐代诗评中风格论之研究　黄美玲　《国立台湾师范大学国文研究所集刊》第 26 期　1982 年

唐代古文运动和佛教　孙昌武　《文学遗产》1982 年第 1 期

唐代文学思想发展中的几个理论问题　罗宗强　《中国社会科学》1984 年第 5 期

唐代古文运动的得与失　罗宗强　《文史知识》1988 年第 4 期

唐人诗论中"境"的几种含义　严云绶　《安徽师大学报》1989 年第 2 期

唐代"风骨"范畴的盛行　汪涌豪　《文学遗产》1990 年第 1

期

唐代科举制度与文学精神品质　陈飞　《文学遗产》1991年第2期

中国诗话与唐宋诗研究　蔡镇楚　《湖南师大学报》1992年第4期

关于初唐文学思想的几个问题　张海明　《北京师范大学学报》2000年第1期

盛唐文学批评鸟瞰　王运熙　《江海学刊》1993年第5期

晚唐文学批评三题　王运熙　《文学遗产》1992年第5期

贞观时期儒家文学观重建刍议　聂永华　《文学遗产》1999年第1期

陈子昂

陈子昂与建安风骨——古代诗歌中的浪漫主义传统　林庚　《文学评论》1959年第5期

王勃、陈子昂文学主张异同论　韩理洲　《文学遗产》1982年第4期

唐诗革新的先驱者陈子昂　彭庆生　《文史知识》1982年第5期

试论陈子昂的文艺思想　吴明贤　《西南师范学院学报》1984年第1期

陈子昂诗歌理论新探　周刚　《文史哲》1984年第2期

陈子昂新论　刘石　《文学评论》1988年第2期

陈子昂"兴寄"说新论　陈文茂　《文学评论》1998年第3期

论陈子昂诗歌理论的传统特质　毕万忱　《文学遗产》1990年第3期

皎 然

皎然与《诗式》　陈晓蔷　《东海文荟》1967年第8期

皎然《诗式》"明作用"试析　徐复观　《中外文学》第9卷第7期　1980年

试论皎然《诗式》　王梦鸥　《中华文化复兴月刊》第14辑第3期　1981年

皎然《诗式》蠡测　吴文治　《文艺理论研究》1981年第4期

皎然诗说并未涉及"意境"　曦钟　《光明日报》1984年12月11日

论皎然《诗式》　孙昌武　《文学评论》1986年第1期

皎然诗论与韩孟诗派诗歌思想　肖占鹏　《文学遗产》1989年第4期

皎然诗学述评　王运熙　《贵州大学学报》1991年第1期

韩 愈

韩愈复古运动的新探索　李嘉言　《文学》第2卷第6号　1934年

韩愈"古文"理论和实践　季镇淮　《北京大学学报》1958年第2期

韩愈:"道""文"的复古与正统的建立　陈幼石　《文艺论丛》第16辑　1982年

韩愈重"文"尚"奇"的"古文"论　孙昌武　《天津社会科学》1983年第5期

是"文气说"还是"修养论"——韩愈"气盛则言宜"说再评价　汪晚香　《湖北师院学报》1990年第4期

佛教与韩孟诗派诗歌思想　肖占鹏　《江海学刊》1992年第4期

韩门的文道之论与宋代古文运动　于兴汉　《山西师大学报》

1993 年第 1 期

韩愈、柳宗元的古文"小说"观　蒋凡　《学术月刊》1993 年第 12 期

韩愈"不平则鸣"说辨析　景凯旋　《南京大学学报》1996 年第 1 期

关于"不平则鸣"和"穷而后工"　李其钦　《广州师院学报》1987 年第 1 期

韩愈"不平则鸣"说的心理透视　施旭生　《烟台师范学院学报》1990 年第 1 期

白居易

元稹白居易之文学主张　胡适　《新月》第 1 卷第 2 期　1928 年

白居易诗歌理论与实践之再认识　裴斐　《光明日报》1984 年 12 月 18 日

再论元、白评价　裴斐　《光明日报》1985 年 9 月 10 日

元白评价琐议　王拾遗　《光明日报》1985 年 11 月 5 日

白居易领导过"新乐府运动"吗？　王启兴　《江汉论坛》1985 年第 10 期

关于元白文学成就和"新乐府运动"的争鸣　王锡九　《语文导报》1986 年第 12 期

白居易新论　郭晋稀　《文学遗产》1990 年第 1 期

白居易诗论的理论体系　张应斌　《韩山师专学报》1994 年第 2 期

司空图

司空图《诗品》与道家思想　李戏鱼　《文学集刊》1943 年第 1 期

司空图《诗品》研究　萧水顺　《国立台湾师范大学国文研究所集刊》第17卷　1973年

司空图《诗品》风格说之理论基础　王润华　《大陆杂志》第53卷第1期　1976年

从司空图论诗的基点看他的诗论　王润华　《大陆杂志》第56卷第5期　1978年

"辨诗味"和诗的"味外之旨"　滕云　《文学评论丛刊》第7辑　1980年

司空图《诗品》是如何品诗的——兼论"象"与"象外之象"　胡明　《古代文学理论研究丛刊》第5辑　1981年

司空图诗论与意境说　潘世秀　《古代文学理论研究丛刊》第9辑　1984年

象外之象,景外之景——论司空图《诗品》　张少康　《中国文艺思想论丛》第1辑　1984年

司空图的诗歌宇宙——论《二十四诗品》的可理解性　萧驰　《中国社会科学》1985年第6期

略论司空图"味外说"的第一面貌　李壮鹰　《学术月刊》1986年3月号

司空图《二十四诗品》在国外　王丽娜　《文学遗产》1986年第2期

司空图研究论著目录　陈国球　《书目季刊》第21卷 第3期　1987年

从《二十四诗品》用韵看它的作者　张柏青　《安徽师大学报》1996年第4期

《二十四诗品》"非司空图作"驳议　刘倩　《天津师大学报》1997年第6期

《司空图二十四诗品辨伪》献疑　李祚唐　《学术月刊》1997年第10期

宋金元
概　说

北宋诗话考　郭绍虞　《燕京学报》第 21 期　1937 年

宋代诗话产生背景的考察　张伯伟　《文学遗产》1989 年第 4 期

宋人词话　西谛　《小说月报》第 17 卷号外　1927 年

两宋诗论研究　张筱萍　《国立台湾师范大学国文研究所集刊》第 20 卷　1976 年

宋代的戏剧批判　夏写时　《古代文学理论研究丛刊》第 1 辑　1979 年

论宋人戏剧批评　刘彦君　《文艺研究》1985 年第 6 期

由宋人词学观念的演变看宋词的命运　王华　《文学遗产》1988 年第 5 期

宋诗养气说与理学心性论之关系　胡晓明　《安徽师大学报》1991 年第 3 期

宋代疑古主义与文学批评　祝振玉　《文学评论》1992 年第 5 期

诗可以乐——北宋诗文革新中"乐"主题的发展　程杰　《中国社会科学》1995 年第 4 期

自适与自持——宋人论诗的心理功能　周裕锴　《文学遗产》1995 年第 6 期

宋代诗学术语的禅学语源　周裕锴　《文艺理论研究》1998 年第 6 期

宋代诗学术语的禅学语源（二）　周裕锴　《文艺理论研究》2000 年第 4 期

宋人词体起源说检讨　谢桃坊　《文学评论》1999 年第 5 期

宋代史学意识与"诗史"观念的产生　郝润华　《西北师大学

报》2000年第1期

金代文学批评研究　林明德　《幼狮学刊》第48卷第2期1978年

金代文学批评析论　林明德　《辅仁学志》(文学院之部)1980年第9期

金元文学批评　张健　《中国文学讲话》1986年第8期

辽代文学思想论略　张毅　《南开学报》1999年第1期

元末雅俗文化的交融与戏剧形态的蜕变　张大新　《文学评论》2004年第1期

欧阳修

欧阳修的"道"及其对文学创作的影响　王冰彦　《文学评论》1980年第6期

欧阳修的文学理论和实践　〔美〕陈玉诗　《文艺理论研究》1989年第5期

欧阳修以诗论诗说　张福勋　《中国人民大学学报》1991年第6期

论《六一诗话》写作动机与内在逻辑　李清良　《江汉学刊》1994年第3期

从欧阳修对梅尧臣诗的品评看北宋诗学的发生　郭鹏　《社会科学战线》1997年第2期

欧阳修文道并重的古文理论　寇养厚　《文史哲》1997年第3期

重论欧阳修的文道观　祝尚书　《四川大学学报》1999年第6期

苏轼

论苏轼的文艺批评观　徐中玉　《华东师范大学学报》1980

年第6期

苏轼、黄庭坚诗歌理论之比较　周裕锴　《文学评论》1983年第4期

读苏轼文论札记　刘国珺　《南开学报》1984年第2期

苏轼的文学批评研究　张健　《文史哲》1973年第22期

论苏轼的美学思想　王向峰　《文艺理论研究》1985年第4期

苏轼的诗画同体论　黄鸣奋　《厦门大学学报》1985年8月号

苏轼的风格论　程千帆、莫励锋　《成都大学学报》1986年第1期

佛禅思想与苏轼文学理论　刘石　《天府新论》1989年第2期

苏轼论文艺创造的自由境界　张惠民　《汕头大学学报》1989年第4期

苏轼与黄庭坚的词论　〔日〕青山宏　范建明译　《苏州大学学报》1990年第3期

苏轼所说的"郊寒岛瘦、元轻白俗"指的是什么？　吴小如　《文史知识》1991年第7期

苏门论词与词学的自觉　张惠民　《文学评论》1993年第2期

苏轼诗学观平议　党圣元　《延安大学学报》1993年第2期

试论尊词与轻词——兼论苏轼词学观　刘石　《文学评论》1995年第1期

苏轼、朱熹文艺观比较　冷成金　《中国人民大学学报》1996年第3期

李清照

宋人斥李易安词论　圭璋　《中央日报》1937年1月8日

对李清照"词别是一家"说的理解　黄墨谷　《文学遗产增刊》第12辑　1963年

李清照《论词》研究　施议对　《文学评论丛刊》第7辑　1980年

北宋婉约词的创作思想和李请照的《论词》　顾易生　《文艺理论研究》1982年第2期

对李清照《论词》论音律的理解　魏文远　《宁夏大学学报》1987年第3期

李清照《论词》新探　朱淡文　《上海师范大学学报》1987年第2期

别是一家词——论李清照　裴斐　《天府新论》1987年第4期

李清照对宋词发展的两个重要贡献　荣宪宾　《东岳论丛》1988年第6期

谈李清照的词学成就　张璋　《文学遗产》1990年第1期

李清照《论词》考辨　黄墨谷　《河北师院学报》1991年第1期

近30年李清照《论词》研究综述　李扬　《文史知识》1992年第10期

李清照《论词》的达诂与确评　张惠民　《文学遗产》1993年第1期

严　羽

《沧浪诗话》的主要理论及其渊源（上、下）　张健　《大陆杂志》第32卷第9、10期　1965年

近几年严羽和《沧浪诗话》研究综述　陈庆元　《文史哲》1986

年第 2 期

严羽妙悟说之理论内涵及意义　吴观澜　《西北师院学报》1986 年第 3 期

建国以来《沧浪诗话》研究述评　张晶　《语文导报》1986 年第 11 期

严羽"别材"说臆札　洪峻峰　《厦门大学学报》1987 年第 1 期

论严羽的审美理想与时代的关系　韩湖初　《学术研究》1988 年第 5 期

从《沧浪诗话》到《艺苑卮言》——严羽与王世贞诗论之比较　罗仲鼎　《浙江学刊》1990 年第 3 期

严羽"兴趣说"新解　陈桥生　《赣南师范学院学报》1994 年第 3 期

《沧浪诗话》与明代诗论　朴英顺　《上海大学学报》1997 年第 1 期

严羽诗论诸说　童庆炳　《北京师范大学学报》1997 年第 2 期

作为批评家的严羽　蒋寅　《文艺理论研究》1998 年第 3 期

《沧浪诗话》非严羽所编——《沧浪诗话》成书问题考辨　张健　《北京大学学报》1999 年第 4 期

元好问

元遗山论诗绝句　郭绍虞　《文学年报》1936 年第 2 期

元遗山、瞿宗吉论诗　俞平伯　《艺文杂志》第 1 卷第 3 期 1943 年

元遗山《论诗三十首》笺释　王韶生　《崇基学报》第 5 卷第 2 期月　1966 年

元遗山论诗绝句讲疏（上）　陈湛诠　《浸会学院学报》第 3 卷

第 1 期　1968 年

元好问《论诗绝句》析论　皮述民　《南洋大学学报》1969 年第 3 期

元好问《论诗三十首》二解　陈长义　《文艺理论研究》1984 年第 2 期

元遗山和范宽的《秦川图》——为元遗山《论诗三十首》之一索解　卢兴基　《文学遗产》1986 年第 2 期

元好问试论新探　刘明今　《学术研究》1991 年第 3 期

元好问论苏轼诗新解　陈长义　《晋阳学刊》1991 年第 6 期

元好问诗文理论的美学系统　李正民　《民族文化研究》1994 年第 2 期

张　炎

"清空"、"质实"说　吴眉孙　《同声月刊》第 1 卷第 9 号 1946 年

张炎词主"清空"说及其创作实践　王达津　《中国古典文学论丛》第 3 辑　1985 年

张炎论词的"清空"　邱世友　《文学评论》1990 年第 1 期

张炎词学理论的美学意义　孙立　《南京师大学报》1992 年第 2 期

《词源》的论词主旨——兼论南宋后期的词学风尚　杨海明　《文学遗产》1993 年第 2 期

词的文质及理论探微——从《论词》到《词源》　张思齐　《海南大学学报》1995 年第 1 期

明　代
概　论

明代文学批评的特征　郭绍虞　《东方文化》第 1 卷第 6 期

1942年

明清曲论中的言情说　周育德　《戏曲研究》第17辑　1985年

明代曲论概观　田守真　《四川师范大学学报》1988年第6期

论明代文学思潮中的学古与求真　简锦松　《古典文学》1986年第8期

明代小说理论鸟瞰　方胜　《宁波师院学报》1988年第5期

论晚明时期文学批评的主体认识　孙蓉蓉　《学术月刊》1988年第8期

论晚明文学思潮的消歇　宋克夫　《文学评论》2004年第2期

明代的文学和哲学　章培恒　《复旦学报》1989年第1期

明代戏曲批评中的悲剧意识　袁震宇　《复旦学报》1989年第5期

从雅到俗——明代美学札记　赵士林　《中国社会科学院研究生院学报》1991年第3期

晚明创作论中的自然性情论　韩泉欣　《杭州大学学报》1991年第4期

明清小说批评与细节描写　董国炎　《文学遗产》1986年第6期

明清小说评点的现代征兆　周书文　《萍乡高等专科学校学报》1994年第3期

论明清小说评点学的文学自觉　林岗　《文学遗产》1998年第4期

明清小说评点的广告意识及其传播功能　宋莉华　《北方论丛》2000年第1期

明清之际文艺思潮的转折　高小康　《文艺评论》1992年第1

期

明清之际文学观念的思想内涵　许总　《海南大学学报》1999年第4期

明代后期文人与商人的关系　夏咸淳　《社会科学》1993年第7期

明代诗文创作与批评理论的交叉演进　陈书录　《文学遗产》1994年第3期

明清诗歌创作和理论纷争的四大特征　吴光正　《海南大学学报》1997年第3期

明清文论情理之辨的把握方式和精神特色　黄南珊　《沈阳师范学院学报》2000年第1期

谢榛

论谢榛的美学思想　陈朝慧　《云南师范大学学报》1986年第2期

谢榛生平及其《四溟诗话》述评　陈志明　《中国古典文学论丛》第5辑　1987年

谢榛文学思想论析　汪正章　《德州师专学报》1990年第3期

谢榛美学思想探索　李庆立　《文史哲》1992年第4期

论谢榛的诗学思想　张晶　《吉林大学社会科学学报》1994年第1期

谢榛诗歌审美体验生成论刍议　王顺贵　《西北师范大学学报》1998年第3期

李贽

论李贽与《水浒传》　许玉琢　《吉林师大学报》1977年第5—6期

李贽的思想与容与堂——一百回刻本《水浒传》评点　朱恩彬　《古代文学理论研究丛刊》第9辑　1984年

从童心说看李贽的美学思想　刘健芬　《江汉论坛》1984年第6期

李贽美学思想的核心　陈曼平、张克　《全国高等学校文科学报文摘》1985年第1期

李贽——中国古典小说理论的奠基人　马成生　《杭州师院学报》1985年第4期

评李贽的文艺美学思想　彭胜云　《四川师范大学学报》1986年第6期

"童心说"和人文主义　黄炳辉　《浙江学科》1988年第6期

李贽美学思想的近代倾向　姚文放　《学术月刊》1988年第11期

从李贽到金圣叹——市民性的浪漫戏曲美学思潮　杜卫　《西北师大学报》1991年第1期

从"童心"到"性灵"——兼论晚明文坛"狂禅"之风的蜕变　孙昌武　《中国文学研究》1993年第3期

李贽思想的进步性　任继愈　《首都师范大学学报》1994年第5期

李贽"童心"说反文化强权的战斗意义　漆绪邦　《首都师范大学学报》2000年第4期

袁宏道

评公安派的诗论　周质平　《中外文学》第12卷第10期　1984年

明代社会思潮与公安派　张惠杰　《北京大学研究生学刊》1990年第2期

试谈公安派的性灵说　吴兆路　《兰州大学学报》1993年第1

期

公安派与阳明后学　吴兆路　《浙江学刊》1995年第2期

公安派诗学的重新考察　陈文新　《社会科学研究》2000年第1期

袁宏道——公安派的首倡者　钱伯城　《中华文史论丛》第4辑　1986年

从理想的人格到理想的文格——论袁宏道对人生价值观念和文学观念的变革　朱克夫　《湖北大学学报》1991年第3期

人性复归的追寻与审美思辨的困扰——袁宏道"趣、真、质"文化内涵考论　周延良　《山西大学学报》1994年第1期

袁宏道——从性情到文学的自适　易闻晓　《齐鲁学刊》2000年第1期

清　代
概　论

清代诗说论要　刘若愚　《香港大学五十周年纪念文集》1964年

清初诗学中的形式批评　吴宏一　《国立编译馆馆刊》第11卷第1号（总第24号）　1982年

从良知到性灵——明代性灵文学思想的演进　左东岭　《南开学报》1999年第6期

清代性灵说与王学　陈居渊　《文史哲》1994年第6期

性灵学说与地域文化　吴兆路　《文学评论》1995年第4期

清代文论中的佛学影响　陈洪　《南开学报》1996年第6期

清代诗学专著类说（上、下）　张寅彭　《古典文学知识》1996年第4、5期

金圣叹

金圣叹与七十回《水浒传》　周木斋　《文学》第 3 卷第 6 期 1934 年

两种《水浒》,两个宋江——论必须完整地理解毛主席和鲁迅对《水浒》、宋江的评价,兼谈金圣叹批改《水浒》的贡献　张国光　《武汉师院学报》1979 年第 1 期

金圣叹批改《水浒传》的思想立场　商韬　《上海师范学院学报》1981 年第 1 期

我国古典美学思想的一个突破——金圣叹的人物"性格"说　郭瑞　《文艺研究》1982 年第 2 期

试评金圣叹的文学形象与典型论　卓支中　《暨南学报》1983 年第 4 期

中国古代小说理论发展的线索——兼论金圣叹在文学批评史上之地位　张国光　《武汉师范学院学报》1984 年第 3 期

论金圣叹评《水浒》的结构　林文山　《社会科学研究》1985 年第 2 期

明末社会与金圣叹评点《水浒》的历史意义　龚兆和　《文学史研究》1985 年第 3 期

金圣叹的文学批评　刘大杰等　《中华文史论丛》1985 年第 3 期

金圣叹戏曲文学创作论的逻辑结构　谭帆　《学术月刊》1986 年第 6 期

金圣叹论戏剧人物典型化　谢柏良　《湖北大学学报》1987 年第 2 期

从愤世忧时到自我完善——试析金圣叹文艺思想的蜕变　高小康　《文学遗产》1988 年第 3 期

论金圣叹其人其业　徐朔方　《文艺理论研究》1989 年第 1 期

金圣叹论小说的艺术特征　周书文　《文艺理论研究》1991年第1期

金圣叹小说叙事技法论评述　刘春生　《国际关系学院学报》1997年第3期

论金圣叹小说理论的辩证思想　陈慧娟　《天津师錼大学报》1998年第5期

史传传统与金圣叹小说观　王峰　《明清小说研究》1999年第3期

李　渔

笠翁词学　顾镟鋂　《燕大月刊》第1卷第2—4期　1927—1928年

戏曲批评家李笠翁　陈子展　《五洲》第1卷第10期　1939年

李渔戏剧论综述　朱东润　《武汉大学文哲季刊》第3卷第4期　1934年

试谈李笠翁的写剧理论(上、下)　陈多　《剧本》1957年7月、9月号

李渔论戏剧结构　杨绛　《文学研究集刊》第1辑　1964年

李渔论戏剧导演　杜书瀛　《文艺研究》1980年第4期

李渔的"无声戏"创作及其小说理论　王汝梅　《文学评论》1982年第2期

谈李渔剧论产生的条件　杜书瀛　《古代文学理论研究丛刊》第8辑　1983年

李渔戏曲理论的若干问题　胡绪伟　《争鸣》1987年第4期

李渔评价的历史考察　单锦珩　《浙江师大学报》1991年第4期

李渔：集文士与商贾于一身　黄果泉　《河南师范大学学报》

1995年第5期

试论八股文"章法理论"对李渔曲论的浸染　姚梅　《武汉大学学报》1996年第6期

王夫之

论王夫之的诗歌理论　吴文治　《文学遗产》1980年第2期

王夫之兴观群怨说浅释　陈昌渠　《古代文学理论研究丛刊》第2辑　1980年

关于王夫之对唐诗的评价　吴汝煜　《文学评论丛刊》第7辑1980年

王夫之的诗歌创作论——中国诗歌艺术传统的美学标本　萧驰　《中国社会科学》1984年第1期

王夫之诗歌理论的历史评价　张少康　《中国文艺思想论丛》第2辑　1985年

论王夫之诗乐合一论的美学意义——兼谈王夫之诗论研究的一种偏颇　张节末　《学术月刊》1986年12月

王夫之诗歌情感论发微　张节末　《文学遗产》1988年第4期

诗歌的结构运行与"意"的审美转化——王夫之诗歌结构论评议　张节末　《文艺理论研究》1990年第5期

船山诗论与庄子哲学　孙立　《中山大学学报》1993年第4期

王夫之和柯勒律治诗学比较研究　萧驰　《文艺研究》1996年第2期

情感的雅化、理化和寓象化——论王夫之理性主义的诗道性情论　黄南珊、李倩　《华中师范大学学报》1999年第5期

王夫之诗歌美学中的"势"论　张晶　《北方论丛》2000年第1期

20世纪王夫之诗学理论研究　魏中林、谢遂朕　《文艺理论研究》2000年第3期

王夫之诗学"声情"论析要　陶水平　《山东师大学报》2000年第3期

析王夫之对诗及其他文体的界分及其诗学理论意义　陶水平　《江西师范大学学报》2000年第2期

叶　燮

叶燮及其《原诗》　敏泽　《文学评论》1978年第4期

叶燮的美学体系　叶朗　《文艺理论研究》1980年第3期

叶燮美学思想之我见　程麟辉　《江西大学学报》1982年第4期

叶燮对曹雪芹的影响　叶朗　《红楼梦学科》1983年第3期

论叶燮及《原诗》　蒋凡　《复旦学报》1984年第2期

《原诗》的诗歌特性论　蒋述卓　《广西师范大学学报》1986年第4期

《原诗》的诗人主体论　蒋述卓　《古代文学理论研究丛刊》第11辑　1986年

对叶燮诗歌创作论的思考　成复旺　《文学遗产》1986年第5期

叶燮艺术本源论新探　王新民　《求索》1988年第6期

叶燮论创作思维　蒋凡　《江淮论坛》1984年第4期

试论叶燮的理性美学观　陈长义　《学术月刊》1991年第11期

叶燮《原诗》与艺术辩证法　《人文杂志》1998年第1期

王士禛

王士禛诗论述略　朱东润　《武汉大学文哲季刊》第3卷第3

号 1933年

论王士禛的创作与诗论　刘世南　《文学评论》1982年第1期

论王士禛的神韵说　郑朝宗　《厦门大学学报》1954年第5期

论王士禛的神韵说（续）　郑朝宗　《厦门大学学报》1955年第2期

王士禛和戏曲批评　夏写时　《上海戏剧》1982年第4期

论王渔洋的诗说及其风格兼评代表作——《秋柳》四章　苏仲翔　《文学遗产》1984年第2期

论"神韵"　乔惟德　《古代文学理论研究丛刊》第8辑　1983年

建国以来对王士禛"神韵"说的讨论　王从仁　《语文导报》1986年第3期

心灵的远游——诗歌神韵论思潮的流程　吴调公　《文学遗产》1987年第3期

神韵说与象征主义　吴调公　《文艺研究》1988年第3期

诗歌神韵说与构思心态　吴调公　《社会科学战线》1988年第1期

诗歌神韵说与审美心态　吴调公　《中国社会科学》1988年第2期

神会自然与观照人生——神韵说与境界说比较　王小舒　《山东大学学报》1988年第4期

神韵论——民族文化土壤与诗人心理结构　吴调公　《文艺理论》1989年第8期

"神韵"内涵与民族文化　吴调公　《文学评论》1991年第3期

论王士禛的神韵说　刘世南　《江西师范大学学报》1992年

第 2 期

论王士禛的诗论与诗　刘世南　《文学评论》1992 年第 2 期

王士禛"神韵"内涵新探　孔正毅　《安徽大学学报》2000 年第 1 期

神韵诗学研究百年回顾　王小舒　《文史哲》2000 年第 6 期

沈德潜

神韵与格调　郭绍虞　《燕京学报》第 22 期　1937 年

关于沈德潜诗论的两个问题　叶朗　《文学评论丛刊》第 9 辑 1981 年

沈德潜论　刘世南　《江西师院学报》1983 年第 2 期

沈德潜"格调"说的来源和理论　李锐清　《香港中文大学文学研究所学报》第 16 期　1985 年

沈德潜的风格论(一)、(二)　胡幼峰　中国文学研究 1986 年第 1、2 期

论沈德潜的诗歌创作和理论　霍有明　《渭南师专学报》1992 年第 3 期

沈德潜的审美理想新探　吴兆路、李受玹　《复旦学报》1999 年第 1 期

袁　枚

随园诗话　丰子恺　《文学》第 4 卷第 6 期　1935 年

袁枚的文学批评论评述　朱东润　《武行大学文哲季刊》第 2 卷第 3 期　1933 年

性灵说　郭绍虞　《燕京学报》第 23 期　1938 年

袁枚"性灵"说探源　王英志　《昆明师院学报》1982 年第 4 期

袁枚的文学批评　陆海明　《文艺理论研究》1983 年第 1

期

袁枚的个性论——"性灵"说内涵新探之一　王英志　《湖南师院学报》1983年第2期

袁枚的思想哲学和文学观念　胡明　《文史知识》1987年第11期

论袁枚的诗文美学　姚文放　《扬州师院学报》1988年第3期

性灵说与创作主体论　辛国刚　《山东师大研究生论辑》1988年

袁枚研究五十年　陆海明　《古代文学理论研究丛刊》第13辑　1988年

袁枚性灵派在近代的影响　王英志　《文史哲》1998年第4期

近　代
概　论

近代小说理论评议　李瑞山　《文学研究年刊》第1辑　1986年

文风·文体·文论——近代文学观念的三个阶段　章亚昕　《浙江学刊》1991年第1期

西方文化思想的输入与中国近代美学和文学理论　滕成惠　《山东大学学报》1992年第1期

中国近代文学批评研究的几个问题　黄霖　《文学评论》1994年第3期

论中国近代文学理论批评的自觉性　王群　《江淮论坛》1996年第5期

刘熙载

刘熙载论词品及苏、辛词　詹安泰　《文学评论丛刊》第 3 辑 1979 年

《艺概》和刘熙载的美学思想　毛时安　《文艺理论研究》1981 年第 3 期

刘熙载对诗歌艺术辩证法的探讨　陈晋　《上海社会科学》1985 年第 5 期

刘熙载的《艺概》及其辩证审美观　陈德礼　《北京大学学报》1987 年第 5 期

论刘熙载的文艺思想　徐中玉、萧华荣　《社会科学战线》1988 年第 4 期

刘熙载的艺术发展论　董运庭　《四川师范大学学报》1989 年第 1 期

论黑格尔与刘熙载美学思想的异同　徐林祥　《文艺理论研究》1992 年第 2 期

论刘熙载文学思想的儒家倾向　周锋　《上海大学学报》1995 年第 1 期

《艺概》对《人间词话》的直接启迪——王国维美学思想的传统文化精神　孙维城　《文艺研究》1996 年第 3 期

刘熙载《艺概》中的援《易》立说　黄黎星　《福建论坛》1999 年第 5 期

梁启超

梁启超、王国维简论　李泽厚　《历史研究》1979 年第 7 期

重评梁启超的小说理论　王齐洲　《全国高等学校文科学报文摘》1985 年第 4 期

试论梁启超对中国古代文学研究的贡献　连燕堂　《文学遗产》1986 年第 6 期

晚清小说界革命主将梁启超　庄严　《宁波师院学报》1990年第 4 期

梁启超与近代词学研究　谢桃坊　《文学评论》1993 年第 5 期

梁启超的小说本体观及其影响　蒋心焕、李成希　《徐州师范学院学报》1994 年第 3 期

梁启超对中国近代小说革新的贡献　钟贤培　《广东社会科学》1996 年第 2 期

关于梁启超的评价问题　胡绳武、金冲及　《学术月刊》1998 年第 5 期

梁启超的史学理论与其文艺观点的关系　郑适然　《汕头大学学报》1998 年第 5 期

梁启超词学思想初探　徐安琪　《华中理工大学学报》1999 年第 3 期

梁启超的小说理论与批评　曾扬华　《中山大学学报》1999 年第 5 期

《饮冰室诗话》论略　王英志　《齐鲁学刊》2000 年第 1 期

王国维

《人间词话》未刊稿及其他　王国维著、赵万里辑　《小说月报》第 19 卷第 3 期　1928 年

评《人间词话》　唐圭璋　《斯文》第 1 卷第 21、22 期　1941 年

《人间词话》平议　饶宗颐　《人生杂志》第 10 卷第 7 期　1955 年

再谈王静安先生的文学见解　吴文祺　《文学季刊》（创刊号）1934 年

诗的隐与显——关于王静安的《人间词话》的几点意旨　朱光

潜　《人间世》第 1 卷第 1 期　1934 年

论王国维境界说与严羽兴趣说、叶燮境界说的同异　叶朗　《文艺报》1963 年 3 月 2 日

王国维戏曲理论的思想本质　王季思　《光明日报》1960 年 6 月 12 日

王国维文学批评著述疏论　王韶生　《崇基学报》第 8 卷第 1 期　1968 年

王国维"境界"说之研究　李炳南　《国立台湾师范大学国文研究所集刊》第 21 卷　1977 年

王国维《人间词话》境界说试评——中国诗词中的写景问题　徐复观　《明报月刊》第 12 卷第 11 期　1977 年

王国维《人间词话》"境界说"献疑　万云骏　《文学遗产》1987 年第 4 期

王国维与王夫之文艺观比较　耿明奇　《延安大学学报》1991 年第 3 期

略论王国维的文艺思想体系及其现代意义　童庆炳　《中国文化研究》1995 年第 3 期

晚清启蒙思潮与王国维非功利文学论　郭志今　《浙江学刊》1996 年第 2 期

李广田师释《人间词话》"三境界"　孙昌熙　《山东师大学报》1997 年第 6 期

王国维美学思想与晚清文学变革　钱竞　《文学评论》1997 年第 6 期

王国维的人生"欲"与"美"及梁启超的"趣味"说　易容　《社会科学战线》2000 年第 1 期

附录三:《中国古代文论选读》教学大纲

《中国古代文论选读》教学大纲
(2002年6月21日审定)

第一部分　大纲说明

一、本课程的性质和意义

《中国古代文论选读》是中央广播电视大学汉语言文学专业本科学生的一门必修课。

源远流长的中国文学理论批评,是中国光辉灿烂的传统文化的组成部分,内容非常丰富。本课的设立,将使学生在以往学过的中国古代文学、文学概论等课程的基础上,了解和掌握前人留下的重要的文学理论、文学批评著作。学习本课,对学生深入阅读和钻研中国古代文学作品、文学现象,将具有直接的指导意义;对学生解读中国现当代文学乃至外国文学作品和现象,也具有间接的借鉴意义;而对于学生思考和把握当代形态的文学理论和美学,更具有重要的参照意义。

二、本课程的内容及教学目标

本课程的内容是从上自先秦、下迄近代的丰富的文学理论批评资料中,精选出既重要又精彩的部分进行讲解,按时间顺序分为八讲。本课程共开设一个学期,拟于每届学生学习期间的第五学期即第三学年上学期讲授。课内学时为72,授4学分。

学生在修读完本课程后,应能达到下列总的目标:

1. 简要阐述中国各历史时期文学理论批评著作的主要内容,包括各家各派及其代表人物的文学理论观点。

2. 概括说明中国各历史时期文学理论批评的发展情况及其与时代思潮、文学创作实践的关系。

3. 利用所学内容,深入解读、鉴赏文学史上丰富多彩的文学作品,明显增强审美能力。

4. 根据电大学生的特点,本课程在每一讲之后,都设计了相应的思考题目。学生应具有独立完成这些题目的能力。

三、教学媒体的使用

1. 文字教材

本课程以张少康教授主编的《中国历代文论精选》(北京大学出版社)为基本教材。该教材包括教学大纲规定的全部内容,是组织教学和复习考试的主要依据。在主教材基础上,还拟根据教学需要编制其他辅导教材,对主教材的内容进行补充分析和阐释,帮助学生理解和消化教学内容、扩大知识面。此外,本课程推荐以张少康教授所著《中国文学理论批评发展史教程》(北京大学出版社)一书为参考教材。

2. 音像教材

本课程的录像课是配合文字教材而设,侧重于讲授学生较难理解和掌握的重点、难点问题,使学生通过音像直观教学加深对古代文论精品的理解。IP课件6节,由北京大学张少康、卢永璘教授主讲,学生可以通过互联网收看并下载储存。

3. 直播课堂

根据教学情况一学期安排两次(或三次),通过教育电视台播出。第一次主要讲解本课程教学重点和学习方法,在开学后第二周前后播出。第二次主要讲解期末考试的复习内容和考试要求,在第十六周前后播出。直播课堂由本课程主讲教师讲授,主持教师参加。

4. 网上辅导

(1) 在教学平台上设教学辅导栏目,定期发布教学辅导文章,刊载练习题,可作为平时作业,供学生练习。

(2) 安排1—2次视频直播,讲解教学疑难问题。

(3) 通过电子邮件方式回答学生问题,进行教学辅导。

教学媒体使用信息表

教学媒体	主要内容	主要作用	时间安排
文字教材	系统讲述本课程内容	落实教学大纲	一学期
IP	讲授教学重点难点和学习注意问题	帮助学生学习和消化文字教材	电视或网上播放
网上视频直播	辅导学习重点难点指导期末复习	提高学生学习效率掌握学习复习方法	2—3次
网上辅导	分析具体问题	回答解决学习疑难问题	灵活

多媒体综合运用一览表

周	教学内容	使用媒体			
		文字教材	IP电视	网上辅导	电话或通信
1	导论	中国历代文论精选	第一节	有	灵活
2—3	先秦两汉文论选读	同上	第二节(1)	有	灵活
4—7	魏晋南北朝文论选读	同上	第二(2)、三节	有	灵活
8—9	隋唐五代文论选读	同上		有	灵活
10—11	宋金元文论选读	同上	第四节	有	灵活
12—13	明代文论选读	同上		有	灵活
14—16	清代文论选读	同上	第五节	有	灵活
17—18	近代文论选读	同上	第六节	有	灵活

四、教学建议

与本课程相互关联的课程有：专科阶段的《中国古代文学》、《文学概论》，本科阶段的《中国古代文学作品选读》、《中国古代文学专题》、《美学专题》、《马列文论》、《西方文论选读》等。尤其是有关中国古代文学史的基本知识，有关文学理论的基本知识，学生必须具备。假如学生在专科阶段学的是非中文专业，一定要补修有关课程。也就是说，学习本课程的前提，是要求学生已经了解和掌握大量的中国古代文学名著和文学现象，以及基本的文学理论知识，否则很难深入理解本课程的内容。

本课程只能讲授教材重点内容，提倡学生自学。

第二部分 教学内容和要求

导论

一、中国古文论的文学本源论

二、中国古文论的创作构思论

三、中国古文论的创作方法论

四、中国古文论的文学形象论

五、中国古文论的审美风格论

第一讲 先秦文论选读

[教学内容]

一、《论语》选读

二、《孟子》选读

三、《庄子》选读

[教学要求]

学生修读了本讲后，应能达到下列要求：

1. 阐述孔子提出的"兴观群怨"说、"尽善尽美"说和"思无邪"说及其影响。

2. 掌握孟子提出的"以意逆志"说、"知人论世"说和"知言养气"说及其影响。

3. 分析庄子的"天籁"说、"天乐"说、"言不尽意"说和"得意忘言"说、"虚静"说和"物化"说及其影响。

第二讲　两汉文论选读

［教学内容］

一、《毛诗序》

二、司马迁文论选读

三、王充《论衡》选读

［教学要求］

学生修读了本讲后,应能达到下列要求:

1. 概括阐述《毛诗序》中"情志"说、"六义"说、"变风变雅"说等主要内容。

2. 准确理解司马迁提出的"发愤著书"说的理论内涵及其对后世文论的影响。

3. 了解王充的"疾虚妄"说、"为世用"说、"造新文"说。

第三讲　魏晋南北朝文论选读

［教学内容］

一、曹丕《典论·论文》

二、陆机《文赋》

三、刘勰《文心雕龙》选读:

1. 《原道》

2. 《神思》

3. 《体性》

4. 《风骨》

四、钟嵘《诗品序》

［教学要求］

学生修读了本讲后,应能达到下列要求:

1. 简述曹丕提出的"文章不朽"说、"文气"说、文体说等几个文学理论。

2. 掌握《文赋》中阐述的文学创作论、文体风格论等理论。

3. 概括论述《文心雕龙》的理论体系,及其文学创作论、鉴赏批评论等主要内容。

4. 阐述钟嵘提出的"性情"说、"直寻"说、"滋味"说等诗歌理论。

第四讲　隋唐五代文论选读

［教学内容］

一、陈子昂《与东方左史虬修竹篇序》

二、皎然《诗式》选读

三、白居易《与元九书》选读

四、韩愈《答李翊书》、《送孟东野序》

五、司空图《与李生论诗书》、《与王驾评诗书》、《与极浦书》

［教学要求］

学生修读了本讲后,应能达到下列要求:

1. 理解陈子昂提倡"兴寄"说和"风骨"说的诗学史意义。

2. 简述皎然的诗歌意境理论。

3. 把握白居易以诗歌"救济人病,裨补时缺"的文学思想。

4. 了解韩愈提出的"气盛言宜"说和"不平则鸣"说。

5. 阐述司空图提出的"韵味"说及其影响。

第五讲　宋金元文论选读

［教学内容］

一、欧阳修《梅圣俞诗集序》

二、苏轼《答谢民师推官书》、《书黄子思诗集后》、《送参寥师》

三、李清照《论词》

四、严羽《沧浪诗话》选读

五、元好问《论诗三十首》

六、张炎《词源》选读

[教学要求]

学生修读了本讲后,应能达到下列要求:

1. 简述欧阳修提出的"穷而后工"说。

2. 阐述苏轼"了然心手"、"萧散简远"、"不厌空静"等文艺思想。

3. 把握李清照提出的"词别是一家"的词学思想。

4. 深入理解严羽的"兴趣"说、"妙悟"说的诗学意义及其影响。

5. 把握元好问论诗提倡真情实感、真淳天然和雄浑刚健的文学思想。

6. 了解张炎论词的"雅正"、"清空"和"意趣"说。

第六讲 明代文论选读

[教学内容]

一、谢榛《四溟诗话》选读

二、李贽《童心说》

三、袁宏道《序小修诗》

[教学要求]

学生修读了本讲后,应能达到下列要求:

1. 了解谢榛的"情景"说。

2. 阐述李贽提出的"童心"说及其时代意义。

3. 把握公安派的"性灵"说。

第七讲 清代文论选读

[教学内容]

一、王夫之《姜斋诗话》选读

二、叶燮《原诗》选读

三、王士禛《带经堂诗话》选读

四、沈德潜《说诗晬语》选读

五、袁枚《随园诗话》选读

六、李渔《闲情偶寄》选读

七、金圣叹批评《水浒传》选读

［教学要求］

学生修读了本讲后,应能达到下列要求：

1. 概述王夫之诗论的"情景"说、"现量"说和"读者自得"说。

2. 概述叶燮诗论的"理事情"说、"才胆识力"说和"正变"说。

3. 简述王士禛的"神韵"说、沈德潜的"格调"说和袁枚的"性灵"说。

4. 把握李渔戏曲理论的"剪碎凑成"说和"结构"论。

5. 分析金圣叹的小说人物理论。

第八讲 近代文论选读

［教学内容］

一、刘熙载《艺概》选读

二、梁启超《论小说与群治之关系》（节选）

三、王国维《人间词话》选读

［教学要求］

学生修读了本讲后,应能达到下列要求：

1. 了解刘熙载文学理论的辩证思想。

2. 分析梁启超小说理论的"写实""理想"二派论和"熏浸刺提"说。

3. 论述王国维"境界"说的丰富内涵。

卷 后 语

这本学习指导书是集体合作的产物,全书由张志强(汕头广播电视大学)、关龙艳(哈尔滨广播电视大学)、谢虹光(山西广播电视大学)、韩传达(中央广播电视大学)四位老师编写。

其中"导读与解析"由张志强(先秦、两汉、魏晋南北朝部分)、关龙艳(隋唐五代、宋金元部分)和谢虹光(明代、清代、近代部分)编写;"文论选读译文"由张志强、关龙艳、谢虹光、韩传达编译;"分编综合练习题"和"期末自测题"由韩传达编写;"附录"的《元好问〈论诗三十首〉简析》和《中国古代文论研究论文索引选录》由张志强编写。

本书在编写过程中参考了本课程的主要教材《中国历代文论精选》和许多当代学者的论文和著作,但由于体例限制,不能一一注明,在此表示诚挚的感谢和深切的歉意。同时,本书在编写过程中还得到许多电大老师的支持和帮助,也一并在此表示感谢。

本书的编写使我们感到各地电大老师在电大教学和教材建设中有许多可以合作之处,希望这次合作的尝试是今后更多老师合作的开始。

另外,特别感谢北京大学出版社的马辛民同志、谭艳同志,他们为本书的出版付出了辛勤的劳动。

最后,由于本书主要是供学生学习所用,所以,我们特别关心这本书到底是否适合他们的需要,因此,希望得到他们的宝贵意见,至于各地的电大同人,更是迫切希望他们给予批评指正,以便于将来修改。

编写者

2004 年 9 月 10 日